U0903526

本书获得南阳师范学院学术著作出版基金资助

《歧路灯》与中原民俗文化研究

刘畅 著

齊魯書社

序

郭豫适

刘畅同志将其《〈歧路灯〉与中原民俗文化研究》一书的校样寄沪，望我为其作序。此书是他以前在我处攻博期间奋力撰成，并于 2006 年答辩时顺利通过的博士学位论文。刘畅是河南人，我理解他选择李绿园这部长篇小说作为研究对象，是跟他所言生于斯、长于斯，有一种本土意识和故乡情结分不开的；同时，我也了解当年他在上海为坚持完成学业、撰写论文所碰到的诸多困难和所付出的艰辛，我为此书的出版感到高兴。兹在此就有关问题略谈一些看法和意见。

首先，我想说的一点是，作者在此项研究中保持一种实事求是的态度。作者在《导论》中充分肯定了学术界已有的相关成果和贡献，也谈到他不同意《歧路灯》处于热议期间曾经出现的某种“或贬之入地或褒之上天”的说法，而特别赞佩任访秋先生那种“不作惊人之语的持平之论”。任先生充分肯定《歧路灯》的价值和意义，但坦言其思想同艺术较之《儒林外史》、《红楼梦》“大有逊色”。刘畅在此书中并不因为自己对此项研究怀有乡情就对《歧路灯》作无原则的褒扬，而是在前人和时贤研究的基础上，对《歧路灯》所具有的价值与意义进行认真的探讨和阐释。我觉得他对《歧路灯》及其研究所持的这个基本的态度是可取的也是应该的。

本书的主要特点在于把反映河南地区古代社会生活的小说和河南地域内的民俗文化结合起来进行研究。全书章节设置围绕总题，分别以《歧路灯》"与中原地区人生礼俗"、"与中原地区宗教信仰"、"与中原地区妇女生活习俗"、"与中原地区博戏风尚"、"与中原地区语言习俗"为专题，作相当全面、深入的研述。从中原民俗文化的视角来评析《歧路灯》这部古代小说的社会历史内容与文学价值，同时也从小说的有关描述中说明中原民俗文化的丰富内容及其特点。作者希望借此阐明李绿园本着贴近生活和严肃态度，"通过对康、乾时代中原地域的社会生活真实的描绘，为我们着力展现一幅当时社会中下层世俗众生生活的丰富画卷"（第329页）。作者的这个意图可以说基本上达到了。

《歧路灯》是一部古代小说，涉及古代许多社会礼俗和习俗，使用的又是中原地区的方言土语，这在河南籍的读者读来会觉得亲切有味，但对今日读者，尤其是南方读者来说，阅读就有不少困难。就这方面而言，1980年中州书画社出版的《歧路灯》校注本，栾星先生为全书作注一千余条；1999年河南大学出版社出版的张生汉先生的《〈歧路灯〉语词汇释》，均已做出重要贡献。如今刘畅的《〈歧路灯〉与中原民俗文化研究》其中又有《〈歧路灯〉与中原地区语言习俗》很有份量的一个专章，对于今日读者阅读和研究《歧路灯》也会提供有益的帮助。

我这里举个例子，《歧路灯》中反复出现"告先"、"反面之礼"这类词句，今天读者不易明白。刘畅此书第一章论述人生礼俗、第五章论述语言习俗时，都曾经结合小说中人物的言行和故事作出了解释。所谓“告先”是敬禀、告慰先人的意思，祭祖礼俗和婚姻礼俗中均有这样的习俗。小说写谭孝移上京是在“告先”之后方才“择吉登程”；回到家里“告先情急，洗了手脸，吩咐开了祠堂门，行了反面之礼”，这里提到的“反面之礼”是出行归来的“告先”之礼。在《歧路灯》中，“告先”的礼仪也是“事死如生”的一种反映。小说中这些礼俗的文化含蕴何在？刘畅对此提出了他的理解和分析：

> 祭祖礼俗是人们对亡故的祖先所表示的孝思、敬畏之情，最能体现传统的“慎终追远”、“事死如事生”的伦理观念。它表达着人们不忘先人美德和养育之恩，并进而戒慎自己的言行，以自己向善力学的实际行动报答祖先，为祖先的美名增光添彩的内心愿望。（第 81 页）

不但如此，“告先”也是人们心灵慰藉的一剂良方，因为“举行这种礼仪时，人们怀着无比诚恳与恭敬的心情祭拜‘神主’，在其心灵深处与祖先进行着无以言表的对话和交流，就像祖先真的站在自己面前，倾听着后辈儿孙的祝告，仿佛看到了子孙后辈的一举一动。在庄重肃穆的祭祖氛围里，人们似乎感受到了祖先神明的威力”。（第 81 页）应当说，这些解释和评论对于人们认知这部古代小说和古代礼俗是有启发和帮助的。

本书作者持论以对小说文本的实况考察为依据，对《歧路灯》中有关民俗事象和中原地区的语言习俗进行了力所能及的详细的调查、梳理和评述，这方面可以本书中有关博戏风尚以及有关称呼语言的介绍和分析为例。本书对《歧路灯》中的赌场与赌术、赌博中的骗术伎俩、赌博中的酒与色、赌博群体的广泛性、赌博风气的普遍性、赌博危害的严重性，都有很详细的述说，可谓淋漓尽致、触目惊心。对《歧路灯》中称呼语言的情感表达和礼俗文化、《歧路灯》中的方言土语及其语言的民俗特色也有非常具体的介绍，光是对称呼语言的情感因素类型，作者就区分为八类："属于礼貌称呼的正极的有：尊称、敬称、昵称、谦称；属于礼貌称呼的负极，即与礼貌语言相悖的有：傲称、蔑称、詈称；属于中间态势的有：谐称，有时它或近于昵称。"（第306页）而在这八类中，各自又分出若干小类，每小类又有几种不同的情况。如尊称有"常规性尊称"和"变异性尊称"，"变异性尊称"又有不同情况：称呼者降低身份称对方，如第二十回，尊长程嵩淑降低身份以平辈的口吻称呼世交之子谭绍闻的盟兄为"盛世兄"，这是"降称"；尊称用于不该尊称相应地位的人身上，以表达特殊情感，如第五十三回，谭绍闻在气愤时说："王中，你是主子，我是你的家人何如?"这里谭绍闻称仆人王中为"主子"、自称是"家人"，这是"越位称"。一般人真没有想到，光是人们的称呼，竟有如此之多的区别和讲究。

刘畅此书对李绿园其人其书是持历史的肯定的态度的，注意作具体的分析和评论。如他以为，从总体上看李绿园的《歧路灯》难以跟吴敬梓的《儒林外史》、曹雪芹的《红楼梦》相媲美，但李绿园与吴敬梓、曹雪芹同处所谓的"盛世"，却都怀有患难意识，这就不容易。对《歧路灯》妇女形象的分析，认为李绿园是把孔慧娘作为封建伦理道德的模范来塑造的，而对巫翠姐敢在婚姻家庭中凭着自己的性子行事，李绿园是持批判态度的。刘畅对小说中巫翠姐形象则有自己的看法，认为正是由于她有自己的私房钱，在经济上有了一定的自主权，才敢在婚姻家庭中凭着自己的性子行事，"形象毕竟大于思想"，"从巫翠姐身上不难看出，明清时期社会已经出现了新的变化，妇女尤其是市民阶层的妇女已对传统的女性社会地位有所不满，并在无意中突破了男权文化给她们所设置的规范，这是值得我们特别注意的”。（第169页）刘畅指出李绿园“热衷于描写戏曲，用戏曲描写为塑造人物形象服务、为作品主题服务”，同时也指出，“他客观冷静地描写了九娃等人的悲剧，却较少有同情的文字”。尤其是在小说第九十五回描写戏班被押出的狼狈情形时，“字里行间更流露出冷眼旁观式的幸灾乐祸”，其笔下的戏曲伶人要么可怜，要么可恶。这是为什么呢？“从小说中的描写来看，戏曲伶人自身思想的不觉悟和道德素质、业务水平的低下固然是一个重要原因，但作者对戏子固有的偏见及其刻意经营作品主题的偏执，使得他在小说中不可能描写有亮色的优伶形象。”（第284页）刘畅以此与同时期的《儒林外史》、《红楼梦》相比较，“作者对戏曲优伶的观念高下是有区分的”（第285页）。又比如，刘畅对《歧路灯》的语言方面的成就和价值，是给予高度肯定和赞扬的，但也指出它的不足之处。有些人物语言或描写语言让人感到矫揉造作，不够自然，尤其是一些对仗偶句，堆砌词藻，既没有《儒林外史》语言那样的“简洁、辛辣”，也缺少《红楼梦》语言那样的“旖旎优美、华丽雅致”；又指出“《歧路灯》中虽然时见精辟之论，但是小说毕竟是文学，是通过故事情节、人物形象来表现主旨的，过多的议论与说教，毫无疑问地造成了对《歧路灯》的伤害”。（第344页）这些都是论文作者有心得、有见解的分析和评论。

刘畅此书也有其弱点与不足之处，按题所作的材料梳理、排列归类很用心，有关叙述做得很详细，但有些地方使人有繁杂琐屑之感。如第一章描述谭孝移丧礼时许多人所送的“礼”

种种情况，可以看出“由于送礼之人与丧家的关系有亲疏远近之别，门第家境也有高低贫富之分，他们所送赙礼的轻重多少也各不相同”，接着又“先看看乡情”、“其次看友情”、“最后看亲情”，分别作了具体的叙述，这不就够了吗？可是在这些详细列述之前，在正文里先就列出了一份长长的《谭孝移丧葬赙礼清单列表》，我看就没有必要，顶多可以考虑放到后面附录材料里面去。材料的搜集、整理和准备是需要的，但是如何运用这些材料那就需要进行整合、斟酌取舍，不能舍不得割爱。此书对小说中有关戏曲方面的描述和研究倒是可以做得更充实一些，有些戏曲研究专家都指出《歧路灯》里有不少很有价值的研究史料。此外，刘畅在分析《歧路灯》中一批士子文人的思想情况时，认为“不少人独尊程朱理学，对佛道教采取居高临下、排斥异端的严厉态度。也有一部分利用佛道教的通俗神学作为向下层民众施行教化的补充。大多士子文人对融入风俗习惯佛道活动所采取的是较为宽容的态度”。他认为“翻检《歧路灯》文本，能够体悟到佛、道两教的补充性和儒家思想的排斥性与包容性”。（第152页）这些观点和体悟，如能提高到理论层面上进行阐释那就更好了。

以上就《〈歧路灯〉与中原民俗文化研究》一书谈了一些意见，是否有当，仅供本书作者和读者同志们阅读和研究《歧路灯》这部小说时作为参考，共同研讨。

2009年6月29日
写于半砖园寓所

目 录

导　论

李绿园的长篇小说《歧路灯》，与《儒林外史》、《红楼梦》大致同时问世于清代乾隆年间，全书洋洋洒洒六十余万言，共一百零八回。颇有意味的是，产生于康乾盛世的这三部文人小说都贯穿着一种强烈的忧患意识。如果说吴敬梓是以犀利的笔锋暴露出八股社会的真相与丑态，对儒林精英的庸俗、堕落和蜕变进行了沉痛的反思；曹雪芹是以彻头彻尾的悲剧写法突破了传统思想的羁绊，为日益走向没落的贵族世家及封建制度唱出了凄凉的挽歌；那么，李绿园则是对封建子弟的歧路彷徨而忧心忡忡，从而提出了如何教育后代、怎样引导他们重走正道坦途的重大社会命题。但是，跟《儒林外史》、《红楼梦》在后世引起强烈反响并成为学术研究重镇不同，《歧路灯》脱稿后却命运不济，近二百年间都以抄本形式在豫西、豫西南部乡村等极为有限的地域空间内传播，故一向知者寥寥，更不要说会赢得学界的重视。这种状况一直持续到20世纪20年代，随着《歧路灯》刊印本的发行，其乏人问津的局面方得到一定改观。因此，首先对这部世情小说在现、当代的研究历程进行一下简单的梳理和扫描，亦是题中应有之义。

一、《歧路灯》研究历程回眸

如果从1918年蒋瑞藻《小说考证》首次载录《歧路灯》的相关资料算起，《歧路灯》的研究至今已走过八十余个春秋。在这八十余年的风风雨雨中，《歧路灯》的研究曾出现过热潮，也出现过低谷；有过辉煌，更有过沉寂。总起来说，我们可以将这些研究划分为四个时期：20世纪二三十年代为发轫期，40年代至70年代为沉潜期，80年代为高潮期，90年代至今为深化拓展期。下面即分期进行归纳和介绍。

发轫期。20世纪二三十年代，古代小说研究逐步迈向现代化的进程，而成为体现学术新变的一门专学，在这一特定语境的影响下，《歧路灯》不仅开始进入学界的研究视野，受到学者的关注，而且其起步伊始即与小说研究的现代化相接轨，冯友兰、郭绍虞、朱自清等学人开始运用现代意识和审美眼光，对文本进行较为深入、系统的研究。

此期《歧路灯》的研究主要集中在三个层面。首先是文本的整理和刊印。1924年，洛阳清义堂出版了一百零五回的《歧路灯》石印本，这是《歧路灯》成书以来的第一个刊刻本，宣告了其长期依赖手抄流传时代的结束，为它的广泛传播提供了可能，在《歧路灯》传播史上自有其重要意义。但是正如此书张青莲《跋》中所言："冗务匆匆，未及校勘，仅依原本，未免以讹传讹"，该版本讹误颇多，质量粗糙，加之印数较少，其传播范围仍局限于河南境内。1927年，北京朴社出版了由冯友兰、冯沅君校订的《歧路灯》铅印本，此本以冯氏兄妹家乡所得抄本和清义堂本相互比堪，并分节分段，加以新式标点，为当时的读者及研究者提供了极大的便利。朴社本的出版也把《歧路灯》从河南推向了全国，并进而引起学术界的重视。《歧路灯》研究之所以能在此期掀起一个小小的高潮，朴社本应当说是功不可没。但朴社本仅印行了第一册（二十六回），未竟其业，使研究者无法睹其全貌，不能不说是一个遗憾。此外，1933年孙楷第编著的《中国通俗小说书目》，把《歧路灯》收录在明清小说部之讽谕类；1936年孔另境编辑的《中国小说史料》，亦转录了《小说考证》中有关《歧路灯》的材料，由于这两部著作在学术界影响颇大，也在一定程度上提高了《歧路灯》的知名度。

其次是相关文献的搜集与考证。从"知人论世"的视角，以科学求实的态度来搜集研究资料、考证作者的生平经历，是此期《歧路灯》研究的一大重心。这些工作主要是由得地利之便的河南籍学者完成的。董作宾（后成为著名的"甲骨四堂"之一）所撰写的《李绿园传略》，对作者的生平事迹、家世面貌进行了系统的清理，解决了不少似是而非的问题，其搜罗之完备、考据之精详，皆超出同辈，是李绿园研究的奠基之作。徐玉诺撰写的《〈歧路灯〉及李绿园先生遗事》、《墙角消夏琐记》（其一、其二）等系列论文[①]，也对小说及其作者作了颇见学术功力的考论，时有新的发现。值得一提的是，冯友兰还将作者的诗词创作辑成《李绿园公诗钞》，为研究作者的思想提供了宝贵的第一手材料。上述著作中虽然有些事实还须进一步澄清，有些问题也有待进一步发掘，但无疑为李绿园及《歧路灯》的研究打开了方便之门，其筚路蓝缕之功不容抹煞。

最后是对《歧路灯》思想艺术的评析。以文学的眼光、审

---

① 见《〈歧路灯〉论丛》（二），中州古籍出版社，1984年版。

美的视角对文本进行细致解读并作出价值估量，是此期《歧路灯》研究的另一重心。冯友兰在这方面具有开创性的贡献，他在朴社本卷首的长序中，对小说的语言（尤其是河南方言）运用、人物塑造推崇有加，亦指出其思想陈腐的一面："《歧路灯》的道学气太重，的确是一个大毛病。幸而李绿园在书中所写的，大部分是在上述'此义'之反面……他那一管道学先生的笔，颇有描写事物的能力，其中并且含有许多刺。"① 这些评价是契合作品实际的，也是客观公允的。冯友兰的长序与董作宾的《李绿园传略》可以说是《歧路灯》问世以来最早的具有现代学术品位的研究成果，对后来的《歧路灯》研究起了导夫先路的作用。郭绍虞、朱自清即紧随冯氏之后，发表了各自的精彩见解。郭氏《介绍歧路灯》一文对《歧路灯》的艺术成就亦是赞不绝口，并对书中的"道学气"予以辩解："李绿园竟能于常谈中述至理，竟能于述至理中使人不觉得是常谈。意清而语不陈，语不陈则意亦不觉得是清庸了。这实是他的难能处，也即是他的成功处。这种成功，全由于他精锐的思路与隽爽的笔性，足以驾驭这沉闷的题材。"② 朱自清除对郭氏的辩解极表赞同之外，又大力称扬小说的结构："全书滴水不漏，圆如转环，无臃肿和断续的毛病"，"在结构上它是中国旧来唯一的真正长篇小说"。③ 郭、朱二人都高度评价了《歧路灯》的艺术特征，也对书中的理学内容作了一定程度的辩护，其间虽有溢美之词，却代表了当时学界的主流看法。引人注意的

① 冯友兰：《歧路灯·序》，朴社出版经理部，民国十六年（1927年）版。

② 郭绍虞：《介绍〈歧路灯〉》，《文学周报》，1928年第5卷第25号。

③ 朱自清：《歧路灯》，《一般》，1928年第6卷第4号。

是，二人还采用了"比较文学"的研究方法，以《红楼梦》、《儒林外史》为参照坐标，对《歧路灯》进行小说史的定位。郭绍虞认为《歧路灯》兼具《红楼》、《儒林》二书之长，因此得出结论说："我们假使撤除了他内质的作用与影响而单从他文艺方面作一估量的标准，则《歧路灯》亦正有足以胜过《红楼梦》与《儒林外史》者在。"朱自清的看法虽不如郭氏那样绝对，但亦把《歧路灯》定位在一书之下："若让我估量本书的总价值，我以为只逊于《红楼梦》一筹，与《儒林外史》是可以并驾齐驱的。"并认为《歧路灯》和《红楼梦》是"中国旧来仅有的两部可以称为真正长篇的小说"。现在看来，二人对《歧路灯》的估量实在是偏高了，这大概跟二人无法通读到足本以及"喜新厌旧"的心理因素有关。综上所述，尽管发轫期的《歧路灯》研究有时还失于肤浅乃至偏颇，但总体而言，其学术研究的起点还是不容低估的；更为重要的是，冯友兰、董作宾等学者所构建的研究模式、所运用的研究理路和方法，以及由此而取得的研究成果，不仅对后来的《歧路灯》研究起到了范式作用，而且为《歧路灯》研究奠定了坚实的基础。

沉潜期。20世纪四五十年代，与前期研究的不断升温相比，这一阶段的《歧路灯》研究却长期处于"悬置"状态，鲜有学者对文本进行深入、具体的探讨，《歧路灯》再次面临无人关注的尴尬境地。至20世纪六七十年代，尤其是"文化大革命"十年，理学色彩极为浓厚的《歧路灯》更是被打入"冷宫"，学术研究基本停滞。但就在这极不正常的学术氛围中，依然有人埋头书斋，辛勤耕耘。河南社会科学院学者栾星自1963年始，即积极寻访《歧路灯》的各种抄本，着力收集李绿园与《歧路灯》的研究资料。他穷十年之功，终于在1972

年完成了《歧路灯》的校注工作，并将有关研究资料分别辑录成《歧路灯旧闻钞》、《李绿园诗文辑佚》、《李绿园传》等。栾星的上述工作可以说是此期《歧路灯》研究最大的亮点和收获，尽管受当时政治因素的干扰，这些学术成果无法公开面世，却为此后的《歧路灯》研究储备了充分的可利用资源，做了较为切实的学术积累。

高潮期。80年代伊始，随着学术坚冰的打破，《歧路灯》研究也一反四十年来的冷寂局面，开始由沉潜走向勃兴，并迅速掀起高潮。这部曾被长期搁置的作品受到了学术界的空前重视，乃至成为小说研究的"热点"之一。这可以从如下三个方面得到证明。

第一，《歧路灯》校注本和《〈歧路灯〉研究资料》的出版，为这部小说研究热潮的兴起吹向了号角。1980年，中州书画社（中州古籍出版社的前身）出版了《歧路灯》栾星校注本，该版本以乾隆庚子过录本为第一底本，并参稽其他十种底本，择善而从，合为全璧，共一百零八回。与此同时，他为全书作注一千余条，不仅于古代典籍、名物制度、历史事件加以疏解，而且对俚语、方言、称谓、三教九流行藏等的注释尤见功底，无论于阅读还是研究都大有裨益，故而为学界称道，遂成为权威性的定本。栾星校注本首印四十万册，仍难满足市场需求，又追加十二万册，还专门到香港发行，由此可看出其反响之大，传播之广。大陆及港台地区的一些新闻媒介对此书的出版也竞相加以报道，颇多揄扬之词，更为此书的畅销起了推波助澜的作用。中州书画社随即于1982年出版了栾星编著的《〈歧路灯〉研究资料》，此书由《李绿园传》、《李绿园诗文辑佚》、《〈歧路灯〉旧闻钞》三部分组成，并附有《李绿园〈家训谆言〉81条》。该书具有集大成的性质，为研究者提供了李绿园的家世生平、交游、著述和《歧路灯》研究的宝贵资料，较之于发轫期的同类著作，它规模更大，搜罗更广，内容更为完备，对推动《歧路灯》的深入探讨有着重要价值，被学界视为研究《歧路灯》的必备参考书。

第二，一系列学术研讨会的召开，既促进了《歧路灯》研究工作的蓬勃发展，也是此期学术繁荣的主要标志。1980年，河南省社会科学院、河南省文学学会在郑州联合举行了首届“《歧路灯》学术讨论会”；1982年、1984年，又分别于洛阳、开封召开了第二、三届“《歧路灯》学术讨论会”。在这三届学术讨论会上，专家学者们对李绿园和《歧路灯》的各个方面进行了卓有成效的探讨，与此前的研究相比，不仅涉猎的领域明显扩大，而且对一些问题的认识也不断深化，在学界产生了良好反响。在此基础上，河南省社会科学院还先后编辑出版了第一部《〈歧路灯〉论丛》（中州书画社，1982年版）、第二部《〈歧路灯〉论丛》（中州古籍出版社，1984年版），此期较有分量的研究论文大都被囊括在内，集中展示了80年代《歧路灯》研究的主要成果，基本代表了这一阶段的学术水准。

第三，由于学者们学术立场、观照视角各异，导致了对《歧路灯》评价的褒贬不一，并由此引发出一场此起彼伏、针锋相对的学术争鸣，这也是此期研究热潮的突出表现。在这场学术争鸣中，诸位学者见仁见智，人言言殊，概略言之，则不外否定、肯定和褒贬兼具三种观点。

否定说的代表是蓝翎，他认为“《歧路灯》的确要宣传儒家的正统思想，把这种腐朽的思想看成人生指路的明灯”，其“创作思想的确是中国古代小说现实主义传统精神的大倒退，大大发展了开创‘人情小说’的《金瓶梅》本来就有的说教因素的落后面，使‘人情小说’的发展岔向了歧路”，并称它“是‘人情小说’发展过程中一股混杂着更多的泥沙和腐物的浊流”；他还认为小说缺乏足够的艺术吸引力和感染力，因此，《歧路灯》“是一部思想平庸艺术平平的古代小说”。[①] 与蓝翎的着意贬抑形成鲜明比照，张国光则是极力阐发《歧路灯》的积极意义，对它倍加推崇。他的《我国古代的教育诗与社会风俗画——〈歧路灯〉新论兼评〈“埋没”说质疑〉》，是直接针对蓝翎观点的反驳性文章。他称扬《歧路灯》是“我国古代绝无仅有的一部教育小说”，是“我国古代社会的一幅风俗画”；还以大量篇幅来论证小说在艺术结构、人物塑造、语言运用等方面均取得了出色成就。由此得出结论：“《歧路灯》是一部有较高的思想水平与艺术成就的古代长篇白话小说”，“确可看作是新发掘出来的一部有价值的古代小说，即使不能与稍后的《红楼梦》并驾齐驱，但也足以使《儒林外史》相形见绌”。[②] 他对《歧路灯》的评价可以说是和郭绍虞、朱自清一脉相承。

较之于蓝、张二人的或贬之入地或褒之上天，此期的学者大都持一种“二分法”的观点，既不是一味地肯定，也不是全盘地抹煞，而是辩证地分析小说中的积极意义和消极因素。如任访秋就认为：“假若把《儒林外史》、《红楼梦》列为第一流，那么《歧路灯》就不能不属于第二流。因为不论是思想同艺术，较之前两书都是大有逊色的”；同时也肯定了作品的价值

① 蓝翎：《“埋没”说质疑——读〈歧路灯〉札记之一》，《〈歧路灯〉论丛》（一），中州书画社，1982 年版，第 87～89 页。

② 张国光：《我国古代的教育诗与社会风俗画》，《〈歧路灯〉论丛》（一），第 173 页。

和意义："作者对清代中叶的朝章国政，科场惯例，社会风俗……书中凡涉及到的，无不一丝不苟认真地给以详细的论述与描绘，从而扩大了读者的视野，丰富了人们的知识，对于了解十八世纪中国社会的精神面貌，是有着深刻的意义的。所以，在中国文学史上是应该给它以一定的地位的。"① 这种不作惊人之语的持平之论显然是比较平和、稳妥，也更为客观、公允，代表了此时学界的普遍看法，栾星、范宁、杜贵晨等学者的评价也同任访秋大致类似。这场学术争鸣虽然存在着较大分歧，但总体上是在正常的学术氛围中进行的，它对于全面、确切地理解《歧路灯》的思想本质和文化内涵，无疑是有帮助的。到了 80 年代后期，《歧路灯》研究又从热潮重归于平静，但在平静的背后积蓄着势能，酝酿着爆发，可称为是潜流涌动的过渡阶段。

深化拓展期。经过短暂的休养生息之后，从 90 年代开始至今，《歧路灯》研究进入深化拓展期。比起高潮期的研究，不但学术视野得以拓宽、研究领域进一步扩展，而且理论评论、文本分析以及基础研究也都在前人基础上有了进一步提高，涌现出许多具有较高学术水准的论著，其中不乏独到的体认和新鲜的见解，从而使《歧路灯》文化精神内涵的丰富性、独特性得以全方位、多层面、立体化的展现，取得了令人瞩目的成就。具体地说，此期的《歧路灯》研究体现出如下三个特点：

一是研究视角的转换和研究方法的更新，为此期的《歧路灯》研究注入了新的活力，也使之呈现出新旧杂糅、多元并存

① 任访秋：《漫谈〈歧路灯〉》，《〈歧路灯〉论丛》(一)，第 29 页。

的格局。随着80年代以后西方理论的大批引入，以往以社会学批评为主导的单一研究模式被打破，一些学者开始从新视角、用新方法对《歧路灯》进行重新阐释，如李延年的《论叙事时间视野中的〈歧路灯〉美学特色》[①] 就是运用叙事学的理论方法研究《歧路灯》，角度新颖，富有启示性，为小说艺术形式的探讨带来了新的气息。再如20世纪末至本世纪初，学术界掀起一股编撰文学研究史的热潮，李昌铉《〈歧路灯〉研究八十年》、汪龙麟《〈歧路灯〉研究》[②] 皆是这一学术风气熏染的成果，二文着手从学术史的角度来梳理以往《歧路灯》研究的发展历程，从其成败得失中总结出有益的经验教训，为新世纪的研究铺平了道路。更为可喜的是，一些学者的研究视角已突破了文学的范围，拓展到美学、哲学、教育学、心理学、文化学、人类学、语言学诸多领域，使《歧路灯》研究走向更为宽阔的学术平台。如以前的学者虽已提出《歧路灯》为“教育小说”，但主要是局囿于文学范畴来阐发其意义，李延年则更多地借鉴了教育学的理论结构，对其进行了鞭辟入里的分析，新人耳目。再如，冯友兰早已指出《歧路灯》为“用方言的文学”，但出发点依然在文学性上，此期的张生汉则从语言学专业视角研究其词汇价值等等，这些研究皆为人们开拓出大有可为的学术前景。

二是具有较高学术含量的研究专著相继问世，在一些问题

① 李延年：《论叙事时间视野中的〈歧路灯〉美学特色》，《郑州大学学报》，1999年第4期。

② 李昌铉：《〈歧路灯〉研究八十年》，《西北师范大学学报》，1999年第5期；汪龙麟：《〈歧路灯〉研究》，见张燕瑾、吕薇芬主编：《20世纪中国文学研究·清代文学研究》，北京出版社，2001年版。

上取得新的进展和突破，标志着《歧路灯》研究进入了一个更深入的层面。杜贵晨的《李绿园与〈歧路灯〉》（辽宁教育出版社，1992年版）是第一部全面系统评介《歧路灯》的专著。该书多角度、多层次地论述了《歧路灯》的创作成就，其中“教育小说”、“发愤之作”等章节对故事思想的诠释，切中肯綮，发人深思；“人物画廊”、“叙事佳构”等章节对小说艺术的分析，也有作者独到的体会，时见新意。作为“古代小说评介丛书”之一种，此书学术性与普及性兼顾，具有深入浅出、简明扼要的长处，对扩大原著的影响作出了贡献；但同样是受丛书编撰体例及阅读对象的限制，有些问题未能充分展开，给人意犹未尽之感，这也为后来学者的深入研究留下了空间。李延年的《〈歧路灯〉研究》（中州古籍出版社，2002年版）是在作者博士学位论文的基础上撰写而成。该书立足于前人的研究成果，对有关问题的认识进一步深化、细化，如从社会生活、文学演进、作者生平思想三个方面，探讨李绿园创作《歧路灯》的主客观原因，就比前人的论述更为详细而全面；作者又从家庭教育思想、社会教育思想、学校教育思想三个层面，具体论证了作品的多部主题：形象化的教育思想，教育思想的形象化，也是对其书作为教育小说的一个系统总结。李著还从一些新的视角对《歧路灯》进行了阐发，如对文本美学特色的考察审视，即能发前人所未发，填补了《歧路灯》研究的空缺；而将《歧路灯》与域内外同时期的小说《爱弥尔》、《绿野仙踪》、《野叟曝言》作纵横比较，更显示出作者开阔的学术视野，这些都丰富了《歧路灯》的研究内涵，不失为是一部具有较高学术、理论价值的力作，称得上是此期大陆学界研治《歧路灯》的一大创获。另外，张生汉的《〈歧路灯〉词语汇释》

（河南大学出版社，1999 年版），则着重于对作品疑难词语的疏解，尤其是作者凭借着地域和研究语言的双重优势，对其中方言土语的解释用力甚勤，收获颇丰，对读者以及研究者更好地理解文本原义，提供了极大的帮助。

三是随着大陆学界和港台、海外学界学术交流的日益频繁和深入，《歧路灯》研究的学术空间不断拓展，在港台地区乃至海外学界都引起了很大关注。实际上，早在 80 年代就有台湾学者着手于《歧路灯》研究，并以此指导学生撰写硕士学位论文。如台湾大学中国文学研究所硕士生陈翠芬、辅仁大学中文研究所硕士生郑在亮（韩国），都以《歧路灯研究》为题，分别于 1986 年、1988 年通过了论文答辩。郑回国后，还将论文陆续发表于本国的《中国小说研究会报》等刊物，引起了韩国学者的兴趣。吴秀玉积五年之力完成的《李绿园与其〈歧路灯〉研究》（台湾师大书苑有限公司，1996 年版），则把这一课题的研究提升到了一个新阶段，是《歧路灯》学术史上的重大收获。作者以乾嘉学术精神为支撑，并结合田野调查之方法，不但发掘出一些不经见的第一手材料，而且还在广泛搜辑资料的基础上爬罗剔抉，详加考辨，修正了一些通行已久的说法，仅资料之翔实完备而言，此书在当今学界堪称首屈一指。该书对《歧路灯》思想内容的评述和创作艺术的评论，虽不乏宏观视野下的观照，但更注重微观世界的剖析，如“内容分析”一节就罗列了“举业士子、教坛儒林、虚伪道学、官场污吏、富商大贾”等十个方面来具体论述，“描写手法”、“缺失研讨”等节也是归纳类目，条分缕析，这种见微知著的细致解读既避免了大而无当的泛泛而谈，也容易把某一类问题阐述得更为透彻，给那些急于建构宏大理论框架的学者应有所启迪。

总的来说，由于作者能汲众家之长，成一家之言，使《李绿园与其〈歧路灯〉研究》成为具有某种总结性质的专著。与吴秀玉的专著相映生辉的，是吴聪娣的《〈歧路灯〉研究——从〈歧路灯〉看清代社会》（新加坡春艺图书贸易公司，1998 年版），两位吴姓女士的论著可合称《歧路灯》研究的“双璧”。与吴秀玉的全面铺开不同，吴聪娣则是选取一个独特的视角来切入《歧路灯》研究。其著作既立足文本，又参照同时的文人笔记与相关史料，目的是为清代社会生活的形形色色留此存照。在展开论述时，作者紧紧围绕文本中心来统摄、组织相关资料，重点突出，主次分明，依次描绘出清代的官僚政治、科举教育、商业活动、妇女生活、戏曲艺术等诸种风貌，为读者展现出一幅幅形象生动的社会生活画卷。除此之外，笔者 2003 年 11 月拜访栾星先生时，栾先生还提到，韩国、美国、加拿大和捷克等国均有学者从事《歧路灯》的研究。据笔者所知，韩国留学生李昌铉就曾在 1999 年提交了以《李绿园与〈歧路灯〉研究》为题的博士论文。

二、本书的研究方法和基本思路

从以上对《歧路灯》研究的历史和现状的梳理可以看出，比起同时期《红楼梦》、《儒林外史》的研究来，其研究要显得冷清得多，甚至在特定阶段还出现了长期的研究空白，而且整个研究历程也是忽冷忽热，导致了研究成果的分布呈现出极不均衡的状态。同时亦可看出，本书的研究也是站在前人的肩膀上而进行的，可以说，《歧路灯》与民俗的关系早已有学者揭橥出来，并进行了有益的探索，如栾星、张国光在上世纪 80 年代就称它是“一部十八世纪中国社会的风俗画”；再如 90 年代，吴聪娣的《〈歧路灯〉研究——从〈歧路灯〉看清代社会》，也有部分章节涉及民俗内容，这些论著皆给本书的研究以很大的启迪，如果说本书能对《歧路灯》研究有所裨益的话，那也是在前辈学者基础上进一步深入开掘、具体细化的结果。

再者，文本本身也给我们这种研究提供了最大的可能。在我国小说发展史上，《歧路灯》是一部具有特殊价值和意义的长篇小说，其特殊性不仅在于它是古代第一部长篇教育小说，还在于它对18世纪的清代社会生活作了细致而有趣的临摹，为后代提供了不可或缺的多侧面的巨幅画卷。与《红楼梦》、《儒林外史》相比，它所映象的社会面可谓“五光十色”、“三教九流”，对中原地区民间风情、闾巷习俗的描述，亦堪称是绘声绘影，跃然纸上，这一点更是除李绿园之外当时所有作家都不曾做到的。当今学界也越来越认识到，《歧路灯》作为“社会风尚史”、“民俗活化石”的存真性和珍贵性，正如栾星先生所言：“它是历史存在，大幅度反映了十八世纪中国封建社会政治、经济与文化面貌，记录了中下层社会芸芸众生的思想状态与生活状态，自可为认识历史提供一项新资料。……从另一层社会生活面，补充了《红楼梦》的缺笔。它记录了大量社会掌故，……作者或出以疾恶，或出以感伤，或揶揄，或谴责，非其所非，是其所是，于观静察变之间，无不有工致的描写，亦为研究清代社会风尚不可或缺。”① 正是由于《歧路灯》对社会风尚、民间习俗作了“原汁原味”的客观描摹，艺术地

① 栾星：《歧路灯·校本序》，《歧路灯》栾星校注本，中州书画社，1980年版。

再现出当时的民俗文化“生产场域”的具体形态，这就为本书的研究提供了最为可靠的依据；换言之，如果我们真正要细致地而不是粗线条地、具象地而不是抽象化地去了解中原民俗的“庐山真面目”，也不能不到这座民俗文化宝库里去开掘、去提炼。

综上所述，对《歧路灯》中所大量反映的中原民俗事象作一系统清理，并进而对这些民俗事象所蕴含的深层文化意蕴作一专门研讨，既是一件很有学术意义的工作，也是势在必行的工作，笔者即有志在这方面尽一点微薄之力。

本书的具体思路方法主要表现为：首先把民俗文化学、文化人类学和文学研究相互交叉、沟通，共同服务于本书的表达主旨。钟敬文先生对此曾发表过精彩的见解：“民俗学和古典文学研究都属于人文科学，两者都是研究人类社会的文化现象的。人类社会本是不可分割的有机整体，这就决定了两种学科之间是可以乃至应该相互沟通的。‘他山之石，可以攻玉’，应用民俗学的理论和方法，对于丰富古典文学的研究手段、研究角度无疑会有裨益。”① 从这一思路出发，笔者试图将《歧路灯》放在民俗文化学、文化人类学视野下进行重新观照和审视，对小说中的中原民俗进行文化分析和解读，并以历史的眼光去发掘蕴涵其间的文化意义，包括人生礼仪、宗教信仰、妇女生活、博戏风尚、方言土语及其审美观、价值观，以此来拓展《歧路灯》的研究领域。

其次，本书采取了内部研究和外部研究相结合的研究理路，主要是立足于《歧路灯》文本本身，从作者所处时代的物

① 钟敬文：《民俗学与古典文学》，《文史知识》，1985年第10期。

质生活以及与之相对应的精神生活入手，来揭示作品的文化意蕴、文化价值。前代学者或者是注重作品的外部研究，但大都是从其时代背景、思想渊源、政治观念等方面加以探讨；或者是侧重文本的内部研究，多是从作品内容、艺术成就等方面进行解读，两者都很少涉及中原民俗这一方面。本书着重考察清代时期中原民间的文化气候，以及作品本身所反映的中原民俗的地域特征，并通过互动式的相互参照、印证，阐明特定的民俗文化与特定的社会生活之间存在的关联，从而揭示作品中不为人所注意到的、丰富而深刻的文化内涵。

在进入正文之前，先把论文题目《〈歧路灯〉与中原民俗文化》中的"中原"与"民俗文化"概念稍加界定。"中原"一词，在历史上有狭义和广义两种概念。广义的"中原"概念指的是黄河中下游地区，它不仅包括河南，而且包括今天陕西、山西、河北、山东等省的一部分地区。狭义的"中原"概念指的是今天河南省所管辖区域，今天河南省的大部分地区，在古代属于中国的中部平原，所以人们把河南称为"中原"，又称为"中州"。① 本书主要取其狭义概念，但又考虑到文本中描写的民俗风尚在一定意义上又具有普泛性，和黄河中下游地区的其他省份有许多一致的地方，所以不采用"中州"的称谓，② 而采用"中原"的说法。

至于"民俗文化"的概念，更是众说纷纭，迄无定论，本书采用的是民俗权威学者钟敬文先生的观点，他在《民俗文化

---

① 参见单远慕：《中原文化志》，上海人民出版社，1998 年版；《河南省志·民俗志》，河南人民出版社，1995 年版；张文彬主编：《简明河南史》，中州古籍出版社，1996 年版。

② 小说中多次提到"中州"、"中州会馆"等。

学发凡》一文中，对民俗文化的概念、范围和特点进行了明确的界定。他认为，“民俗文化，简要地说，是世间广泛流传的各种风俗习尚的总称”。民俗文化的范围，大体上包括存在于民间的物质文化、社会组织、意识形态和口头语言等各种社会习惯、风尚事物。民俗文化具有集体性、类型性（或模式性）、传承性和扩布性、相对稳定性与变革性、轨范性与服务性五个特点。在此文中，钟老对此进行了详细的阐述。[①] 本书认同这一界定，不再作过多解释。

① 钟敬文：《民俗文化学发凡》，《钟敬文文集》（民俗学卷），安徽教育出版社，2002 年版，第 8～32 页。

第一章 《歧路灯》与中原地区人生礼俗

1909年，荷兰民俗学家汪继乃波在《Lesritesdepassage》一书中提出了“通过仪式”的著名理论，“通过仪式”又译作“人生仪式”、“生命仪礼”等，它是经过人生重要关口的仪式，通过这些仪式，个人的身份和地位会发生改变，从此之后生命就以完全不同的状态存在。简言之，“通过仪式”就是指“从一个位置到另一个位置，从一个宇宙的或社会的世界到另一个的过渡”①。在中国古代社会，个体从出生到死亡，在整个生命过程中始终与仪式性活动相伴随，生命的每一重要阶段都有不同的仪式活动要举行，其中最重要的就是诞生、成年、结婚、死亡仪式。在这些重要的“通过仪式”中，个人不断获得新生、成长，同时也获得社会的普遍认同。《歧路灯》对这些重要的“通过仪式”所表现出的种种礼仪，大加渲染，诸如对寿诞礼俗、结婚礼俗、丧祭礼俗等都有详细的描述，但是，由于成年礼（冠礼和笄礼）因其社会功能的衰落而在封建社会后期不可避免地走向了消退，《歧路灯》也印证了这一历史变化，

① 参见郭振华：《中国古代人生礼俗文化》，陕西人民教育出版社，1998年版，第57页。

故文中基本没有涉及成年礼俗。

第一节 《歧路灯》中的寿诞礼俗

范仲淹《纪送太傅相公归阙》诗云："归赴诞辰知况说，轻安拜舞寿觞前。"寿诞之俗，从古至今都是人们生活中的一件大事。诞生是生命状态发生转变的重要标志，它意味着一个幼小的个体开始加入社会，有了其相应的社会角色；庆寿实际上既是对过去诞生的一种纪念，也是对未来生活的一种祝福，它意味着个体步入老年阶段之后已赢得社会的认可与尊重，其社会角色已经固定下来。中原民俗文化一向有尊老爱幼的传统美德，无论是诞辰还是祝寿的仪式性活动都十分隆重，这些在《歧路灯》都有所反映。

一、诞生礼俗

诞生庆典礼俗是"通过仪式"的第一个阶段，是整个人生的开端礼仪。主要是在婴儿出生后一定时期内，由家庭主办的一系列富有寓意和程式化的活动组成，这些仪式性活动多带有特定的象征意义和民俗色彩，或者为新生婴儿祈福降瑞，或者为产妇驱邪避灾。更主要的是，新生儿通过此仪式得到家庭和家族的承认和接受，并确认了自己在社会系统中的位置。

（一）请"稳婆"与弄"璋瓦"

《歧路灯》第二十七回，写到谭宅忠仆王中的老婆赵大儿临盆，王氏叫宋禄套上车去接稳婆，"到衙门前槐树巷，接了一个姓宋的来。挨至二更天，赵大儿生了一个女儿。"恰巧此时和谭绍闻曾发生过关系的丫头冰梅"也腹痛起来。这宋婆生意发财，一客不烦二主。挨至五更，冰梅生了一个丰伟胖大的小厮。宋婆磕头叩喜，王氏心中又喜又闷。”这里描述的是请“稳婆”为产妇接生的习俗。当时民间接生的“稳婆”一般都是具有丰富接生经验、掌握一定医疗知识的中老年妇女，这个绰号叫“一丈青”的宋婆就是以接生为专门职业。而且根据《歧路灯》的记载，稳婆家门前往往有“骑马洗孩子的画儿”的特殊标志。同回，写家人双庆儿曾问到哪里去接稳婆，另一家人德喜告诉他：“他们门上有牌儿，画着骑马洗孩子的就是。衙门前那条街上，有好几家子。”可见，稳婆居住的地点相对集中，且门前有“牌儿”也就是招幌，作为招徕顾客的标志。第七十五回，写巫翠姐生产时，谭绍闻也安排“作接稳婆、问方之事，迟了一更，生了一个小相公”。

在中国传统社会中，男女角色的分野可谓是泾渭分明。从婴儿诞生之日起，传统社会就十分注重其性别差异，并冠以不同的称谓。《诗经·小雅·斯干》云：“乃生男子，载寝之床，载衣以裳，载弄之璋”，“乃生女子，载寝之地，载衣之裼，载弄以瓦”。① 男孩玩的是玉璋，女孩玩的是纺线瓦锤，既用以标志尊贵、卑顺之别，也是依据性别角色的定位而给予他们不同的期待。传至后来，遂把生男孩称为“弄璋”，把生女儿称为“弄瓦”。《歧路灯》第七十七回，写满相公祝贺谭绍闻得子就说道：“弄璋大喜，改日造府晋贺。”

添男丁还有另外的称谓，第七十七回：“巫氏分娩，得一个头生男胎，全家岂不喜欢？只因丹客提炉，铜匠铸钱，吵闹个盆翻瓮倒，麻乱发缠，那顾哩这个悬弧大喜。”紧接下一回

① 程俊英：《诗经注析》，中华书局，1991年版，第547页。

又写到谭宅为王氏七旬萱龄并获麟孙鸿禧举行庆祝仪式时，又提到“这后边，便是‘堂上称觞，闾左挂弓’的一大片子客跟着”。所谓“悬弧大喜”、“闾左挂弓”，皆出自《礼记》，其《内则》篇曰：“子生，男子设弧于门左，女子设悦于门右。”①“弧”是木弓，象征男子之阳刚，挂在门左，因为左为“天道所尊”；“悦”（通帨）是佩巾，为古时女子日常所用物件，用以标志女子的阴柔，挂在门右，因为右是“地道所尊”。一左一右，一天一地，一阴一阳，在二元对比中显示出对男女性别角色的文化规定。这种习俗在清代仍然十分流行。《河朔礼俗琐记》中记载：“生男，在大门左设小型弓箭三支，生女则弓移门右，且仅设箭一支，以示区别。”② 但从《歧路灯》的描写中，可以发现“弧”、“悦”具有象征色彩的特征物已完全虚化，而被日常口语和书面套语所取代。

（二）“洗三朝”与“送米面”

《歧路灯》第二十七回，写宋稳婆给冰梅接生后，“到了日出时候，宋婆要走，定住后日来洗三”。这里提到的“洗三”，也称“三朝洗儿”，是在婴儿出世后的第三天举行沐浴仪式。“洗三”做法源于佛教的轮回之说，目的是把上世的罪孽洗涤干净，使新的生命的一生都平安吉祥。主持这个仪式的通常是稳婆，用艾叶、花椒等草药熬好热汤给婴儿洗澡，边洗边念祝辞。对于“洗三”的仪式，《歧路灯》没有加以具体描写。《满汉礼俗》的记载比较详尽，整个过程颇为有趣，洗三那天，亲

---

① 《周礼·仪礼·礼记》，岳麓书社，1987 年版，第 395 页。

② 杨一峰：《河朔礼俗琐记》，《中原文献》第二卷第八期，1970 年，第 30 页。

戚朋友都携带礼品前来祝贺，他们把凉水、果子、鸡蛋、银钱等放入婴儿的洗澡盆里，叫做“添盆”。在小儿洗浴的过程中，稳婆随意借小孩为话题，大说吉庆话语，请众人往盆里扔钱，扔得越多越好，意思是将来小儿才高财大。此礼俗中，添盆的银钱要由稳婆拿走。举行过“洗三”礼仪，表示新生婴儿已脱离孕育状态的残余，开始进入人生、进入社会。虽历经朝代更迭以及社会的不断发展，小儿洗三习俗依然在中原地区广泛流行，只是具体时间各有不同，有的是在第三天，有的是在第十二天。除去时间的差异之外，其蕴含的驱邪意味和喜庆色彩则是相同的。

除了“洗三”，在《歧路灯》中还有多处关于“送米面”的描写。如第二十七回，宋婆对来谭宅看望姐姐的王春宇说：“谭奶奶恭喜了，得了孙孙，王大爷吃面罢，大爷你是几时回来的？刚刚赶上送米面。”接着又写王春宇把谭绍闻叫到楼下说：“没别的话，做速写帖备席，请人洗三吃面。我后日来陪客，叫你妗子送米面来。”所谓的“送米面”，就是当婴儿出生之后，亲戚朋友、街坊邻居都要前去送礼，以表庆贺与祝福，因为所送礼物中通常有米面，故称“送米面”。其实，除了米面之外，也有给产妇送鸡蛋、点心、红糖等补品的，也有给婴儿送帽子、项圈、镯子、铃铛、镀金“寿星”等穿戴物品的。如第九十九回，写王中晚年得子，王氏的“送米面”礼就是诸色俱备，一应齐全：“王氏装了盒子，一个是彩绸一匹，项圈一圆，镀金寿星一尊，荔枝银铃一对，钵鱼银铃一对，手钏一付，脚镯一付，缝帽缎子一尺，缝兜肚绫子三尺；又一个是长腰糯米满装，上面排着二十四个本色鸡蛋。”值得一说的是，“送米面”一般要把物品装在专用的盒子中，称为“喜盒”。第七十七回，写亲戚朋友祝贺谭绍闻得子："此日已过三朝，巫宅方才来送喜盒。少时，巫氏之母巴氏同晚子巫守文来到。王春宇家喜盒也到，王隆吉跟母亲来了。巴庚、钱可仰、焦丹也攒了一架盒子抬来。"从小说有关描写还可看出，"送米面"往往与送"喜蛋"、吃"喜面"、吃"汤饼"等紧密联系在一起，皆反映出清代中原地区民间生儿育女的礼俗，从中不难体会到民间对"通过仪式"中的第一道重要关口的高度重视。

（三）"做满月"与"汤饼大面"

"洗三"之后，一般还要举行"做满月"的庆祝仪式。第七十七回，盛希侨说："我如今叫谭贤弟做满月，就唱这新戏。……到明日扎彩台子，院里签棚，张灯结彩，都是你老满的事。"婴儿出生后一个月，称为"满月"或"弥月"；在"满月"时举办的庆典仪式，即称"做满月"。"做满月"是一般家庭都要举行的活动，不外乎张筵、唱戏、招待亲朋。所以，盛希侨要送戏给谭绍闻，既庆贺其得子之喜，又娱乐亲朋，增加庆典的喜庆气氛。

来贺满月的客人，一般都要随上一份礼金或贺仪，第七十八回"庆贺礼排满萧墙街"写谭绍闻为母亲祝寿和为儿子"做满月"举行隆重的庆典，对此有详尽的描写：

> 后边四桌，便是小相公的了。第一桌，是进士小唐巾一顶，红色小补服一袭，小缎袜一双，小缎靴一双，小丝绦一围。第二桌，是长命富贵珐琅银锁一挂，金项圈一圆，象牙边箍洋扇二柄，沉香扇坠两挂，镀金老虎头一面，莲蓬铃、荔枝铃、甜瓜铃、鞭角铃各两串，"五子夺魁"小银娃娃五位，其余咬牙棒、螺蛳金斗等，十样孩事俱全。第三张是在星藜堂书坊借哩《永乐大典》十六套，

装潢铺内借的《淳化阁帖》三十册，还有轴子、手卷各四色。第四张，是歙砚一方，湖笔十封，徽墨四匣，莱石笔格一架，蔡玉镇纸两条，紫檀墨床一个，寿山大图书五方，水晶印色盒一副，闽磁砚水池一注，宜兴名公画的方茶壶一把。

从中可以看出，“做满月”的仪式要比“洗三”时隆重得多，收到的贺礼也要比“洗三”时贵重。这些亲朋好友所送的礼物可谓花样繁多，既有小孩的衣裳、帽子、鞋袜、扇子等日常生活用品；也有小孩佩戴的长命锁、项圈、铃铛、金斗，寓意着长命富贵、吉祥太平。值得注意的是，在贺礼中还有进士小唐巾、红色小补服、“五子夺魁”银娃娃等，寄托着长辈们对新生儿官运亨通、仕途显赫的期盼；而第三张桌上所摆放的《永乐大典》、《淳化阁帖》等经典古籍以及第四张桌上所摆放的文房四宝等学习用品，彰显着谭家这一书香门第对新生儿“绳其祖武，克绍家声”的期待，也是和小说“用心读书，亲近正人”的创作主旨一脉相通。

“做满月”在小说中又称“吃汤饼大面”，第七十七回写王氏对准备置办“洗三”仪式的谭绍闻说：“如今且暂请吃个小面儿，到满月再请吃汤饼大面。”“你只办两三桌酒，明日请请送礼的女客，还想多请几位久不厮会的，吃个喜面。”再参照第二十七回，王春宇对姐姐说：“男胎是难得哩，这是俺姐夫一个后代，明日就出帖请街坊邻舍吃汤饼。”可见，无论是“洗三”还是“做满月”，都要“吃汤饼”，但是“洗三”“只办两三桌酒”且以女客为主，所以只能称做是“吃个小面儿”；而“做满月”要大宴宾朋且男客女客皆至，其规模要大得多，其仪式也复杂得多，故叫做“吃汤饼大面”。之所以称“吃汤饼面”，是取汤饼之团团圆圆、喜面之绵绵永续之意。

（四）认干亲与寄僧名

在出生礼俗中，《歧路灯》还写到中原地区“认干亲”的风习。商人王春宇的儿子王隆吉，自小就拜街坊宋裁缝为“干爹”，王春宇在儿子入学时曾对谭孝移提及此事：“因为儿女难存，生下这孩子，贱内便叫与他认个干大。本街有个宋裁缝，就认在他跟前。他干大起的名子，叫宋隆吉，到明年十二岁，烧了完锁纸，才归宗哩。”（第三回）第五十回，又写到山西一个小商人焦丹，因乃父在省城祥符开京货铺，幼年即记姓在巫凤山膝下，被凤山收为干儿子。

一般而言，认干亲主要是出于三种考虑：一是孩子出生后由阴阳先生算命，断定孩子命相不好，长大必克父母，就用认干亲的办法来破解。二是有的孩子体弱多病，不易养活，或者子嗣不旺，又遭遇过孩子夭折的情况，就拜认一个干亲以求保护，达到婴儿安康、顺利成长的目的，王隆吉拜干亲就属于这种情况。三是通过认干亲的手段，来加强两家的联系，焦丹之所以拜巫凤山为干爹，主要应是其父借此寻求地方势力的支持，使其生意来往更为便利，显示出生意人的特有精明。

所认干亲，男的称干爹、干大，女的称干娘。孩子的父母与干爹、干娘互称干亲家。拜干亲后，孩子便随干爹的姓氏，并随干爹的子女排行起名，算是该户中的人。上面写王隆吉认宋裁缝做干爹，就改名叫“宋隆吉”即属于这种习俗。在拜认干亲的仪式上，干娘要亲手为干儿缝制一条红布项圈，即是所谓的“锁”，以后每添一岁就加布一层，到孩子十二岁生日时，还要专门举行“解锁”仪式，由干娘亲手将项圈取下，用冥纸祷神焚化，这就是上面引文中所说的“烧完锁纸”。解锁之后，标志着孩子已经成人，同时孩子不再随干爹姓氏而恢复父姓，也就是上文所说的“归宗”。

另外，新生婴儿还有“寄僧名”的习俗。这在《歧路灯》中也有记载。第七十七回写巫翠姐所生婴儿就认尼姑慧照为师傅，“此时慧照已成了新生小孩子师傅，起个法名叫悟果”。同回又写到“地藏庵慧照也到了，拿了佛前绣线穿了制钱十二枚，说是长命富贵锁儿，王氏喜之不尽”。李绿园对“寄僧名”的描写较为简单，但与《中华全国风俗志》[①] 相关记载相互参看，不难推断出寄名神佛的主要目的仍在于消灾解厄。在“寄僧名”的仪式上，亲生儿所拜师傅要给他起一个法号（法名），使他成为寺庙中的挂名和尚；师傅还要送给他一挂佛珠或是“长命富贵锁”，此锁通常是用佛前绣线串编上铜钱而成，文中特以标出“制钱十二枚”，说明孩子到十二岁即可还俗，返归本族，这与认干亲的解锁仪式实质上大同小异。

应该指出的是，对当时的认干亲、寄僧名习俗，小说中的正统文人是持明确反对态度的。第三回写谭孝移对王春宇让儿子拜干亲的做法颇不以为然，并指责他说：“外父的门风叫你弄坏了。拜认干亲，外父当日是最恼的。难说一个孩子，今年姓宋，明年姓王，是何道理？我一向全不知道。你只说‘干大’这两个字，不过是你说的顺口，其实你想想这个滋味，使的使不的？”谭孝移认为拜干亲会扰乱宗法秩序、混淆血缘关系，是有辱斯文、败坏门第之举，因此，全无道理、万万使不

① 《中华全国风俗志》：“大凡缺少子嗣之人家，忽然生下一个男孩，自然爱若珍宝。但是一方面却时时惶恐，或是多病或是无殇。因此为父母者往往带领小儿到庙中焚香祷告，求和尚给小儿起一名，俗称寄僧名，其意谓自此以后，此孩便算出家。”

得。其实，谭孝移所生发的议论正代表着作者的观点。李绿园《家训谆言》云："拜认干亲，甚所当戒。以风马牛之人，忽而亲属相通，勿论往来碍眼，抑且称呼刺耳。况内中藏许多不好之处。切戒！切戒！三父八母，并无干父干母之说，则干亲之不正，可知。认干亲者，大约素有私情，借干亲以为掩耳盗铃之计耳。"① 从这段家训中，可以看出李绿园对拜干亲的抨击比谭孝移是有过之而无不及，他多着眼于拜认干亲"往来碍眼"、"称呼刺耳"的有悖常伦以及"素有私情"的危害，却看不到拜认干亲所具有的使孩子健康成人等民俗意义，所以其看法是有偏颇之处的。他在小说中之所以设置谭绍闻之子拜慧照为师傅的情节，是别有用意的，就是为了揭露谭绍闻与慧照"素有私情"，二人是"借干亲以为掩耳盗铃之计"。

二、庆寿礼俗

《尚书·洪范》将人生吉祥如意之事概括为"五福"："五福，一曰寿，二曰福，三曰康宁，四曰攸好德，五曰考终命。"在五福之中，寿排在首位，可以见出传统文化对寿的高度重视。追求长寿，也成为中国文化中一个永不消逝的主题。为老人举行庆寿仪式，构成了民间礼俗的重要组成部分。

（一）庆寿之发起

年高龄久为寿，一般称六十岁为"下寿"，故民间祝寿也多从六十岁开始，而在此之前庆祝诞辰只是泛称为"过生日"。从小说中的有关描述可知，庆寿活动的安排大致如下：首先是由家中儿女事先筹备，再由专门的执事人统筹安排，如第二十

① 栾星编著：《〈歧路灯〉研究资料》，第144页。

一回写林腾云母亲的祝寿活动就是如此，林腾云“为他令堂生日，要做屏举贺，新盖了五间大客厅，请了职客，要约会人与他母亲庆寿”。此处提到的“职客”，就是红白喜事中的执事人，夏逢若即在林母庆寿中扮演了这一角色。文中还写到夏逢若要谭绍闻凑份子，“掏出来，只见一个红全幅，上面写道：敬约者，九月初十日汉霄林兄令堂陈老夫人萱辰。公约敬制锦屏，举觞奉祝。愿同事者，请书台衔于左。——同里某庆寿某同具。后面已有三五个名字。绍闻只得举笔书名于后”。

第七十七回写谭绍闻为母亲王氏举办七十岁庆寿时，其进程与上述情况基本相同，当时谭宅已陷入“灯将灭而放横焰，树已倒而发强芽”的境地，谭绍闻本人并不愿意张罗庆寿之事，但是又经不住盛希侨等人怂恿，只好强撑着铺排了一番。这次庆寿由其盟兄盛希侨、夏逢若挑头发起并约会诸亲友，那份约会报单写得很分明：“次月十五日，恭祝谭府王老太太七旬萱龄，并获麟孙鸿禧。至期亲友与祝者，预恳奉爵以申多寿多男之庆。——首事盛希侨、夏鼎等同具。”此处的“首事”和上文的“职客”性质类似，而这两次庆寿活动都有夏逢若的参与，作为“钻头觅缝要照客”的帮闲篾片，他是热衷此道，也是精通此道的。

（二）庆寿之礼仪

从《歧路灯》中的描写可以看出，为老人庆寿虽无严格的仪式，但亦要遵循一定的章法；同时也可根据家庭经济状况，或简或繁，简单的可以是全家一起切寿糕、吃寿面，隆重一些的则要设酒席、搭彩棚、请戏班，邀请亲戚朋友到家里共同庆祝。

在庆寿活动中，寿席是必不可免的，如第三十七回写还未曾十分发达的商人王春宇做寿时，亦是“洒庭扫径，肆筵设席”。在他发迹之后，过上了富裕日子，但深知钱财得之不易，因此虽然妻子和亲戚再三撺掇他在庆寿时大肆铺张，他还是断乎不依，认为“不如自己备上一席菜，煮上一锅面，我吃了我心里受用。我不愿意叫你在外边人家事体上慌张”（第一百回）。后来在谭绍闻的极力劝说下，“为遮遮外人眼目，免免外人口舌”，才勉强同意由儿子王隆吉隆重操办庆寿仪礼，因为他的生日在正月十三①，其妻子生日是在正月十五，所以儿子决定“椿萱并庆”。由于家境宽裕，人缘极好，且是夫妇同庆，所以邻居比舍、街上铺户都来送戏、送锦帐、鼓乐、炮手，庆寿活动持续了三天，场面极为壮观，书中写道：“三日已完，一切邻居街坊，无不夸王春宇大爷果然舍的钱，酒是好酒，席是好席；王隆吉相公孝心感动天地，一天晴似一天，无风无雨，整整的热闹了三天三夜。”

值得指出的是，宴请宾朋亲戚时席位座次的安排也大有讲究，那些社会地位较高或年高德劭者通常要安置在“正席”、“上位”。第二十一回写林腾云为母亲祝寿，“主人排列席面，告吉安盅，大家让坐。中间两正席，自是城中僚弁做老爷的坐了。两边正席，是乡绅坐了。其余列席，俱本城富商大贾的客坐了。因谭绍闻是谭孝移之子，也坐了一个列席首座。”第七十九回写谭母庆寿宴客时，“上设三席，中间一席正放，张类村道：‘斜着些好坐。’绍闻上前婉声说道：‘怕遮住后边小女娃们看戏。老伯齿德俱尊，何妨端临。’张类村道：‘惭愧，惭

① 此处作者叙述有误，在第三十七回说王春宇的生日是正月十五日，此处却说是正月十三日。

悔。'于是坐了首座。程嵩淑次座。东边打横是周无咎，西边打横是王隆吉。东边一席，首座是苏霖臣，次座是孔缵经，打横是张正心、夏鼎。西边一席，首座是淡如菊，次座是钱万里，打横是盛希侨，绍闻占了主位。其余众客，俱在两列席坐定”。由此看出，寿席座次安排既受官本位思想的影响，也与当事人的亲疏远近不无关系。衙门书吏淡如菊自恃甚高，对张类村“这几个毛秀才儿穷措大”“竟都猴在上边”，腹中颇有不满，遂借题发挥，宣泄遭受“冷遇”的牢骚，结果被盛希侨厉声呵斥，以致寿席不欢而散。

为老人举行庆寿仪式，儿女往往要准备一些礼品，前去贺喜的亲朋好友也要送来寿仪，这些寿仪和寿礼与丰富多彩的祝寿活动相得益彰，共同表达了晚辈祈望老人健康长寿的意愿。寿礼的名目可谓花样繁多，像谭母庆寿活动中收到的贺礼就摆满了二十张桌子，并伴随着鼓吹细乐，列队从大街上走过，称得上是花团锦簇，极为风光。在这些寿礼中，“寿面”、“寿桃”是必不可少的。如谭宅所摆放的寿礼，“第九对桌子，是寿面十缕，上面各贴篆字寿花一团”，“第十对桌子，是寿桃蒸食八百颗，桃嘴上俱点红心”。此处的“寿面”又称“长寿面”，因面条形状具有绵长不断的特点，“面”与“绵”又两音相谐，于是便形成了寿日吃面以祈延年益寿的习俗。① 至于要送“十缕”，不外是取十全十美之义。不仅如此，人们还常常在寿面上贴上一团篆字寿花，也寄寓着做寿者福星高照，寿运绵长。“寿桃”也是民间普遍认可的象征长寿的符号物，古籍中多载

① 徐珂《清稗类钞》（商务印书馆，1983 年版）云：“馈人以米面及炒热之面，面条长，取其绵绵不断长寿之意也。”

有西王母长寿桃的神话传说，由此演绎出东方朔偷桃的故事，于是桃便成为人们心目中的长寿吉祥物。[①] 献寿桃也因此成为祝寿礼上的一项传统项目，但鲜桃并非一年四季都有，所以中原民间的寿桃多用米粉或面捏成桃形，里面包入豆沙、枣泥、莲蓉等馅料，并在桃嘴点染上红色，然后蒸制而成。至于提到要“八百颗”，应与传说长寿的彭祖活了八百岁有关。值得一说的还有第八对桌子的摆放，“一张是糖仙八尊，中间一位南极，后边有宝塔五座；一张是油酥、脂酥、提糖、包糖面果十二色”。此处提到八尊糖仙，是用糖与面掺和捏制而成的八仙形象，因八仙祝寿传说深入民心，故用以献礼；中间的南极仙翁，更是寿星的代称，《史记·封禅书》载，秦并天下，建有“寿星祠”，司马贞《索隐》云：“寿星，盖南极老人星也，见者天下理安，故祠之以祈福寿也。”这些寿礼既表现了馈赠者祈祝寿星老福寿双全的美好心愿，也为整个寿庆增添了欢乐祥和的气氛。

除了上述带有吉祥意味的寿礼之外，送礼者亦盛行送贺幛、贺联。盛希侨曾对谭绍闻表示，在为谭母上寿时“也不用那绫条子，纸对子，绸幛子，爽快送上一架围屏”，从其语气不难推断，送寿幛、寿联是当时民间颇为流行的风尚；盛希侨为了显示自己和谭的关系非同一般，也是为了突出自己不流于时俗，所以决定送寿屏以表心意。寿屏不但制作极其讲究，要贴锦边、涂金粉，装潢裱褙，而且还要请名家写寿文、书摹本，要作写俱佳。盛希侨所献的寿屏就是请古学渊深的程嵩淑

---

① 关于寿桃可参见向柏松：《吉祥民俗》，湖北教育出版社，2001 年版，第 160～161 页。

作的寿文，请精通书艺的苏霖臣执笔誊写，“果尔文拟班马，毫无应酬之气；字摹钟王，并乏肥腻之形”。寿屏的抬头、落款也不能随意为之，“休说什么科副榜用不的，就是什么科举人也用不的，都是些半截的功名，不满人的意的前程。总而言之，上头抬头顶格，须写得‘赐进士’三个字，下边年家什么眷弟，才押得稳”。因此，经大家商议后，就决定借用“赐进士出身”“现作济宁刺史”的娄潜斋的款，以显示送礼者、受礼者双方的排场和风光。

在一些较为铺排的庆寿活动中，戏曲也经常参与进来。像林腾云为母亲庆寿时，曾请茅拔茹的昆班唱堂戏（第二十一回）；商人巫凤山庆寿时，也请绣春班唱堂戏（第六十五回）；王隆吉“椿萱双庆”，街坊也执意送戏，戏一直唱了三天三夜（第一百回）。谭母庆寿时更是出现两台戏同时竞演的盛况。一台是由街坊公送的民间戏班——梆锣卷，同街邻居姚杏庵、冯健等对谭绍闻说：“太太荣寿，俺们情愿尽这一点穷心，只用现成的台子，其余一切饭食戏钱，灯油蜡烛，府上只如不知晓一般。”还说道：“谭相公若不受这戏，我就要写一纸状，告相公舍近就远坑杀街坊事。”谭绍闻因盛情难却，只好应允下来。另一台是盟兄盛希侨所送的家班，为了在谭宅布置戏台，满相公带一班人马整整忙活了五天，把谭宅打扮得如“锦屋绣窝”一般。庆寿那天，谭宅院内厅前是盛家昆班唱堂戏，以伺候席面；门外街心戏台上是梆锣卷戏班的演出，以娱乐街邻，可谓“互济其美，各擅其妙”。两台戏班演出，一直从早上持续到深夜，不能不说是“繁华之甚，快乐之极”。

从小说描写中可以看出，庆寿戏班的演出大都要演几出与祝寿有关的剧目，然后再唱一些保留的拿手戏，或奉承席面上的士绅老爷，或迎合市民的审美趣味。在谭母庆寿之前，盛家戏班还于谭宅进行了预演，老副末拿着戏本上来请点戏，盛希侨道："就唱你新打的庆寿戏，看看你这串客的学问何如。明日好敬客。"可见戏班还专门排演了新节目，准备在庆寿活动时上演。"果然上场时，演的《王母阆苑大会》，内中带了四出，麻姑进玉液，月娥舞霓裳，零陵何仙姑献灵芝，长安谢自然奉寿桃。"王母娘娘在民间既是玉皇大帝的夫人，又为长寿吉祥之神，在女仙中具有至高无上的地位；文中提到的麻姑、嫦娥、何仙姑、谢自然都是女仙且与王母娘娘有一定关系。相传三月三日王母娘娘举办蟠桃大会（阆苑大会）①，麻姑曾用绛珠河畔的灵芝酿造成寿酒献给王母，是为"麻姑进玉液"；嫦娥偷吃不死之药而飞入月宫的传说更是世人皆知，不死之药即来自于西王母，故有月娥为王母舞霓裳一出。据《八仙出处东游记传》记载，何仙姑等八仙曾参加过西王母举办的蟠桃会；另据《太平广记》卷六十六记载，谢自然之所以能得道成仙，也和金母（道教中西王母也称金母）赐给她仙桃不无关系，所以有"零陵何仙姑献灵芝"、"安谢自然奉寿桃"之说。可见，《王母阆苑大会》是一部典型的庆寿剧，在情节安排上将神仙剧和祝寿活动直接联系起来，渲染了贺寿吉祥、得道成仙的场面，从而达到取悦、奉承寿星老的目的。林腾云母亲庆寿时，也是"先演了《指日高升》，奉承了席上老爷，次演了《八仙庆寿》，奉承后宅寿母"。除专门的庆寿剧之外，戏班还

① 元朝无名氏的杂剧《宴瑶池王母蟠桃会》取材于民间传说，多用于庆寿。明朝朱有燉《群仙庆寿蟠桃会》也是祝寿时常演的杂剧。小说中提到的《王母阆苑大会》与上述剧目有一定关联。

可视情况而定演出其他剧目，如盛家戏班就演了新排的《长生殿》及女客点的《思凡》，绣春班也演了打斗热闹的《封神榜》等。

第二节 《歧路灯》中的婚姻缔结礼俗

如果说家庭是一个社会的基本细胞的话，那么婚姻则是组建家庭、繁衍后代必不可少的重要环节。通过这种人生仪式，男女之间的结合得到社会认可，也要对家庭、社会承担起各自的权利和义务。婚姻的确立，通常以一系列繁琐的礼仪为标志。民俗学和文化人类学研究也表明，结婚礼俗是集中展现各民族文化最为典型的民俗事象。本节即依据《歧路灯》文本的相关描写，来阐明传统婚姻的缔结原则和婚姻礼俗，以窥视其民俗事象中所蕴含的文化意义。

一、婚姻的缔结原则与变异

《礼记·正义》云："天地合而万物兴焉，夫昏礼万世之始也。"《昏义》亦云："昏姻者，将合二姓之好，上以事宗庙，而下以继后世也。"在重视人伦关系的传统社会中，婚姻被赋予了神圣的使命，负有社会教化之重任，承担着"事宗庙"、"继后世"的积极功能，从而成为万世之始、人伦之基，这也成为婚姻缔结原则的出发点。概括说来，中国古代社会的婚姻缔结可归纳为"父母之命，媒妁之言"和"门当户对"两大原则。从纵的方面来看，这两大原则虽表现出强大的历史延续性，但是随着时代的变迁亦发生了不同程度的变异，这种变异在明清时期表现得较为突出；再从横的方面来看，不同社会阶层对这两大原则的接受程度也存在着差异，尤其是市民阶层往往会突破传统的限制，而使婚姻缔结原则发生一定的改变。

（一）“父母之命，媒妁之言”的原则及其变异

在传统社会中，婚姻是“合二姓之好”，因此，婚姻并不仅仅是男女当事人的结合，家庭的稳定和延续反而占据了更重要的地位，故婚姻的主导权并不掌握在男女双方手中，而是由其家庭及象征者家长来包揽一切。对于这种由父母包办的择偶方式，美国社会学家J·罗斯·埃什尔曼给予了极精辟的解释，他指出：“在择偶由父母包办的社会，家庭一般是首要的群体，并且是就业的唯一源泉；婚姻并非建立一个新的家庭，而是使现存家庭持续下去和保持稳定的一种手段。包办婚姻为长辈提供了向年轻的家庭成员和外来者施予控制的功能，并使之成为家庭单位的组成部分。另外，它维护了家庭财产，促进了政治联系，保护了经济和地位的关系，使家庭一代代的香火不断。”[①] 在中国古代，“父母之命，媒妁之言”的择偶方式也成为一个通行的原则，那些私下爱慕，自行配合的男女往往会遭到社会的唾弃。婚姻的缔结通常先由父母决定，再通过媒妁传言；或者先经媒妁搭桥，再由父母决定。婚姻当事人完全处于被动状态，对自己的婚姻没有直接发表意见的权利。《歧路灯》中谭绍闻与孔慧娘的婚姻即体现了这一典型原则，首先是谭孝移见到慧娘“真正好模样儿，且是安详从容”，就想与孔家结亲；然后通过挚友娄潜斋从中作伐，定下了朱陈之盟。从第四回回目“孔谭二姓联姻好”，也可看出二人的婚姻的首要

① ［美］J·罗斯·埃什尔曼：《家庭导论》，潘允康等译，中国社会科学出版社，1991年版，第319页。

选择仍然是“合二姓之好”，而且父亲谭孝移具有最终的拍板权。再看谭绍闻和巫翠姐的婚姻，书中曾经两次涉及二人的提亲，第一次是巫家先通过王春宇向谭宅说媒，虽然王氏相中却遭到了谭孝移的反对，结果是没下文；第二次是在谭孝移、孔慧娘死后，巫家再次通过王春宇提亲，就由王氏做主答应了这门亲事，因此当夏逢若借姜氏名义讹诈谭绍闻时，他即以母亲之命来推托：“日昨我舅与我母亲一权主定，承许了曲米街巫家的事。一个是舅，一个是娘，叫我也没法。”由此也不难看出父母之命的权威性。另外，“父母之命”中的“父母”只是封建家长的一个泛称，并不仅仅指双方的父母，也包括父母以外的其他尊长，如祖父母、叔伯乃至兄长等人。《大清律例》明确规定：“嫁、娶皆由祖父母、父母主婚，祖父母、父母俱无者，以余亲主婚。”①

媒人在婚姻缔结过程中也扮演着非常重要的角色。《说文解字》曰：“媒，谋也，谋合二姓者也。”“妁，酌也，斟酌二姓者也。”二者连起来解释就是，谋合异姓，使相成婚姻。传统社会对媒人有许多称谓，这在《歧路灯》中也有所表现，如第四回娄潜斋替谭孔二家说亲，就自称“月老”，月老就是媒人的代称，它出自于唐朝李复言的《续玄怪录》卷四《定婚店》；第七十三回回目“谒父执冷语冰人”中的“冰人”也是指媒人，出自《晋书·索紞传》，等等。从这些不同称谓中亦反映出媒人所具有的举足轻重的作用。《诗经·豳风·伐柯》云：“取妻如何？匪媒不得。”民间有谚曰：“男子无媒不娶妻，

① 张友渔主编：《中华律令集成·清代卷》，吉林人民出版社，1991年版，第99页。

女子无媒老不嫁”，“天上无云不行雨，地上无媒不成亲”。婚姻缔结中的媒人大体可分为两类，一类是职业媒人，另一类是由亲朋好友兼做媒人。在《歧路灯》中出现了薛窝窝之类的媒婆，专门以说媒为业，详见本书第三章，此处暂不赘述。但由亲朋好友兼做媒人的情况似乎更为常见，上文提到的谭绍闻第一次婚姻中的媒人娄潜斋就是其父亲的知己；第二次婚姻做媒的就是其娘舅。谭篑初和薛全淑的媒人谭绍衣既是男方的族伯父，也是女方的娘舅，与双方都有较密切的亲戚关系。这也是婚姻缔结的正常方式。

蒋士铨有诗云：“父母之命礼经传，私订婚姻小说有。”① 男女自订婚姻，只出现在小说、戏曲等虚幻世界中，在现实生活中却很少有可能发生，《歧路灯》虽然也是小说，但作者具有强烈的正统观念，再加上作品中写到的婚姻大多数都发生在士绅人家，所以基本上都是符合“父母之命，媒妁之言”的缔结原则的。然而在这一总的缔结原则下，也发生了些微的变异情形。如谭绍闻与其母亲的婢女冰梅平日不明不暗，在他母亲毫不知晓的情况下发生关系，并产下儿子，以至于一向护犊的王氏都认为“人说主家没道理”，因此赶快让谭绍闻行礼娶亲，与孔慧娘完婚。再如，谭绍闻与巫翠姐的婚姻，虽然有其舅舅为媒并得到母亲的同意，但是，从第四十九回回目“巫翠姐庙中被物色”，可看出他是在看戏时迷上了巫翠姐的姿色，因此，当舅舅征求其意见时，他满口应承下来。如果说二人的婚姻还

① 蒋士铨著，李梦生、邵海清校笺：《忠雅堂集校笺》，上海古籍出版社，1993年版，第716页。原文作“婚姻私订南词有”，《校记》云：“‘婚姻’句，三十卷本作‘私订婚姻小说有’”。本书采用的是三十卷本的说法。

是带有一些自主色彩的话，那么这种自主也是十分的有限，而且作者对谭绍闻的上述行为是持一种批判态度的。

（二）门当户对的原则及其变异

第九十五回，谭绍衣曾说："婚姻是关系宗祧门第的大事，不可轻忽"，正因如此，封建社会一向讲求门当户对的婚姻缔结原则，这一观念已经沉淀在人们心灵深处，成为一种集体潜意识存在，以至于在不同阶层习惯上都形成了各自的通婚文化圈。所谓谈婚论嫁必讲门当户对，就是指夫家和妻家在地位、权势、财力上必须大致相当，门第不能过于悬殊，以致把择偶的圈子都打乱了。据乾隆《翼城县志》记载："两家相合最重门第，门第不当，断不苟合，贫富非所论也，非惟绅士为然，即商贾农工亦尔，倘非偶联姻，则乡党不齿焉。"① 看来，乾隆年间不但是中上层人家对门当户对原则把握严格，而且商贾农工也视之为理所当然之事，一般人都不肯也不愿去触犯这一约定俗成的习俗。第四回，写到孔耘轩与娄潜斋论及女儿婚事时曾言："孝老乃丹徒名族，即在祥符也是有声望的门第，我何敢仰攀？"其实，此处是孔耘轩的自谦之词，他是书香门第且身为副车，而谭孝移也是丹徒望族且为拔贡出身，二人又有管鲍之谊，他们结为儿女亲家完全是门当户对的。盛希侨作为云南布政使之后，拥有四五十万家私，他娶的妻子也是世家出身，也可以称得上是门第相当。但是，盛妻因为自己的兄长是新进进士，而盛家又逐渐走上没落，在她看来两家的门第已产生了差异，对盛家兄弟有了骄人的资本。所以盛希侨就激励自己的弟弟说："第二的，中进士呀！这回到京上，不中进士不

---

① 乾隆《翼城县志》卷三。

许回来，我到京里看你们去。省的人家大姑娘，看咱家门不当，户不对。”（第九十二回）盛希瑗娶妻为湖广世家之女，祖父辈均为进士出身并出仕为官，“他那管家的门上，都是看不见知府的眼睛”（第一百回）。可知，官绅之间相互联姻，以扩大自己的政治势力在当时也是十分普遍的风气。还需要指出的是，在“门当户对”的婚姻缔结原则指导下，清代社会还存在着良贱不婚、尊卑不婚等习俗，因小说中对此涉及不多，不再赘述。《歧路灯》主要人物婚姻状况可参考表1—1：

表1—1:《歧路灯》有关人物婚娶情况一览表①

姓名	祖籍	祖父辈出身情况	学历	婚娶情况
谭孝移	江南丹徒	四世书香门第，列名胶庠	贡生，保举贤良方正，正六品职衔荣身	娶周孝廉女儿，病故，后娶王秀才女儿
谭绍闻	同上	同上	副车	副车孔耘轩之女孔慧娘，后娶财主之女巫翠姐，妾冰梅，也是世家之女
谭篑初	同上	同上	进士	山西榆次县知县之女薛全淑，谭道台甥女；妾王中之女王全姑
盛希瑗		布政使之后，世家子弟	副榜	娶湖广世家女儿
盛希侨		布政使之后，世家子弟	太学生	娶世家之女
王春宇	祥符人	王秀才之子	经商	娶曹氏

① 本书所涉及表格绝大多数由笔者根据自己制作的《歧路灯》文本数据库资料编制，个别引用表格均注明出处。

随着社会的变迁和不同阶层经济势力的此消彼长，在明清时期婚姻论财逐渐兴起，这对门当户对的缔结原则产生了一定的冲击，也对传统礼制和相对稳定的家庭关系造成了震荡。《歧路灯》敏锐地捕捉到了婚姻关系中出现的这一新变化，如果说谭绍闻与孔慧娘的婚姻讲究的是门当户对的士绅结合，那么他和巫翠姐的婚姻就是冲破门第藩篱的绅商结合，而更多地体现出权力与财富的相互需求。士绅一方看重的是商人的财富，而商贾们则向往的是士绅的门第和权力，因此两者往往是一拍即合。像王氏就对巫家的"好陪妆"羡慕不已，在第一次提亲时她就说到："况且他家是个大财主，不如与他结了亲，将来有些好陪妆。"（第四回）只是因为谭孝移认为她的见解毫无道理而作罢。作为从生意上发一份家业的巫凤山，是想借助婚姻关系来提高自己的社会地位，所以不避嫌疑向谭宅两次提亲，即使是女儿作为续弦也心甘情愿，因此，在女儿出嫁之时，就准备了丰厚的嫁妆，"巫家新发迹财主，乍结了士夫之家姻亲，妆奁陪送，自必加意奉承"（第五十回）。从中可以看出，商人在社会上处于一个十分特殊和尴尬的地位，在士绅阶层看来他们无疑是"小户人家"，而他们对农工民众又不屑一顾，这就造成了商贾子女婚姻的"高门不来，低门不就"，但对商贾人家来说，与士绅联姻毕竟还是一种最佳选择。

李绿园作为缙绅士夫，对贪图富贵的财婚很不满意，在《家训谆言》云："结亲不可贪图富贵之家，一定要有些诗书之泽才好。不然者，姻亲聚会，而厕一不类之人，亦大难为人。"① 所以他又在作品中塑造了正面的典型，以和那些"婚

① 栾星编著：《〈歧路灯〉研究资料》，第145页。

姻不论门第，惟从目前富贵”的时俗形成对照。如谭篑初通过县试，道台观风受奖之后，有一商人看他年轻有为，便愿意把女儿嫁给他，就让薛媒婆登门提亲。薛媒婆鼓动王氏的说辞中，虽也提到女方人材标致，但更强调的是这里有好大一注子银钱：“这人是咱城中一个财主，山货店有他几股子生意，听说京中，也有几个铺的本钱。一个女儿，今年十七岁了，高门他不攀，低门他不就，所以还不曾有个婆家。这位爷只有一个女儿，过继的一个侄子。这陪妆都是伙计们南京办货另外带的，首饰是北京捎的，不是咱布政司东街打造的银片子。单等有了女婿，情愿供给读书，读成了举人、进士，情愿将几处庄子陪送作脂粉地。”此时，谭宅家境虽然大不如前，吃过绅商联姻苦头的谭绍闻终于幡然醒悟，而抵制住了金钱的诱惑，的确也难能可贵，这也是他改志换骨、走上正途的具体表现。

二、婚姻礼俗

古人认为“婚姻之道，谓嫁娶之礼”，一般都是通过隆重的礼仪程序来标志婚姻的成立，因此，婚礼也是“通过仪式”中的最重要关口。经过这种仪式，男女双方的人生发生了转折，两家的关系也进入一个新阶段。中国传统婚姻礼仪起源甚早，《礼记》即云：“昏礼者，礼之本也”，它还明确详细记载了婚姻程序中的种种礼仪，尤其是在《仪礼·士昏礼》中提出了所谓的“六礼”：纳采、问名、纳吉、纳征、请期及亲迎六道程序，从而使它走上了礼制化、规范化。经过两千多年的时势变化，这种基本程序结构和礼仪精神仍然大致保存下来，但是，有时人们也根据实际需要对“六礼”加以地方性的转化。《歧路灯》认为：“男家娶妻，父纳采，婿亲迎，六礼俱备，以承宗祧”（第八十五回），因此小说中的婚姻习俗也基本上是按照“六礼”的程序进行运作的，下面就按书中所记婚姻礼仪的先后顺序分述如下。

（一）“纳采”求婚与“问名”合庚

1. “纳采”求婚。书中第一百零六回写到：“绍闻唯唯。生法儿见了薛甥女，心中甚喜，急切办了表礼八色，行了纳采礼，得了回启。”“纳采”是古代婚礼的开端，略相当于今日民间所谓“提亲”。它是指“始相与言语采择可否之时”[①] 或“婿氏为女氏所采”，[②] 即女方收纳男方馈送之雁，以为采择之礼。据《仪礼·士昏礼》记载：“昏礼下达，纳采用雁。”[③] 纳采的程序是：男方请媒提亲后，女方同意议婚，男方备礼去女家求婚，礼物用雁。关于古代用雁，有不同解释，有一种说法是：雁这种候鸟“木落南翔，冰泮北徂”，[④] 由此可见，纳采以雁为礼的民俗意义应该有两重：一是雁为候鸟，秋去春回，来去定时，象征男女双方顺乎阴阳、忠贞不渝；二是雁阵飞越蓝天，排列成行，用以比喻嫁娶长幼有序，不相跨越，合乎儒家礼法道德规范。[⑤] 遗憾的是，《歧路灯》对此没有作具体描述。

①② 岳庆平：《中华文化通志·婚姻志》，上海人民出版社，1999年版，第170页。

③ 《周礼·仪礼·礼记》，第141页。

④ ［清］李绿园著，栾星校注：《歧路灯》，中州书画社，1980年版，第809页，注释3，江筠《读仪礼私记》云：“雁不再偶，是以取之，盖《郊特生》所谓‘一与之齐，终身不改’之义也。”

⑤ 《白虎通义·嫁娶》云：“贽用雁者，取其随时南北，不失其节，明不夺女子之时也，又取飞成行，止成列，明嫁娶之礼，长幼有序，不相逾越也。”参见岳庆平：《中华文化通志·婚姻志》，第170页。

2．“问名”合庚。第六回说：“……若说他吝惜，不记得前日行‘问名’礼时，那席上何尝不是珍错俱备？”“问名”是男方求婚后请媒人问女方姓名及出生年月日，准备合婚的仪式，是古代婚姻“六礼”中第二礼。《仪礼·士昏礼》中，郑玄注云：“问名者，将归卜其凶吉。”① 古代问名仪式是“宾执雁，请问名”。在古代婚礼中，问名是一项十分重要的仪式。《诗经·卫风·氓》：“尔卜尔筮，体无咎言”，意思是你已用龟甲蓍草卜卦了，没有不吉利的征兆。真实地反映了当时男女在订婚前要行“问名”之礼，并将两人的生辰年月卜卦，如果有凶兆就不能订婚。将男女两人的生辰年月放在一起进行占算，民间俗称为“合八字”或“合庚”。八字是否相合在古人的心目中非常重要，它不仅影响到夫妇的幸福，甚至会影响到整个家庭的利益。倘若男女八字相克，订婚的事情就没有指望了。

婚姻是人生旅程的重要阶段，也是人生最重要的一个组成部分。但是，问名合庚，成为传统婚姻习俗中的一种必要礼制。在婚姻的发展过程中，“问名”渐变为主要是看男女生年属相是否相合。就是在订婚前，问清楚男女双方的生年、属相，再请算命先生“合属相”。如果算命先生说犯了大忌，那这段姻缘也就至此为止。所谓犯大忌，中原地区有这样的说法：“白马怕青牛，乌猪怕猿猴，蛇怕猛虎如刀断，羊鼠相逢一旦休，黑狗不能进羊圈，庚鸡见犬泪双流。”还有“两只羊，活不长”，“青龙克白虎，虎鼠不结亲”等与婚姻相关的谚语。以生肖动物的兽性主宰人间婚姻，无疑是对人性的摧残，同时，也充分暴露出这一陋俗的本质。

① 参见岳庆平：《中华文化通志·婚姻志》，第173页。

(二)“纳吉”订婚与“纳征”下聘

1.“纳吉”订婚。第四回说：“嗣后谭孝移怎的备酒奉恳潜斋、嵩淑作大宾；……怎的择定吉日同诣孔宅，孔宅盛筵相待；怎的孔耘轩亦择吉日置买经书及文房所用东西，并‘四六’回启到谭宅答礼，俱不用细述。”此处的“择吉日”就是婚姻程序中的“纳吉”之礼。在问名合庚之后，把合婚佳音通知女家，即为“纳吉”，取其纳取吉利之意。通过这个仪式，双方的婚事就正式确定下来，略相当于民间习俗所说的“订盟”。按照古礼，纳吉送雁即可，但随着时代的变化，后世对纳吉也越来越重视，一般要在这一仪式上把饰物、衣物、食物等礼品送往女家，俗称“送定”、“过定”等，相对于下面的“纳征”来说，又叫“小聘”、“送小礼”。

2.“纳征”下聘。订盟之后，男方将聘礼送往女家，称为“纳币”，又称为“纳征”。第二十八回，王氏道：“我只有当日老太爷撇下这一个相公，目下行孔宅这一宗大事，衣服要十二套，头面要四付，颜色、花样，我也说不清，说不会。”这里王氏所说的“目下行孔宅这一宗大事”实际上就是“纳征”下聘，也就是民间习俗中所说的“完聘”、“大聘”、“过大礼”，这是婚姻进入一个实质性阶段的重要礼仪。“征”有“成”的意思，《礼记·昏义》注曰：“先纳聘而后婚成”，故传统社会中一向有“无币不相见”，“聘者为妻，奔者为妾”等说法。早期的聘礼都是些生活必需品，如粮食和御寒的皮毛等。据《史记·补三皇本纪》：伏羲始制嫁娶，“以俪皮为礼”。“俪皮”即成对的鹿皮。币在古代是指皮帛等物，据《大清通礼》载，清代纳征的庶士礼是：

诹日纳币，具书备礼物，章服一称，币表里各四两，容饰合四事，食品六器。媒氏告于女家，主人遣使奉书物行礼。女家受礼告寝，复书礼宾。宾复主人，均如纳采。①

到了清代大都是金银首饰，单衣、棉衣布料等。可见，“纳征”中的礼品要比纳采丰富得多、贵重得多。当然“纳征”彩礼的多少要视男方地位财富而定，不过置办物品须是偶数，以示成双成对。中等人家，多为六色或四色，由媒人送往女家。《歧路灯》中，谭绍闻娶孔慧娘的聘礼是“衣服要十二套，头面要四付”，“至纳币之日，两位媒宾，王春宇以舅代父，共是三位。这些告先、呈币的仪节，不必琐述”。（第二十八回）

（三）“请期”送好与“亲迎”娶妻

1.“请期”送良辰。行“纳币”礼之后，男方再用雁到女家商量结婚日期，称为“请期”，俗称“送好”、“送日子”、“提日”。第一百零七回：“抚台道：‘有一事相烦，叫你择个嫁娶吉日。’阴阳官跪下道：‘请示新男新女贵造。合了生辰八字，照天德岁德喜神方位贵神照临吉日，细写红鸾喜书进呈。’”这是小说中抚台大人为谭篑初与薛全淑结婚命令巡抚衙门的阴阳官择嫁娶吉日的描写。《仪礼·士昏礼》载：“请期用雁，主人辞，宾许，告期，如纳征礼。”程颢等认为：“请期实告婚期也，必先礼请以示谦。”② 可见所谓请期，实为男方告诉女方已经卜定的婚期，而非男方征询女方婚期，所以称为“请期”，是古人谦让之辞。婚期其实是由男方依历书或占卜所定，上面抚台大人让阴阳官择吉即是选择婚娶日期。

男方择定婚期吉日后通知女方，女方便要从速为出嫁女子

---

① 岳庆平：《中华文化通志·婚姻志》，第179页。

② 《二程集》，转引自岳庆平：《中华文化通志·婚姻志》，第179页。

准备衣饰、生活器具等嫁妆。第一百零七回写谭篑初“请期”之后，薛家为全淑准备嫁妆：“不过针工裁缝，木柜皮箱，床几桌椅，衣桁镜架，铜盆锡灯之类，凡省会之所有者多钱善买，遇世家旧族所售之物，则不难以贱值而得珍货。”在封建社会里，嫁妆的多寡好坏，往往决定姑娘到婆家后的地位，所以女家总会尽量把嫁妆办得体面一些，文中也写到谭绍衣看到薛家遣嫁之奁虽已俱全，但为了使薛家嫁女更加风光，“又添了些金钗玉簪圆珠软翠的首饰，楠箱桁铁梨紫檀的东西”。

与此同时，男家也要加紧做好迎亲的准备，打扫庭院，粉刷一新，张灯结彩。《歧路灯》中描写虽较为简略，但基本要求都做到了。第一百零八回写到：“萧墙街大门前，横拉三匹彩锦，直如三檐伞一般，却是三样颜色。泥金写的斗口大喜字，贴在照壁，并新联，俱是苏霖臣手笔。墨黝如漆，划润如油，好不光华的要紧。”至此，结婚的准备工作基本完成，就进入“亲迎”阶段。

2.“六礼”的最后一道礼俗是“亲迎”。它是新婿往女家迎娶新娘的仪式，也是婚礼的高潮与核心。在《歧路灯》中有多处提及“亲迎”，第二十八回写道：“及至亲迎之日，王氏尽力铺排，谭绍闻也极力料理。”第五十回说：“且说谭绍闻亲迎，是腊月初二日，一月就是元旦。”分别说的是谭绍闻迎娶孔慧娘以及后来续娶巫翠姐的情况。在谭绍衣看来，“婚姻为人伦之始”，“是典礼之大者”，万万不可苟简，因此，小说在第一百零七、一百零八回详尽记述了谭篑初、薛全淑结婚的全过程，下面就按照他们的婚礼过程逐一进行分析。

官绅阶层举行婚礼，极其讲究场面。此时谭篑初的族伯父绍衣为河南巡抚，父亲刚从知县官位致仕归家，婚礼十分排场：

> 及至十六日，谭宅抬出浙中官轿四乘，俱加红绫作彩。即用旧日浙中伞扇旗帜，肃静、回避牌各一对，打的新张黄岩县灯笼二对。虽说小小排场，却也不滥不溢，名称其实。篑初坐了花轿，前往迎亲。新婿陪堂，却央的张正心引礼。那两顶轿，是娶女客坐的。一路八人是号头锣鼓，大吹大打；一路八人是笙管箫笛，细吹细奏。

因谭绍闻做过黄岩知县，婚礼中用官轿四乘，乐队十六人，伞扇、旗牌、灯笼一应俱全，是符合当时礼仪的①，所以书中云“虽说小小排场，却也不滥不溢，名称其实”。书中提到官轿四乘，其中新郎、引礼（婚礼的执事）各坐一个，剩下两顶是为娶女客用的。

小说接着写，谭宅的迎亲队伍来到女家，“到了薛宅公馆，榆次公的十三岁小公子门左立迎，两个长髯老家人伺候。张正心与篑初下轿来，小公子迎面一揖，躬身让进。娶女客下轿，自有送女客出迎，两起儿丫头养娘，一拥儿进去”。新郎进入女家后，首先要拜女方的祖先：

> 张正心引篑初上的大厅，泡的松子元肉茶奉到。茶毕，张正心便问榆次公神主何在，礼应率新郎告先。薛公子答道：“客边难以载主而来，写的先榆次公牌位在书房院北轩上。一说就当全礼，不敢动尊。”张正心道：“男先之典，莫以此为重，理宜肃叩。”一齐动身，细乐前导，到了榆次公神牌前。上面挂了一副当年万民盛德对联：“文章宿望江之左，康济宏猷堆以东。”行了前后八拜大礼。

---

① 据《清史稿》卷八十九《礼志八》载：“品官婚嫁日用本官执事，灯六、鼓乐十二人；人及品者，灯四、鼓乐八人。”

因为告先是“男先之典，莫以此为重”，所以到女家之后，新郎首先要在家主陪同、“引礼”导引下，到祠堂祭拜神主。之后“回到大厅，又献了茶。摆上酒席，篑初首座，三酌四簋后，又捧的碗茶来。张正心陪席起身，鼓乐喧。这一回厅上奠雁，门外御轮，俱遵着圣人制的仪注而行”。奠雁，即献雁，用雁为贽（见面的礼物）。告先、奠雁，皆须女方家主亲自陪同，因为全淑父亲去世，所以由薛家之子十三岁的薛沄做主人，陪新人行礼。御轮，即赶车。《礼记·昏义》曰：“降出，御妇车，而婿授绥，御轮三周。”新娘登车时，新郎亲自授给新娘登车的绳索然后亲自赶车，车轮行三周匝，再交由车夫驾御。清代嫁娶用轿不用车，礼俗则改成由新郎扶一扶轿杆，象征“御轮”。

新娘穿上嫁衣，戴凤冠，披霞帔，穿绣花鞋，由女客搀扶上轿。临上轿前，要大哭一场，以示不愿意离开养育自己的父母，称之为“哭婚”或“哭嫁”。对此小说中也有描写：“张正心、篑初上轿，迎姑嫂、送女客共搀全淑姑娘上了八抬大轿。母女离别，泪点不干，提他不着。”①

当娶亲的花轿回到男方家中时，婚礼仪式也渐入佳境：

> 花轿抬至萧墙街大门前，横拉三匹彩锦，直如三檐伞一般，却是三样颜色。泥金写的斗口大喜字，贴在照壁，并新联，俱是苏霖臣手笔。墨黝如漆，划润如油，好不光华的要紧。因门窄走不过八抬，各堂眷只得在大街下轿。

① 小说第八十五回还提到“送门之戒”的习俗：“女家遣嫁，定申送门之戒，仍是寝地之心，是伏字一边之事。”所谓“送门之戒”是：新娘出家门前，父亲先训诫道：“戒之敬之，夙夜毋违命！”然后母亲送女儿到西阶，为她整冠敛帔，又教导说：“勉之敬之，夙夜无违宫事！”之后，庶母、姑嫂、姐妹们送新娘到中门，为她整理裙衫，重申父母之命说：“敬恭听宗尔父母之言，夙夜无愆，视诸衿鞶。”

> 满地下衬了芦席，上边红的是氍毹，花的是氆氇。自大门至于洞房，月台甬道直似一条软路。门阈上横马鞍一付，机一架，取平安吉胜之意。迎姑嫂、送女客到新人轿前，扶出一个如花似玉的新人，头戴五凤金冠，珍珠穗儿，璎珞累累，身披七事荷包霞帔，锦绣闪烁，宫裙百折，凤履双蹴。那街上看的男女拥挤上来。……四位女客搀定新人，怀抱玉瓶，进了大门。各堂眷以及丫头养娘相随而入。……

文中提到“满地下衬了芦席，上边红的是氍毹，花的是氆氇。自大门至于洞房，月台甬道直似一条软路”，就是民间流传的“倒红毡”。红毡和芦席的使用，不仅仅是为了让新娘脚不踏地防尘土侵染，更主要的是对新娘的一种安全保护。按照民间说法，新娘作为外来人刚到新地方，妖魔鬼怪都喜欢，因为还没拜天地，她也不受新郎家的宅神保护，所以用红毡铺地来保护新娘，可见红毡是具有避邪和祝福的双重功能。“过红毡”之后，紧接着便是“骑鞍过筬”的仪式，在门槛上置放马鞍、机筬，新娘要跨过马鞍、机筬，也就是文中所说的“门阈上横马鞍一付，机一架，取平安吉胜之意”①。

随后，新娘在女客的搀扶下走到“天地桌”前，与新郎举行拜天地的仪式，婚礼随即达到高潮：

---

① 沈榜《宛署杂记》卷十七《民风一·土俗·婚礼》载：“新妇及门，初出舆时，婿以马鞍置地，令妇跨过其上，号曰平安。”民间称这一习俗为“骑鞍”或“过马鞍桥”。《巩县民俗初探》说：“新人入门时，要过鞍骑剩子（布机卷线轮，称剩子），这有两种说法：剩与圣谐音，鞍与安谐音，取其意‘循圣礼而来，安分守己’。一说鞍为马，剩为轿，新人由此处骑，下代将‘光宗耀祖’。”见焦水科：《巩县民俗初探》，《中州民俗》，1988年，第137页。

> 到了堂楼院里，中间设一方桌，绒毡铺面，红围裙四面围绕，上面放了红纸糊的一只大斗，中盛五谷，取稼穑惟宝之意。斗内挑铜镜一圆，精光映日夺目，明盥濯梳妆所有事也；插擀面杖一条，切菜刀一口，示以烹饪事姑嫜之意也；插大秤一杆，细杼一口，示以称茧丝、纺木棉，轧轧机杼之意。这些设施，虽不准之《家礼》，却俱是德言容功妇职所应然者。所谓求诸野，观于乡，此其遗意。薛全淑随谭篑初拜了天地，怀抱玉瓶，丫环搀入洞房。放下玉瓶，坐在杌上。

文中提到“所谓求诸野，观于乡，此其遗意”，也就是孔子所说的“礼失求诸野”的意思，可见作者对民间礼仪习俗也是有所研究、有所汲取的，他对此处每一象征物的文化意蕴的阐释已经相当详细、准确，笔者不再加以说明。颇有意思的是，小说中提到的这些婚姻礼俗，今天在中原地区仍然可以看到。①

拜完花堂，即入洞房，新娘要重新梳妆，新郎则忙于招待宾朋。女方送客中的贵宾，必须请到正屋上席就座，并由男方的尊长或德高望重者陪同，其余亲戚和随从分别设席招待，男女不同席。小说对此有大段描写，显示出作者对这些礼仪的看重。宴席结束以后，送女客辞别时，还要专门到洞房与新妇话别，加以嘱咐：“这边抚台太太席完，要到洞房看看侄女。薛全淑早已另洗别妆，换成满头珠翠，浑身彩衣。俱是全姑伺候的。抚台太太坐下吃了一杯茶，说了几句安慰话，吩咐一声回衙。”

在婚日当晚，新婚夫妇要第一次同桌用饭，此时要饮交杯

① 可参见程建军：《中州婚俗小议》，《中州古今》，1984 年第 4 期；胡有典：《黄泛区民间婚俗》，《中州民俗》，1987 年第 1 期。

酒，称为“合卺”，“将近一更天气，全姑斟酒两让，吃了合卺盏，和了催妆诗”。合卺，古称“共牢合卺”之礼。《礼记·昏义》云：“共牢而食，合卺而酳，所以合体，同尊卑，以亲之也。”① 在这个仪式中，新郎坐东面，新妇坐西面，两人面对面坐着，一起吃肉饮酒。新婚夫妇共吃祭祀后的同一酒食，象征夫妻自此以后同心同德；各用一爿瓜瓢喝酒，表示自此以后夫妻相亲相爱。这一习俗一直流传到清代。

（四）送馔·庙见·回门

“亲迎”仪式的完毕，并不等于婚姻礼俗就完全结束，还有一系列婚后礼等着婚姻中的男女当事人去完成。根据书中描写，婚后仪礼主要有：送馔、庙见、回门等。

“送馔”又称“馔女”、“暖女”或“送三朝礼”，是指新人完婚的第二天或者第三天，女家送食品到男家并探望女儿。第二十八回曾提到，谭绍闻与孔慧娘完婚后，孔宅曾前来送馔。第一百零八回写谭篑初与薛全淑拜亲之后，“次日，薛太太与薛沄跟的女从男役，来萧墙街送馔。老太太一席，谭黄岩一席，巫亲家母与冰梅一席，新郎一席，女儿点心十二色，共五架食盒。谭宅款待，晚归”。送馔的习俗起源甚早，宋代始就有资料记载②，而且至今流传在中原民间。

婚后三天，新娘要入祖庙拜祭祖先，称为“庙见”。按照

---

① 《周礼·仪礼·礼记》，第536页。

② 宋赵德麟《侯鲭录三》谓：“世之嫁女，三日送食，俗谓之暖女。”孟元老著，邓之成注：《东京梦华录》之《嫁娶》云：“三日女家送彩缎油蜜蒸饼，谓之‘蜜和油蒸饼’。其女家来作会，谓之‘暖女’”，“女家送冠花、彩缎、鹅蛋，以金银缸儿盛油蜜，顿于盘中，四围撒贴套丁于胶上，并以花饼鹅羊果物等合送去婿家，谓之‘送三朝礼’。”中华书局，1982年版，第145页。

宗法观念，新婚夫妻虽然已经同居，但如果不拜祖先，“上以事宗庙，下以继后世”的功能就无从体现。第一百零八回写道：“三日，新郎新妇，本家庙见，又与合家行礼。”从家族立场来说，成妇之礼的重要性不次于成妻之礼，通过“庙见”仪式，就意味着新娘得到家族、家庭的认可和接纳，开始正式成为家庭中的一员。“庙见”仪式，按照古制是在成妻三月后进行，后来鉴于时有发生未及“庙见”而亡的事例而难以处理，遂缩短时间，改为成妻后三日进行。《大清通礼》对此有明确规定：“三日妇见于庙。厥明，执事者设馔具，主人殷椟陈主，如常祭礼民。”①

小说中还写到谭篑初和薛全淑婚后回门：“三日，……行礼毕，往见岳母，礼谓之‘反马’，俗谓之‘回门’。……篑初夫妻回来，日色尚早。”（第一百零八回）在“庙见”仪式举行过后，新郎陪同新娘到岳家参拜，古称“反马”②，俗称“回门”，亦称“拜门”③。小说中所谓的“反马”已与古礼有所区别，此时已没有退还马的细节，但所蕴含的文化内涵是一致的，主要是让娘家父母知道自己已正式取得夫家资格。新人回门，岳家例必设宴招待，并邀请和新人同辈的姑姨表兄弟作新郎陪客，但新人必须在日落之前一起返回夫家。所以，小

---

① 《大清通礼》，转引自岳庆平，《中华文化通志·婚姻志》，第207页。

② 《中国民俗辞典》：“反马”之礼始于周代。当时女子出嫁时，女家驾车送她到男家，驾车的马就留在男家的马厩。女子到了夫家，如果夫家对她不满意，在三个月内将她遗弃，新妇即乘马回娘家。如果三个月过后，新妇举行了庙见祭祖礼仪，男家派人将马送还女家，表示新妇已正式成为夫家的妇人，不再被遗弃而回娘家，这种礼仪就称为“反马”。

③ 孟元老著，邓之成注：《东京梦华录注》之《娶妇》载：“婿往参拜妇家，谓之‘拜门。’”中华书局，1982年版，第66页。

说写谭篑初夫妻“回门”返家时“日色尚早”。

第三节 《歧路灯》中的丧祭礼俗

丧葬仪礼是“通过仪式”中的最后一个过程，它标志着个体生命的完结，使个体从一个确定的位置转向了另一个未知的世界。虽说死亡是人类的必然归宿，但以种种仪礼形式否认死亡几乎是所有文化的共同特征，无不是人类求生本能的置换与变形。中国古代的殡葬习俗亦体现出事死如生、慎终追远的文化精神，同时通过这种仪式，也达到增强家族、亲属系统内的凝聚力及团结邻里关系的社会整合目的。古代丧葬礼仪同婚姻礼仪同样繁复芜杂，概而述之，大体分为三个阶段：第一个阶段为葬前礼俗，包括入殓、告丧、涂殡等；第二阶段为殡葬礼俗，包括启柩、出殡、下葬等；第三个阶段为葬后礼俗，包括圆坟、做七等。《歧路灯》对前两个阶段的描写较为详细，对葬后礼俗叙述简略，因此，本节把葬后礼俗归在殡葬相关部分进行论述。考虑到丧葬礼俗和祭祖礼俗都是由中国传统社会祖先崇拜衍生出来的，在本节一并论述。

一、葬前礼俗

（一）殃式·入殓

《歧路灯》多次提到“殃式”，第七十回写夏逢若丧母，“请了一位阴阳先生，写了殃式”。第十二回写河南宝丰县的风俗，“父母辞世，本日即请阴阳先生写殃状”。实际上，“殃式”是由“招魂”[1]变异而来。在古代招魂仪式中，人们登到自家房屋的北面，呼唤死者名字，为了求助于鬼神，让死者灵魂复归，也表达了对死者的惜别留念之情。到了明清时期，这一仪式就被“殃式”取而代之。所谓“殃式”，就是请阴阳先生把死者的名字、年寿、生死日期及招魂复归的言辞等写在文书上，献给死者，用以表达悼念、孝思，故又称为“写殃式”、“殃榜”。[2]

“殃式”除了写明死者的名字、生死日期等，一般还要写清楚入殓的吉日吉时，出殃的日、时、方位以及相关的禁忌等，并且写明在棺材之中需要放置的镇物等。第七十回夏逢若母亲去世，阴阳先生写的“殃式”是：“棺木中镇物，面人一个，木炭一块，五精石五块，五色线一缕。到第七日子时殃煞起一丈五尺高，向东南化为黄气而去；临时家人避之大吉。”小说第十二回，王氏把“面人儿”、“面鸡儿”等放进谭孝移的棺材中，说“这是阴阳刘先生适才殃式上吩咐的镇物”。在殃式中写上放入棺材中的“镇物”，如“面人儿”、“木炭”、“五精石”等，一方面保佑死去的人灵魂能够安息，另一方面保证家人平安幸福。

入殓是给死者穿寿衣、安排入棺等丧葬仪式。一般在入殓前，丧家都要准备好棺材、寿衣、孝衣等物品。入殓也是按照阴阳先生所选择的时辰进行。第十二回写娄潜斋为谭孝移办后

---

① 《礼记·曲礼下》记载：“复，曰天子复矣。”孔颖达解释说：“复，招魂复魂也……使人升屋北面，招呼死者之魂，令还复身中，故曰复也……男子呼名，妇人呼字，令魂知其名字而还。”见《周礼·仪礼·礼记》，第291页。

② 徐珂：《清稗类钞·丧祭类》第7册载：“京师人家有丧，无论男女，必请阴阳生至，令书殃榜。此殃榜，盖为将来尸柩出城时之证也。”第7页。

事，说到“目下棺木是头一件紧事”，因为人死去后棺木是其所在，离开它其他事情无法进行下去。王中用八十两银子顶了泰隆号掌柜孟三爷备用的棺木，“王中差人去抬。抬来时，果是一具好棺木，漆的黑黝黝的，放在厅中。娄、孔二人又料理了六品冠带”。在入殓中还有“饭含”的习俗，同回，“王氏将官服已与丈夫穿妥，口中含了颗大珠子，抬至中厅”。所谓“饭含”不只是含饭，还可将钱贝或珠玉物品放在死者口中，故又作“含殓”、“琀殓”①。在中原地区入殓的仪式又分大殓与小殓两个阶段。② 小殓在先，大殓在后，小殓是给死者裹上衣衾放置在正堂上，即设“灵”供亲友吊唁悼念；大殓是把穿戴好衣衾的死者装入棺材停放在堂上③。第十二回有类似的描写：

王中早已将棺木放妥。王氏将官服已于丈夫穿妥，口中含了颗大珠子，抬至中厅。王氏母子跟着大哭。娄、孔二人含泪看殓。幎目帛，握手帛，一切俱依《家礼》而行。王氏叫赵大儿拿面人、面鸡来，孔耘轩道：“这个要它何用？”王氏道：“这是阴阳刘先生适才殃式上吩咐的镇物。”耘轩道：“棺中不该用此生虫之物。阴阳家话，可以不必过信。”潜斋道：“放在棺上，也就可以算的，何必定

① 何休注《公羊传·文公五年》释此仪为：“孝子所以实亲口也，缘生以事死，不忍露其口。”

② 据《仪封县志·风俗》记载：“袭而衣尸曰小殓，举尸入棺为大殓。”《中州民俗》，1988年第1期，第144页。

③ 据《康熙宛平县志》记载：“二日小殓，绞布不掩体，犹俟其生。”“三日大殓，子孙妇女及侍者共举尸于棺，实齿发、塞空缺，乃召匠加盖下钉，凭棺而哭尽哀。”见陈诏：《金瓶梅婚丧礼仪考》，《中国古代、近代文学研究》，1988年9月，第217～218页。

放棺中。”王氏不肯，一定要放在棺内，二人没法，也只得依从。遂将孝移抬入棺中。安置妥当，王中哭将端福儿抱起，叫他再看看父亲，好永诀终天意思。果然个个泪如泉涌。抬起棺盖，猛可的盖上，钉口斧声震动，响得钻心，满堂轰然一哭。

还须说明的是，父母亲去世，在进行“入殓”仪式之前一般要等待在外地的儿女返家才可以进行，尤其是“大殓”；去世者为已婚妇女，必须等候娘家父母亲、叔叔、舅舅或兄弟姐妹等亲临现场，才能进行“大殓”等丧葬仪式。第四十七回，孔慧娘去世，在其临终前除了谭家亲人外，还有她的父母亲也守在床边，“入殓”时她的母亲也守护在旁边，“孔缵经到来，大哭一场，等的装殓后，命家人打灯笼，将孔夫人接回”。在长期的社会生活过程中，因为姑娘出嫁后，在夫家因各种原因死去而引起纠纷的情况不为少见，因此就形成娘家人亲临现场察视的习俗，目的在于让娘家亲人了解其出嫁姑娘死亡的真相，避免不必要的矛盾纠纷。因此，这种习俗沿袭至今。

（二）“躲殃”习俗

在中原地区的丧葬习俗中，一直流传着“出殃”的说法，认为人死之后，会有殃煞在某一时间出来带给人们祸患。具体的“出殃日时”，由阴阳术士根据亡者去世的时间及拇指所切的其他四指的部位推算出来。在“出殃日”死者的亡灵化为某种色气而出，遇者一定会有灾难。由此而形成了“躲殃”的习俗，第十二回，写德喜儿对孔耘轩、娄潜斋说：“奶奶说，请二位爷各自归宅，今晚二更要躲殃哩。”接着又写了王氏安排停当，锁住后门，领着一帮妇女和绍闻到侯师娘家去“躲殃”。第七十回，阴阳先生为夏母写的殃式中也提到：“到第七日子时殃煞起一丈五尺高，向东南化为黄气而去；临时家人避之大吉。”这两处皆写到了在出殃之时，丧家皆外出躲避，以求家人平安。① 直到殃时过去，人们才能还家。据《颜氏家训·风操篇》记载，南北朝时已有这一习俗：亡灵返家时，子孙后代纷纷逃避，并且书符画咒，驱逐鬼魂。

对于“躲殃”习俗，正统儒学之士娄潜斋、孔耘轩直接表达了反对的意见，第十二回：

> 潜斋道：“近来竟有这宗邪说恨人！岂有父母骨肉未寒，合家弃而避去之理？”耘轩道：“这也无怪其然。近日士夫人家，见理不明，于父母初亡之日，听阴阳家说多少凶煞，为人子的，要在父母身上避这宗害；于父母营葬之时，听风水家说多少发旺，为人子的，要在父母身上起这宗利；一避一趋，子道尚何言哉？可惜程嵩老此时在山东，若在家时，必有快论止之。况‘煞’字《六经》俱无，惟见于《白虎通》，可见是后世阴阳家撰出的名色。”娄潜斋道：“这出殃，俗下也叫做出魂。”耘轩道：“自古只有招魂之文，并无躲殃之说，人死则魂散魄杳，正人子所慕而不可得者，所以见忾闻，圣人之祭则如在也。奈何弃未寒之骨肉，而躲的远去，这岂不是‘郑人以为伯有至矣，则皆走，不知所往’么？”

他们皆从“百事孝为先”的立场出发，对躲殃“弃未寒之骨肉”的有悖伦理大加抨击，也对士夫人家在为父母营葬时趋利

① 侯立范：《封邱地志民情》记载：“人死后，其灵魂脱离肉体时，若碰到人畜必遭死亡。故在那时，须全家避出，如在夜间，至翌晨方回来。”《中原文献》第二卷第11期，1970年，第30页。

避害的行径甚为不齿。

二、殡葬礼俗

（一）停柩与待葬

1. 报丧与吊丧。丧家通过书面或口头形式向亲朋好友、街坊乡里通报亡者的死讯，谓之“报丧”。第十二回，娄潜斋道：“午后便到，看了含殓，还要都住下，明日好料理送讣，开吊的事。”接着又写到娄、孔二人商量如何撰写讣状、灵牌。第六回，也写到孔耘轩的母亲去世，谭孝移收到孔宅的讣状。这里的“讣状”就是现代丧葬习俗中的“讣告”，讣状就是“报丧”礼仪中较为规范的形式。

亲戚们接到丧信，都专门安排时间前去丧家吊唁，俗称“吊丧”。第六回，孔耘轩丧母，谭孝移“到开吊之日，备了牲醴之祭，与娄潜斋同到孔宅”。第四十七回写孔慧娘病逝，“邻居街坊，与一街同盟兄弟，都来吊唁”。第七十回，夏逢若的母亲去世，“谭绍闻到了灵柩前，行了吊礼，送银十两”。“这王隆吉看丧吊纸，助白布四匹，米面两袋。”可见，吊丧之时，除了对死者表示哀悼之情，对生者表达安抚之意之外，还常常给丧家带去助丧的“赙礼”，详细情况可参见本书表1－3：《谭孝移丧葬赙礼清单列表》及相关分析。

2. 停柩及葬期。根据《歧路灯》的有关描述，停灵待葬地点的选择极为讲究，丧者身份不同，停柩的地点方位也各不相同。谭孝移身为谭宅一家之主，亦是寿终正寝，故“谭孝移灵柩，占了正厅”；孔慧娘是谭宅少奶奶，身份相对稍低，去世之时较为年轻且婆婆健在，因此，慧娘棺木只能停放在厅院东厢房。夏逢若母亲的灵柩同谭孝移一样停放在“堂屋”。

不但丧者停柩的地点各不相同，而且待葬的时间长短也有所区别。第六十二回，正统儒学之士程嵩淑曾云："古人葬期，天子七月，诸侯五月，大夫三月，士逾月。"程的观点似是从《礼记·王制》的相关记载而来："天子七月而葬，诸侯五月而葬，大夫、士、庶人三月而葬。"可见，因丧者的身份各异，丧事规模、待葬日期也各有差等，这在传统礼制中都有明确的规定。因地方习俗及家境状况诸种原因，后世对这一礼制也有所变通，《歧路灯》也反映出这一变化。第十二回写到了河南新安县殡葬礼俗，是"停丧在家，或一半年，或十余年"，可知，待葬日期长短在同一地方也并无严格规定。第四十一回，韩节妇因家庭贫寒，婆婆钱氏病故后，即当日入殓，第三日就草草埋葬。而谭孝移病故之前，考虑到儿子年幼，曾嘱咐家人在他死后暂且不要埋葬，再加上谭宅屡经变故，故葬期长达近十年。

3. 服丧。第十二回，孔耘轩说："即本族弟侄，姻戚甥婿，或期年、大功、小功、缌麻，还各有个定制"，他的见解是依据《仪礼·丧服》的仪礼规定。《仪礼·丧服小记》云："亲亲，尊尊，长长，男女之有别，人道之大者也。"在儒家士大夫的眼里，贵贱亲疏的分别是服丧的根本原则和理论基础，由此而形成了以"五服"为核心内容的丧服礼仪。这一服丧制度一直延续到清代，乾隆《仪封县志·风俗》曰："丧主及有服亲人，各依其服成服。"① 第六十三回，谭孝移出殡，作为孝子的谭绍闻穿的是"麻冠斩衣"，所谓"麻冠斩衣"就是用最粗的麻布制作而成，不缉边，断处外露，也就是俗称的披麻戴孝，它属于丧服中等级最高的斩衰服，按照古制，儿子为父

① 乾隆《仪封县志·风俗》，《中州民俗》，1988 年第 1 期，第 144 页。

亲服孝应归于这一服制。同回，孔慧娘出殡，嫡子兴官儿服的是“斩衰小杖”，此处的说法似乎有误，按照古礼规定，“父在为母”应服丧服中第二等级的“齐衰服”，所以“斩衰”这一说法是不对的，况且“斩衰”中也更无“小杖”之说。具体情况可详参表1－2：《“五服”制度简表》。因为服丧尤其是斩衰、齐衰的服期较长，在殡葬及葬后礼仪中都占有重要的位置，此处已作介绍，下面葬后礼仪中不再重复。

表1－2：“五服”制度简表①

等级	五服	服期	丧服	关系
一	斩衰	3年	用最粗的麻布做成，不缉边，断处外露，以示不饰	诸侯为天子，臣为君，男子为父，父为长子，妻妾为夫，未嫁之女为父
二	齐衰	3月～3年	用粗麻布做成，缉边	父卒为母，母为长子，夫为妻，男子为伯叔父母，为兄弟，已嫁女子为父母，媳妇为公婆，孙男女为祖父母，丧期1年，男子为曾祖父母，丧期3月
三	大功	9月	用熟麻布做成	男子为出嫁的姐妹或姑母，为堂兄弟或未嫁的堂姐妹，女子为丈夫的祖父母或伯叔父母，为自己的兄弟
四	小功	5月	用较细的熟麻布做成	男子为伯叔祖父母，堂伯叔父母，未嫁祖姑、堂姑，已嫁堂姐妹，兄弟之妻，外祖父母，女子为丈夫的姑母姐妹，嫂、弟妇
五	缌麻	3月	用细麻布做成	男子为族曾祖父母，族祖父母，族兄弟，为外孙、外甥、婿，妻之父母，舅父

① 参见徐吉军：《中国丧葬史》，江西高校出版社，1998年版，第174页。

4. 坐苫与拄杖。第十二回，“潜斋叫王中设苫块，叫孝子坐草。”“这端福（谭绍闻）已在草苫上睡着。”第六十三回，谭绍闻“行礼已毕，坐苫块间，拄杖受吊”。孝子在守灵之时还须“坐苫”，在出殡时要“拄杖”。“苫块”是居丧者的寝卧用具。“苫”是草编的垫子，在中原地区一般是用小麦秆编织而成，叫做“蒿荐”，也可以用干草替代，用于寝卧；块是土块，用做枕头。[①] 殡期孝子睡在干草上，头枕土块，目的是表示丧的悲哀，尽孝道。“坐苫”也叫“坐草”，“拄杖”是拿着“孝杖”，俗称“哭丧棒”。执杖是取其不忘根本的意思。中原地区旧俗是在柳树上砍下一个较粗壮的枝条，从粗的地方按照丧者之子人数截开，由丧者之子“拄杖”；其余孝子以麻秆为“哭丧棒”。

5. 涂殡。第四十七回，孔慧娘病逝后，“五日涂殡，遂把一个聪明贤淑的女子，完了一生”。在第六十二回中，孔耘轩对王中说，“你家大爷涂殡已久，怎的素日不言殡埋，今日忽的举此大事，岂不仓猝?”“涂殡”是殡葬礼俗中的一个重要事项。在古代“涂殡”就是丧家用木板把灵柩掩盖起来，涂一些泥土，用以防火。明清之后，这种礼仪有所变化，也叫做“封柩”，但是，“涂殡”的名称还继续沿用。“封柩”是大殓之后，用木板或砖石在灵柩四周夹砌起来；如灵柩合缝严密，油漆得好，也有仅用布帏罩住的。“涂殡”的地点有的在家院之中，也有的在距离家比较近的村边地头等地方。中原地区“涂殡”之习俗至今仍有保留。人死后入棺而不进行土葬，而是选择一临时地点，把棺材放置于地面上，在灵柩周围用砖石围砌起来，

---

① 《仪礼·既夕礼》贾公彦疏：“孝子寝卧之时，寝以苫，以块枕头，必寝苫者，哀亲之在草；枕块者，哀亲之在土云。”

状如房屋。等若干年（1年，3年，5年甚至10年）后再选择时日举行入土安葬之仪式，与《歧路灯》中谭孝移的“涂殡”在堂有地点上的不同。

6. 做斋。第十二回，王氏说道：“娄先生、孔亲家俱在，这宗丧事，要先生、亲家周旋。要定好吹手，还要请女僧做斋。”……孔耘轩道：“鼓手再为商量。至于做斋，怕封柩之日客多人忙，或‘二七’‘三七’，以及‘百日’，随亲家母各人尽心。”所谓“做斋”就是请和尚、道士做法事，替死者诵经修福，超度亡灵，形成了整套仪式，在古典小说中“做斋”的例证较多，像《红楼梦》中写秦可卿去世做斋、《金瓶梅》写西门庆为李瓶儿做斋等等。《歧路灯》在谭孝移丧葬仪礼中也写到了僧道诵经助丧的情况，而且是三批僧道于开吊之日在谭宅门前念“对台经”。一批是六个女僧，主事者是地藏庵尼姑范法圆，她对谭绍闻说：“一向承山主多情，无可补报，一定要与老山主念两天受生经，灵前送几道疏儿。”六个尼姑联手诵经，好“超度老山主往升仙界，仗观音菩萨，好过那金银桥。”另外两批分别由城隍庙王道官、铁罗汉寺雪和尚主持，“他两下的，原是与鱼市口钱有光家念经斗出气来，说下要赌气对经，情愿来助经，僧道两家赌武艺儿。”做斋仪式可以在封柩、出殡之日进行，也可以在殡葬之后举办，一般是每逢七日，辄设奠一次，称为“做七”，也就文中所说的“二七”、“三七”。“做七”要一直到“七七”四十九天之后方才结束，故“七七”又称“尽七”、“满七”。在明清时期，这一习俗已经较为普遍。[①] 在死者百天再做斋设祭，就是文中所说的“百日”。

---

① 侯立范：《封邱地志民情》记载：“封棺，每逢七日化纸哭拜，以至满七为止。”《中原文献》第二卷第11期，1970年，第32页。

（二）启柩与闹丧

在前面，论及殡礼中的“封柩”、“涂殡”之礼，相对言之，在葬礼中必须举行“启柩”礼仪。第六十三回，“到了开吊之日，行启柩大礼。……今日柩前行礼，触动本心，一场好恸也。行礼已毕，坐苫场间，拄杖受吊。”“启柩”要由孝子在柩前行礼，行礼完毕后就开吊，孝子坐草拄杖，接受亲友邻里的吊丧、奠祭。在此需要说明的是，殡葬“涂殡”时间较长的丧者所进行的仪式与殡堂三日就举葬的仪式几乎相同，也是比较复杂纷繁的。

按照古制，“邻有丧，舂不相；里有殡，不巷歌”，在有丧事期间，作为邻里乡亲都要停止劳动和娱乐等活动，以示哀悼与同情。但是，随着社会的发展，丧葬礼仪发生变异，从丧事又称为“白喜事”可看出，它同婚姻的“红喜事”一样具有民众狂欢的性质，这种狂欢性质主要体现在“闹丧”上。《歧路灯》通过对谭孝移葬礼的描写，给我们形象地展现了丧葬礼仪中的“闹丧”场景。在这一场景中，有三批僧、尼、道念“对台经”，有两台戏唱对台戏，跑竹马、耍狮子、走旱船等民间游艺也参与其间，“街上两棚梨园，锣鼓喧天，两棚僧道，笙歌匝地，各人都择其所好，自去娱耳悦目”。（第六十三回）

作者对谭孝移出殡阵势的描写堪称绘声绘色，与诵经唱戏相比，送葬仪式更是花样翻新，令人大开眼界，更体现出“闹丧”的性质：

打路鬼眉目狰狞，机发处手舞足蹈。显道神头脑颟顸，车行时衣动带飘。跑竹马的，四挂鸾铃响，扮就了王昭君出塞和亲。耍狮子的，一个绣球滚，装成那回回国朝天进宝。走旱船的，走的是陈妙常赶船、于叔夜追舟，不紧不慢，恍如飘江湖水上。绑高抬的，绑的是戟尖站貂蝉、扇头立莺莺，不惊不闪，一似行碧落云边。昆腔戏，演的是《满床笏》，一个个绣衣象简。陇州腔，唱的是《瓦岗寨》，一对对板斧铁鞭。一百个僧，披袈裟，拍动那金铙铜钹，声震天地。五十双道，穿羽衣，吹起来苇管竹笙，响遏云霄。纸糊的八洞仙，这个背宝剑，那个敲渔鼓，竟有些仙风道骨。帛捏的小美人，这个执茶注，那个捧酒盏，的确是桃面柳眉。马上衙役，执宝刀、挎雕弓，乍见时，并不知镶嵌是纸。杠上头夫，抬金箱、抬银柜，细审后，方晓得髭髯非真。五十对彩伞，满缀着闺阁奇巧。十二副挽联，尽写着缙绅哀言。两张书案，琴棋书画摆就了长卷短轴。一攒阴宅，楼阁厅房画定的四户八窗。鹿马羊鹤，色色都像。车马肩舆，件件俱新。香案食桌，陈设俱遵《家礼》，方弼方相，戈盾皆准《周官》。三檐银顶伞，罩定了神主宗。十丈大布帏，遮尽那送葬内人。

在上面引文的描绘可以看到，在出殡的队伍中有两种戏曲，昆腔戏和陇州腔；民间游艺四种；跑竹马、耍狮子、走旱船、绑高抬，都表演得极为精彩；念经超度的僧道两家，铜钹竹笙，声震天地；纸扎的楼房人物、车马禽兽，全都栩栩如生。

本应是肃穆、庄重、悲哀的丧礼，经过这样一“闹”，就显得不伦不类。所以清代康熙、雍正、乾隆三朝都多次下发诏令予以禁止，如雍正十三年上谕云：“遇丧葬之事，多务虚文，侈靡过费。其甚者，至于招集亲朋邻族，开筵剧饮，谓之‘闹丧’，且有于停丧处所，连日演戏，而举殡之时，又复在途中扮演杂剧戏具者。……非惟于礼不合，抑亦于情何忍？此甚有关于风俗人心，不可不严行禁止。……违者按律究办。”① 王崇简等有识之士也都著文进行批评，王崇简《冬夜笺记》云：“丧葬之仪，人子不忍俭其亲，如非礼之举，不独耗财，亦且伤化；如都下俗尚延僧作佛事，及送葬用扒竿、走马、高峤、烟花之类，何关于孝？徒为有识者取笑。”② 乾隆《仪封县志》亦针对“闹丧”之盛行提出尖锐的批评：“古者丧不用乐，待客也不用酒肉，近世皆作乐，会宾醉饱连日，此习俗之不良，所当速改。”③ 虽然朝廷严厉禁之，有识之士希冀变革世风，但“闹丧”之风仍盛行不绝，收效甚微，竞逐奢华、夸多逞富者有之，酿成事故者亦有之。《歧路灯》中也写到道学先生侯冠玉对“闹丧”习俗进行讥讽：“书上说：‘邻有丧，舂不相；里有殡，不巷歌。’这一舂天邻居都不唱戏，何况自己有丧，喇叭朝天，墩子鼓震地乎？”（第十二回）这里侯冠玉虽然把“舂”误读为“春”，并解释为春天，是闹了笑话，但是其见解却是符合儒家礼制的。第六十二回写到盛希侨要在谭孝移葬礼中送戏，谭绍闻就认为“戏怕难唱”，因为他恐怕程嵩淑等几位老先生“说长道短”；第六十三回写义仆王中在谭孝移出殡之日“病目大甚，诸事不见。若在灵前，见那唱戏、跑马等胡乱热闹光景，又不知要与少主人有多少抵牾哩”。可见，作者对这种不符合古代礼制的“闹丧”习俗也是持反对态度。

另外，值得一提的是，第六十三回还写到：“沿路上路祭彩棚，阻道供桌，拥拥挤挤，好不热闹。”可知，在灵柩所经

① 见《清实录》第9册，中华书局，1985年版。

② 王崇简：《笔记小说大观三编》第9册，台湾新兴书局，1978年版，第5776页。

③ 乾隆《仪封县志·风俗》，《中州民俗》，1988年第1期，第142页。

过的路口，常常有街坊邻居搭建彩棚，设供致祭。在丧葬中的丧棚、路祭棚等，大多是采用麻秆、芦苇、松柏、柳树枝条、白布等材料编造楼阁等形状。

（三）点主与祀土

下葬礼仪也非常讲究并且十分复杂，在《歧路灯》也有比较细致的描述。第六十二回，谭绍闻在安排亡父谭孝移的殡葬事宜时，作品写道："副榜孔耘轩点主，新岁贡程嵩淑祀土，张类村、苏臣霖、惠人也俱是高年老成，书神主的是娄朴。礼相乃是本街少年英杰、新进的生员袁勤学、韩好问、毕守正、常自谦。"在第六十三回又写道："单说灵輀出了西门，到了坟上。胡其所分金调向，满面流汗，四肢俱忙。各礼相赞成了程嵩淑祀土、娄朴点主的大礼。焚冥器，下志石，封土圆墓，直到城门夕封之时，刚刚草率办完，众人方才一拥儿回城。"引文中的"点主"，"主"指的是"木主"，又叫"神主"，俗称"牌位"，用栗木或柳木制成，分两层，凹中写死者姓氏官谥及生卒，主面以奉祀人的口气，写显考某官某谥府君神主，旁写奉祀人名字。"木主"用墨笔书写，其中"神主"的"主"字，只写一"王"字，上边的一点，留待行点主礼时，由点主人用朱笔加添，这叫做点主。点主人被尊称为点主官。引文中的"祀土"是丧葬中祭祀土神（后土）的礼仪，在灵柩入圹后，在墓地举行。主持祀土的人叫做祀土官。丧家对点主、祀土这些大宾事后还要进行重谢，小说第六十三回写谭绍闻送葬完毕后，"从新另置币帛表礼，踵门叩谢。到了程嵩淑家，收了茶叶一封，余俱璧回。又诣北门娄宅往谢，娄宅也收扇子一柄，余俱璧回"。

第六十二回还提到，谭绍闻请岳父孔耘轩为父亲写志文，

"绍闻回到轩上，心中打算行状、墓志的事。既是外父不点主了，就以此两宗稿儿奉恳。时日已迫，速办石板、木板"。这里所说的墓志是随同死者埋于墓穴中，用的志石为正方形两石，一石为盖，刻某朝某人之墓，一石为底，刻死者的姓名、乡里、生卒年月及生平事迹。埋葬时，使两石相合，平放在柩前，或埋于墓穴的近地面三四尺处，使以后的人可以稽考，通称墓志铭。明清时期流行"志文"，"铭文"由丧家拜请有交谊的名人书写。

（四）冥器及纸钱

在丧葬礼仪中，烧纸供祭是古今共有的仪式。第四十一回，韩节妇埋葬婆婆时就在墓前烧纸，"到了坟上，合葬于先人之茔。韩氏点了一把纸锞儿，跪在墓前，哭了一声道：'我那受屈的娘呀——'第二句就哭不上来了。邻妇搀起定省一会，又点一把纸锞儿在丈夫墓前，哭道：'你在墓里听着，咱的事完了——'哭的又爬不起来。"所谓的"纸锞儿"[①] 也就是现今丧葬礼俗中常用的"纸币"，[②] 也称"冥币"，是死去的人在阴间使用的货币。为了让死去的人能够享受阴间的生活，护佑家人后辈子孙，人们就大量烧纸供及死去的人"金钱"。

所谓的"明器"也称为"冥器"，是以纸为主要材料扎制而成的车马、房屋、器具等丧葬焚化用物。第二回中，娄潜斋的兄长所开的"纸马调料铺儿"就是出售纸钱及明器的商店。

① ［清］李绿园著，栾星校注：《歧路灯》，第 381 页，注释 2，纸锞儿："用纸铂制就的冥币，有元宝、金银铃等各种形状，也可用线串成把豫俗统称锞。"

② 钱泳：《履园丛话·考索·纸钱》（卷三）云："有明以来，又易纸锭，大小元宝，黄白参串，与纸钱并用。"参见《笔记小说大观》，江苏广陵古籍刻印社，1984 年版，第 25 册，第 33 页。

"明器"、"纸钱"[①] 等均可在纸马铺中购得。在明清时代，开封和杭州等地都有专售纸明器的商店，称"纸马铺"，甚至出现了"凿纸钱为业"[②] 的工商业者。由《歧路灯》中的描写可见，除了丧事多用纸马外，送神敬神祭神也要用纸马。如第十一回中王氏请神许愿烧纸马。还有第八十四回："那老客商道：'今日望日，关帝庙午刻上梁，社首王三爷言明，有一家字号不到，罚神戏三天。争扰谭爷一杯酒，误了上梁烧纸马，要唱三天戏哩。'"这里的"上梁烧纸马"就有祭神的作用。上述"纸马调料铺"、"纸马铺"与"送神纸马"、"纸马金银"等是专营丧葬用品的商店及所经营"冥器"、"冥财"的称谓。

（五）护丧与助丧

在治丧过程中，有很多事情丧者的家属无力或不能亲自操办，需要依靠亲戚朋友或邻里乡亲的帮助，协助丧家办理丧事称为护丧。第六回，孔耘轩的母亲去世，谭孝移、娄潜斋等人前去吊丧，"少顷，孔宅着人来请，至客厅坐定，摆开素淡席儿，护丧的至亲，替耘轩捧茶下菜。有顷，席终"。孔慧娘病逝后，操办丧事时，"主事的是王隆吉，办杂事的是王中"。（第四十七回）《歧路灯》中谭孝移的丧礼举办得最为隆重，参与护丧的人员自然也较众多。"到启柩前五日，夏鼎早来，以护丧大总管自居。满相公搭棚挂灯，办理桌椅家伙等件。王隆吉系内亲，管理内务，职掌银钱。又过两日，巫家内弟来送姐姐，王氏留下管理答孝帛。家人双庆、邓祥等各有职事。"（第

① 赵彦卫：《云麓漫钞》（卷五）曰：（明器）"以纸为之，谓之冥器，钱曰冥财。"

② 《续资治通鉴长编》卷一百十一，明道二年三月癸巳。

六十三回）

在丧葬礼俗中，亲友还通常以财物助丧，在书中对此有较详细的描述。以钱财帮助别人办理丧事称为“赙”。可以作“赙礼”的物品种类繁多，如牲畜祭品、绫幛、锦帐、挽联、高抬故事、油蜜牌坊等；丧戏、跑马卖解、旱船、竹马、舞狮也可以成为“赙礼”；还有的把实物折合成银钱，在中原地区称之为“折仪”。李绿园在描写谭孝移的葬礼中，开列有一份祭品赙礼清单，是古典小说中稀见的一份丧葬礼俗资料，笔者依据《歧路灯》文本制成表 1－3：

表 1-3：谭孝移丧葬赙礼清单列表

<table>
<tr><th>吊客姓名</th><th>与丧家关系</th><th>助丧银两数额</th><th>祭品等</th><th>其他</th><th>备注</th></tr>
<tr><td>阎楷</td><td>原谭宅帐房，后为书商</td><td>八两</td><td>祭品一桌</td><td></td><td></td></tr>
<tr><td>盛希侨</td><td>世家，谭绍闻结拜兄弟</td><td>五十两</td><td>猪一，羊一，祭品满案</td><td>丧戏 1</td><td></td></tr>
<tr><td>夏逢若</td><td>旧家，谭绍闻结拜兄弟</td><td>三钱</td><td>鸡一只</td><td></td><td></td></tr>
<tr><td>孟嵩龄</td><td>泰隆号</td><td rowspan="6">二十两</td><td rowspan="6">共绫幛一树，猪羊祭品</td><td rowspan="6">路祭阻道彩棚七座</td><td rowspan="6">均系租赁谭宅房屋的商家</td></tr>
<tr><td>邓吉士
景卿云</td><td>吉昌号</td></tr>
<tr><td>宋绍祁</td><td>当铺</td></tr>
<tr><td>丁丹丛</td><td>绸缎铺</td></tr>
<tr><td>陆肃瞻</td><td>海味铺</td></tr>
<tr><td>郭怀玉</td><td>煤炭厂</td></tr>
</table>

（续表）

吊客姓名	与丧家关系	助丧银两数额	祭品等	其他	备注
王经千	高利贷商人	折仪二两			
张绳祖	旧家、谭绍闻赌场朋友	折仪三钱			
王紫泥	秀才、谭绍闻赌场朋友	折仪三钱			
王春宇	谭绍闻娘舅	十两	猪羊祭品		
满相公	盛宅帐房	礼二钱			
巫凤山	谭绍闻后续岳父家	二十四两	猪一，羊一，油蜜楼一座，油蜜牌坊一架，海菜二十四色，果品二十四色，熟品二十四色，素锦帐一树，挽言一联		
巴　庚	谭绍闻姻亲	折仪三钱			
钱可仰	同上	折仪三钱			
焦　丹	同上	折仪三钱			
范师傅	与谭家有来往的地藏庵尼姑	纸礼二分	疏二道		
胡其所等	阴阳先生	礼银二钱			
姚杏庵	对门邻居、药店老板	礼二钱			

（续表）

吊客姓名	与丧家关系	助丧银两数额	祭品等	其他	备注
孔耘轩	谭绍闻原配岳家	六两	猪一，羊一，祭品一案，素帐一树，挽言一联东厢房灵前羊一，祭品全案（专门为其女儿送的祭品）		
程嵩淑	谭孝移旧交朋友	六两	共羊一，祭品一案，祭文一纸，挽言各一联		
张类村					
苏霖臣					
虎镇邦	罚革兵丁，谭绍闻赌场朋友	礼三钱		丧戏1	
王少湖	谭宅所居之街保正	礼一钱			
钱万里	上号吏（曾运作谭孝移保举贤良方正）	礼二钱			
林腾云	朋友、乡下财户	礼五钱			
贾李魁	张绳祖开赌场时的打手	纸礼一分	送高抬故事四架		
鲍旭谭	绍闻赌场朋友	礼一两			
管九宅	世家、谭绍闻赌场朋友	折仪三两			
刘守斋	开赌场、谭绍闻的朋友	折仪一两			

（续表）

吊客姓名	与丧家关系	助丧银两数额	祭品等	其他	备注
刁卓	赌场朋友	各分赀五十文	送跑马卖解、软索绳伎共男女十二人		
白鸽嘴					
细皮鲢					
雪和尚	念经和尚	纸礼二分	疏二道，经棚三日		
姚门役	衙役、谭绍闻酒肉朋友	礼二钱	送旱船二只		
王道官	城隍庙打醮道士	纸礼二分	疏二道，经棚三日		
贲浩波		礼五钱			
王二胖子	赌场朋友	共礼钱四百文	送竹马八人		
杨三瞎子					
阎四黑子					
孙五秃子					
薛媒婆	官媒婆、曾说合冰梅	纸礼一分			
槅子眼	冰梅娘舅，谭绍闻姻亲	礼钱二百文	猪首一付，祭孔姑娘鸡一只		
娄家父子	谭宅世交	十二两	猪羊祭品，挽诗绫款二幅		
周宅小舅爷	谭孝移亡故妻娘家兄弟	赙仪六两	祭品一案，坟上周太太墓前祭品一案		

（续表）

吊客姓名	与丧家关系	助丧银两数额	祭品等	其他	备注
惠养民	谭绍闻第三任老师	礼二钱	挽言纸联一副		
邓汝和	退休官员邓三变之子	礼三钱			
冯三朋	一般朋友、身份较低下	共分赀二百文	舞狮十六人		
魏屠子					
张金山					
白兴吾					
谈皂役	衙门捕快	礼三百文			孝帛自备
刘豆腐	赌场朋友	礼五钱			
袁勤学	新进生员、与谭绍闻有来往	共礼银四两			其他
韩好问					
毕守正					
常自谦					

由上表可以看出，送“礼”之人与丧家的关系有三种情况：一是出于乡情的街坊乡邻，二是出于友情的朋友，三是出于亲情的亲戚。由于他们与丧家关系有亲疏远近之别，门第家境也有高低贫富之分，他们所送赙礼的轻重多少也各不相同，下面就结合表中的情况，作具体分析。

首先看乡情。乡邻们知道殡日事忙，大都一早便来吊祭，吊者所拿礼物一般较轻。街邻铺户泰隆号孟嵩龄、吉昌号邓吉士、景卿云、当铺宋绍祁、绸缎铺丁丹丛、海味铺陆肃瞻、煤炭厂郭怀玉等七人，因租赁谭宅房屋，与谭宅关系较为密切，所送赙仪二十两，其他祭礼还有绫幛一树，猪羊祭品，路祭阻道彩棚七座，在乡邻中是最多的。王经千是高利贷商人，曾与谭绍闻有过经济来往，送折仪二两。姚杏庵是谭宅对门邻居，开药店医生，送礼二钱。王少湖为萧墙街管街保正，在谭绍闻与戏霸茅拔茹的纠纷中，曾参与调解，送礼一钱。冯三朋等四人，从事屠户、餐馆等低级职业，共送“分赀二百文”、舞狮十六人。还有一些特殊的送礼者，亦可划入乡亲之列，他们不仅送祭礼，还亲自参与办理丧葬活动，如地藏庵尼姑范师傅，多与谭宅来往，既念经助丧又送纸礼二分、疏二道；雪和尚，送纸礼二分、疏二道，另加“经棚三日”；城隍庙道士王道官，在丧事中“打醮”，所送祭礼与雪和尚相同，这些僧尼、道人所送祭礼都有其鲜明的职业特色。阴阳先生胡其所师徒，曾为谭宅堪舆风水宝地，送礼银二钱。作品中还提到“其余凡街坊邻舍祭品奠仪，笔笔无遗”，可见送祭品奠仪的街坊邻舍，是比较多的。

其次看友情。一类是丧者谭孝移的道义之交，娄潜斋现任济宁知府，曾为谭宅西宾，再加上其子娄朴与谭绍闻是朋友兼同学，故娄宅所送祭礼较重，有赙仪十二两，还有猪羊祭品，挽诗绫款二幅；程嵩淑、张类村、苏霖臣都是谭孝移的知己朋友，均为秀才，共送赙仪六两，并有羊一，祭品一案，祭文一纸，挽言各一联；惠养民是谭绍闻塾师，也是穷秀才，在办丧中任“高明”一职，送礼二钱，挽言纸联一副。值得一提的是，丧者的这些朋友均送有挽言。阎楷原系谭宅管帐相公，深得谭孝移器重，现在山西及郑州大发财源，故封了八两赙仪，一桌厚品。另一类是事主谭绍闻的朋友，盛希侨是其盟兄，且为阀阅世家，出手一向阔绰，故送祭礼最重，计有赙仪五十两，猪一，羊一，祭品满案，丧戏一台；另一盟兄夏逢若，为帮闲篾片，家道中落，只送赙仪三钱，鸡一只。袁勤学、韩好问、毕守正、常自谦四人，均为新进生员，且同在丧事中任“礼相”，共送礼银四两。林腾云是城南乡下财主，谭绍闻曾因林母庆寿而随份，因此，他回送祭礼五钱。满相公为盛宅帐房先生，并参与了谭宅丧事，亦送礼二钱。谭绍闻那些赌场朋友、匪类之交，这时也纷纷出面，送来祭品奠仪，因为他们与事主交情深浅不一，家境贫富不均，故所送祭礼悬殊较大。管贻安、鲍旭均为门户子弟，家资富饶，分别送折仪三两、一两。刘守斋为书办之后，家业兴腾，送折仪一两。张绳祖、王紫泥，一为监生、一为秀才，均因赌博败家，故各送折仪三钱。除了上述赌场朋友之外，谭绍闻另外一些赌场朋友更是出身低微，所送赙仪均十分微薄，礼钱从四百文到五十文不等，但值得注意的是，他们所送的祭礼带有浓重的民间色彩，如赌场混混貂鼠、白鸽嘴、细皮鲢，送了跑马卖解、软索绳伎共男女十二人；赌场打手贾李魁，送的是高抬故事四架；王二胖子等四人，送来了竹马八人；虎镇邦送丧戏一台。

最后看亲情。孔耘轩既是谭孝移知交，也是谭的儿女亲家，这次丧事活动虽以谭孝移归窆为主，但也是其女儿孔慧娘的出灵之日，尽管其家底并不丰厚，但依然送出了大礼，计有“猪一，羊一，祭品一案，素帐一树，挽言一联”，并为停灵在东厢房的女儿送“羊一，祭品全案，赙仪六两”。巫凤山也是谭宅的儿女亲家，且系新发大财主，所送祭礼较为丰厚，计有“猪一，羊一，油蜜楼一座，油蜜牌坊一架，海菜二十四色，果品二十四色，熟品二十四色，素锦帐一树，挽言一联，赙仪二十四两”。巴庚、钱可仰、焦丹皆属巫家亲戚，也各送折仪三钱。周宅小舅爷系谭孝移亡妻周氏的弟弟，送来赙仪六两，祭品一案，还特意为坟上周太太墓前送祭品一案。王春宇系谭绍闻的娘舅内亲，在此次丧葬活动中占有重要地位，又是颇有资财的商人，故送赙仪十两，猪羊祭品一付。槅子眼是谭绍闻之妾冰梅的娘舅，此次也送礼二百文，猪首一付，并送祭孔姑娘鸡一只。

还需要说明一点，在民间丧葬习俗中，对协助办理丧事的护丧人员或赠以财物的人员，丧家在葬礼举行过后必须进行答谢，称之为“谢孝”。第六十三回有所涉及：“谭绍闻逐一查明，内有该设席酬爱的，有该银钱开发的，有该踵门叩拜的，按项周密酬谢。请席俱是夏逢若伴东。”其形式可以是设席款待有关人员，或者备礼物登门叩谢，此习俗流传至今。

从以上描述中，不难看出清代中原地区丧葬礼仪之侈丽逐华，这也可以和当时河南部分县志的记载相互参看。河南怀庆府的丧葬礼仪“务以华观为悦”，许州一带的丧葬亦是“侈丽益甚”,[①] 甚至还出现因置办丧事倾家荡产的现象，据《孟津县志·风俗》记载：“其酒肉延宾，广设冥具，营办不遗余力，间有破产襄事者。”[②] 总之，清代康乾年间中原地区民间丧葬中争尚侈靡之风日盛，日益成为民众的沉重包袱，以至民不堪负。许多贫寒之家无钱举办葬礼，常常停柩在堂，等待亲友资助。这在《歧路灯》中也有反映。夏逢若丧母就因家穷而无力

① “丧则棺椁衣衾，哭育讣告吊奠，咸遵家礼。若夫客至张筵，伎乐杂，延僧道路，务以华观为悦。流俗好尚，亦难变矣。”“丧葬侈丽益甚，招摇邻封。奔驰喧哗，如入城市。”参见陈秉忠编：《中国全史·丧葬史》，经济日报出版社，第179页。

② 康熙《孟津县志》卷四。

治丧，而不得不请求朋友援助，他曾对谭绍闻说："家母涂殡在堂，不得入土为安，因没一个钱，不敢举行大事，万乞贤弟念一向交好，帮助一二。"（第七十三回）

三、祭祖礼俗

祭祖礼俗，在一定意义上可视为丧葬礼仪的延续，《歧路灯》也多次提及上坟祭祖与祠堂告先等礼仪。对于每个家庭来说，死去的祖先是这个家庭的神明，他们在另外一个世界保佑着家庭的生存、安宁和兴盛。所以，封建家礼把祭祖当做"人生第一吃紧事"，依凭祖先的神威，维系家庭的团聚与和睦。

（一）上坟祭祖

上坟祭祖一般在特定的节日进行，如清明节、大年三十以及十月一日（中原民间的鬼节）等。谭孝移去世之后，绍闻累年拜扫坟墓皆在清明节这一天，这从王中与王氏的谈话中可以看出："未得知上坟日子，约摸明日清明，上坟必是今日。"（第八十一回）同回即描写了绍闻一家清明上坟的情景："今日又到清明，绍闻雇了束身小轿四乘，王氏、巫氏、冰梅、樊爨妇各坐一乘；又借一匹马，套上自己一辆车，绍闻与兴官坐上；又借张类村车一辆，供献食品装了两架盒子，酒壶行灶，一同载了一车，径上坟来。……绍闻率领兴官挂招魂纸。爨妇、小厮摆设供献毕，也俱向低低小荆树上乱挂纸条。"清明节上坟祭祀，宜早不宜迟，民间素有"早清明晚十月一"的说法，谭氏一家也是一早出发去祭祀。在上坟时要摆设祭品、挂招魂纸、烧纸。

家庭或家族遇到喜庆大事时，如科举中式、朝廷封赠、嫁女娶亲等，也都要上坟祭祖。例如戏曲《白蛇传》的"祭塔"

就是在白素贞的儿子高中状元之后进行的。第九十七回，谭绍闻乡试中了副榜，王氏即说："你如今中了副榜，正该趁你绍衣哥与咱家修坟起院，请了几个礼宾，往你爹爹坟上祭祭，叫你爹阴灵也喜欢一二。"谭绍闻与王中就筹备上坟祭祖之事："一坟一桌供……每桌二十四器，围裙香炉烛台俱全。"另外还有"五碗果子，树果有摊子，面果有铺子。点心今夜蒸，大米饭明日捞。肉用羊、鱼、猪、兔，菜用眉豆、豆角、金针、百合、藕，是咱家园中土产。不用海味山珍，聊表一点诚心。灌酒是家酿，香纸蜡烛上纸马铺中买。"到了祭祖之日，在新坟院中，搭了一座围屏锦帐的大棚，茶灶酒炉的小棚在门楼内东边，并摆列供献，一坟一桌。谭绍闻引着儿子，随礼宾行祭礼，念祝文，"禀了齐备，四位礼生引着，谭绍闻贡生公服，谭篑初衫巾带，站在中间。礼生高唱爵帛伏兴的盛仪，细读厚积贻谋的祝文。礼毕还步。又引至明故孝廉方正、拔贡生谭公墓前，礼仪同前。绍闻读自己作的、篑初写的祝文。"作者用了一千五百余字详细描述了整个祭奠过程，不难看出礼仪之周密，敬祖之诚恳。第一百零八回，谭篑初考中进士并被钦点翰林院庶吉士，也上坟祭祖："黄岩公、太史公各坐大轿，跟随家人，径出西门，向灵宝公祖茔来行礼祭奠。黄岩公祝道：'后裔得成进士，钦点翰林，墓前封赠碑，门外神道碑，统俟镌成择吉竖立。'……黄岩公吩咐看坟的，平铺坑坎，剪伐细碎，另日领工食时，再驾驶分之四的犒赏。看坟的欣然承命。依旧上轿进城。"对此次祭祖活动，作者虽然没有像上次那样作铺张扬厉的描绘，但从中可看出作为"孝子门庭"出身的李绿园对祭祖活动有着空前的热情。值得一说的是，清代中原地区还流行人们因喜事上坟祭祖时，街坊友好或送戏或设桌致贺等习俗，如写谭篑初上坟祭祖归来之后，“进的西门，满路都是贺桌，人人举觞，黄岩公父子疾忙下轿，一一致谢”。

（二）祠堂告先

小说开卷第一回“念先泽千里伸孝思”，谭孝移收到江南丹徒族侄谭绍衣的来信和馈赠礼品，几乎是第一时间到祠堂禀告祖先。第一回这样写：“孝移道：‘还要到祠堂里告禀。’即叫王氏取出钥匙，递于小厮，开了祠堂门。孝移洗了手脸，把江南来物摆在香案上，掀开帘闸，拈香跪下，说道：‘此是丹徒侄子，名唤绍衣，送来东西。’遂将来书望神主细念一遍，不觉扑簌簌的落下泪来。密祝道：‘咱家四世不曾南归，儿指日要上丹徒拜墓修谱，待择吉登程，再行禀明。’……”接着谭孝移“到了出行之日，祠堂告先，起身而行”。上述的“到祠堂里告禀”、“祠堂告先”，就是在祠堂或家中神主前焚香跪拜，向祖先禀明有关事项，这就是所谓的“告先”礼仪。

在小说中的“告先”礼仪首先维系的是宗族亲情，蕴含着“血浓于水”、“孝顺血脉”源头活水，也表达着作者“先泽孝思”观念。上面写到谭孝移收到丹徒族侄的来信与馈赠礼品，在告先之时“不觉扑簌簌的落下泪来”；第八十六回写谭绍闻收到族兄谭绍衣的来信，“看了一遍，也学他父亲开了神橱，拈香磕头，往神主朗诵一遍”；第九十二回写谭篑初第一次见到族伯父谭绍衣，“篑初上的阶级，道台引住手，进了三堂。引到神主前，撩开主门儿上挂的绸帘，回头道：‘随我磕头。’使婢铺了两个垫子，道台在前，篑初在后，作揖跪下。禀道：‘这是鸿胪派的后代，住在河南省城，当年丹徒上坟，名忠弼的孙孙，论行辈是绍衣的侄子，今日到先人神位前磕头。’说完，同磕下头去”；第九十五回写谭绍闻与儿子双双考中秀才，父子俩人随族兄观察大人："到了三堂神主橱前，并铺两个垫子，少后又铺一个垫子，观察站在上首，绍闻比肩，篑初在后。观察望上说道：'这是鸿胪派后代绍闻及篑初，进了祥符胶庠，特来向祖辈爷磕头。'一连叩了四叩，起来作揖"；第一百零八回写谭篑初考中进士，并钦点翰林，又随族伯父："到了后宅，闪开主祏，大人在前，篑初在后，大人跪下祝道：'鸿胪派后裔谭篑初中了进士，蒙皇上天恩，授以庶常，绍衣谨率篑初告先。'一齐磕下头去。"文中再三提的"三堂"，指的是明清时期，在外做官之人吃住办公等都在官府衙门之中，衙门分正堂、大堂、三堂。"三堂"是衙门主官居住之所，其神主之位设于此，因此就有上述的"进了三堂"、"三堂神主"之说。作者在小说中从头至尾不厌其烦地写谭氏家族的"告先"礼仪，所念念不忘的实际上也就是"植业豫会，前光后裕，此皆我祖宗培遗之深厚"和那绵绵不断的"木本之谊"。

其次，在家庭或家族中遇到喜庆之事，也需要到祠堂里"告先"。我们曾经在婚姻礼俗中提到谭篑初亲迎时，曾在薛家行"告先"之礼。除此之外，小说还在谭绍闻父子"观风受赏"、"科举中式"等情节中，都写到到祠堂行"告先"的仪式。第九十二回写到谭篑初在道台观风中"高举"，得道台大人奖赏，回到家里，第一件事就是到祠堂告先："篑初把银花、彩绸、湖笔、徽墨放在神主橱前，向父亲说：'这该告我爷说一声。'绍闻遂率着兴官，推开神主橱门，行了两揖四叩常礼。"还有在上面已经提及的谭氏父子双双考取秀才、篑初考中进士并钦点翰林，都向祖先禀明。

第三，通过"告先"礼仪使得祖先之灵在冥冥之中，护佑着后代儿孙家宅平安，诸事顺利。在小说中多次写到出行之时或者返回家里都要行“告先”之礼，谭孝移千里伸孝思之时，告先之后才“择吉登程”；回来之后更是“告先情急，洗了手脸，吩咐开了祠堂门，行了反面之礼”；第七回写他被保举贤良方正，于上京城前一晚“到祠堂告了上京原由，拈香行礼”；从京城回来：“洗了风尘，换了行装，即叫开祠堂门，行了反面之礼”（第七回）；这里提到的“反面之礼”是出行归来的“告先”之礼，在小说中，“告先”礼仪也是“事死如生”的一种反映。

总的来说，祭祖礼俗是人们对亡故的祖先所表示的孝思、敬畏之情，最能体现传统的“慎终追远”、“事死如事生”的伦理观念。它表达着人们不忘先人美德和养育之恩，并进而戒慎自已的言行，以自己向善力学的实际行动报答祖先，为祖先的美名增光添彩的内心愿望。同时，也是人们心灵慰藉的一剂良方。举行这种礼仪时，人们怀着无比诚恳与恭敬的心情祭拜“神主”，在其心灵深处与祖先进行着无以言表的对话和交流，就像祖先真的站在自己面前，倾听着后辈儿孙的祝告，仿佛看到了子孙后辈的一举一动。在庄重肃穆的祭祖氛围里，人们似乎感受到了祖先神明的威力。

第二章 《歧路灯》与中原地区宗教信仰

明清时期，中原地区的宗教信仰体现了如下的特点：一是具有强烈的实用性、功利性，中下层民众往往是抱着趋福避祸、消灾祛病等实用目的去祈求神佛保佑，使得他们在对待宗教的态度上显得有些功利主义，而很少去品味宗教的理念精神。二是具有包容性、开放性，儒、佛、道经过长期冲突、斗争，不断融合、交汇，彼此吸收、互相渗透，至明清时期已完成了“三教合流”的进程，中原地区的民众对儒家思想、佛教、道教以及民间宗教都采取了兼容并蓄的接受态度。三是具有多神性、混乱性，中下层民众往往不是某一宗教和神灵的忠实信徒，而是拜倒在群神脚下，体现出强烈的多神崇拜色彩，这也使得他们的宗教意识显得十分庞杂、混乱。《歧路灯》也涉及了明清时期中原地区宗教信仰的方方面面，并在一定程度上反映出上述特点。由于作者是站在儒家正统立场来俯视民众的宗教崇拜，对此或不以为然，或予以拒斥，或有所包容，小说文本也在有意无意间透露出作者这种较为复杂的心态。本章通过对《歧路灯》文本的爬罗梳理，力求较为清晰地勾勒出明清时期中原世俗生活中的道教、佛教和民间宗教信仰形态，并力求探讨其背后的文化意蕴。

第一节 《歧路灯》中的道教信仰

道教作为本土宗教，深深根植于传统文化的土壤之中，一开始就体现出明显的人间性，它紧紧抓住人们“乐生畏死”的心理，引导人们获得生命上的永恒和愉悦，得到精神上的慰藉和满足。在明清时期，道教为了使注重现世人生的中下层民众接纳自己，又对自己的教义、教理以及法术仪式等进行改造，更加突出了伦理化、家庭化的倾向，也更能迎合世俗民众的生存本能、享乐欲望，但有得必有失，这也相对削弱了其理性精神在民间的影响，从而在某种程度上已沦为世俗性的宗教。

一、道教劝善义理的大成之作

明清时期，统治者大力提倡《文昌帝君阴骘文》、《太上感应篇》等道教劝善书，在这一大的文化背景下，无论是官府，还是民间，都出现了刻印劝善书免费赠人的现象，以直接作用于广大民众，达到“诸恶莫作，众善奉行”的广为劝诫的目的。就此意义而言，《文昌帝君阴骘文》和《太上感应篇》一样，可称得上是道教劝善义理的集大成之作。《歧路灯》也提到在中原地区曾流行《文昌帝君阴骘文》，第四回写道：“张类村请了个本街文昌社，大家捐赀，积了三年，刻成一部《文昌阴骘文注释》版，昨日算刻字刷印的账，一家分了十部送人。谁爱印时，各备纸张自去刷印。如今带了两部，分送二公。”张类村是祥符优等秀才，为极正经有学业之人，也是道教劝善书《阴骘文》的忠实信奉者。文中提到的“文昌社”是崇祀文昌帝君的神社，神社头目叫做社首，由社中人轮流担任，新任社首于执事之初须叩头祝告，叫做请神。引文中“请了个本街文昌社”，就是指张类村当了本街文昌社社首，可见当时祥符县其他街道也有文昌社的组织。作为崇拜文昌帝君的信徒，大家集资刊印《文昌阴骘文注释》并赠送友人，以扩大其文的影响，应是这一组织的分内之事。

《阴骘文》之所以在民间广泛流传，并受到如张类村一类文士青睐，就在于它用道教的形式、功能来节制、规范民众的社会行为，透过自身的约束和审查来得到适当的报偿。它以道教超自然的神权崇拜为主，其间又糅合了儒家的伦理道德观念、佛教的因果报应思想，虽以神权为号召，却立足于普通民众的日常生活，这样就把道教的功利观念和世俗的伦理观念整合在一起。① 在《阴骘文》中处处充满着积德行善必有报偿的说教，其开篇即云：“广行阴骘，上格苍穹，人能如我（指文昌帝君）存心，天必锡汝以福。”“百福骈臻，千祥云集，岂不从阴骘得来者哉！”为了方便普通民众把握其中的精义，它还把日常行为具体化，教导民众要从力所能及的事情做起，提供了一套便于遵循的规范，诸如“矜孤恤寡，敬老怜贫”、“点夜灯以照人行，造河船以济人渡”、“剪碍道之荆榛，除当涂之瓦石”此类。只要践履这种行为规范、广行善事，就会在文昌帝君的佑助下得到善果，这样就把人生追求福禄、富贵、多子等世俗愿望和行善立功密切联系起来，从而对中下层民众产生了一种无法抵御的诱惑力和吸引力。

小说中的张类村不仅捐资刊印《阴骘文注释》，进行劝善

① 参见侯杰、范丽珠：《世俗与神圣——中国民众宗教意识》第三章，天津人民出版社，2001年版。

宣传活动，而且十分崇信《阴骘文》的教化义理，当谭绍闻听信蛊惑要改迁祖坟时，他就以《阴骘文》的主张来教导谭绍闻："《阴骘文》上说得好：'欲广福田，当凭心地。'"认为人只要积德行善，就会得到神灵保佑，并不在于风水好坏与否。为了使自己的观点更加通俗，他又把风水和阴骘联系在一起来说："风水之说，全凭阴骘。总是积下阴德，子孙必然发旺；损了阴骘，子孙必然不好；纵然葬在牛眠吉地，也断不能昌炽。总是人在世上，千万保守住天理良心，再也不得错了。"（第六十二回）张类村不但全盘接受了《阴骘文》的教化主张，更主要的是他在日常生活中，都是以《阴骘文》为准绳严格要求自己，努力践履着《阴骘文》的行为规范。他身体力行，经常做一些修桥、补路、放灯的公益事业，还把自己的车辆借于谭宅使用。第六十七回，家境渐趋破落的谭绍闻打算把一部分宅院卖给张类村，他急忙推辞："勿图人之财产，《阴骘文》言之。那事我断不做。"而是以租赁的变通方法使问题得到圆满解决，这就给《阴骘文》"凭心地行时时之方便，作种种之阴功"作了一个很好的注脚。他之所以这样做，很大原因就在于他没有子嗣继承香火，因此经常"默祷文昌，许下修桥、补路、放灯之愿"。当其妻梁氏出于"望子情切"，让他把丫头杏花儿收房，张类村起初不肯："我年纪大了，耽搁人家少年娃子做什么，阴骘上使不得。"但考虑到"不孝有三，无后为大"的古训，在梁氏的再三劝说下，迟了一年，终于纳丫头杏花为妾。或许是张类村日常积德行善的行为感动了文昌帝君，果然得到善报，喜得麟儿。

小说中，作者还塑造了一个"韩善人"形象，亦能显示出道教劝善书的巨大影响。韩善人"一生好盖庙建寺修桥补路"，合村公赠他一个“乐善好施”的匾额。谭绍闻因逃命，又饥又累地倒在韩善人家门前，韩善人不仅让绍闻“饱餐一顿”，留他住了几天，最后还送他“两串大钱，又叫车户添了草料”，送他回家，临走时还勉励绍闻说：“帮助桥工，功德不小，相公回家好好念书，功名自有上进。”（第四十四回）虽然书中并没有提到韩善人崇拜《阴骘文》，但他的所作所为和《阴骘文》“措衣食周道路之饥寒，施棺椁免尸骸之暴露”、“修数百年崎岖之路，造千万人来往之桥”的主张是一脉相通的。

颇有意味的是，在《歧路灯》中，儒士绅衿对《阴骘文》这类道教劝善书也是见仁见智，众说纷纭，形成了一个众声喧哗的争论场景，这也折射出作者对这一问题的复杂心态。张类村把《阴骘文》奉若神明，并身体力行，可谓是文昌帝君的虔诚信徒，可归为一类。与张的做法截然相对，以“正儒”自居的惠养民则对《阴骘文》大加抨击：“那《阴骘文》刻他做什么？吾儒以辟异端为首务，那《阴骘文》上有礼佛拜斗的话头，明明是异端了。况且无所为而为之为善，有所为而为之为恶，先图获福，才做阴功，便非无所为而为之善了。”（第三十八回）作为一个道学先生，惠养民以力辟佛道异端为己任，自然视“礼佛拜斗”的《阴骘文》为邪说，并且指责其“先图获福，才做阴功”的功利主义思想。应当说，惠养民对《阴骘文》的批评是一针见血的，他看到了行阴善积阴骘在一定程度上所具有的伪善性，其行善实际上是一种要求强烈回报、具有实用主义的行善。但由于惠养民在书中是作为一个伪道学的形象出现的，这就使他对《阴骘文》的批评打了一定折扣。

与张类村的捧杀、惠养民的棒杀有所不同，书中的大多数正统儒士对《阴骘文》则是有褒有贬，看法并不那么绝对。谭孝移对张类村的做法还是有所保留的："这'一十七世为士大夫身'一句，有些古怪难解。至于印经修寺，俱是僧道家伪托之言，耘兄何信之太深?"所谓的"一十七世为士大夫身"是《阴骘文》的首句，它以文昌君自诩的口吻，叙说自己转生十七世均为官宦，这在儒家看来自然是不可信的，所以谭孝移认为它古怪难解，并对张类村刊刻《阴骘文注释》提出了委婉的批评。孔耘轩却为之辩护，认为谭的观点过于拘执："如把这书儿放在案头，小学生看见翻弄两遍，肚里有了先入之言，万一后来遇遗金于旷途，遭艳妇于暗室，猛然想起阴骘二字，这其中就不知救许多性命，全许多名节。岂可过为苛求?"（第四回）程嵩淑也认为张类村讲"阴骘"并非全无是处："类村兄，明经发荐，专一讲'阴骘'二字，劝人为善，这个士字，被他一片婆心占得去。"孔程二人都对《阴骘文》淑世婆心进行了肯定，之所以如此，应和《阴骘文》掺杂了大量的儒家伦理观念极有干系。《阴骘文》等道教劝善书所宣扬的"劝善惩恶"的意旨，大多是依据儒家所规定的道德原则，例如，其敬天尊圣的思想、忠义孝悌的观念、谨慎敦厚的处世哲学、克勤克俭的持家之道等，都和儒学原旨声气相通。可见，无论是惠养民的全盘否定，谭孝移的委婉批评，还是程孔二人的局部肯定，归根到底，都与他们所持的儒学立场以及《阴骘文》本身的特点有关。

二、道教法术的散点透视

道教既包括宗教哲理、道德规范、教义戒律，也包括了仪式、法术与神谱。相对于文人雅士多对道家进行哲理性思考，道教的仪式、法术乃至神仙谱系对民间信众具有更大的诱惑，因为它们在不同程度上契合了民众的功利心理，而在民间大行其道。烧炼丹铅、镇妖捉怪、祈禳斋醮、制符咒录、扶箕占卜、镇宅祭墓、祈雨止风，诸如此等，皆能使普通民众心动神摇而趋之若骛。通过对《歧路灯》文本的细读，不难发现道教法术在小说中的踪影，故对其进行一番梳理并从中窥探作者的创作意旨，也实属必要。

（一）斋醮草青词

《歧路灯》把演绎故事的大背景前推至明代嘉靖年间，这种安排并非是李绿园姑妄言之的游戏笔墨，而是深有寄托的有意为之。众所周知，明世宗朱厚熜之佞道灭佛在历史上是无出其右的。他十三岁时入继大统，登位甫毕，即罢黜佛教，独尊道教。嘉靖帝虽“占了道场”，却“弛了朝纲”，常常不理朝政，只在宫里设坛建醮，炼道修丹，祈求长生不老，还让地方州县广建雷坛，耗尽民脂民膏。在此情势下，一些方士也投其所好，通过炼丹、祈雨、进女色等不正当手段，占据要津，像道士邵元节就做了礼部尚书、陶仲文也官至少保礼部尚书，且同被赐封为真人。不仅如此，皇帝告天需要撰写青词，群臣也争献青词邀宠，如严嵩、夏言、徐阶、李春芳等人皆因青词而特别得到皇帝的宠信与重用。同时，爬上高位的陶仲文等人又“干扰政事，牵引群邪”，与以青词获帝眷的严嵩之流相互勾结，把持朝政，朝廷上下一片乌烟瘴气。这些祸国殃民的行为引起朝中有识之士的义愤，他们冒着生命危险上书进谏，结果是非受廷杖，即窜远方。[①] 创作于嘉靖年间的《西游记》对此亦有所影射，作者在比丘国、灭法国、车迟国的描写中，对国君尊奉道教的昏庸、道士蛊惑人心的危害的揭露就极具现实针

① 参见《明史纪事本末》卷二五，《世宗崇道教》。

对性。《歧路灯》把描写的重心放在中下层社会，对嘉靖年间朝廷上层的腐败情形不可能展开具体描绘，但在一些章回中也有所涉及。其中写谭孝移被保举为贤良方正后到京城礼部等待赴选以及娄潜斋在京会试等情节中，都提到了嘉靖帝崇奉道教的行径，从中不难体味出作者的弦外之意。

第七回，作者写谭孝移去看望在翰林院任职的同乡戚公时，恰逢在座的翰林院濮阳公与戚公正谈论"献青词"之事，濮阳公说："我们衙门，向日前辈老先生馆课，不过是《昭明文选》上题目，《文苑英华》上典故。那些老先生们，好不便宜。如今添出草青词，这馆课大半是成仙入道的事。即如昨日，掌院出的是《东来紫气满函关》，即以题字为韵。"又写濮阳公临走时说："本欲畅谈聆教，争乃敝衙事忙，明日建醮，该速递青词稿。"同回作者还以揶揄的口吻嘲讽了当时礼部的繁忙："原来嘉靖之时，礼部是最忙的，……皇上崇方士邵元节，继又崇方士陶仲文，每日斋醮，草青词，撰祈文，都要翰林院、礼部办理。"反映的正是上述情形。

上面两段引文都提到了"青词"，所谓"青词"是指道教仪式中的诗体祝文，亦称绿章，因书写于青藤纸朱字而得名。① 它是道教斋醮时献给天神的祈祷词，《道门定制》称："青词止上三清、玉帝，或专上玉帝为善"；《上清灵宝大法》亦称："凡有请祈，须仗文檄，然须言辞有理，亦要典格无亏。有如朝廷疏状，尚有定格，高天上帝、无极至尊，岂可妄乱亵渎。"明世宗行斋设醮无虚日，故需要大量高水准的青词稿迅速

① 唐代李肇《翰林志》云："凡太清宫道观荐告词文，用青藤纸朱字，谓之青词。"

呈递上来；而青词祝文，又多为骈体，亦有定格，要求对仗工整、音律和谐、文词赡丽，非有较高文学素养和熟谙道教知识者不能为。因此，翰林公们理所当然地充当了“草青词，撰祈文”的最佳人选，撰写青词就成为翰林院的主要职责，办理、递呈青词也成为礼部的一大公务。这也是濮阳公所说“敝衙事忙”、作者补叙说当时“礼部最忙”的原由。为了使翰林们对青词的撰写引起高度重视，朝廷甚至还把它纳入翰林院馆阁的考试范围，“如今添出草青词，这馆课大半是成仙入道的事”。

上文还提到“斋醮”一词，所谓“斋醮”，又称“科仪”、“道场”，即指供斋醮神，是道教的一种主要祭祷仪式，也是道教徒自身修炼的一种方法。按照道教的说法，“斋醮”通过与神灵沟通，来消除人间灾厄，得到上天福佑；同时也使人心性调和平静，凡夫肉体得以洁净透剔。道教的斋醮范围甚广、种类名目繁多。大体分为阳事与阴事，即清醮与幽醮两大类。祈福谢恩、却病延寿、祝国迎祥、祈晴祷雨、解厄禳灾、祝寿庆贺等为“清醮”，属于“太平醮”一类。摄召亡魂、沐浴渡桥、破狱消灾、炼度施食等为“幽醮”，属于“济幽度亡”一类。斋醮的功用亦极为广泛，大到为国祝禧、禳解灾疫、祈晴祷雨；小至为民众安宅镇土、禳解灾厄、祈福祝寿、度亡生方，斋醮都可派上用场。小说除了提到嘉靖帝“每日斋醮”之外，也写到了民间的斋醮习俗。第六十三回，谭绍闻殡葬亡父谭孝移，就有城隍庙的“王道官”发帖子请道友为谭宅丧事“斋醮”。尼姑范法圆说：“我听说，城隍庙王道官与铁罗汉寺雪和尚，都动帖子请他们道友，说是与谭宅念经哩。……他两下的，原是与鱼市口钱有光家念经斗出气来，说下要赌气对经。情愿来助经，僧道两家赌武艺儿。……只是虔心念经，叫老山主免受十帝阎君的苦；保人家儿女兴旺，钱财足用……”

值得注意的是，《歧路灯》还写到娄潜斋参加会试，因考卷中隐含有规谏嘉靖崇道之意而导致名落孙山的故事。“谁知到了晓期，礼部放榜，潜斋竟落孙山。潜斋却不甚属意，孝移极代娄公抱屈。自己长班来了，与了三百钱，写了河南娄昭名字，代查败卷。查来时，只见三本卷面，写着‘兵部职方司郎中王阅’，大批一个‘荐’字。头场黑、蓝笔俱全，二场亦然。到了第三场策上，有两句云：‘汉武帝之崇方士，唐宪宗之饵丹药。’这里蓝笔就住了。谭孝移道：‘咳，此处吃亏，可惜了一个联捷进士？’”（第十回）娄潜斋此科考试头场、二场成绩俱佳，只是由于第三场策问中有“汉武帝之崇方士，唐宪宗之饵丹药”之语而吃了大亏。这两句话显然是借历史之典故来讽谕现实之朝政，具有鲜明的指向性，怪不得阅卷官员不敢录用，否则让崇道有加的嘉靖帝看到了岂不要龙颜大怒！

（二）外丹黄白术

在道教术语中，将以人体的精、气、神修炼的方术称为“内丹术”，相应的那种以五金、八石为药物炼制仙丹的方术就被称做是“外丹术”。黄白术是道士烧炼丹药点化金银的法术，属于外丹术的一种，黄白即是金银的隐语。炼制外丹或黄白，一是为了追求延年益寿、长生不老，二是为了获取财富。但是，有些道教败类往往打着精通炼丹法术的幌子，来招摇撞骗，已远远偏离了道教的炼丹原始宗旨。在明清笔记或小说中，不少作品都写到了江湖术士借黄白术烧银骗财的故事，如冯梦龙《古今谭概·谲知部·丹客》、凌濛初《初刻拍案惊奇》卷十八《丹客半黍九还，富翁千金一笑》等都体现了这一创作主题。无独有偶，《歧路灯》也用近两回的篇幅叙述了“谭绍闻倒运烧丹灶”的情节。

第七十三回，谭绍闻在城隍庙结识了一位修眉长髯道士，他自称一向在道教圣地武当焚修烧丹，后来因闻京中崇尚道教，就带了个丹头来到京城，本来打算略试小术，聊助军饷，因见那些道友，全是讲长生久视之术，所谓“道不同不相为谋”，遂急流勇退，携徒来到祥符。谭绍闻此时正值家道中落、逋欠交近之时，看到他所阅之书，皆为道教术数之类，又听到他故弄玄虚的大讲特讲炼制黄白的玄理，遂动了借黄白术以解困境的念头，按书中所言就是：“论绍闻学业，似不至为此等邪说所惑，但当计无复之之时，便作理或然也之想。”

第七十五回，这位道士吹嘘自己是精通丹诀，能点石成金，又夸耀自己曾度厄苏困，解人济难，“前日上京时，路过南阳玄妙观小住，遇见一个寒士，贫而苦读。贫道相他是个科第人物，助了他一炉。想此时已不穷了”。通过以上种种伎俩，诱使绍闻上钩，当谭绍闻邀请他到家炼丹之后，他又再三嘱咐，此事最要机密，天机不可泄漏，一定要谨慎行事，并说道：“炼丹之事，要夺造化，全凭子时初刻，自有运用。但丹炉最怕心中有个疑字，外人犯了冲字。若遇见生人便冲了；炉边但听得寡妇、孕妇、孝服人说话，这炉子便炸了！……我有丹术，须你有丹心。若有一毫不诚，为害便不小。山主先说你现有多少，且不可欺瞒一分：如一万两才足用，须备一千两丹母；一千两足用，须备一百两丹母；一百两足用，须备十两丹母，随你多寡，一总儿焚香告神。不得临时再添，犯了再三渎之戒。”这虽是道士在装神弄鬼、故弄玄虚，为行骗成功打好铺垫，但从中亦多少反映出烧炼黄白存在着的仪式及禁忌，如烧炼之前要“写神牌，告成数，焚香指”，烧炼之时不能被

“不祥”的人或生人撞见，以免冲了丹炉，具有一定的神秘感。

同回，小说交待了最终的结局，这个道士趁巫翠姐临盆、谭宅忙乱不堪之际，席卷了谭绍闻用作丹母的二百三十五两银子，带着徒弟，撇下二顶纶巾，两件道袍，“驾云而去”。可见上述种种，皆是他借烧黄白之名而精心设置的骗局，道士“第一夜烧银十两，是照眼花，乃道士自置其中”。当谭绍闻把自己上当受骗的经历告诉夏逢若时，夏回答道：“这是个提罐子的，算你的造化低罢。我也算了造化低，白白的被他提了十二两去，还不承请哩。”文中所说的“提罐子的”，即指借炼丹行骗的道士，按照《初刻拍案惊奇》卷十八《丹客半黍九还，富翁千金一笑》的解释，就是：“只要先将银子为母，后来觑个空儿，偷了银子便走，叫做提罐。”可见，以这种形式行骗的道士在明清时期是不乏其人的，以至于还有专门的称呼，上当受骗者也应不止于谭绍闻、夏逢若二人。

从上述分析中可以看出，作者对斋醮草青词、外丹黄白术等道教法术是素无好感的，也可看出作者行文之精妙，他先借写斋醮草青词讥讽了嘉靖帝的昏庸无道、朝中群臣的阿谀奉承，又借写外丹黄白术揭露了行骗道士的卑劣狡猾、上当者的利令智昏，这都与作者儒家思想的立场以及借小说醒世、淑世的功利主义有关。

三、道教的神祇体系管窥

追求有求必应的宗教心理和以现实功利为选择宗教信奉对象的标准，直接导致了民间信仰中的多神崇拜。其中道教对民众多神崇拜的形成贡献尤大，它把各民间道派供奉的俗神、朝廷祭祀的正神、由道教的信仰衍生出来的人格神、古代传说和道士修炼化出的仙人等整合成一个极庞杂、多层次的神仙谱系，而且这一谱系可以随着时代发展而扩充壮大，极大地满足了民间多神崇拜的宗教心理。作为一部文学作品，《歧路灯》当然不能把所有的道教神祇囊括殆尽，但也有所涉及，下面就择要述之。

（一）护国佑民之神：关圣大帝

关圣帝君是在官方、民间以及道教的共同运作下，逐步走上神坛的。关帝信仰，唐代以前并不显著。唐朝咸通年间，民间有关公显灵的传说，随之关羽被奉为天将。宋真宗年间封武安王。到了崇信道教的宋徽宗那里，关羽更是被封为崇宁真君。在宋代的雷法科仪中，他被称为“灵朗上将”或“馘魔关帅”。明代又晋爵为帝，明万历二十二年（1594 年），道士张通元请皇帝对关羽晋爵为帝。万历四十二年（1614 年），明神宗封关羽为“三界伏魔大帝神威远震天尊关圣帝君”。至有清一代关羽的地位更得到大幅度提高，封号更长。顺治年间，清世祖敕封关羽为“忠义神武灵佑仁勇威显护国保民精诚绥靖赞宣德关圣大帝”，又追封关羽祖上三代为公。① 一方面官方不断敕封，另一方面《三国演义》小说以及三国戏曲在明清时期风行一时，这些都使得关羽的形象深入人心，祭奉关帝的庙堂也遍布九州。

在《歧路灯》中也多次提到祭奉关羽的庙宇，在祥符城便有多处：一是东街关帝庙，在写盛希侨、王隆吉与谭绍闻要结

① 《日下旧闻考》（卷四十四）云：“关帝庙食遍薄海内外，其地自通都大邑下至山陬海隅村墟穷僻之壤，其人自贞臣贤士仰德崇义之徒，下至愚夫愚妇儿童走卒之微贱，所在崇饰庙貌，奔走祈禳，敬畏瞻依，凛然若有所见。”

拜兄弟时，王隆吉首先选择的就是这一地点。（第十五回）二是曲米街关帝庙，写巫奶奶差老婆子接巫翠姐回娘家，说是"关帝庙唱戏，……今晚回去看看，明日就送回来。"（第六十三回）三是城西门外关帝庙，它距城西门外谭宅祖坟只有一箭路远。（第九十五回）四是城内山陕庙内也供奉着关羽，因此又叫"壮缪庙"，在祥符经商的山西商人自发组建有"山陕社"，他们专门修建了这一庙宇，其中也寄寓着浓重的乡土情结。除了祥符城的关帝庙外，小说还提到天津的关帝庙，在天津经商的宋云岫发财之后曾在此宴请同行（第十回），民间崇拜关圣大帝之风由此可见一斑。值得一提的是在第八十四回，还写到民间修葺关帝庙的事宜，一个老客商说："今日望日，关帝庙午刻上梁，社首王三爷言明，有一家字号不到，罚神戏三天。争扰谭爷一杯酒，误了上梁烧纸马，要唱三天戏哩。"

从中还可看出，关帝庙宇在民间社会中承担着重要的社会功能和风俗功能。上文中提到谭绍闻三人结拜，王隆吉的第一反应就选关帝庙："依我看，大约东街关帝庙好。关爷就是结拜兄弟的头一个。叫宋道官摆下席，我们在神前烧香如何?"《三国演义》开篇就是"刘关张桃园三结义"，关羽又是义薄云天的典型代表，所以在王隆吉看来，关帝庙应是首选；至于他所说"关爷就是结拜兄弟的头一个"，应是在民间流传的与《三国演义》不同的另一版本。不仅如此，关帝庙还是民众狂欢的公共场所，上面提到的老客商所说的"罚神戏三天"，就是在关帝庙前进行演出，宋云岫大发财源之后也在关帝庙请王府二班子唱了三天戏。巫翠姐更是曲米街关帝庙看戏的常客，第四十九回"巫翠姐庙中被物色"，就写到她在此处观戏时被谭绍闻一睹芳容。

（二）镇邪斩妖之神：真武帝君

《歧路灯》中多次提到“南顶”、“太和山”，第十一回，谭绍闻的舅母曹氏曾对王氏说，其夫曾到南顶进香，回来之后又到亳州照料生意。第七十三回，在谭宅炼丹行骗的道士对谭绍闻说：“因幼年出于太和山周府庵……这隍庙老师伯朝顶进香，就住在庵下，彼时结为道契。”第九十九回，盛希侨说：“我迟一半年，指瞧弟以为名，到京城走走，不比朝南顶武当山强么?”上述引文中“太和山”、“南顶”都是武当山的别称，那么，为什么会有这么多的民众去武当山“朝顶进香”呢？这和民间的真武帝君崇拜密切相关。

真武神原名“玄武”，是我国古代神话传说中的北方星宿之神，民间传说中真武是镇守北方的神将，形似披甲武士，真武帝君祀像披发、黑衣、仗剑、踏龟蛇，侍从者执黑旗，江河湖海中所有兴风作浪的龟蛇鱼鳖都归他统辖。相传他一心修道，常常发誓要荡尽人间妖魔鬼怪，故民间奉他为镇邪斩妖之神。到宋代为避“赵玄朗”之讳改“玄武”为“真武”，宋真宗加封真武神号为“镇天真武灵应佑圣帝君”，企图借助这位神将威灵，保佑宋朝北方边境安宁。宋元时代，相传为真武修道飞升的湖北武当山，道教香火日渐旺盛，修建了许多宫观，并吸收大批信徒，形成教团组织。到了元末明初，对真武神的信仰已在民间具有广泛影响。据说朱元璋平定天下时，曾得真武神暗中佑助，因此明朝开国后也在南京立庙奉祀真武。燕王朱棣坐镇北方，当他起兵“靖难”时，正好借助这位北方神将的威灵，制造君权神授的舆论。由于真武“显灵”，为明成祖争夺帝位佑助有功，因此朱棣登基后立即在全国掀起崇奉“北极真武玄天上帝”的热潮。对传说真武大帝“得道显化去处”——湖北武当山，明成祖更是格外重视，举三十万军民，历时十余年修造武当山道观，其规模宏伟壮丽，天下无匹。①在修建宫观时，武当山道士奉旨编撰《大明玄天上帝瑞应图录》，宣扬真武神降灵显皇，呈现祥瑞。其目的当然是借神灵感应来神化明成祖。这样真武大帝又成为明朝的护国家神，从此真武信仰，走向了全国，庙宇遍布城乡各处。

《歧路灯》故事发生的背景为明朝嘉靖年间，此时道教被奉为全国国教，作为道教重神的真武帝君又是明朝的护国家神，所以真武崇拜也席卷中原民间，到真武帝君“得道显化去处”武当山去朝顶进香亦成为当时的风尚。小说中就写到了为朝拜武当山真武帝君而专门成立的民间神社，第六十三回曾提到曲米街有一道朝南顶武当山的锣鼓社；第八十四回，又提到南顶祖师社曾来邀请王春宇。同回具体描写了南顶祖师社的成员出发上武当山朝顶的情形：“且说腊尽春来，到了正月初四日。王春宇与同社的人，烧了发脚纸钱，头顶着日值功曹的符帖，臂系着‘朝山进香’的香袋，打着蓝旗，敲着大锣，喊了三声‘无量寿佛’，黑鸦鸦二三十人，上武当山朝顶去了。”时至今日，中原民间每年春天还有大量的信众去武当山“朝圣”，“真武帝君”影响之巨大、历时之久长可窥一斑。

（三）监察护邦之神：城隍

在古语中，“城”是城墙，“隍”是城墙外环绕的深沟，故在道教神灵体系中，执掌守卫城池、保障治安的地方神，称为

① 自永乐十年（1012 年）起，明成祖命隆平侯张信、驸马都尉沐昕等人督率地方官员及三十万军民大举修造武当道教宫观。凡历时十余年，耗费钱粮难以计数，建成拥有八宫二观、三十六庵堂、七十二岩庙、三十九桥、十二亭的庞大道教建筑群。

城隍或城隍神。据《太上老君说城隍感应消灾集福妙经》云：城隍神“威灵显赫，神道高明，无党无偏，公忠正直，有求必应，如影随形，代天理物，剪恶除凶，护国保邦，功施社稷，溥降甘泽，普救生民”，而且城隍神大多由对当地有贡献、为百姓所爱戴的人士在死后担任。它具有如此众多的本领，且有求必应，又由耿介中正之士充当，故深得那些讲求现实功利的民众的喜欢。

城隍信仰在明清时期达到高潮，全国各府、州、县都建有城隍庙。城隍的设置也如同世间的地方官设置一样，省城隍为一省之主，州城隍为一州之主，县城隍为一县之主，既主管地方冥间事务，也护佑地方民众们的生命、财产安全。城隍除了具有护邦的职责，还承担着监察职能。城隍庙里如同实现世界中的官署衙门机构一样，设座判事，因此，明清时期新官上任，往往要到城隍庙向神宣誓忠于职守。① 正是因为城隍神“无党无偏，公忠正直”，又具有监察护邦之职能，故那些行事正直的官员对城隍甚有好感。第九十四回，谭绍衣在去郑州察看灾情时，把城隍庙作为临时办公地点和休息之所：“进的城来，观察看见隍庙，便下轿进驻。季刺史禀道：‘西街自有公馆，可备休沐。’观察道：‘我辈作官，正要对得鬼神，隍庙甚好。’进去庙门，到了客堂坐下。详叙了饥荒情形，商了赈济事宜。”从谭绍衣所说的“我辈作官，正要对得鬼神，隍庙甚好”，可看出城隍神在地方要员心目中也占有一席之地。在民间产生

① 洪武元年，诏封天下城隍；洪武四年，“特敕郡邑里社各设，无祀鬼神坛。以城隍神主祭，监察善恶。未几，复沦仪注：新官赴任必先谒神与誓，期在阴阳表里以安下民。……于是城隍之重于天下加矣”。参见刘仲宇：《中国道教文化透视》，学林出版社，1990 年，第 144 页。

纠纷时，也常常要到城隍庙赌咒发誓，让冥冥之中的城隍神出以公决，以示自己并无欺瞒之意及对神灵的虔诚之心。第三十一回，谭绍闻与茅拔茹因戏箱纠纷对簿公堂，茅拔茹情急之下，大叫道："小的若是赖他，情愿写上黄牒，老爷用上印信，城隍庙撞起钟鼓，与他赌咒！"第四十四回，谭绍闻走到城隍庙门首，"只见两个人打得头破血出，手扯手要上庙中赌咒"。

城隍庙同关帝庙一样，也是民众狂欢的重要公共场所。明清时期，相传每逢清明、中元、十月初一，城隍都要巡视地方。届时各地都要举行城隍庙会。城隍庙也是演戏的重要地点，第七十一回，曾有人送戏到娄潜斋的衙门，在衙署中演唱一天后，"次日便送到城隍，令城中神人胥悦去了"，看来娄潜斋不仅为官清廉方正，而且也懂得"独乐乐不如众乐乐"的处世之道，所以送戏到城隍庙，既是演戏敬神，更是以此娱众，这可谓是深谙民心、深得民心之举。

（四）其他神灵：天妃·财神·三官

天妃、财神和三官等神仙，在《歧路灯》中涉及不多，在此仅作概述。第十回，宋云岫说："天津……天妃庙、财神庙、关帝庙，伙计们各杀猪宰羊。"天妃又名天后，是南方的天妃妈祖，亦称"妈祖神"。它是由民俗神信仰纳入道教神谱，冠以道教神灵名号，据说"妈祖"原是五代时莆田人，本来是一个渔家姑娘，死后被人们传说成常在海上显圣的神仙，保护渔民的财产和生命安全。① 后来，"妈祖"不断得到朝廷的封赠，

---

① 《太上老君说天妃救苦灵验经》："威容显现大海中，德广遍施天下仰，护国救民天壅滞，扶危救险在须臾。"见《道藏》洞玄部威仪类，文物出版社、上海书店出版社、天津古籍出版社，1988 年版。

起初封为“夫人”，宋代被封为“天妃”，元代加封为“天后”。福建人聚居的地区尤其奉事严谨。在中原内陆地区，“天妃”祭祀并不多见。

第三回，商人王春宇家里供奉着财神。小说写道：“三间厢房儿，糊的雪洞般，正面伏着增福财神，抽斗桌上放着一架天平，算盘儿压几本帐目。”第三十回写道：“那王经千见绍闻这样肥厚之家来说揭银，便是遇着财神爷爷，开口便道：‘如数奉上。’”在第五十九回，白鸽嘴道：“这样主户儿，输下一个不问他要两个，就是光棍家积阴功哩，那怕他走滚么。但事只宜缓，若太急了，他再遭就不敢惹咱了，岂不是咱把财神爷推跑么?”第六十九回，满相公说：“这心若不时时刻刻钻到钱眼里面，财神爷便不叫你发财。”由《歧路灯》中的这些描述，可见在民众世俗生活里，财神信仰并没有被人们当做郑重其事的事情，话语之中不无调侃意味。晚出的财神比较神气，它不仅有庙宇祀奉，还经常高居普通人家的厅堂或被供奉在店铺的神位上。[①] 财神在各道观中或立殿或设像，供人祭拜求利。明清商家常在堂屋或店铺中设像供奉，民间也有“接财神”的习俗。[②]

第八回，破落秀才侯冠玉在“三官庙”教书，小说写道：“刘旺与他说了本街三官庙一个攒凑学儿，训蒙二年。”“三官”

---

① 唐代以前未见记载，宋代才在过年的风俗中出现“财马”，即财神纸马，但其神来历不清。明代以后，对财神的供奉与祭祀逐渐兴盛起来，但是，人们祭祀的财神还没有统一起来，有的供奉关羽为武财神，也有的供奉赵公明为财神。

② 在中原地区民间是在农历正月二十日晚“接财神”，无论城乡，家家户户都在大门口点蜡烛，并在财神像前祷告祈财。祈财神时要用蒸制的面蛇、面刺猬为供品，并祷告：“财神爷从南来，翻穿皮袄拖拉鞋，隔着墙送元宝来。”参见《河南省志·民俗志》，河南人民出版社，1995 年版，第 389 页。

指的是天官、地官和水官，它们在道教中也被称为“三元大帝”。天官是“紫微大帝”，掌管“赐福”；地官是“青灵大帝”，掌管“赦罪”；水官是“扬谷大帝”，掌管“解厄”。“三官”的生辰就是“三元节”：正月十五日天官为上元，七月十五日地官为中元，十月十五日水官为下元。其中以中元节最受重视。对“三官”祀奉在中原地区民间没有多大影响。

四、民间习俗中的道教故事

长期以来，道教神仙故事和民间习俗相互交叉渗透，融汇为一，这样既丰富了中国传统文化的宝库，又为道教深入民众生活提供了一条有效的途径，还形成了许多独具特色的文化载体及艺术作品，《歧路灯》对此也有所体现。

祥符城内每年三月三日都要举行“吹台大会”，每逢此时，民众都云集于此，“周围有七八里大一片人，好不热闹”。其中的杂技和说唱艺术表演颇具特色，里面有不少内容皆涉及道教神仙故事，“走软索的走的是二郎赶太阳，……果然了不得身法巧妙。弄百戏的弄的是费长房入壶，说评书的说的是张天师降妖，端的夸不尽武艺高强”（第三回）。引文中的“走软索”类似于现在高空走索，“二郎赶太阳”指的是道教中的二郎神杨戬在高空走索的场景，因为《西游记》、《封神榜》等小说的盛行，二郎神的形象遂广为民众所知；“弄百戏”指的是各种奇技异能的表演，“费长房入壶”见载于葛洪《神仙传》、范晔《后汉书·费长房传》，二书都记载了费长房结识卖药仙翁壶公，与其俱隐身于一壶中的故事，这里指的是一种魔术表演的名称；“张天师”指的是曾入江西龙虎山学道的张道陵，民间相传他是降妖伏怪、武艺高强的神人。同回还写到：“酒帘儿飞在半天里，绘画着吕纯阳醉扶柳树精，还写道：'现沽不赊'。药晃儿插在平地上，伏侍的孙真人针刺带病虎，却说是'贫不计利'"，此处所写的酒铺以"吕纯阳醉扶柳树精"为酒帘，吕纯阳就是八仙中最为著名的神仙吕洞宾，他度脱柳树精的故事一直是文学创作的题材；卖药的则以行业祖师爷孙思邈为药幌，孙思邈虽史有其人，但后来也被道教奉为宗师，他针刺病虎的故事一直为人们津津乐道。

不但在民间狂欢的吹台大会上可以见到道教神仙的身影，在民间的庆寿和丧葬礼俗中也有道教故事渗透其中。由于道教中的神仙大都是长生不老，所以像王母娘娘、南极仙翁、八仙、麻姑等都活跃在庆寿礼俗的活动中，这在前面的庆寿礼俗中已有过详细阐述，这里不再重复。与道教神仙在庆寿活动中频繁出镜形成比照的是，在丧葬礼俗中道教神仙故事却很少出现，翻阅全书，只是在第六十三回写到谭孝移的葬礼队伍时："纸糊的八洞仙，这个背宝剑，那个敲渔鼓，竟有些仙风道骨"，引文中的那个背宝剑的就是指吕洞宾，敲渔鼓的是蓝采和，都是在民间广为流传的八仙中的人物。

烟火是民间节庆常用以娱乐的一种方式，深为广大民众喜爱。它的命名常常被赋予吉祥喜庆色彩，因此，也与道教神仙故事发生了联系。第一百零四回，粗通文墨的烟火匠对谭绍闻介绍烟火时，一口气说出了四十多个名称，涉及道教神仙故事的就有："天下太平"、"八仙过海"、"二仙传道"、"东方朔偷桃"、"张果老倒骑驴"、"吕纯阳醉扶柳树精"、"韩湘子化妻成仙"、"费长房入壶"、"陈抟老祖大睡觉"、"老子骑牛过函关"、"哪吒下海"、"庄子蝴蝶梦"及"张仙打狗"等，这些道教故事大都为当时民间所熟知，因而就被烟火匠拿来用，以迎合世人口味，好卖个头彩。

道教故事不但融入民间习俗的方方面面，而且也波及当时文人士子的生活。第十回，谭孝移携好友娄潜斋从京城赴试归来，路过赵州桥时，曾经笑谈“张果老骑驴”的传说：“至赵州桥，说隋匠李椿造，并说俗云张果老骑驴，将压断此桥，鲁班一手撑住，各鼓掌大笑”。谭孝移“目不睹非圣之书”，却对张果老倒骑驴压断赵州桥而鲁班解救的故事了然于胸，由此见出这一传说流传地域之广，影响阶层之泛，乃至中州文人也能侃侃而谈。与此相映成趣的是，后文又写到他们的后辈谭绍闻、娄朴等进京赶考，也路过赵州桥，他们亦特地上桥仔细观看“张果老驴蹄迹、鲁班手掌印儿”（第一百零一回）。这不仅在行文上遥相呼应，预示着二人绳武家声，子承父业，从此走向复兴之路，亦从一个侧面透露出道教神仙故事的魅力。同回，还写到谭娄等人参观了邯郸县“黄粱梦”遗迹：“走到‘黄粱梦’，家人各看行李，三位上卢生庙看做梦处。进门处，照壁嵌四块石板，上写‘蓬莱仙境’四字。中殿是汉钟离像，头绾双髻，长须，袒腹，塑的模样，果有些仙风道骨。再进一层殿，乃是石雕卢生睡像，鼾然入梦。”“黄粱梦”出自唐代沈既济的传奇小说《枕中记》，文中的道士吕翁在后世流传过程中，被窜改为八仙中的汉钟离，更符合了民众的口味，所以卢生庙中塑了二人的雕像。参观“黄粱梦”的情节设置并不是可有可无的闲笔，而是极有象征色彩的，它象征着谭绍闻从过去误交匪类、远离读书的噩梦中醒悟过来。

值得一提的是，第九十七回作者还以调侃嘲讽的笔调，写到几个新进秀才翻阅历史古籍的情景：“掀汉史的看见东方朔，说这是一个偷桃的神仙，却成了臣；掀唐史的看见李靖，说托塔天王，竟封了公。”在这里，读书人把实有记载的历史人物当成虚无缥缈的神仙形象，把道教传说和历史实录混淆起来，从中可以看出这些秀才的不学无术，真可谓是“举秀才，不知书”，也从一个侧面反映出道教神仙故事与历史记载有着一定的亲缘关系，以及其深入民心。

第二节　《歧路灯》中的佛教信仰

俗话说：“临时抱佛脚”，“无事不登三宝殿”，皆反映出民间对佛教的实用主义态度。就佛教本身的演变轨迹来看，它也经历了不断适应中国文化、迎合民间信仰的过程，从一个极端出世型的宗教逐渐演变为注重人间性的宗教。对下层民众而言，对他们颇有吸引力的是佛教的六道轮回、天堂地狱、因果报应等观念，同时，他们也选择了捐塑佛像、广行善事和诵经礼拜等外在方式，沉浸于纯宗教迷信的活动里，企图通过自身的磨难或捐财行善等外在形式来祈求佛陀的保佑。① 佛教发展到明清时期，已经深入到民众的世俗生活中，“它深刻地渗进了中国人的血肉，甚至已经达到某种获得了大地性，成为中国人精神生活的食粮。”②在《歧路灯》中，中原地域的佛教信仰也体现出强烈的现实性、功利性以及世俗性，本节即通过对观世音崇拜、佛教对世俗生活的渗透以及僧尼生活的扫描等分析，来阐明上述特征。

---

① 参见侯杰、范丽珠：《世俗与神圣——中国民众宗教意识》，第 43～50 页。

② ［日］镰田茂雄：《中国佛教史·序章》，台湾新文丰出版公司，1982 年版。

一、世俗众生的观世音崇拜

如上所述，作为外来宗教的佛教出于争取信众的考虑，把眼光紧紧瞄准了民间对宗教的实用态度，在中国化的进程中不惜降格以求，以增福增寿、消灾去厄等手段去引诱民众，把信仰佛教变成个人获利最直接、最简捷的方式。佛教对观世音菩萨的再造与重塑，就很能说明这一问题。观音菩萨在原来的佛教中是一位高不可攀的神灵，庄严神圣、绝尘厌世，到了明清时期，就演变成极具人情味的“管家婆”，慈祥和蔼、法力无边，大大满足了民众趋利崇福的心理要求，因而赢得善男信女们的顶礼膜拜，成为最受欢迎的佛教神灵，在全国各地的寺庙中大都有观音的塑像，甚至还建有专门的殿阁，称大悲殿、观音阁等，香火之盛几乎和佛祖比肩。

从《歧路灯》的描写中，可以看到世俗生活中的观音菩萨承担着救苦救难的任务。当人们遭遇困难凶险都可以请观音菩萨搭救。第十二回，作为一家之主的谭孝移从京城归来后人病不起，其妻子王氏就求助于观音菩萨保佑。小说写道：“（地藏庵尼姑）法圆于观音灵课中，拣了一个吉祥帖儿，送与曹氏。说是在观音面前，替王菩萨抽的，是‘病必痊，讼必胜’的好签。”第五十九回，谭绍闻欠下赌债，怯于虎兵丁的追索，愧于父亲遗言，于无奈何之中上吊自杀，其母亲王氏被吓得魂飞魄散，“早已身子软了，坐在地下，往前爬起来”，“只是‘乖儿、乖女’的乱哭”，最后下跪并许愿说“若叫俺儿过来，观音堂重修三间庙宇”！由此可以看到，王氏求助观音菩萨搭救儿子的情态跃然纸上。

在世俗民众生活中，人们不仅仅是相信观音菩萨能够救苦救难，可以帮助人们达成心愿，而且相信如果在观音面前许愿就一定要还愿，否则，观音会找来“索口愿”。小说第十九回，谭绍闻骗母亲王氏说：“我昨晚做了一个梦，梦见一个老婆子，头上披着蓝绸幅巾，像菩萨模样，问咱要账。说再迟两天不还，就要狠摆布。我醒了时，头痛起来。”一直信奉观音菩萨的王氏果然相信，她对儿子说：“是了，是了。只怕是你爹爹病时，许地藏庵愿心，到今未还。或者观音菩萨，来索口愿么?”其实，谭绍闻只不过假托做梦，想瞒过母亲王氏，欲狎昵婢女冰梅罢了。

观音菩萨除了能够搭救人世间的苦难，还能够救助死去的亡魂在阴间免遭厄运，顺利度过“金桥银桥”而往升仙界。小说第六十三回，地藏庵的范尼姑对谭绍闻说，“恰好山主你来了，我正与老菩萨讲助经的话，超度老山主往升仙界，仗观音慈悲，好过那金桥银桥”。

既然观音菩萨有上述那样多的功能，自然就成为民众普遍信仰的佛教“尊神”。在《歧路灯》中，专门供奉观音的庙宇就有“观音阁”、“观音堂”、“送子观音堂”等。不仅如此，在其他如地藏庵等地方也供奉着观音菩萨的塑像。如第八回中，谭绍闻的舅母曹氏与几个妇女是在“观音像”前结拜干姊妹。小说写道：“原来这侯先生的女人，住的与曹氏后门不远。热天一处儿说话，早与开银钱铺的储对楼新娶的老婆云氏，在本街南头地藏庵尼姑法圆香堂观音像前，三人结拜成干姊妹。”值得注意的是，观音菩萨在发展过程中，由男性渐变而为女性，更具慈祥、温柔的女性特征，因其泛爱而普及众生，所以，观音菩萨更得到妇女们的青睐。

在此不能不说的是，由《歧路灯》中提及的相关的观音菩萨的庙宇可知，观音菩萨还有为世俗众生送子的义务。第七十回写祥符城西北有一座送子观音堂，不难得知，中原民间是信奉观音送子之说的。

除此而外，在《歧路灯》第三回的吹台大会中，“走软索的走的是二郎赶太阳，卖马解的卖的是童子拜观音，果然了不得身法巧妙”①。这里说的是马戏中表演的是“童子拜观音”节目。在第一百零四回，烟火匠对谭绍闻说到的烟火名称中也有“童子拜观音”。可见观音信仰在世俗生活中真的是无孔不入。

总之，在世俗生活中观世音菩萨因法力高强，广大无边，大慈大悲，救苦救难，有求必应，迎合、寄托着各个层次信众的希望。无论是祛灾禳病、岁时风俗，还是丧葬礼俗等所举行的诸多仪式中，人们都可以看到它们的身影，能够感受到菩萨的神性是无处不在，无时不有的。在民众对观音菩萨的许愿和还愿的崇祀之中，观音的救世主形象得到极大的发挥。

二、滚滚红尘中的梵踪佛影

在《歧路灯》所描述的世界里，由于佛教在民间广泛流传和普及，使得世俗生活平添了浓郁的佛教色彩。佛教之“佛”无处不在，无时不有。佛教的因果报应、轮回转生等说教在民众心灵深处积淀深厚并形成一种强烈的心理压力，经常通过民众生活中的诸事象反映出来。

在《歧路灯》中，可以看到佛教的因果报应、轮回思想遍及社会各阶层民众的思想之中。第四十回，惠养民的妻子滑氏把丈夫辛辛苦苦教书挣得的银子交给赌徒弟弟滑玉“营运”，

① “卖马解”也叫做“跑马卖解”，指的是马戏。“解”音“懈”，意即解数。

寄希望能够“除本分利”，结果被弟弟白白骗走二十两银子。惠养民得知实情后，“便直向城东南滑家村来寻滑玉”。滑氏的叔叔滑九皋对惠养民说：“是姐夫前世少欠他的，叫他来生填还罢。好杀人贼，连亲戚也不叫安生哩。”第一百零八回，已故县令榆次公之女薛全淑嫁入谭宅之前，谭宅仆人王中之女王全姑已经由王氏做主先与谭篑初结婚，王全姑对薛全淑说：“小妮子蒙老太太成全，已经伺候少爷一年。”薛全淑回答说：“缘法本前生，今日天随人愿。既然如此，咱两个就是亲姊热妹，坐下说话。”滑九皋是乡镇上一个开小饭馆的，薛全淑是一个官宦之家的女儿，身份、地位各不相同，但都有“前生”、“来世”的轮回思想。

第六十三回，地藏庵的老尼姑范法圆请各派尼姑来为谭孝移念经超度：

> 法圆道：“一向承山主多情，无可补报，一定要与老山主念两天受生经，灵前送几道疏儿。别的没敢多请，俺是师徒两个，南后街白衣阁妙智、妙通他弟兄两个。”“……俺是曹洞，他是贯菩萨派下，原与俺不一门头。……俺的经棚，就搭在客厅前檐下，白日里有客，俺在后边替你老人家帮忙。晚上人脚儿定了，内眷烧黄昏纸儿，俺才去念经，替你老人家超荐亡灵。还有普度庵里智老师傅，他是临济派，也要来。准提阁惠师傅，也要来，他是一堆灰儿家。共六个人。”“只是虔心念经，叫老山主免受十帝阎君的苦；保人家儿女兴旺，钱财足用……”

生老病死本是自然规律，但民众也相信其中的神性之所在，所以在丧葬礼俗中就要请和尚尼姑念经作法超度死者的魂灵。在佛教所宣扬的轮回转生、因果报应之说那里，人死后的灵魂，因生前的善恶，或升天为菩萨，或重新投胎为人，或转生为猪马牛羊鸡狗，甚至成为饿鬼堕入阿鼻地狱。

通过《歧路灯》的描绘，我们可以看到处处都有“佛”的踪影。小说第三回描写吹台大会上田妇烧香念佛的情形：“龙钟田妪，拈瓣香呢呢喃喃，满口中阿弥陀佛。”第一百零三回，王中上京途中在“宜沟驿”住宿，对门店屋半夜发生大火，众人饱受惊吓，幸好有惊无险，众人获得平安之余，禁不住口诵佛号，小说写道：“只烧对门店临街草房三间，后边瓦房不曾沾着。这边店内住客，一夜何曾安枕。到了四鼓，王象荩随众人开发店钱，拉出骡子，搭上行李，出了店门，从水滩泥灰上走过，没一个口中不是‘阿弥陀佛’四个字。”由此看来，佛教多“佛”，世俗生活中“佛”更是无处不在的，“阿弥陀佛”就流行于民众的日常行为之中。

在小说第三十九回，我们还可以看到佛教是怎样深入到普通民众的生活之中，程嵩淑与几位老朋友谈及娄潜斋，说娄在陶馆县做“父母官”时，“满陶馆境内个个都是念佛的，连孩子、老婆都是说青天老爷”。还有第七十一回，谭绍闻到济宁打“抽丰”，这时候的娄潜斋已经是山东济宁知州。谭绍闻到济宁后“先问娄刺史官评，真正个个念佛”。

不仅如此，在《歧路灯》中，就是那群经常混迹于赌博场中的赌棍、帮闲篾片，也是于张口闭口之间把“佛”拉进来为自己提供心理上的支持。第三十六回，张绳祖与夏逢若等设下圈套，要把谭绍闻拉下赌海，夏逢若说：“论起俺香火之情，本不该干这事。只是他近来待我不值，我少不得借花献佛。”第五十九回，夏逢若等人商量如何索要谭绍闻欠他们的赌债，小帮闲细皮鲢说："你们这光景，是半截强盗半截佛，那再干不了事。"在这群赌徒那里，强盗与佛混合在一起，真的是难成其事。

还有第六十四回所写到的情况也给我们以例证。纨绔子弟管贻安霸占民妇雷妮，雷妮的公公刘春荣寻找儿媳不得，反遭到管贻安手下人的毒打，在无奈之下怀揣状纸自缢于管宅门口，这个穷困老汉的诉状里面也没有离开对佛教的崇信。刘春荣的诉状写道："……因子狗岂同媳雷氏贫乏出外，为土豪管九霸占。身来找寻，已经两月，不容见面，且欺身年老，屡行打骂。身出无奈，缢死伊门，叩乞仁天大老爷伸理穷冤，泉下念佛。"穷困的普通民众满怀深仇大恨，生而无奈，唯有以死而"抱冤状"告官，并且幻想着死后报恩，不忘"泉下念佛"。我们可以看到，这个老汉对人世间的灾难充满无奈，幻想于另一个世界也会有佛法的存在。佛教观念渗入于普通民众的心灵深处可见一斑。

通过《歧路灯》中所涉及的民间游艺、技艺和戏曲演出等，也可以看到佛教的世俗化程度。第十七回，斗酒用的酒令《西湖图》上也有"令谱云：'缁衣放生，合手念阿弥陀佛。'"第一百零四回，谭绍闻为抗击倭寇，把烟火匠集中起来所做的烟火中，其名称取材于佛教故事的也有很多。例如"童子拜观音"、"月明和尚度柳翠"、"孙悟空跳出五行山"、"罗汉降龙"、"八戒蜘蛛精"、"和尚变驴"等等。由此也可以看到，佛教在成为人们日常生活中的一项不可或缺的内容之后，其神圣性逐渐淡化，民众对之产生的已经不是敬畏感，而是一种亲切感与娱乐感。因此，许许多多的佛教故事在潜移默化中进入世俗生活之中。

另外，值得一提的是，在《歧路灯》描绘的世界里，我们在佛教庙宇里并非仅仅能够看到“梵踪佛影”，还可以看到，这些佛门禁地随时都会敞开大门，拥抱着世俗生活，从某种意义上说，寺庙成为世俗生活场所的一个组成部分。这就是我们通过《歧路灯》还可以看到，佛教庙宇除了是民众烧香拜神、表达寄托的信仰场所外，还能够派上其他用场。可以一庙或一寺、一堂、一观多用，作为公益事业的临时场所。例如，可以用做教学场所、游览场地，也可以作为临时办公场所或救济贫民场所等。小说第四十四回，谭绍闻去亳州访娘舅未果，在回家的途中遭遇困厄，在万般无奈之中，“看见一个破寺庙，远远听有书声，……遂望寺而投。只见水陆正殿内，坐一个老教读，脸上拴着叆叇镜，在桌上看书”，“满堂都是村童”，这是把寺庙当做教学场所。还是同回，谭绍闻逃难途中来到一个小村庄，满村子的人们正忙着修“韩家桥”，桥的功德主韩仁山请谭绍闻帮忙写“布施簿”，“……韩仁山引（谭绍闻）到桥北边一所观音堂内，指着桌上簿儿，交绍闻执掌。恰好有东村送来布施银钱、口粮等件，谭绍闻掀开簿儿，举笔便写，果然清清白白”。在这里乡村的老百姓们把观音堂用做修桥“临时办事处”。小说第一百零四回，谭绍闻随族兄谭绍衣到浙江抵御倭寇，居住的地方叫“定海寺”，小说写道：“谭绍衣即持书面禀王都宪，说道：‘这是卑职一位堂弟，名叫谭绍闻，卑职差他驻定海寺，暗访寇媒居住何村何镇，院落有何记号，以便预为剪除。……’”谭绍闻利用定海寺作为临时办公场所，结果御敌有功，还获得嘉奖。

此外，佛教寺庙也常常作为收容所和救济场所。如水旱兵灾时收容难民，或于灾荒年代开设粥场，救灾助民，发放粮食、衣物等。《歧路灯》第四十四回，谭绍闻从亳州返回家乡途经的“钟板寺院”“常住接众”，救济遭遇困厄民众。谭绍闻就在“老教读”指点之下，投奔度厄寺（又叫钟板寺）才得以免费饱餐一顿，并住了一夜。“老教读”还对钟板寺院作了一番介绍，该寺院接待任何过路人，“勿论和尚道士，游方化斋，都许到寺里挂单随堂吃饭。吃过三天，职堂的就问愿住愿行，要走的随走，要住的便派个职事，会务农的就做庄稼，会厨子就掌锅，会针工就缝衣，会读书的与他教小和尚念经”。“不然者，就与他挑水、打柴、喂牲口都行的。你要出家，就拜个师傅，起个法名，就是他寺里和尚。你会应酬，就做职客和尚；会算计，就作当家和尚。你若道行深了、学问好，能诗能文，能讲经说法，就举你坐方丈”。

总之，在漫长的世俗化的道路上，佛教虽遭遇道教等抵牾但仍顽强地渗透到民众的社会生活的每一个角落之中，影响着世俗生活的各个领域，又不失自己所独有的风格，从而形成具有中国特色的佛教文化。

三、僧尼生活的世俗化

根据笔者所制作的《歧路灯》文本数据库统计，《歧路灯》中涉及僧尼生活章节有 11 回之多，小说对僧尼的形象描绘主要集中在地藏庵的范法圆及其徒弟慧照两人身上，由这两个尼姑作为典型代表，作者着力刻画了僧尼生活的日益世俗化。在此根据《歧路灯》文本资料，以范法圆、慧照为例，展开本节的论述。

在《歧路灯》中，地藏庵的主持老尼姑范法圆，她披着佛教的外衣，口念“阿弥陀佛”，满肚子男盗女娼。在豪门富户投机钻营，阿谀逢迎，追逐钱财利益。虽为出家之人，但范法圆的生活和行为极其不检点，背离佛教教义甚远。范法圆就是一个“礼义廉耻皆不顾，唯于人前装善知识，说大妄语，……哄诱男女，致生他事”的恶尼。

范法圆的行为与表现首先在于贪财逐利。其善用的手段就是曲意逢迎，麻痹民众的思想，以达到自己赚取钱财的目的。小说第四十三回，范法圆极尽吹捧之能事，竭力奉承王氏母子：“范尼姑看见谭绍闻来，笑哈哈合手儿向王氏道：‘阿弥陀佛！你老人家前生烧了好香，积的一般儿金童玉女。你看小山主分明是韦驮下界，不枉了程老爷取他个案首。指日儿就是举人进士，状元探花。’王氏笑道：‘没修下那福。’范姑子道：‘老菩萨没啥说了，你修的还少么？况且今日正往前修哩。’……范姑子道：‘阿弥陀佛。……你看那神灵是有眼的，伽蓝老爷监场，管保小山主魁名高中。’”

范法圆就是这样依靠吹捧有术，赢得王氏的欢心，得以随意进出谭宅，获取种种好处。促成品质不端的侯冠玉坐上谭宅师座之事范法圆有份儿，谭绍闻上学也是范法圆择的日子。小说第八回，谭绍闻的舅母曹氏请王氏吃饭的席面中间，“呼姐姐，唤妹妹，称山主，叫师傅，好生亲热。这曹氏有意作合姐姐家请侯先生坐馆，早提起他舅年前的话，……法圆、云氏，你撺掇，我怂恿，一会停当了”。“法圆便拿过新颁大统书，说：‘我爽利为菩萨看一个移徙、上学的好日子。’”谭孝移生病，范法圆忙着抽签问卜；王氏请巫婆跳神，法圆替她答话；谭绍闻结拜兄弟，范法圆忙着告神；谭孝移下葬，法圆赶忙念经超度；王氏拜观音告菩萨还愿，法圆烧香祷告。范法圆玩弄手段，骗取王氏的信任，大凡谭宅有事都可看到她的踪影。

范法圆殷勤有加、频繁地在谭宅走动，如此“乐于助人”，真的是菩萨心肠、慈悲为怀吗？作者在小说第十五回就给了我们答案。

谭绍闻与王隆吉表兄弟两个商量结拜兄弟事宜，对于在哪里摆席拿不定主意，王氏提出在地藏庵举办的建议。第十五回，“王氏道：‘地藏庵那里，有关爷庙没有？’隆吉道：‘那里有一座小伽蓝殿，就是关爷。’王氏道：‘就在地藏庵也好，范师傅那里也秘静。就叫他摆席，你们只出分赀。’绍闻道：‘怕他是持戒的，怎好叫他摆荤席。’”王隆吉一语道破范法圆所谓的“持戒”的谜底：“他说持戒，是对人说的。时常在俺家，还叫你妗子与他买烧鸡吃哩。”王隆吉进一步点明范法圆贪财图利的本性：“师傅也还落些，落的有限。”王氏哪里肯相信：“他出家人，怎好落你的。”王隆吉道：“姑姑不知，凡住堂庙的，干一件事，先算计落头哩。”范法圆就是这样大要“两面派”，她人前说“持戒”，人后“吃烧鸡”，做事“先算计落头”，李绿园就是通过这些生活中的小事情，把范法圆贪财好利的嘴脸暴露无遗。

其次，范法圆违背出家人不打妄语的戒律，为了蝇头小利而诱骗谭绍闻。小说第四十三回，在张绳祖的授意下，范法圆亲自出马到谭宅，以“写募疏头”为借口邀请谭绍闻去地藏庵。“范姑子说：‘原是敝庵中要修伽蓝宝殿，……那圣贤老爷神像颜色也剥落了，庙上瓦也脱却几十个，下了雨就漏下水来。如今要翻盖老爷歇马凉殿，洗画金身，我央南门内张进士作了募疏头，张进士说他眼花了，没本事写。满城中就是小山主一笔好字，叫我央你写写，好募化众善人。适才老菩萨上了五钱银子。你看羊毛虽碎，众毛攒毡。小山主替我写写，这个功德不小。'”谭绍闻的母亲王氏信以为真，就帮腔说：“你去写写也罢，范师傅这般央的么?”“写募疏头”只不过是一个骗局罢了，等到第二天谭绍闻真的到了地藏庵，范法圆哪里拿得出来什么“募疏头”?当谭绍闻要“募引稿”的时候，“法圆到客堂拿募引，却是一个小簿儿，上面黄皮红签，内边不过是‘张门李氏施银一钱’‘王门宋氏施钱五十文’而已”。范法圆诱骗谭绍闻写“募疏头”的真实目的其实不过是张绳祖的“四两银子”。后来谭绍闻陷于张家祠赌娼场，于酒后一个晚上输掉五百两银子，于无奈之下出走亳州，与范法圆不无关系。

第三，以年轻徒弟的色相为诱饵，引诱富家子弟，置佛教“戒色”之禁于不顾，其目的还是为了赚取更多的钱财。小说第十六回，盛、谭、王在地藏庵结拜开始，范法圆就把“不过十八九岁，眉清目秀”的小尼姑慧照推向了浮荡犯罪之路。看到年轻美貌的小尼姑，浮浪公子盛希侨一出手就显出大手笔，“明日我送十两灯油钱，一石米来”，接下来就提出把“慧照”“请到我家，与我绣几幅枕头面儿待客”的主意，这是范法圆求之不得的“好事情”，范法圆急忙回答说：“叫她再领府上奶奶们些教儿，怎的不叫去。”进入盛宅的尼姑慧照，除了为盛希侨“绣几幅枕头面儿”而外，还陪着盛希侨等人喝酒、赌博游乐，甚至与妓女同流合污，一起与盛希侨媟亵。

上面提到的范法圆以写“募疏头”为由骗谭绍闻到地藏庵，实际上谭绍闻之所以心甘情愿去那里，也是心有所系，情有所牵。是因为那里有年轻漂亮的尼姑慧照吸引着他。第四十三回，范法圆把谭绍闻骗到地藏庵，把他带到慧照的阁楼后，就借故走开。房中只剩下慧照与绍闻二人，作者不堪于描写，故用“此处一段笔墨，非是故从缺略，只缘为幼学起见，万不敢蹈狎亵恶道，识者自能会意而知”一笔带过。小说写道：“且说傍午，范法圆办了些吃食东西，就叫徒弟在楼上陪谭绍闻用了午饭，二人握手而别。”谭绍闻在地藏庵名义上是写“募疏头”，其实，最后只是给慧照写了一个练字用的“仿影格”。

第四，为了追求钱财利益，范法圆不惜以身试法，她的卑劣行径如果暴露出来，就该追去度牒，饬令还俗。在《歧路灯》第四十五回，谭绍闻“失踪”后，谭宅家找不到人，把范法圆告上公堂。“程公将范姑子当堂审讯，范姑子是自幼吃过官司的人，一口咬定一茶即去，是他家急了，枉告尼僧。程公问了，范姑子抵死不敢说出绍闻被张绳祖请去那一段内情，缘范姑子使了夏逢若转托银子四两，恐怕受贿情重。此是范姑子刁处。……王中心下着急，无法可施。欲向地藏庵再访确信，范姑子堂上受辱，腹中怀鬼，把庵门用石头顶了，再叫不开。”范法圆如此刁钻狡猾，在公堂上死也不肯透露内情，是因为“范姑子是自幼吃过官司的人”，可知她因贪财而作奸犯科不仅仅是这一次。因此，小说第四十七回写到，仅这一次，“若是这宗诱赌之案，尽法究治起来，范姑子就该追去度牒，饬令还俗”。

《歧路灯》中另外一个尼姑就是上面已经有所提及的法圆的徒弟慧照，她在盛宅与盛希侨、谭绍闻等饮酒作欢，并参与赌博，极其放肆浮荡，生活须做派与世俗风尘女子并无二致，如果按照《大清律例》慧照是要受到处罚的。① 限于文章篇幅在此不作赘述。

---

① 《刑律·犯奸·居丧及僧道犯奸》：“若僧尼道士女冠犯奸者，各加凡奸罪两个月，杖一百！”参见《大清律例会通新纂》第4册卷31，台湾文海出版社，1964年版，第3256页。

总之，时至清代，僧尼生活日趋世俗化，范法圆等就是清代贪财、面善心狠、披“袈裟”而为非作歹的恶尼中的典型代表。通过《歧路灯》中塑造的“范姑子”的形象，我们可以看到清代僧尼窳败的现实，也可以看出到了清代僧尼的生活糜烂之一隅。

第三节 《歧路灯》中的民间信仰

中原民间除了道教信仰、佛教信仰之外，还有自己的民间信仰，相比于前二者而言，民间信仰更能体现出中下层民众对宗教的现实心态、功利目的和世俗意识，从而在多方面抚慰着民众的心灵，俗语所谓“见神就叩头，逢庙就烧香”就是这种功利行为的具体反映。同时，中原民间也构筑了壮观和庞大的神灵谱系，并且随意改造旧神、创造新神，这也是民众多神崇拜的主要体现，相对于佛教、道教神灵来说，民间诸神更是承担着造益于现实社会的各项职责，可随时随地满足人们的世俗需求。在这里需要指出的是，由于民间诸神和道教、佛教神灵相互借鉴、相互吸收，因此，三者之间的神灵体系是互有交叉、重合的，时时出现混淆杂乱的现象，本节所论民间诸神也存在着这一问题，笔者不再一一辨析，只是按约定俗成的说法，取其要者而言之。

一、民间信仰中的多神并存

（一）人神队伍庞杂

《歧路灯》中的庙祠众多，提及的在民间立祠而祀的人神就有帝尧、帝禹、扁鹊、萧何、蒙恬、张飞、关羽、岳飞、李文靖、冉伯牛、谭公等等。小说描写祥符城内的禹王台，[①] 具有悠久的历史，祭奉的是夏禹。禹王台连年香火鼎盛，每年三月初三的吹台大会更是名闻遐迩。届时大会上行香、做买卖、玩乐的人难计其数，就是“那抚院、布、按大老爷们，这一日也去赶会”并“遣官行香”。小说第三回对吹台大会“……积气成雾，哈声如雷，亦可称气象万千”的热闹场景进行了着力描写。作为古代帝王，夏禹具有至高无上的地位而备受尊崇。肆意为害，桀骜不驯，恣意汪洋的洪水，在禹的神力之下，变得温顺起来，东归于海。世人因禹的丰功硕绩，而过上了四季农耕无不咸宜的幸福生活。禹在继承帝位之后，平服三苗，统一天下，其功绩彪炳史册，因而禹被后世奉若神明而崇奉有加。

小说第十回描写谭孝移与娄潜斋从京城返乡途中，“过庆都县，谒帝尧庙”。尧是神话传说中的古代帝王，在中国民众的心目中，尧是极其崇高伟大的人物。神话传说中尧的时代，天下海内皆升平，老百姓过着有吃有穿、逍遥自在的生活。尧为帝君，还有“禅让”的美德，把帝位让给舜。尧不是个凡人，而是天神。[②] 在传统信仰与崇拜上，帝尧一直享有非凡的地位，几千年来，对尧之祭祀延续不断，帝尧庙始终稳居于中国大地。

《歧路灯》中多次提及李公祠，第二回，娄潜斋被请到李

---

① 《歧路灯》第三回：“原来祥符宋门外有个吹台，始于师旷，后来汉时梁孝王修建。唐时诗人李白、杜甫、高适游咏其上，所以遂成名区。上边祀的是夏禹，都顺口叫做禹王台。”见［清］李绿园著，栾星校注：《歧路灯》，第 20 页。

② “其仁如天，其知如神，就之如日，望之如云。”参见《史记·五帝本纪第一》，中华书局，1959 年版，第 15 页。

公祠写匾，谭孝移等去找他："只见李公祠是新翻盖的，砌甃整齐。庙祝见有客来，出门相迎。娄潜斋不料二人至此，亦喜不自胜。……只见一面大匾，上放'李文靖公祠'五字，……"小说中的"李公祠"供奉的是宋代人李沆，谥号文靖。宋真宗咸平初年，任同平章事（相当于宰相），李沆为人处世谨慎，不求虚名，受到后世儒生所推崇。在祥符城内建有李文靖祠。李文靖公祠也成为当时儒生学子经常光顾的地方。[①] 第七十八回，苏霖臣写屏所在之处也是在李文靖祠内："这张类村代浼程嵩淑作屏文，已经脱稿。苏霖臣写泥金，正思吮毫。都在封丘门李文靖公祠内办理。"

最为典型的人神祭拜在《歧路灯》中也有描写实例。第五十五回："程嵩淑道：'前宣德年间，有个谭公，在贵县，其德政像是载之邑乘极为详明。'智周万道：'弟就在谭公祠左边住，幼年读书，及老来授徒，俱在谭公祠内。这丹徒公与先太高祖，是进士同年，所以弟在家中，元旦之日，必备一份香楮，向丹徒公祠内行礼。一来为先世年谊，二来为甘棠远荫，三者为弟束发受书，以及今日瞻依于丹徒公俎豆之地者四十年。'"这里提到的"谭公"就是谭绍闻的曾祖父，曾为灵宝县令，在任时体恤民力，造福百姓，死后当地人奉为神明，多有祭拜，其祠为"谭公祠"、"丹徒公祠"。小说第八十二回，通过仆人王中之口对灵宝百姓对"谭公"所进行的祀祭拜也有所披露："王中说：'……但小的时常独自想来，咱家是有根柢人家，灵宝爷是个清正廉明官，如今灵宝百姓，还年年在祠堂里唱戏烧香。难说灵宝爷把一县人待的辈辈念佛，自

① 参见［清］李绿园著，栾星校注：《歧路灯》，第15页，注释14。

己的子孙后代，就该到苦死的地位么？'"

人神队伍的庞杂与世俗民众不断塑造新的偶像有关。在漫漫的生活过程中，有许多生前造惠于民的人，民众因崇拜他们的品格而神化他们，于是，新的偶像便被源源不断地塑造出来，进入神的殿堂。[①] 例如，在英雄的神话时代，就有黄帝、大禹等半人半神的形象；后来的世俗年代，就有义气千秋、坚贞不二的关羽，有公正清廉、刚直不阿的包拯。尤其是关羽崇拜，时至清朝，"凡儿童妇女，无有不震其威灵者。香火之盛，将与天地同不朽"[②]。有谁生前造惠于民，死后享受祠祀可谓天经地义，"凡有功德于民者则祀之"，屈原、华佗、伍子胥、萧何、杜甫、包拯等，都该享受人间香火供奉。可见历史人物成为崇拜偶像者不胜枚举。

（二）鬼怪神仙世界

《歧路灯》第七十回，描写夏逢若与谭绍闻在盛宅饮酒之后，深夜回家，两人分手后夏逢若路遇厉鬼：

> "那冥府庙倒塌已久，只有后墙、前边柱子撑着，这靠路边的墙已久坏。（夏逢若）自己灯笼照着，那阎王脸上，被雨淋成白的，还有些泥道子。判注官，急脚鬼，牛头马面，东倒西歪，少臂缺腿，又被风雨漂泊，那狰狞面孔，一发难看。""（夏逢若）却望见一团明火，自城隍庙后小路迎面而来，……只见当中一个有一丈来高，那头有柳斗大小，脸上白的如雪，满腮白髯三尺多长；旁边一个

---

① "除掉自然界的对象如日月山河等以外，多半是人鬼受封底。"参见许地山：《扶箕迷信底研究》，上海文艺出版社，1988年版，第78页。

② 赵翼：《陔馀丛考》卷35，中华书局，1963年版。

与活人身材一般，只是土色脸，有八九寸长，仅有两寸宽，提了一个圆球灯，也像有两个篆字。夏逢若一见，哎呀一声，倒在路旁。那两个异形魔物，全不旁视，身子乱颤着，一直过去。……灯笼也丢在地下，那灯笼倒了，烘起火来。却看见七八个小魍魉，不过二三尺高，都弯着腰伸着小手，作烤火之状。”

上述引文写到了祥符城内的冥府庙，这是为阎罗王建立的庙宇。阎罗王主宰人的生死祸福，在他主管的十八层地狱里审判死人，惩罚恶人。“阎王主你三更死，谁敢留你到五更?”阎罗王的威力在民间似乎被普遍承认。其实，阎罗王所主宰的冥界佛、道教里皆有，只不过在民间信仰中经过改造，得到民众的认可。人们或出于崇敬，或出于畏惧，为阎罗王建立冥府庙，小心加以供奉。作者在小说对夏逢若遇鬼的描绘，实际上具有惩恶之意。在同回，小说写道：

走上一箭之地，只见一个碧绿火团，从西向东飞也似过去。……夏逢若只说是天上流星的影。往上一看，黑云密布，如漆一般。远远的又有三四处火星儿，忽有忽无，忽现忽灭的。心下晓得是鬼火了，好不怕将起来。猛然想起平日行径，心中自语：“我若是个正人君子，那邪不胜正，阴不抵阳，就是鬼见我，也要钦敬三分。还有甚怕呢。争乃我一向犬心鼠行，到了黑夜走这路，心上早已做不得主。可惜他两下俱留我，我就住下也罢，为甚的一定要走?这凉风凄凄飒飒的，像是下了雾雨。鬼火乱飞，还有些学不来想不到的怪声。”

由上述引文中作者对夏逢若的心理描写，不难发现在民众的民间信仰中，心里有“鬼”才是真正可怕的事情。首先，夏逢若作为帮闲篾片，因其品行不端而为人所不齿；他坑蒙拐骗，吃喝嫖赌，无恶不作，天怒人怨；他心怀鬼胎，“鬼”之于他来说真可谓如影随形。其次，夏逢若性格狎邪，在他的身上没有丝毫正气，甚至丧失人性，但此时的他竟还有自知之明，知道自己“一向犬心鼠行”，猛然想起平日行径，更是恐惧万分。小说在这里通过夏逢若的自我告白，把一个丑恶的形象、肮脏的灵魂，毫无保留地展现在读者面前。

同回作者还通过对夏逢若遇鬼的描绘，在读者面前展现出另外一个民俗事象。在民间，如果有老人患病之时，其家人夜行遇到厉鬼、哭丧之人等皆为不吉之兆，即所谓“时衰鬼来缠”。书中的夏逢若仿佛看到，也似乎听到“有两三个穿白人在哭，又有女人哭娘的声音，也不晓怎的出巷口哭”，夏鼎因有老母在家患病，卧床不起，正是“犯着忌讳”。当他硬着胆子回到家中，其妻就告诉他“母亲的病又重了”。夏逢若连声说“不好了，时衰鬼来缠”，果然于两天之后，夏逢若之母就一命归天。

其实，所谓的“时衰鬼来缠”只不过是迷信之说，俗话说：“不做亏心事，不怕鬼叫门。”虽然李绿园运笔描写“异形魔物”、“魑魅魍魉”等所谓的鬼怪，但是，其目的是为了进一步描摹夏逢若这个帮闲篾片的邪恶一面，其良苦用心还在于惩恶扬善，导人向善。这与下面要提及的“血额龙王”的故事有异曲同工之妙。

与上述冥府世界的厉鬼相比，龙王爷不仅法力无边，而且充满正义感，民众对龙王的信仰与崇拜，在小说中有生动的反映。第一百零三回，王中一路风尘赶往京城探望主人谭绍闻，在途中住在一个“褡裢店”，村南头有一座龙王庙，当地人称之为“血额龙王庙”。龙王庙内的龙王塑像呈人形：“怒目，环眼，戟须，狰狞可畏。一手直指座前，座前竖一牌，飞书四个大字‘你可来了！’”龙王爷两边有雷公、风婆、云童、霓母的塑像，其模样：“恼的可怕，笑的更可畏。”此处的龙王与众不同，虽有兴风布雨的本领，可是却“不治水，单管伺察人。凡人心里有阴私，打庙前大路经过，没有不犯病的”。小说通过褡裢店中掌锅老叟之口写道：

老者笑道：“……这龙王原是个上京选官的武举，那日晚上，住在我们邯郸县南关里。店邻有个泼妇，夜间凌辱婆婆，隔墙听的明白，合店人无不旁忿。争乃行路之人，事不干己，只得由他。个个掩耳，不能安寝。到了次日午后，那位武举到了我们这褡裢店，只见天上黑云一大片，自南边邯郸县而来。这位选官的老爷对家人说：‘我若是一条龙，定然把昨晚那个不孝的媳妇挝了。’话未毕，家人只见主人腾空而起，钻到黑云里边去了。这黑云又折回南行，家人只是仓皇无措。过了一个时辰，这选官的老爷，自空中落下，说：‘痛快！痛快！我把那个泼妇一把挝了。’伸手时，五个人指头，变成五个龙的爪。家人看主人面上，全是金鳞。忽一声道：‘肚子硬着疼。’家人道：‘我与老爷揉一揉就好。’忙为解开胸前衣服，不料全身都成了金鳞。立时，坐化成一条龙，又腾空而去。庙后有衣冠墓，墓前有碑。客们看看庙内神像，是照老爷原像捏塑的。”

这个由武举坐化的龙王显然具有极高强本领，惩治人间恶行十分灵验。与王中同行的四人其中有一个是秀才出身，因为做过亏心之事，不敢参拜“血额龙王庙”，但此人在后面路过另外一座古庙时，于暴风雷雨中被吓得“只是就地匍匐，急往人腿下爬，嘶嘶喘喘喊道：‘我改！我改！再不敢恁样就是！再不敢恁样就是！’钻到王象荩腿下，抱住膝下足上之腓不放，汗流如注，混身抖颤”，以后的几天中他每天仅能喝下几口水，“寸食未进”，在一天半夜悬梁自尽。小说作者通过“龙王”特有的手段，对不仁不义、违心做坏事的秀才进行惩戒。上述引文中“血额龙王”的故事无疑是小说作者的杜撰，但也印证了鬼神信仰在当时民间盛行之不争事实，做坏事之人理应受到处罚，恶人终该得到报应。世俗民众的信仰世界中也希冀鬼怪神仙公平处理善恶是非。

李绿园在《歧路灯》中还描绘有一个灵怪之神，这就是万民敬仰、法力无边、善于降魔伏邪的猴王爷，自封齐天大圣的孙悟空。在书中，孙悟空不仅本领高强、神通广大，而且还能降临人间，“施药救人”。第四十七回，写到当时祥符城南一个叫槐树庄的乡村，有人祭祀猴王爷，当地民众对猴王爷的崇拜和信仰也是十分虔诚。① 谭宅邻居郑大嫂说：“猴爷……如今施金神药，普救万人。有命的是红药、黄药，没命的多是黑药，或是不发药。才是灵的。昨日我的侄女病的命也不保，我去拜了一付红药，就吃好了。我所以今日来对大奶奶说。”关于灵怪之神的信仰，就是在民众口传之中得到发展，一传十，

① “到槐树庄。只见一株老槐树下，放了一张桌儿，上面一尊齐天大圣的猴像儿，一只手拿着金箍棒，一只手在额上搭凉棚儿。脸前放着一口铁铸磬儿，一个老妪在那里伺候。有两三家子拜药的。”

十传百。孙悟空这个神话世界的人物也就自然而然地降临人间，赐福人类，造福一方百姓。

《歧路灯》中多次提到瘟神庙，如第三十回，王中“随着夏逢若进了瘟神庙卷棚，也没庙祝，见有两架大梁”。第四十八回，夏逢若带谭绍闻到瘟神庙，“……一直上卷棚来。将登阶级时节，夏逢若道：‘谭贤弟，你看看这庙中两墙上，画的瘟神老爷战姜子牙的显功。’……二人进庙观壁上图画，庙祝就让卷棚旁边吃茶”。瘟神是中国古代神话传说中主司瘟疫之神，又称疫神、瘟神、疫鬼。隋代发生瘟疫，皇帝于是为瘟神立祠，并封他为将军，于五月初五祭之。瘟神在民间获得普遍信仰，许多地方都有逐瘟神、送瘟神的习俗。

此外，值得一提的一个神祇叫“五道神”，又名“五道将军”，在《歧路灯》中多次提到它的庙宇。第五回，为谭孝移保举贤良方正进行运作的衙门书办钱万里就住在开封“相国寺后街”旁边的“五道将军庙”。五道神本是地狱主宰者东岳大帝的属神，主要掌管着世人的生死荣禄。在中原地区民间传说中，五道神是阴界的打路神，它可以为亡灵带路，因此，在民间五道庙极多，即使比较小的村庄也大多会建一座五道庙。五道庙在民众心目中有着极其重要的位置，这是人死后魂归阴界时报告的地方。在中原地区，凡家里死人，家人亲属都要携纸、火把、酒食到五道庙去，习俗称做“报庙”或“告庙”。这个仪式相当重要，在民众看来五道庙是灵魂去阴界的起点，如果不及时向阴界报告就会使亡灵成为孤魂野鬼，无所归依，非但对不起亲人，孤魂也会作祟危害他人。因此，民间丧事中报庙是绝对不能少的。没有五道庙的村庄，向阴界报告的仪式也不可少，有的到土地祠报庙，有的到祖上墓地或者到村头、十字路口等地方进行。①

关于“五道神”还有一个说法，称它为“吉神”。第三十一回，戏主茅拔茹因存放谭宅戏箱锁被破坏，他想借机赖掉戏班在谭宅所借欠银两，就与谭绍闻对簿公堂。茅拔茹走到仪门，听的衙门内打人叫喊之声，心中想道：“人人说祥符县是个好爷，比不得俺县绰号叫做‘糊涂汤’。我今番出门只怕撞见五道神了。”在民间习俗中，五道神不仅仅可以为亡灵带路使其一路好走，人们如果偶遇五道神也是一个吉兆，因为有五道神打路，可以畅行无阻。

（三）庇佑百业的“行神”

中国民众对于民族文化、社会历史是极为珍视的，常常怀着崇德报功的心理追念在人类文明开拓发展中的先祖。因此，把许多附丽着神奇色彩的创世英雄业绩作为真实的历史来传扬，并把这些英雄当成某些行业的始祖而加以供奉。“行神”即行业之神，是从业者供奉的用来保佑自己和使本行业得益的神。行业神受尊奉，是受中国民众祖先崇拜而来的，与传统的尊祖观念和佛教的祖师观念有关。行业无祖师似无本之木，总要寻一个祖师来祭祀，于是就把与本行业有一定关联的人物或神灵供奉起来，做为行业的保护神。②

在《歧路灯》第三回中写到酒家以“吕洞宾醉扶柳树精”的传说作为招徕顾客的幌子，“酒帘儿飞在半天里，绘画着吕纯阳醉扶柳树精，还写道：‘现沽不赊’”。还写到卖药者捧出祖师

---

① 《河南省志·民俗志》，第324页。

② “古圣人开美利之源，以贻万世。后人必有报祀之典，以答其功。下至贩夫佣竖，亦知求其始事之人而奉祀之，若酒则杜康，茶则陆羽，其类甚多。”参见周庆云：《盐铁通志》卷九十八。

爷“孙真人”作为招徕，“药幌儿插在平地上，伏侍的孙真人针刺带病虎，却说是‘贫不计利’”。小说中吕洞宾被当做酒业的祖师。八仙中的吕洞宾本是道教神仙，但是，医药业、制墨业、酒业、理发业、魔术、娼妓等行业都尊拜他为行神。① 唐代著名医学家孙思邈，以其对中国医学的卓越成就赢得历代人民的尊敬和爱戴，人们还尊称他为“药王”、“真人”、“处士”、“苍生大医”等，为他修庙筑祠，塑像进香，被中医和卖药者奉祀为行业神。关于孙思邈妙手回春的许多故事至今还在民间流传不衰，有的甚至已经变成了神仙故事。②

《歧路灯》中多次提到“山陕庙”、“山陕社”、“壮缪庙”，其实供奉的都是关羽。在小说里，关羽主要是商贾行业的保护神。关羽的忠刚义烈不仅适合统治者的口味，而且符合民众的心理。关公在统治者那里可以为臣民们树立起效忠王朝的样板，因而成为与“文圣”孔子并列的“武圣”，是战神，是诛叛罚逆的先锋，是忠义之神。在民间，关羽更是万能之神，司福禄、佑科举、治病消灾、驱邪避恶、招财进宝、庇佑商贾，可以说是无所不能。社会上除了三教九流对关羽信奉之外，还有许多行业奉之为行业保护神，受其护佑的行业就有二十多个。③ 关羽之“义”还为江湖帮派提供了维系宗派的精神纽带，成为它们的精神系统的支柱。关羽由战神转变而成为“百

① 北宋以后民间传说有关于吕洞宾治病、造墨、饮酒、飞剑剃头、撒豆成兵、度化娼妓等神仙故事。

② 徐焕斗：《汉口小志·风俗志》云：“（四月）二十八日为药王生日，药材帮均敬孙真人思邈。”

③ 如描金业、皮箱业、皮革业、烟业、香烛业、绸缎商、成衣业、厨业、盐业、酱园业、豆腐业、屠宰业、肉铺业、糕点业、干果业、银钱业、典当业、军人、武师、教育业、命相家、娼妓业等，均奉关羽为保护神。

业之神”。

中国的行业既多且杂，故而有“三百六十行，行行都有祖师爷”之俗语，这也说明“行神”崇拜的普遍性。① 作为“行神”决不能白受香火、供奉，要在冥冥之中护佑本业的徒子徒孙繁荣昌盛。“行神”的信仰并非整齐划一，有数行祀一神的，也有一个行业祀奉数神的情况，可见行神信仰之混乱。② 对行业神的祭拜也没有什么统一规矩，其祭祀活动，大多是由各行会的头领出面组织，每年进行祭祀，祭祀次数不等：“每岁大小祀神共十八次。大祭六次，小祭十二次。所有香烛、纸马、钱粮、供品，责成司事人照例备办。大祭之日，全体执事，齐集拈香。小祭之日，则由正副两家值年代表。”③

总而言之，在行业神的来源构成中，不论是虚构的还是附会的，不论是小说、戏曲，乃至神话人物，还是历史真实人物，无论是民间传统鬼神，还是佛道尊神，都必须是对某一行业有创业之功，而这一行业的兴旺发达也依靠其显灵及神功默佑的神祇。

二、秘密宗教透析

作为真实地反映清代社会现实的小说《歧路灯》，专门安排一回对秘密宗教的情况进行描绘，虽然作者站在一定的阶级立场来展开故事情节，但我们还是能看到清代秘密宗教活动的

① “百工技艺，各祠一神为祖。”参见纪昀：《阅微草堂笔记》卷四。

② 木匠、泥瓦匠、石匠、梳篦匠、油漆匠等行业共祀鲁班；铁匠、皮匠、煤业、砖瓦业及乞丐等共祀老聃；油漆匠既祀奉鲁班、普庵祖师，也祀奉吴道真人；酒业供奉杜康、仪狄、刘白堕及焦革。

③ 李乔：《中国行业神崇拜》，中国华侨出版公司，1990 年版，第 56 页。

社会现实。第九十一回，河南道台谭绍衣到南边州县办理“邪教大案”。这个所谓的“邪教”大案，只不过发生在一个“本不甚大”的乡村，所谓的“领袖”只是一个“骗子”，组织“邪教”目的不过是“渔色贪财”，并没有组织造反起义，甚至连造反的意图也没有，但是，“抚院”大人却十分紧张，连夜“委了守道和中军参将”“二位文武大员”，连同知县，带了三百名官兵，二十名干役，五十名衙兵捕快，把一个小村庄“围得风丝不透”。在审判的时候，参加审判的官员济济一堂，有十人之多，犯人只有一个“邪教教主”，如此恐慌，如临大敌之状，足见统治者对“邪教”的动向保持高度戒备，随时准备予以镇压。

《歧路灯》的“邪教”供奉“白猿教主”，神轴上所画的神像：“正面奉祀神轴，不男不女，袒胸露乳。面上两只鬼眼，深眶突睛。手中拿了一轴手卷，签儿是‘莲花教主真经’六个金字。头上罩着一盘云里龙，垂髯伸爪，下边坐着一朵莲花。一边站了一只白猿，一边卧了一只狮形黄毛狗。”小说描写所谓的“邪教”的传教手段及组织形式具有代表性。第九十一回，“邪教”领袖自述创教经过：“‘小人是个不大识字的医生，会看病，会看阳宅。’……‘小人走的地方多了，见乡里这些百姓，是易得哄的。小人与他看病，何尝用药，不过用些炒面，添些颜色。等他自己挨的好了，他就谢小人。小人与他镇宅，只说是他家小口不安。这人家父母死了，说是年纪到了；若是他家小孩子丢了，定要埋怨天爷。一说是他家宅神不喜，他再没不信的。说是他的某一座房子该拆，某一道门口该改，他不能另起炉灶，就央镇宅。小人就叫他买黄纸，称朱砂，与他画了些符，现下就得他的重谢。久而久之，就有寻上门来，渐渐的也有远处人来了。小人想起来，画个神像，他们来了，拜了神，封个将军，封个官儿，他们就送银子来。'”通过治病及镇宅等手段和方式，获取民众的信任及拥护，联络民众感情，再借助民众对神佛的崇拜信仰，把他们组织起来，创立一个教派，这是民间秘密宗教最通用的创教方法之一。但是，笔者没有看到有关“白猿教”资料，猜想可能是作者李绿园杜撰出来的。

小说写谭道台处理“邪教大案”，在审讯后，把“邪教”首领予以正法，对所谓的教徒一概不予追究。谭道台对抚台说出的理由是：“此犯渔色贪利，惑愚迷众，这众人尚不在有罪之例。”谭绍衣还暗中烧掉在查拿此案时自己藏匿的邪教花名册（即“黄皮书”），救了数十家人的性命。谭道台对“邪教大案”的处理方法，代表着当时统治集团中清正有识之士“恤民爱民”的观念。李绿园在小说中塑造谭绍衣这个清廉官员形象，其实寄托着他的为官理想，在他看来，为官必须爱民，爱民就要不顾个人安危，敢于承担风险。

由小说描写可知，邪教首领王蓬愚弄蒙骗的都是乡里百姓，这也正应验乾隆皇帝曾一再强调的情况：“邪教煽惑愚民，最为世道人心之害。”① 其实，清代参与民间秘密宗教的人员，其基本构成是农民、手工业者、矿工、漕运水手、城市平民以及无业流民等。吸引这些劳苦群众到民间秘密宗教行列中去的原因，与其说是愚昧无知，不如说是贫困；即使是出于“纯信仰”，也是因为有贫困这一根源。小说第九十一回，官兵围捕

① 《高宗实录》卷九十八，乾隆四十年四月庚寅，见《清实录》第10册，中华书局，1985年版。

"邪教"村庄时："满院男女老少，吓得七孔乱哭"，由此可知，民间秘密宗教集会时，通常是不分男女，聚众活动。① 在某种意义上，显示民间秘密宗教具有朴素的男女平等观念。显而易见，"男女平等"观念冲击封建统治阶级的"三纲"，动摇封建统治阶级的伦理基础，这是为封建统治阶级所不能容忍的。

在中国民间社会，宗教以其超人的神秘力量与权威意志成为支配民众精神生活的一个重要方面。人们通过各种庄严的或带有娱乐性的、神秘的而又随时可行的仪式吁天祷神，借以安定心灵，消灾除厄。从中国历史上来看，利用民间信仰的神祀作来号召、组织民众是一个古老的传统。民间秘密宗教不断出现，具有"野火烧不尽，春风吹又生"的顽强生命力。可以这样说，中国不但有一部佛教史、道教史，还有一部变幻难测、盘根错节、扑朔迷离、源远流长的秘密宗教发展史。民间宗教常常由出自佛门、道门的人成为领袖。民间宗教的领袖人物常常大量吸收佛教、道教的教义、教理和仪式，并加以改造，融会贯通，为我所用。民间宗教可谓教门林立，支派丛生。民间宗教不仅是中华民族宗教领域的重要组成部分，构成千千万万底层群众的笃诚信仰，而且影响着各个地区的民风、民俗和下层民众的思维方式、生活方式，它对中华民族的性格的形成起过不可忽视的作用。② 但是，这些民间宗教的思想信仰、组织行为和统治阶级以及维护这一统治阶级的正统思想观念相抵

---

① 白莲教《救苦忠孝药王宝卷》说："或是男，或是女，从来不二。都仗着，无生母，一气先天。"《龙华经》说："吩咐合会男女，不必你们分彼此。"参见《道藏》，文物出版社、上海书店出版社、天津古籍出版社，1988 年版。

② 参见马西沙：《清代八卦教》，中国人民大学出版社，1989 年版，第 2 页。

触，因此，长期以来被封建统治阶级视为“邪教”。

三、民间术数大观

在《歧路灯》中涉及的术数有星相占卜、堪舆风水、择吉测字等，小说中的正统文人儒士对此持反对态度，就是小说作者也有不同看法。李绿园《家训谆言》云：“相士、星士、青乌、卜筮、阳宅等说，皆足误人正经事体。彼岂无奇中者，则子产所谓：是以多言矣，岂不或中也。至于乩仙之说，更不可漫试。”① 但是，从小说所描绘的民间术数看来，它们毕竟是与民众的日常生活密切联系，寄托或承载着民众的信仰、理念，成为世俗众生一种生活期盼与精神追求。

（一）占卜问祸福

在《歧路灯》中我们可以看到的，当时民间流行的占卜方法主要有两种：一种是金钱卜，另一种是测字。李绿园用讽刺的笔调和批判的眼光，在精彩描写中蕴含了对天命观的否定与批判的思想。

金钱卜，就其占法而言，来源于《周易·系辞》中所记载的“大衍之数，五十，其用四十九”的蓍草占法，因为蓍草占法从春秋至唐代，使用达两千余年之久。因为蓍草占筮要用四十九根蓍草，经“十有八变而成卦”，起卦比较复杂。到了唐代占卜术士对之进行一次重大改革，发明了“以钱代蓍”的方法，② 简化了程序。小说第三十七回，比较详细地描写了自称

① 栾星编著：《〈歧路灯〉研究资料》，第150页。

② 就是用三枚铸有字的铜钱等金属硬币为卜具，把铜钱合扣于手或放在盆里、筒里进行摇卦，每摇一次，把钱掷于桌上或地下，记下阴阳爻，共摇六次而成卦。

"周易神卜"名叫吴云鹤的术士：

吴云鹤……双手举起卦盒，向天祝道："伏羲、文王老先生，弟子求教伸至诚，三文开元排成卦，胜似蓍草五十茎。"摇了三摇，向桌上一抖。共摇了六遍，排成天火同人之卦，批了世应，又批了卯丑亥午申戌，又批上父子官兄才子六亲，断道："如今申月，今日丁卯日，占谒贵求财，官星持室而空，出空亥日，才得见贵人，财利称心。此卦是现今不能，应在亥字出空之日。"夏鼎听得现今不能，心中已觉添闷，又问的于何日。吴云鹤掐指寻纹，口中"长生、沐浴、冠带、临官，子、丑、寅、卯"念个不休，夏鼎心中急了，向腰中摸出八个钱放在桌上道："改日领教。"吴云鹤道："卦不饶人，休要性急。"夏鼎道："委的事忙，不能相陪。"一拱而去。走了四五步，听得桌上钱儿响，口中唧哝道："还差钱两个。"

上述引文中，吴云鹤所说"三文开元排成卦"，其中"开元"指的是唐玄宗开元年间（713～741）铸造的制钱。① 实际上从唐代开始，金钱卜就已经流行开来。由上述描写可以看到占卜的方式，排卦，批断卦，也可以看出"神卜"吴云鹤的狡猾之处，开始时，由于夏鼎（夏逢若）没有付占卜费，竟迟迟不肯说出详细批断。

测字又称"拆字"、"相字"，是以汉字加减笔画、拆开偏旁，或打乱字体结构推算吉凶祸福的一种占卜方式。拆字辨意的民俗活动从我国的汉代时就已经出现，到宋代更加广泛地流

① 在清代中原地区，占卜所用铜钱比较杂，以开元制钱、乾隆钱最上佳，其他各朝硬币也可。

行开来，清代时期的测字风气更盛。第三十七回写吴云鹤为夏逢若起课之前，先为他测字。吴云鹤自称："弟有个草号儿，叫做吴半仙，合城中谁不知道。相公有甚心事，不用说透，只用写个字儿，或指个字儿，我就明白了。断的差了不用起课。若是断的着了，然后起课，课礼只用十文，保管趋避无差。"夏逢若指布幌上一个"两"字让他测，吴云鹤道："这个两字，上边是个一字，下边内字，又有一个人字，是一个人在内不得出头之象。"吴云鹤问夏逢若他断得对不对，夏逢若说："正是，我要问谒贵求财哩。"占卜先生一般都善于从人的衣着、神情、动作等，综合揣测、判断他的社会地位、职业及心理状态。夏逢若因诱骗不到谭绍闻，并且遭盛希侨冷落，发财无路，以致垂头丧气。吴云鹤"看见夏鼎脚步一高一下，头儿摆着，口内自言自语从面前过去"，心里已知夏逢若肯定正面临着困境，这才会开口招徕这桩上门生意。吴云鹤"摇着卦盒儿说道：'谒贵求财，有疑便卜，据理直断，毫末不错。……相公有甚心事，请坐下一商。'"吴云鹤对"两"字的揣测，想必也是以对夏鼎的心理分析为基础。

《歧路灯》中写到的另一次占卜的情形是在第四十五回，谭绍闻因躲避赌债离家出走，王中到"河阳驿"寻找少主人，路过"荥泽"时，于情急无奈之中走进了卦铺："那铺内老人见了王中，便道：'请坐。'暖壶内斟了一杯茶送过来，问道：'相公要起课，是要测字呢？课礼是一百大钱，测一个字是十文。'王中道：'央老先生测个字罢。'那老人拿过一支浓笔，一块油粉牌儿，说道：'相公请写。'王中接过笔来，写了一个王字。那老人道：'相公是问什么事？'王中道：'是寻人的。'老人细审了王中面色，说道：'大不好。王字上边看，是一个干字，下边看，是一个土字。想是做下什么有干系的事，如今就了土。中间看，是一个十字，横看是个三字，只怕还应在这十三上。'”老人接着继续说：“我的话最灵的，所以满城人呼我甘紫峰做甘半仙。你初进铺内说央我测字，这有个央字，如今天已日夕，这有个夕字，一个夕字加个央字，分明是个殃字。只恐现已遭殃。所以我据理直断，说是大不好的消息。若不然者，我岂不会说好话奉承人么?”王中听到此心里十分慌乱，就说：“我再说一个字儿，烦老先生仔细测测，看有个解救没有?”王中接下来写个“中”字，甘紫峰道：“你说一个字，这一个合起来是‘不’字了，又写一个‘中’字，分明是‘不中’二字。”

王中为了寻找离奇失踪的谭绍闻才去河北，此前，王中在酒馆中听说十三日那天，河阳驿有一个年岁“二十内外”“衣帽齐整”的年轻人吊死在树上。他怀疑吊死者是谭绍闻，因此，急待赶到河北查访。王中在焦急之中：“测个字儿，不过想听两句好话，图自己宽心，夜间好睡”，“谁料这老人说了就土遭殃凶兆，兼且又说是十三日”，与“酒馆内听的日期正相符合”，结果王中“心中闷闷，数了二十文钱，放在桌上，郁郁回店而去”，王中内心深处还是不相信“甘半仙”的话：“或者大相公有几分不妥，也未见得”。在两天之后，王中查清楚吊死者另有其人，心里“又喜又恼”，“恼的是测字的却敢口硬；喜的是三里无真信，此事与我家相公不相干”。测字先生“甘半仙”言之凿凿，听得人心惊肉跳，但实际上，他所说的与事实并不相符，“测字占卜”之术不过是骗人钱财的把戏。

由上述两个测字占卜术士，无论是“神卜”吴云鹤，还是“半仙”甘紫峰，其共同特点首先是拉大旗做虎皮，搬出《周易》来做依仗；其次是自我吹嘘，察言观色，因火吹风，生拉硬扯，牵强附会，结果更是模棱两可，也不会灵验。

（二）相命话前程

相命之术发展到明清时期比较普及，成为在民间相当流行的习俗。其种类十分细详。[①]《歧路灯》中主要涉及的有“相面”与“相气色”。

《歧路灯》第八回，侯冠玉给谭绍闻相面：“我看你这面容，功名总在你祖、父上，只是眉薄，未免孤身。鱼尾宫微低，妻亦宜硬配。人中却最饱满，将来子女还要贵显。”同回还写侯冠玉为王中看相：“王中，你的地阁极方圆，日后大有出息。待绍闻居官发财时，可叫为你捐个小官儿做。”

相面主要是看面部，因为面部是人最重要的仪表，所以也是相术区分得最为细密、法则最为繁琐的区域。每个具体的面部部位和面部器官，从形态结构到色彩特点，都有一套相对独立又极为细密的命相说。以眉为例，一般相士认为“眉为君，目为臣”，所谓“富贵论其眉目，智慧察其皮毛”，“眉”可以作为一个人个性、寿命、贤愚及贵贱的表征；也有相士认为“眉目有关婚姻，毛发可见寿禄”，说眉主掌妻子之事。上面侯冠玉给谭绍闻看相就是从眉毛说起的。

相气色是从一个人的气色来推断其禀性、聪愚、寿夭、贵贱、吉凶与穷通等。相术认为人禀天地之气而生，气的外在形式是色，因此，相气色成为相术的类别之一。第七十五回，谭绍闻初遇武当山道士，道士为他相气色：“山主满面福气，将

① 相术有相骨、相面、相身、相手足、相形神、相气色、相声形言谈、相痣等。

来阁部台馆，俱属有分。但卧蚕之下，微有晦气，主目下事不遂心些。”此时的谭绍闻因赌博家产荡尽，趋于穷途末路，道士所言“目下事不遂心”倒是有几分意思。

值得注意的是，在《歧路灯》还涉及与相命之术有联系“八字”之说。第六十一回，侯冠玉和胡其所都给谭绍闻看过“八字”。胡其所说：“谭兄，你这贵造好的很呀！[①] 是个拱贵格。乙巳鼠猴香，八柱中不见申字。却有一个未字、一个酉字，拱起这个贵人来，拱禄拱贵，填实则凶。你是个逆行运，五岁行起，五岁，十五岁，二十五岁，现运庚申，未免有点子填实些。近几年事体不甚遂心，是也不是？要之也不妨大事。目下顾不的看你的子平，[②] 我先把选择大事替你看就了，改日再看你这个贵造罢。”由这段引文可知，胡其所说谭绍闻的八字是“逆行运”。与之不同的是，侯冠玉给谭绍闻相的“八字”是“顺行运”：“一二品之命，妻财子禄俱旺，更喜父母俱是高寿”。（第八回）在小说中，侯冠玉“这一席话儿，说的端福也不认的自己了，居然是左相甘罗，国初解缙。这王氏心满意足，喜的欲狂。”（第八回）一个人的八字，由两位相士算出来两种结果，真的让人无所适从。但是，对于世俗众生说来，只

① 造，即八字。八字指人初生下来所逢年、月、日、时的干支。用干支来算，每一项都有两个字，合起来就有八个字。八字，又叫四柱或八柱。后面的“八柱”也指八字而言。

② 春秋战国以后，以人出生之年月日时辰推算人命运的术数开始出现，此后一直长盛不衰。尤其是在宋代以后，以年月日时辰算命十分流行。在时辰算命中以“八字”算命最为典型。“八字”是中国古代一门极其深奥和繁琐的术数学问。它的由来传说纷纭，难以确考。相传它创始于战国时的珞渌子，又说出于同时的鬼谷子。宋代的徐子平精于此术，影响很大，成为八字算命的正宗，因此，用八字算命又被称为“子平术”，八字也被称为“子平”。

要是祥言吉语，有好的运程，“妻财子禄俱旺”，哪管它结果是“逆行命”还是“顺行运”。

对于相命之术，李绿园显然是持否定态度，在《歧路灯》第八回，他写有四句诗：“去岁庙前颜色旧，今年轩上子平新。侈谈云雨池中物，恐是邯郸梦里人。”谭绍闻在乃父故去之后的际遇与侯冠玉所推断的大相径庭，财也不旺，其父也没有高寿，显然李绿园对相命之术是不屑一顾的。值得指出的是，李绿园运用相命之说，把侯冠玉这个歪师形象非常鲜明地突现出来，他为师不尊，不务正业，看戏赌博说媒，喜好旁门左道之术。

（三）堪舆论风水

“堪舆”就是察看地理、地形，[1] 其功用在于依仗营建之所的地利“荫庇”家族亲人。其中以“气”为此术妙道。[2] 民间也把“堪舆”叫做看“风水”、“地理”或“阴阳”。第六十一回，王氏问其侄子王隆吉：“你只说今城中，数哪一个阴阳?”王隆吉回答道：“前日我在北道门经过，见北拐哩一个门上，贴个报条儿，依稀记的上面写着京都新到胡什么，‘地理风鉴，兼选择婚葬吉日’……听说有许多人请他，或者是个阴阳高的。”王氏很高兴地说道：“他既通风水，我家连年事不遂心，想是祖坟上有什么妨碍，一发请他看看。”

堪舆也称为“相宅”，可分为相阳宅（住宅）与相阴宅

① “堪舆”一词最早出现在淮南王刘安所著的《淮南子》中，《淮南子》除了有“堪天道也，兴地道也”而外，其他什么也没有说。参见罗修著：《住宅风水勘吉凶》，台湾“中央”民族学院出版社，1988年版，第2页。

② 据传晋朝人郭璞研究风水有得，并著《葬书》有云：“葬者乘生气也。经曰，气乘风则散，界水则止，古人聚之使不行，行之使有止，故谓之风水。”

（墓地）。小说第八回，侯冠玉说：“阳宅是养命之源，阴宅乃定命之根。”相宅、相墓的方法五花八门，面目不一。①

《歧路灯》中有两个章回，都较为详细地写到“相阳宅”。第七十五回，曾住过武当山的道士为谭绍闻相阳宅。先到书房，道士说：“此处像是外书房，必是山主看书之所。但照壁低而且狭，不合奎壁之像，却无甚妨碍。”再到楼院，道士四面端详，说道：“俱合爻象，并无妨碍。”又到前院，说：“府上宅第俱好。”又看了一看，说：“东边角门，犯了大耗豹尾，只垒了不走，自可聚财发福。”最后来到账房，道士喜道：“此是府中第一聚财之处，天生盖的合了天库星。”②“用此房时，钱财如火之始燃；不用此房时，钱财如灯之欲烬。万不可冷落这座宝库。”由上述引文可知，“武当山”的道士为谭绍闻相阳宅极具目的性，因为他知道谭绍闻目前所处的境况。谭绍闻此次请道士来就是为了烧炼“黄白”，清偿自己欠下的赌债，同时，也挽救自己败落的家运。因此，才有道士对“账房”的大加赞誉之词，为其后在此假炼黄白实行坑骗之术预做铺垫。

另一次相阳宅在第六十一回，风水先生胡其所直接要谭绍闻把家中重门拆掉，以求避凶趋吉：

① 要之，不过是对照形而上的五行理气、星卦布局，测定特定环境与天道、地道的面背朝迎所构成的阴阳之气的聚散起止、强弱生死、刚柔动静的吉凶性质，以及通过审察天运旋转、地运推移与某一山川形势、地理脉络和时空经纬诸关系之间所构成的气运关合，择出其中最佳的“枢纽”。所择之地为气运蓬勃的“生地”，那么所释放出来的气便能作用于家人，使家族兴旺；所择之地为残败病囚的“死地”，则累及家人，使之晦气蹇乖，故堪舆又被称之为“地学理气家之权舆”。

② 天库星，星座名，又叫库楼。《晋书·天文志》：“库楼十星，其六大星为库，南四星为楼，在角南。一曰天库，兵甲之府也。”参见［清］李绿园著，栾星校注：《歧路灯》，第729页，注释11。

(谭绍闻)引胡其所到了后楼院、前厅房、东厨房、西马房,各处审视一番。

胡其所到了厅后重门,说道:"拆了!拆了!他占的是个木星地位,把这拆了,这堂楼就成了生气贪狼木。可惜这堂楼低得很。总是一家人家,全凭着生气贪狼木,低了如何行呢?""……谭兄,你不晓的这家道理。坎宅巽门,头一层是天乙巨门土,二一层是延年武曲金,三一层是六煞文曲水,四一层是生气贪狼木。这个贪狼木星,最要高大。我所以说叫你把厅后重门拆了。为啥呢?缘有这一层门,你的堂楼便成了五鬼廉贞火了。拆了这座小门楼,登时堂楼就成了生气木星。但这堂楼,毕竟还低些。你叫个泥水匠人,用五个砖,将堂楼上盖一所小屋儿,内用一块木板,我用朱笔写'吉星高照'四个字,钉在小屋之内,这就算把木星升的起来。管保你家中诸事平安,宗宗如意。"

胡其所被谭宅请来看风水,有一个前提就是前面提及的王氏所说的"我家连年事不遂心",胡其所相阳宅的针对性也比较强,最终落到"保管你家中诸事平安,宗宗如意"上来。

由《歧路灯》中的两次相阳宅的描绘,既可以看到李绿园对诸如"风水"之类民俗资料是相当熟稔,也可以看出他匠心独运、高超的构思技巧。

小说第六十一回有"相阴宅"的描写。在谭绍闻的带领下,胡其所一行来到祥符城西门外的谭宅坟地:

绍闻道:"且坐着罢。犁的地,高高低低,不甚好走。"胡其所笑道:"岂不闻风水家,是'一双神仙眼,两只樵夫腿’么。”……走进坟垣来。……胡其所四处望，将身子转着，眼儿看着，指头点着，口内念着，唧唧哝哝，依稀听的是“长生沐浴冠带临官”等字。忽而将身子蹲下，单瞅一处。忽而将首儿昂起，望八方。迟了一会，只见胡其所向西北直走起来。……走到西北一个高处站下，胡其所向坟上一望，摇摇头道：“咳！大错了！大错了！”……“你去车上，取那黄包袱来。”……展开，乃是一个不及一尺大的罗经。只见师徒用一根线儿，扯在罗经上，端相了一会。

引文中胡其所说风水家是“一双神仙眼，两只樵夫腿”，指的是阴阳先生要有好的“眼力”，能够看到“风水宝地”，同时，要有“樵夫腿”，在高低不平的野外或山冈或丘陵，四处寻觅，找到“风水宝地”。“罗经”即罗盘，在中原地区民众常称之为“罗镜”，是测定方位的仪器，是风水先生的职业工具。① 经过一番勘探，胡其所认为谭宅的祖坟“向法”不对，导致子孙难以显贵发达。只有“移穴调向”，后辈子孙才能发达起来：

胡其所说：“谭兄，这是你的大事，关系非小。若是当日向法妥当，早已这儿埋的几位老先生。抚院、布政俱是做过的，至小也不下个知府。谭兄你如今，不是翰林学士，也就是员外、主事了。总是你这贵茔，左旋壬龙，配右旋辛水，水出辰库，用癸山丁向，合甲子辰水局。如今看旧日用法，水出未库，用乙山辛向，合成亥卯未木局，八下的爻象，都不合了。所以一个大发的地，不能科第，

① 罗盘上分东南西北四方，依次以寅卯辰、巳午未、申酉戌、亥子丑划分为十二个刻度，风水先生根据指针的方向判断所谓“吉凶”。

> 尽好不过选拔岁荐而已。若照我这个向法，说别的你未必懂的，只东南村上那两三所高楼，便是尊茔的文华插天。你看那高高的圪塔，不是一个狮子么？那长长的一条小岭儿，不是一个象么？这叫做‘狮象捍门’，三台八座都是有分的。若旧日那个向法，把这些好东西，都闪到东边无用之处了。依我说，不如把这几位老太爷墓子，都要改葬。”

为了说动谭绍闻改葬祖坟，胡其所搅动三寸不烂之舌，从过去说到如今，从眼前坟地说到周围景象。但是，启迁祖坟毕竟是一件重大的事情，谭绍闻面有难色，胡其所建议："尽少也要把令祖这墓头，调一调向。"谭绍闻勉强接受"调向"的意见，胡其所就重新用罗经进行测量，"钉了木橛八个，号定了两个穴口"。

风水家堪舆之说在《歧路灯》中遭到正统文人士子的激烈反对。第六十二回"程嵩淑博辩止迁葬"，就是通过正面人物程嵩淑对堪舆风水家及其理论进行揭露、批判和抨击。由于改葬祖坟事关重大，谭绍闻请来了乃父的旧日挚友程嵩淑、张类村等人，提出自己"改穴调向"的方案，针对谭绍闻所说的"他们（阴阳先生）都说先人埋葬向法错了，如今只得重新改正。移的不过两步远，便是正穴"，程嵩淑提出反对意见："你如今这意思，不过趋吉避凶。言吉凶的莫详于《周易》，其间言吉的大约都在恐慎、敬谨一边，言凶的多在亢傲、倾邪一边；共经了四个圣人的手，可有调向吉、不调向凶的话么?"在程嵩淑看来，谭绍闻此举不过是为了"趋吉避凶"，但是，言吉凶甚详的《周易》没有调向之说。并从《太极图》所说"君子修之吉，小人悖之凶"说起，痛击风水家的歪理邪说，又指出“修是修德，不是修坟；悖是悖了理，不是悖了向”。在此基础上，程嵩淑进一步指出：“这个吉凶全在你心坎中分金，不是在坟头上调向。”直接点出了谭绍闻不从自身寻找原因，相信阴阳风水之说的病态心理。接下来，程嵩淑又历数经典，特别强调：“一部《礼记》，言丧者居半，琐碎零星，事事无所不备。怎的把请风水先生看坟这宗大事，没有记在上边？”程嵩淑用典详实，言辞犀利，在批判风水之说的同时，也使得谭绍闻无言以对。

意犹未尽的程嵩淑用耕田之“粪多力勤”，收成“就不会薄”，“如以火置于干柴乱草之中，那火必不能自己灭了”等例证，更进一步说明：“福是自求多的，祸是自己作的”，祸福与风水之“调向”说没有关系。针对某些人不肯读书、不知节俭，寄希望于祖宗的荫庇而梦想“儿孙富贵”的可笑行径与无稽之谈，程嵩淑用幽默机智、略带讽刺的语言加以调侃：

> 若毫无他故，只因儿孙欲图富贵，却不肯自己读书，自己节俭，祖宗在泉下，不能再来世上搜寻儿孙，儿孙在世上，却要去地下搜寻祖宗，这还不是一个岂有此理之甚么？

程嵩淑认为，祖、父在世之日，就为子孙打算安排，并施以教育，倘是这时子孙还不能富贵，到他们死后“魂升于天，形归于土”，其阴灵如果还能够显示神通，“拨乱的旺长门不旺二门，把小孩子捏死上两个，叫本家伤小口，暗叫调唆叫子孙赌博、宿娼、卖田产、丢体面”，那才真的是天理不存，咄咄怪事！

值得一提的是，小说中的程嵩淑还对《孝经》中“卜其宅兆而安厝之”作出较为合理的解释，“这是度后日不为道路，不为城郭，不为沟池，不为强暴所侵，不为耕犁所及的意思。不是看见一个山尖儿，便是文笔插天，该出举人、进士；看见一个土圪塔，便是连仓带库，该出大肚子财主”。这是与明清时期进步文人的思想观点相一致的。

对阴阳风水之说，李绿园在《歧路灯》中按捺不住，通过议论进行批判：“谭绍闻不事诗书，单好赌博，却将不发贵不发福，埋怨起祖宗来；妄听阳阴家言，选择吉日求之于天，选择吉穴求之于地，皇天后土都该伺候我；为什么‘用心读书，亲近正人’八个字，不求诸己呢？”

至此，李绿园尚觉意犹未尽，又安排一个小场景，运用以子之矛攻子之盾的手法，淋漓尽致地揭露风水先生的丑恶嘴脸与欺骗行径。谭宅的家人邓祥在胡其所察看风水过程中，作为车夫一直伴随左右。在去谭宅祖坟的途中，邓祥请求胡其所看道旁的一处坟地。胡其所看到的是一个“小馒首墓头儿”，“半株酸枣垂绿，一丛野菊绽黄，两堆鼢鼠土，几条蛇退皮”。便一口道出：“这个坟主绝！”当胡其所得知那是邓祥爹娘的坟地时自觉失口，便急忙改口，“我明天在你大爷哩地里，送你一块平安地，你启迁启迁。”邓祥在回家的途中请求胡其所在家主谭绍闻的地中为自己爹娘安排一个好的处所，此时的胡其所又改变了说法。胡其所又把那“酸枣坟儿”望了一望，说道：“适才我不曾细看，说是不甚好。如今仔细打量，却也罢了。只宜照旧，不必动移。”小说通过这一细节描绘进一步揭露风水先生欺诈、愚弄民众的本性，更见风水之说不足为信。

需要指出的是，《歧路灯》中所表现出的对堪舆风水等歪理邪说的欺骗性、虚伪性及不合理性等的批判，与同时代的小说，如《儒林外史》等所透露的思想相一致①，也与明清时期的一些进步思想家，如陈确等人的进步观念相呼应，这是值得予以充分肯定和赞誉的。②

（四）择日言吉凶

在《歧路灯》中，择日子的事项可谓不少：婚娶丧葬、祭坟立碑，上学移徙、远行登程。选择的方法也不相同：有的事情自己搬着“皇历”挑个日子就行；有的要郑重其事，请风水先生、阴阳官翻查有关书籍，选择良辰吉日；还有的让尼姑挑选个日子。在民间择日子习俗盛行，人们差不多都知道“三六九，做什么都有”，“七不出门八不返家”的习俗，其实，说到底就是对日子的选择。“择日”，就是按照“黄道”、“黑道”选择时日，达到趋吉避凶的实用目的。③ 自古而来，在民间无论是婚娶丧葬、造屋打井、搬家徙户、耕种渔猎，还是生意开市、儿童上学、拜师学艺、结伴游乐，甚至是洗澡、理发等，没有不翻阅“皇历”或请“风水先生”选择日子的。

首先，谈一谈《歧路灯》中婚姻、寿诞中的择日情况。第四回，“谭孝移怎的备酒奉恳潜斋、嵩淑作大宾；……怎的择定吉日同诣孔宅，孔宅盛筵相待；怎的孔耘轩亦择吉日置买经

① 参见《儒林外史》第四十四回中关于堪舆风水描写，与《歧路灯》所表现的思想惊人的一致。

② 陈确（1604～1677），明清时期进步思想家，著有《葬书上·葬论》，参见《陈确集》，中华书局，1979年版，第476～485页。

③ 实际上，“择日”也是术数中的“星命”之说。星相学认为天天都有星神值日，青龙、明堂、金匮、天德、玉堂、司命等星神值班的日子就是“黄道吉日”；天罡、帝煞、天牢等星辰值班的日子因其为凶星，那就是“黑道凶日”。年月日时、天干地支、二十四节令、阴阳五行等拉扯在一起，一年的日子让阴阳家给分割为凶吉两种，再加上行事时宜何忌何、利与不利、吉与不吉，详究起来，其计算方法也是比较复杂的，深究不易，此处不作赘述。

书及文房所用东西，并‘四六’回启到谭宅答礼，俱不用细述”。第一百零七回，抚台谭绍衣为侄儿谭篑初和甥女薛全淑的婚事让衙门的阴阳官选择吉日。小说写道：

> 抚台道：“有一事相烦，叫你择个嫁娶吉日。”阴阳官跪下道：“请示新男新女贵造。合了生辰八字，照天德岁德喜神方位贵神照临吉日，细写红鸾喜书进呈。”……这阴阳官叩头起来，出了抚院大门，……到了家中，展开黄仪凤《选择全书》，抄些大吉大利话头。又急向书柬铺中买了销金龙凤大启，徽墨湖笔，抄到启上；写不甚端楷之字，录不甚明晰之文。抄完，穿上公服，跟个小厮捧着鸾书，又上院来。
>
> 上号房吏代为呈进。抚台只看一行“一遵周堂图，乾造天乙贵人，坤造紫微红鸾，谨择于本月十六日喜神照临，定于辰刻三分青龙入云吉时吉刻大利”……

由上述引文看来，无论是谭孝移为儿子订婚“择吉”，还是抚台谭绍衣为谭篑初、薛全淑婚事“择吉”，士绅文人对待男女婚嫁终身大事都是“择吉”而行。但是，从引文中阴阳官“写不甚端楷之字，录不甚明晰之文”不难看出小说作者李绿园在不无调侃的言辞中，对“择吉”之风所持的讥诮态度。

其二，在《歧路灯》中，举办丧葬、祭祀、墓前立封赠碑等，也要“择吉日”进行。丧葬礼俗中的“择吉”描写在第六十一回，谭绍闻准备殡葬乃父，请来一个所谓“阴阳高”的风水先生胡其所“择吉”。“绍闻道：‘原是先君涂殡已久，今谋归窆，祈先生择个吉日。’……胡其所道：‘……这是谭兄一生大事，要着实谨慎。书本儿上说，‘惟送死可以当大事’，是了不成的。'" 胡其所叫谭绍闻写自己和父亲的八字，以便他选择下葬吉日，胡其所对谭绍闻解释说："须知这个选择，要论化命，要论纳音，要合山向，八下凑拢起来，都是有吉无凶，这才使得。若有一处不好，葬后便当不住了。" 祭拜祖坟 "择吉" 可见小说开卷第一回，"谭孝移不日到了丹徒。……绍衣引着孝移，先拜谒了累代神主，次到本族。……又择祭祀吉日，祭拜祖茔，合族皆陪"。另一次 "择吉" 描写在小说第一百零八回，谭绍闻（黄岩公）带领儿子篑初（太史公）到祖坟祭奠，"到了次晨，黄岩公、太史公各坐大轿，跟随家人，径出西门，向灵宝公祖茔来行礼祭奠。黄岩公祝道：'后裔得成进士，钦点翰林，墓前封赠碑，门外神道碑，统俟镌成择吉竖立'"。由上述文字看来，"惟送死可以当大事"，祭祀、举丧等自古迄今被民众当做人生大事，所以 "择吉" 而行，于理于情不能够太过于苛责，其间也有汉民族慎终思远的文化意义所在。

其三，古代社会中，出门远行，陆鞭水棹，风险难测，要择吉日确保一路平安。小说第一回，谭孝移回丹徒拜墓，"孝移……密祝道：'咱家四世不曾南归，儿指日要上丹徒拜墓修谱，待择吉登程，再行禀明'"。同回后面又写道："择吉起程，带了德喜儿、蔡湘；吩咐王中看守门户；……" 第七回，谭孝移及其他几位被保举的乡绅一同举车北上京城，挑选的就是 "黄道吉日"，"过了新年，将近灯节，这五位保举的陆续进省，叩拜新春外，早已约会二十日黄道天喜，起身赴京"。第七十一回，谭绍闻到济宁府老师那里 "打抽丰"，"……遂叫的小车行雇觅一把双手孝感车儿，择日起程"。第一百零六回，已经做官在任上的谭绍闻 "拣了两个走过河南的能干衙役，给发路费，择日起身，径投河南而来"。可见不仅仅是出行，在小说中就是

"送家书"，也"择吉起身"。

其四，小说中的拜师读书学艺，因为是"立根柢，学榜样"的大事，也要择吉日进行。谭绍闻拜师求学，前前后后数次，每次都要挑选"吉日"入学。第一次是父亲谭孝移帮他延聘娄潜斋为师，还为他"择了正月初十日入学"（第二回）；第二次是母亲王氏为他请来侯冠玉，上学日子是尼姑范法圆给看的（第八回）；第三次是谭绍闻托岳父孔耘轩延请惠养民为师，老家人王中"撺掇初十日择吉入学"（第三十八回）；第四次上学是在第五十五回，请的老师是智周万，小说写道：

> 订上学日期，张类村道："须择个吉日。"程嵩淑道："古人云，'文星所在皆吉'。子弟拜师，本是上吉的，何必更择？爽快叫谭念修（谭绍闻）明日把碧草轩洒扫洁净，智先生把案上堆集的册页收拾清白，过此一天，后日即是良辰。事无再更。"

除了以上诸项事务需要"择吉"之外，小说涉及的还有，如拜见朋友、设宴请客、生意开张、搬家等也要"择吉"。拜会朋友、宴请朋友"择吉"的有：第六十一回，（谭绍闻）"叫双庆儿到书房取来皇书一看，第三日便是会亲友良辰。"第九十八回，（书商阎楷）"因此卜定吉日，先期谒诚去几位老先生家拜见，拜匣内即带'豆觞候教，眷晚生阎楷'帖子，顺便投上。"第九十五回，"绍闻接匣在手，展开全帖，与张正心同看，上面写着：吉卜十五日洁治豆觞，奉迓文驾，聆德诲，伏冀台旆宠临，曷胜斗仰。"生意开张"择吉"的有：第九十八回，"阎楷扫除房屋，裱糊顶槅，排列书架，张挂对联，选择了吉日开张。"搬家"择吉"的有：第五十三回，（夏逢若）"看了个移徙吉日，竟从瘟神庙邪街，乔迁至打铜巷里。”

在此值得指出的是，虽然“择日”习俗是一件上至帝王将相，下到庶民百姓，都十分看重的事情，但是，由《歧路灯》的描写却表明不同阶层、不同身份的人对“择吉”有不同看法，其中不乏进步思想和积极意义的地方。

首先，表现在“择吉”的依据认定上。小说第六十一回，在殡葬谭孝移的日子选择上，王隆吉同姑母就有不同的意见。王隆吉主张看皇历择日子，他对姑母王氏说：“依我说，朝廷颁的月朔书上，看个好日子，也就使的了。”可是王氏坚持要请个“阴阳高”的风水先生来择日。并问王隆吉：“……这城中谁的阴阳高些？叫他择个好日子，发送你的姑夫入土就是。”在谭绍闻入学“择吉”问题上，程嵩淑与张类村也有不同看法。第五十五回，张类村认为“订上学日期”“须择个吉日”；程嵩淑的观点是“‘古人云：文星所在皆吉。子弟拜师，本是上吉的，何必更择？爽快叫谭念修明日把碧草轩洒扫洁净，智先生把案上堆集的册页收拾清白，过此一天，后日即是良辰。事无再更。’”同为秀才的程嵩淑与张类村关于“择吉”的依据显然是不同的。

其次，以程嵩淑为代表的正统文人还大力抨击阴阳家的“择吉”之举，斥之为“敢悖圣训，不遵王法”。《歧路灯》第六十二回关于程嵩淑的这段议论非常精彩，引录如下：

> 程嵩淑点头大声道：“……我且问谭学生：你适才说选择下葬‘吉日’在于下月二十九。选择家于下葬之日安上一个‘吉’字，若是娶亲之日更当安上一个什么字样呢？每见阴阳官遇见人家有丧，写个丧式，各行之下俱有‘大吉利’三字，岂不是天地间绝世奇文！且即以选择言

之，古人嫁娶之期尽在二月。《夏小正》曰：‘二月，冠子，嫁女。’《周礼》地官媒氏之职曰：‘中春之月，令会男女。’《诗经》上嫁娶之期，考之，皆在二月。盖仲春阴阳和顺，顺天时也。其有丧者，得以不用二月；若无故而不用仲春者，还要加之以罪。难说三代以前嫁娶的吉日，皆在二月么？至如修造一事，古人多用十月，取其为农隙之时。所以天上北方玄武七宿，内中有个室星——为此星昏中，可以修造房屋，因此名为营室星。《诗经》所谓“定之方中”是也。难说古人修造动土竖柱上梁好日子，都在十月么？至于古人葬期，天子七月，诸侯五月，大夫三月，士踰月。想是古人将死时，先请下一个好阴阳先生，拣定了下葬吉日，然后商量好这易箦之期，好去病故么？若不然死的不合板眼，定怕子孙贫贱时，埋怨祖宗死的不成化命。凡我所说，俱本圣人之经训，遵时王之令典，敢非圣者无法，为下者不倍？但不知孔子从的，后人如何却从不的？况且时王之制，所颁的有要万民使用的皇书，内中嫁娶安葬，以及为士者入学，为农者栽种，为工者修造，为商者开市等项，俱有现成好日子。阴阳家却别有讲究。总而言之，这些乱道，直是敢悖圣训，不遵王法而已。”

程嵩淑快人快语，从下葬、嫁娶说到修造房屋，从《周礼》说到《诗经》，说明古礼制定有其合性，批判了阴阳家的“择吉”之说的荒谬性。但是，需要说明的是，程嵩淑并不是一概反对择日，他只是反对阴阳家的歪理邪说，主张依“皇书”择日，依古礼行事，并且主张灵活运用而反对死搬硬套。在此，不难看出，李绿园对程嵩淑“择日”的观点是较为赞同的。

此外，在《歧路灯》中还对民间流行的扶乩、跳神、“擂马子”[1] 等有所描述，因文章篇幅关系不作赘述。

值得注意的是，对堪舆、占卜、相命、择吉等，李绿园通过《歧路灯》中的正面人物之口都予以嘲讽和批评，同时，还在第四十七回、第十二回分别对求神问药、躲殃等迷信思想进行批判，表现了李绿园信人事而不信天命的无神论思想。

综上所述，《歧路灯》真实地表现了佛教、道教那种不顾及自身信仰体系而互相渗透的趋向，由于这个原因，世俗众生更不能分辨清楚混乱纷杂的鬼神仙佛，以及含糊繁多的信仰对象所归属的系统，因而更进一步加深了民众宗教信仰的混乱程度。由小说描写可以看出，在神祇上，佛教、道教与民间信仰有更多的融合，最突出地表现在关公信仰上，道教的护国佑民之神被佛教封为伽蓝神之一，被供奉在“地藏庵的伽蓝庙”中，还有很多时候，关公和十八罗汉的塑像为邻。在民间崇祀中关公更是成为百业之神。另外，在祈禳或丧葬的场合，道士、和尚、尼姑，同场作法、诵经、超度亡灵。具体情况可参见本书第一章有关丧葬礼俗的描写。

应该指出的是，在《歧路灯》中所塑造的一批士子文人身上，可以看出，清代盛世多数正统文人以信奉和实践程朱理学为安身立命之本。其中，不少人独尊程朱理学，对佛道教采取

---

① 马子，觋（男巫）的一种，豫俗称马子。豫地旧日迷信习俗，逢天旱或其他特大灾害，神社祈雨禳灾，击鼓打锣日以继夜，叫做擂马子。马子被擂下来之后，声称某某神祇显灵附体，遂接受人们的各种考验：假如这位显灵的神祇是文职，就要吟诗答对，或书写绘画；假若是武职，就须表演各种武术技艺，有时并接受群众的棒击、刀劈、火炙，或跪铁索、踩尖刀等肉体上的残酷较量。回神后，马子有因此而成为终身残废者。

居高临下、排斥异端的严厉态度。也有一部分人利用佛道教的通俗神学作为向下层民众施行教化的补充。大多士子文人对融入风俗习惯的佛道活动所采取的是较为宽容的态度。这反映着宗教对清代盛世封建社会的适应程度。透过《歧路灯》有关描写，在以程嵩淑、张类村等为代表的正统儒士文人身上，不难看到儒、佛、道的互相吸收、融合的合流趋向，但是，这又绝非如一些论者所说的“三教合一”那样简单。因为儒学不等于宗教这是显而易见的，儒家从未建立宗教制度、组织，更没有自己的神祇系统，如果有某些类似宗教的现象，也只不过算是教化之教。况且，儒、释、道也没有也不可能达到完全合而为一的态势，在融入中华民族的文明体系中，它们彼此吸收思想养分，以获得更好的发展。翻检《歧路灯》文本，能够体悟到佛、道两教的补充性和儒家思想的排斥性与包容性，这是它们长期斗争与融合的起点与终点，也是它们适应中国封建社会的“最佳”格局。总之，宗教满足着人们的“有求必应”的现世利益，佛教、道教、民间信仰杂糅粘合在一起，在世俗生活中产生广泛与深刻的影响。

第三章 《歧路灯》与中原地区妇女生活习俗

马克思曾说："从母权制过渡到父权制是妇女具有世界历史意义的失败。"① 毋庸讳言，中国封建女性在传统文化的演进历程中，无论是精神还是肉体都受到了巨大的戕害，妇女在经济上、社会上和家庭中皆处于毫无权利的、人身依附的地位，并受到封建伦理的严重束缚，从而成为臣服于男性需求的"第二性"。妇女的价值和定位并不是由自身所能决定的，而是由占据绝对强势的男权文化所操纵的，换言之，封建妇女从来没有争取到自己的话语空间，无论她们是自觉还是不自觉，都得按照男性对自己的性别期待来重新塑造自己、言说自己。妇女生活习俗的林林总总，同样也是由男性从过分膨胀的自我性别立场出发而制造出来的，从妇女生活习俗的反照中，不难窥视出男权社会的真实镜像。

第一节 《歧路灯》所反映出的妇女观

作为一位男性作家，李绿园在作品中表达的首先是男性对

① 《马克思恩格斯选集》三卷，人民出版社，1972年版。

女性世界的价值判断和对女性世界的想象，这既体现在小说中的妇女教育观念、妇女的伦理道德观念上，也体现在作品中的妇女人物形象上。总的看来，作品中所表现出的妇女观念，不仅折射出传统儒家思想的面貌，而且凸显出男权主流文化的本色；但从个别地方的描写中，也可看到当时的妇女在经济上、社会上和家庭中的自主趋向，虽然这种自主趋向还只是一线微弱的曙光，但在封建社会里毕竟是新的因素，是有其积极意义的。

一、妇女教育观

（一）纲常礼教的学习

中国传统文化对男女两性在社会中所扮演的角色具有明确的定位，这一定位也体现在传统的教育观念上。一般而言，对男性的教育是通过学习四书五经等儒家教义，从而确立“修身、齐家、治国、平天下”的人生目标；而对女性的教育则通过反复灌输三从四德的训诫，为她们走向“相夫教子”的人生道路打好铺垫，以与男权文化视阈趋同。我们透过《歧路灯》中的孔慧娘所受到的教育及其立身行事是不难看出这一切的。第四十六回：

> 孔慧娘……自幼常闻父亲家训，妇女“德、言、容、功”的话说，固是深知，即是丈夫事业，读书致身的道理，也是齐晓的。并那立朝报国，居官爱民，青史流芳，百年俎豆的话，也听父亲说过。心下这个明白，直是镜儿一般。

《歧路灯》中的孔慧娘，在品德方面，贤慧孝顺，柔和娴静；

在言语方面，缄默寡言，措词委婉；在仪态方面，安详从容，端庄洁净；在手艺方面，能纺纱织布，会缝纫刺绣。在其父孔耘轩比较全面的教育下，孔慧娘成为一个符合封建道德标准规范的妇女。第三十五回，“后来绍闻得力于冰梅，其实乃得力于慧娘。……端的孔耘轩好家教也。”在这里，李绿园把一个从小失去父母、无依无靠的丫头的贤德也归功于孔慧娘“三从四德”典范的影响。

这种妇女教育不仅是像孔慧娘那样通过父亲的家教来完成，还可以以祖训、家法的形式来实现，小说对此描写较为详细，第九十五回写道：

> 咱家南边祖训，贤弟亦当知之，从而遵行之：从来男女虽至戚不得过通音问。咱丹徒多隔府隔县姻亲，往来庆贺，男客相见极为款洽。而于内眷，不过说，“禀某太太安”而已。内边不过使奉茶小厮禀道“不敢当”，尊行辈，添上“谢问”二字。否则丫头爨妇代之，在屏后说“谢某老爷某爷问，不敢当”。虽叔嫂亦不过如此。从未有称姨叫妗，小叔外甥，穿堂入舍者。

小说第一百零八回，谭绍衣又对谭绍闻说：“朱子云：家庭间没个礼字，定然是天翻地覆世界。咱家累代仕宦，现今你我兄弟，都蒙皇恩做官，家庭间不得不以礼为遵循，颟顸是行不得的。”可见，纲常礼教的学习融入家庭生活之中。

由上述引文可知，谭氏家族的“祖训”其实就是封建纲常伦理思想的翻版，讲究的是“男女有别”、“男女授受不亲”，这也就是《礼记·曲礼》所谓的“男女不杂坐，不亲授。嫂叔不通问。外言不入阃，内言不出阃”等观念的写照。这些思想在小说第七十一回也有很好的证明：谭绍闻到济宁府打抽丰，在与老师娄潜斋据礼相见后，又向师母请安，但与娄宅家法有违："这娄潜斋家法森严，宅眷住的内宅门，从无外姓傍个影儿"，谭绍闻的请安只能由"娄樗代禀一声，内太太传出：'说明已知，后堂窄狭得紧，不劳罢。'绍闻只得行了遥拜之礼，娄樗、娄朴二人还礼讫"。

不仅如此，我们从《歧路灯》所描绘的世界里还可以看到，纲常礼教的思想观念浸染到社会的各个层面，甚至沉潜于社会的最下层的民众思想意识之中。王中看到帮闲篾片夏逢若公然坐在谭宅楼堂内，与家主"半边人"① 王氏说话，十分恼怒，面对夏逢若破口大骂。小说中的王中是"奴仆中的大理学"，在老主人谭孝移的正统思想熏陶下恪守封建礼教，其所作所为深得程嵩淑等正统文人士子的赞许。就连王中的女儿王全姑也在他的严格教育与身体力行的影响下，乖巧懂事，为人行事完全符合封建礼法的要求，成为小说作者所描写的正面妇女形象。

（二）识字教育

妇女教育也同一般男子所受的教育一样，其基础就是识字教育。在《歧路灯》中作为宦门出身的千金小姐薛全淑从小就接受较为良好的教育，她十多岁便能够作诗绘画，并工于书法。第一百零八回，薛全淑于婚后仍然能够坚持"每日临《洛神赋》，摹管道升竹子"，常于黄昏时节同丈夫谭篑初"课画谈帖，偶然阄韵联句。"谭篑初对此也大加称赞："怪道你会画，真正好丹青。"但是，一般论及女子的教育时，常常讲究的是

① 中原地区民间称失去丈夫的妇女谓"半边人"。

"三纲五常"的伦理道德教育、针工女红等技能教育，殊不知道德观念等教育的基础也是由识字开始的。在古代人们的观念中，尽管大都强调"女子无才便是德"，但一般士绅家庭都重视女子的文化教育。通过识字教育使女子能够诵《孝经》、《论语》等，同时，教以婉娩听从及女工之大者，为人妻母，教子相夫。[①] 无论男女唯有通过读书才能知晓礼法伦常，明辨邪恶是非曲直，士大夫阶层更加明白其中的道理，所以，类似薛全淑那样出身于书香人家的女子大都从小接受读书识字、书法、绘画等教育。

识字教育是基础，在此基础之上一个人所接受的教育应该是全面的，它包括家庭生活、生产劳动、文化娱乐生活等，因为教育是无处不有，无时不在的。《歧路灯》中，商贾富户家庭出身的巫翠姐也接受过识字教育，并且因为她爱好看戏，经常看戏文唱本，戏曲也成为当时社会中商贾或市民家庭出身的女子接受教育的一种形式，其实这也是文化传播的多样性在民众教育中的一种体现。在她们的日常生活之中，耳濡目染地接受着戏曲等俗文化的教育和影响。从巫翠姐的言行中便可以看到戏曲等俗文化浸染所留下的最为明显的印痕。巫翠姐在日常生活中，崇拜的英雄是瓦岗寨的程咬金等人，并且能够随手拈

① 清李晚芳《女学言行录·总论》说："女学之要有四：曰去私，曰敦礼，曰读书，曰治事。……节目度数，亲疏隆杀，具载于书，故以读书次之。读书则见礼明透，知伦常日用之事，责备无穷，自当着力事事而不敢怠惰。"清代王刘氏在《女范捷录》中也说："男子有才便是德，斯言犹可；女子无才便是德，此语殊非。盖不知才德之经，与邪正之辨也。夫德以达才，才以成德，故女子之有德者因不必有才，而有才者必贵乎有德。"王刘氏向长期以来流传的"女子无才便是德"的观点提出挑战。参见徐少锦、陈延斌：《中国家训史》，陕西人民出版社，2003 年版，第 559 页。

来戏曲词语说明生活中的道理，在她看来“《三字经》上字，还没有唱本上字难认哩”，在第七十四回，巫翠姐对儿子兴官说：“拿你的书来，我对你说。”就是这个商贾家庭出身的女子，虽然言行中表现出来的是从戏曲中学到的“纲常礼教”，但是，在谭篑初幼年的教育启蒙过程却起着不可忽视的作用，巫翠姐竟成为后来的进士及第翰林院庶吉士的“启蒙老师”。

（三）技能教育

《歧路灯》中娄潜斋谈到子女教育问题时曾经说：“自古云：教子之法，莫教离父；教女之法，莫教离母”，母亲等家人对女儿的影响可谓甚大，其中教之针工女红是一项重要的内容。《礼记·内则》说：“女子十年不出，姆教婉娩听从，执麻枲，治丝茧，织纫组紃，学女事，以共衣服。”陈宏谋《教女遗规》说：“女子……当其甫离襁褓，养护深闺，……父母虽甚爱之，亦不过于起居服食之间加意体恤；及其长也，为之教针绣，备妆奁而已。至于性情嗜好之偏正，言动之合古谊于否，则鲜女及矣。”① 由此不难看出，女子闺教之中“针工女红”是女儿居家之时所受到教育的一个非常重要的内容。小说第四回，谭孝移等人到孔宅拜访，“推开二门时，只见三个女眷，守着一张织布机子，卷轴过杼接线头儿”，这三个女子，一个是丫头，一个是爨妇，一个是孔耘轩的女儿。孔耘轩的弟弟孔缵经解释说：“这是家兄为舍侄女十一岁了，把家中一张旧机子整理，叫他学织布哩。搬在前院里，宽绰些，学接线头儿。不料叫客看见了。恕笑。”谭孝移听了，大加称赞道：“这正是可羡处。今日少有家业人家，妇女便骄惰起来……像令兄

① 陈宏谋：《教女遗规》，参见徐少锦、陈延斌：《中国家训史》。

这样深思远虑，就是有经济的学问。”孔宅是绅衿家庭，可谓衣食无忧，之所以让女儿从小学习织布，目的在于培养品性，防止骄惰。“针工女红”等技能的学习实际上是教育孩子从小养成勤俭劳动的品德，同时，也训练和养成女子耐心、细心、文静、坚韧的性格，要从根本上解决的是女子长大成人出嫁以后在未来的家庭生活中的“相夫持家”等问题。正因此，谭孝移说孔耘轩“有经济的学问”，称赞他治家有方，教女有法，有齐家治国的学问。

不仅仅是绅衿家庭注重女子的劳动技能教育，商贾市民、普通人家的女子更加重视这些教育。《歧路灯》第四回，曲米街新发财主巫家的小姐也是“描鸾刺绣，出的好样儿”，王氏对谭孝移说：“那一日我在后门上，这薛家媳妇子拿着几对小靴儿做哩儿，我叫他拿过来我看看花儿，内中有一对花草极好。我问是谁家的，他说是巫家小姑娘的，花儿是自己描的，自己扎的。那鞋儿小的有样范，这脚手是不必说的。薛家媳妇子说，这闺女描鸾刺绣，出的好样儿。”小说第十三回，乜守礼的母亲，“是自幼守寡，纺花车上积的家当”。第四十回，韩节妇侍奉婆婆，“每日织布纺棉，以供菽水”。第八十三回，赵大儿叫女儿王全姑扎鞋，一方面是让女儿学针线，一方面则可赚取工价，“扎一对工价，够称半斤盐吃”。同一回中，王氏送“剪子一把，裁尺一条”给王中的女儿王全姑，其用意在于勉励王全姑学习“针工女红”。

总之，针工女红这种包括纺织、缝纫及刺绣等在内的针线活儿，是一项无论哪一个阶层的妇女从小都必须学习的基本技能。它是妇女所必须掌握的一种基本技能，也可以作为劳动妇女谋生或补贴家用的一种手段。在古代社会中，许许多多劳动妇女依靠从事这种技能劳动补贴家用，甚至以此养家活口。相对说来，对于下层劳动妇女来说，在居家生活中接受的教育更多是以针工女红为主的技能教育。

二、妇女的伦理道德观

道德是“社会意识形态之一，是人们共同生活及其行为的准则和规范。道德通过社会或一定阶级的舆论对社会生活起约束作用。”① 妇女的伦理道德，其实就是围绕着妇女而产生的一系列“生活及其行为的准则与规范”。按照封建礼法的要求，② 妇女一生可以划分为三个阶段：第一阶段是从其出生到成婚之前，居娘家要顺从父兄；第二阶段是结婚以后居夫家，要顺从丈夫，以丈夫为中心；第三个阶段是在其夫死后，要顺从儿子。“三从四德”是封建社会对妇女德行的要求，是男性为中心的社会赋予女性必须遵守的人伦职责，而封建社会的妇女也自觉或不自觉地接受这套伦理道德观作为行为准则。我们可以看到《歧路灯》中的孔慧娘就是这样身体力行，用自己宝贵的青春、年轻的生命去诠释一个标准妇女的“全部人生”。但是，随着社会经济等的发展，“三从四德”的封建传统伦理道德观也遭遇到挑战，虽然敢于挑战传统的妇女为数甚少，但她们是不甘于下位、不安心于做逆来顺受的妇女“典范”。

（一）“三从四德”的典范：孔慧娘

孔慧娘是《歧路灯》作者李绿园所精心塑造的一个“三从

① 《现代汉语词典》，商务印书馆，1987 年版，第 220 页。

② 《仪礼·丧服传》：“妇人有三从之义，无专用之道，故未嫁从父，既嫁从夫，夫死从子。”

四德”妇女的典范，是封建社会伦理道德最忠实的实践者。《论语·学而第一》说：“孝弟也者，其为人之本与。”《女论语》据此对世间为人女儿者之“孝”进行规范：“女子在堂，敬重爹娘。每朝早起，先问安康。”“父母有疾，身莫离床。衣不解带，汤药亲尝。”“莫学忤逆，不敬爹娘。”① 孔慧娘在娘家做女儿时就是这样做的。在《歧路灯》第二十回，孔耘轩因闻知未来的女婿谭绍闻“闹赌宿娼”而“暗自悲伤”，孔慧娘“见了父亲脸上不喜，又不知是何事伤心，只是在膝前加意殷勤孝敬。”“这父亲一发说不出来，越孝敬，把父亲的眼泪都孝将出来。”

婚后的孔慧娘进入谭宅的家庭生活之中，她在言行与处事之中把事夫之道全面而又具体化。对丈夫恭敬顺从，对其各种不正当的行为，如交游赌棍博徒、拈花惹草等，虽然很不满意，却一味宽容忍让，委曲求全，没有任何指责、申诉或埋怨；丈夫与他人妻室有染，被勒索一百五十两银子，她知道后，只是“把脸白了，一声儿没言语”，“孔慧娘仍旧执她的妇道，只是脸上笑容便减，每日或叫冰梅引兴官到跟前玩耍，强为消遣”。就是为了恪守“妇道”，她把愤懑和着泪水吞进肚里，没有责怪丈夫半句。谭绍闻把碧草轩当“梨园”，本不是士绅人家所为，但孔慧娘并没有多言。后来与戏主茅拔茹对簿公堂实在让她伤心万分。小说第三十二回，孔慧娘“清晨起来，见丈夫上衙门打官司，芳魂早失却一半。……娇怯胆儿只怕丈夫受了刑辱。”在煎熬中挨到丈夫回来，她自己先经受不了，“只见慧娘把脸渐渐黄了，黄了又白了，也顾不的兴官儿，

① 参见徐少锦、陈延斌：《中国家训史》，陕西人民出版社，2003 年版。

坐不住了，晕倒在地”。在苏醒之后，孔慧娘口里说，“我不怎么，娘休要慌。”她心里的感受如何呢？小说对孔慧娘的心理作如此描写：

> 原来慧娘在家做闺秀时，虽说不知外事，但他父亲与他叔叔，每日谨严饬躬，清白持家，是见惯的；父亲教训叔叔的话，也是听过的。今日于归谭宅，一向见丈夫做事不遵正道，心里暗自生气，又说不出来。床第之间，时常婉言相劝，不见听信。今日……见丈夫回来那个样子，心中气恼。正经门第人家，去与那一班无赖之徒闹戏箱官司，心中委的难受。

孔慧娘就是这样在谭绍闻的一步步走向堕落的过程中，精神上饱受着一次次无情的摧残和打击，一次次的期盼，一次次的失望，最终香消玉殒，走向生命的终点。第三十二回，谭绍闻把不肯替他揭债的王中一家三口赶出家门。“慧娘在楼内听着，气了一个身软骨碎”，她不敢劝阻丈夫，只叫王中去磕头赔礼。但是，谭绍闻没有丝毫动心，王中一家三口迫于无奈离开谭宅。此时的孔慧娘对谭绍闻的所作所为是于不满之中更多失望，“这孔慧娘此时，直如一个痴人一般”。赶走王中之后，谭绍闻少了顾忌，吃喝嫖赌，无所不为，更加放浪形骸。为了讨得母亲欢心，拿赌博赢来的钱向母亲炫耀，糊涂王氏也为儿子成了赌娼场英雄而兴奋，“惟有孔慧娘一声儿也不言语”。谭绍闻欠下巨额赌债，赌娼场打手“假李逵”上门讨债，当街打骂，孔慧娘首先就难以忍受这场羞辱，几于断气。作者在小说第四十六回写道：“街上吵时，声高声低，直达深闺。这慧娘身上软了，麻了，一口痰上了咽喉，面部流汗如洗，四肢直伸不收，竟把咽喉被痰塞住，不出气儿。”等到孔慧娘“渐渐透过气来”之后，冰梅劝她要“忍耐着些，也想开着些”，孔慧娘的回答是“冰姐，不是我有气性。只是惹气，也是人家有的，难说咱家惹的却是这一号儿气。这一号儿气，许人家惹，怎许书香人家，弄出这一场羞辱。”中原地区俗话说“哪家烟囱不冒烟？哪个人家不生气？”出身书香门第的慧娘自幼所接受的教育与眼前的实事使其难以接受，在她的思想意识中“这一号儿气，许人家惹，怎许书香门第弄出这一场羞辱”。她的愿望是尽妇道，帮助丈夫“读书致身”，“立朝报国，居官爱民，青史流芳，百年俎豆”。然而，面对的却是“近日见丈夫所为，般般下流，眼见这些丈夫事业，是没份了。今日一发拉在街心，吆吆喝喝，还有什么想望呢”，眼见的谭绍闻之作为，与自己接受的教育和为人妇之期许产生着严重悖离，孔慧娘所遭受到的精神上的打击应该说是致命的。

孔慧娘恪尽妇道，于妇德之“退身相让，忍气吞声”，妇言之“缄默寡言”，“不厌于人”，丝毫不逾。无奈之中把希望与失望深深掖藏于心灵深处，无限之悲伤、恼怒、怨恨和着眼泪吞进肚中，忍受着极度的精神折磨。小说第四十七回写道：“且说孔慧娘，那一次与茅家官司，已气得天癸不调，迟了一年多，月信已断。此番又生了暗气，渐渐咳嗽潮热，成了痨瘵之症。”遍请名医诊治，结论是“大抵是妇人喜怒，郁结成了一个大症。从来心病难医，只因其病在神，草根树皮，终不济事。”孔慧娘被害于她所深信不疑的封建伦理道德和纲常观念。作者在第四十六回作如是分析：“若是那些中流女人，现今守着肥产厚业，有吃有穿，也将就过的。争乃慧娘是个不论贫富，只论贤不肖的见识，如何咽得下去？”在封建社会，如孔慧娘之类死于封建纲常礼教之下的妇女何止万千？[①]

我们再看一看，《歧路灯》中的孔慧娘在规劝丈夫改过向善，走经济仕途之路等方面也是下大功夫，颇费苦心。她选择时机，揣摸心理，以期对症下药，尽其做妻子的义务和责任。她深知丈夫有过，若一味迁就，势必贻害无穷。[②]尽管这样的谏诤只能在不违背“温柔和顺”的前提下柔声细气、和颜悦色地进行，效果如何也不得而知，但是，深明其间道理的孔慧娘还是不惜设局力争。在小说第三十五回“谭绍闻赢钞夸母，孔慧娘款酌匡夫”一回中，孔慧娘深谋远虑，知道要使丈夫回归正路，一定要借助王中和已经故去的谭孝移的力量，选取从“孝道”的角度入手规劝他收回驱逐王中的成命。孔慧娘准确把握时机，选择谭绍闻心情好的一天，妻妾双双在卧室摆下酒宴，陪丈夫饮酒吃面。果然，谭绍闻陶醉于妻妾的柔情蜜意之中，孔慧娘才似乎随意地提起王中一事。她说：“手下的人，怎的得恁样十全。大约甜言蜜语之人，必然会弄诡道。那不作弊的，他心中无私，便嘴头子直些，却不知那也是全使不的哩。”这些话表面上似乎是批评了王中，但间接而又巧妙地使谭绍闻想到王中为人忠直的好处。与此同时，孔慧娘又强调了王中是乃父谭孝移重用之人，希冀丈夫会因尊重父亲，恪守孝亲而收回成命。她说：“既是咱爹临终许他，想是咱爹重用的人，如今咱爹现今没有埋哩，赶出去心里也过不去。况且你也

---

① 袁枚在《祭妹文》中曾说：“……予幼从先生受经，汝差肩而坐，受听古人节义事，一旦长成遽躬蹈之。呜呼！使汝不读诗书，或未必坚贞若是。”袁妹与孔慧娘相类若此。

② 明代《女训》云：“有怒必劝，有过必谏。劝其远色，戒其安逸，禁其贪淫。”

知道不作弊，咱大家商量，明日还叫他两口子进来罢。”“到底你要体贴咱爹的意思。我想咱爹在日，必是爱见他哩。”结果表明，孔慧娘的良苦用心没有白费。谭绍闻在第二天一觉醒来，“回想昨夜慧娘所说的话，大是有理。兼且一片柔情款曲，感得心贴意肯，又添上自己一段平旦之气，便端的要收王中。”孔慧娘“这一番调停斡旋，婉言劝夫”，可视作为封建社会为人妻子的楷模。

孔慧娘除了尽力扮演好妻子的角色之外，她还努力做一个贤淑的、孝顺公婆的好媳妇。妇女结婚之后，从夫而外，最为人所看重的即是孝顺公婆，① 因此，“七出”之中不事公婆排在首位，成为男子休妻第一理由，可见恭恭敬敬服侍公婆是妇女婚后居家的最高行为原则。要求女子出嫁以后，对待公婆，也要如同对待自己父母那样恭敬孝顺。② 小说第四十七回，孔慧娘于病逝之前交待冰梅三件事，首要的就是“照管奶奶茶饭。奶奶渐渐年纪大了，靠不得别人”；第二件是由冰梅在可能的情况辅助丈夫，改过向善；第三件是教育儿子读书。她对冰梅还说：“我到咱家，不能发送爷爷入土，不能伺候奶奶，倒叫奶奶伺候我。且闪了自己爹娘。这个不孝，就是阴曹地府下，也自心不安。”由此不难看出，孔慧娘认为作为媳妇不能侍奉公婆，是自己“不孝”，心里难安而耿耿于怀。

封建礼法规定媳妇必须无条件地顺从公婆，无论公婆对错，做媳妇的都要俯首帖耳，惟命是从，不得有半点争执。③

① 《礼记·昏义》云：“妇顺者，顺于舅姑，和于室人而后当于夫。”

② 《礼记·内则》云：“妇事舅姑，如事父母。”

③ 《礼记·内则》云：“子妇孝者敬者，父母、舅姑之命勿逆勿怠。若饮食之，虽不嗜，必尝而待。加之衣服，虽不欲，必服而待。”

在小说第四十七回有婆婆王氏为孔慧娘求药的一个情节，虽然孔慧娘并不相信鬼神，也不想吃下婆婆为她求来的所谓“神药”，但是，“慧娘不欲吃，心中感激婆婆仁慈，不胜自怨，因婆婆亲身拜祷，只得将神药服讫。笑道：‘这药倒不苦不咸。’”她为了恪尽妇道而曲意顺从公婆。封建礼法还要求媳妇无拘大事小事，不能够自专行事，处处事事都要请求公婆指示。① 小说第三十六回，经孔慧娘劝慰，谭绍闻准备收回成命让王中搬回谭宅时，孔慧娘就对谭绍闻说：“王中意思固然为着你，你也是千万为着咱爹爹。但你既要留他，也要到楼上对咱娘说一声。不得说要赶就赶，要留就留，显得是咱们如今把家儿当了。”这段话包含着孔慧娘的一片苦心，置公婆王氏于恭敬的位置。这也就是为什么孔慧娘生前死后一直能够得到王氏的欢心的根本所在。王氏十分喜欢孔慧娘，三番五次在别人面前称赞她“孝顺”。在第四十六回中，孔慧娘晕死过去，王氏急忙扶住头叫道：“我那孝顺的儿呀你快过来罢!”在第四十七回，孔慧娘香消玉殒，王氏哭着对亲家孔耘轩说：“这娃儿才是孝顺哩，我如何忘得他?”孔慧娘的为人处世等堪称典范，与小说中巫翠姐形成鲜明对比。在第八十五回，王氏到巫家看望媳妇、孙子时受到刁难、叱骂，想起孔慧娘的种种好处，回到家中一边哭，一边说道：“我那姓孔的儿呀！想死我了。我今夜还梦见你，想是我那孝顺媳妇，你来瞧我来了？我再也不能见你了，我的儿呀!”正如作者在第三十六回对孔慧娘所作的评价所说：“总之劝丈夫孝敬父母，和睦兄弟的，这便是如孔慧娘之贤的。”

① 《礼记·内则》云：“妇将有事，大小必请于舅姑。”

总而言之，《歧路灯》中的孔慧娘是按照封建伦理道德、男权主流文化塑造出来的妇女之典范，但是，又是封建伦理道德、男权文化的魔鬼之手结束了她年轻的生命，这不能不说是一个悲剧，从中亦可看出封建伦理道德以及男权文化的两面性、不合理性。

（二）挑战传统类妇女：巫翠姐

巫翠姐是一个对封建传统礼教既有所皈依又有所反叛的妇女形象。她出身于新发商贾之家，从思想到言行都带有市民阶层的属性和特征，毫无疑问，巫翠姐就是一个敢于挑战传统的妇女典型。《歧路灯》写她与丈夫谭绍闻吵架，毫不相让，言词犀利，骂人丝毫不留余地。第八十三回：

> 却说王象荩与主母说话，绍闻为甚的一声也不言语？总因自己做了薅毛子孙，一心只怕母亲与王象荩提起坟树两个字，所以一辞不敢轻发。这巫氏在东楼听的明白。绍闻到自己住楼，巫氏道："你又不是赵氏孤儿，为甚的叫王中在楼上唱了一出起《程婴保孤》？"绍闻道："偏你看戏多！"巫氏道："看的戏多，有甚短处？"绍闻道："象您这些小户人家，专一信口开合。"巫氏道："你是大家子，若晓得'断机教子'，你也到不了这个地位。"绍闻笑道："你不胡说罢。"巫氏道："我胡说的？我何尝胡说？"绍闻有了恼意，厉声道："小家妮子，少体没面，专在庙里看戏，学的满嘴胡柴。"这巫氏粉面通红道："俺家没体面，你家有体面，为甚的坟里树一棵也没了。只落了几通'李陵碑'？"

两人越吵越凶，谭绍闻"伸手向巫氏脸上指了一指头。这巫氏把头一摆，发都散了，大哭大闹。”巫氏大声嚷道：“你就办我个老女归宗。”谭绍闻生气地说：“我就休了你，咱两个谁改口，就不算人养的！我如今叫一顶轿子，你就起身，再不用上我家来。”巫氏毫不示弱，说：“不来你家帮体面，省的死了埋大光地里。”说完，“挽了头发，罩了首帕，即便起身”，回娘家去。

第八十五回，巫翠姐与谭绍闻生气回到娘家已经有一段时间，仍然气愤难平，她借孙子有病为名把婆婆王氏骗到巫家，串通母亲与表兄弟奚落婆婆一番。我们看看“婆婆”王氏此番在巫家所受到的礼遇，“到巫家门首，也没有人照应”，“巫氏在厢房出来，见了婆婆也不万福，也并无慌张之意”，王氏说：“我做婆婆的不曾错待了你，为甚的奚落起我来？”巫氏回答说：“你家不要我了，说明白送我个老女归宗，不过只争一张休书。”巫氏的母亲巴氏“面上冷落，话中带刺”。巫氏的表兄弟巴庚更在院中嚷道：“何用与他家这老婆子说，明日见了端福儿（谭绍闻）这狗攮的，我要剥他的皮哩。”王氏哪里受过如此羞辱，回家后想起孔慧娘的种种好处而痛哭流涕。第八十六回，王氏对谭绍闻说：“你只看你家媳妇，咱日子好时，我象她的婆子；日子歪了些须，便把我不当人待。”但是，当后来谭绍闻改邪归正，在县试中考取儒童第一名，当巫家的墙壁上贴上了鲜红的报单时，面对街坊亲友纷纷道喜，巫翠姐心中颇不是滋味，“只觉脸上没甚趣味”，自然“重返夫家之情”油然而生。

巫翠姐如此放胆原因何在？检视《歧路灯》文本，我们在小说第八十二回找到答案：

巫氏原生于小户，所以甘做填房者。不过热恋谭宅是

> 个旧家，且是富户。如今穷了，巫氏一向也就有“苏秦妻不下机”的影子。
>
> 却说巫氏每日看戏，也曾见戏上夫唱妇随，为甚的这样激烈？这也有个缘故，从来傲虽凶德，必有所恃。翠姐未出闺之时，本有百数十金积蓄。迨出嫁后，母亲巴氏代为营运，放债收息，目今已有二百余两。所以巫氏在谭宅，饮食渐渐清减，衣服也少添补，不如回家照料自己银钱，将来发个大财，也是有的。……巫氏只凭着当下一点忿气，便把“三从”中间一从抹煞。

也无怪乎巫翠姐，因为商人阶层随着财富的不断积累，随着其经济地位的上升，社会地位也日益有所提高，巫翠姐的出身和生长的环境使之浸染着世俗的思想观念和行事原则，她所具有的世俗的财利思想和一切以金钱利益作为衡量的标准处事原则，决定了她不可能像孔慧娘那样恪守传统伦理道德，做“三从四德”的典范。巫翠姐对传统的挑战是历史的必然。巫翠姐之所以敢于凶悍放泼，是有所依仗，正所谓“恃财傲物”。一是娘家是曲米街两大财户之一；二是她在娘家当姑娘的时候已攒有“私房钱”，虽然嫁人为妇，但还有母亲替她运营。

正是由于巫翠姐有自己的私房钱，在经济上具有一定的自主权，从而也敢在婚姻家庭中凭着自己的性子行事，尽管作者对此持批判态度，但“形象毕竟大于思想”，从巫翠姐身上不难看出，明清时期社会已经出现了新的变化，妇女尤其是市民阶层的妇女已对传统的女性社会地位有所不满，并在无意中突破了男权文化给她们所设置的规范，这是值得我们特别注意的。马克思说：“没有妇女的酵素就不可能有伟大的社会变革。社会的进步可以用女性（丑的也包括在内）的社会地位来精确地衡量。”①

（三）背弃传统类妇女：滑氏

时至清代，封建伦理道德虽历千年发展与巩固，在各个阶层思想领域里占据主导和统治地位，但是，资本主义新芽萌生，市民阶层日益壮大，封建传统礼教所面临强大的挑战难以避免。“三从四德”并非亘古不变的“金科玉律”，反封建伦理的行为春潮涌动。在一些家庭中，夫妻关系不再是“夫主妻从”，而日渐成为“妻吼吼而夫唯唯”。《醒世姻缘传》塑造了不甘居下位的薛素姐形象，《歧路灯》塑造了一个不甘雌伏的滑氏形象。在小说第三十九回，滑氏命惠养民到街上给她买下酒菜，便说：“你去街里买些东西，现成有西院送的酒，不是我口馋，也要筛盅酒儿，吃着商量句话儿。”惠养民说：“这行不得，我是一个先生，怎好上街买东西呢？”滑氏立即骂道：“你罢么！你那圣人，在人家眼前圣人罢，休在我跟前圣人；你那不圣人处，再没有我知道的清。”惠养民出于无奈，只好上街去买了一些熟食回来。滑氏边吃酒边又向惠养民提出分家的建议。滑氏说：“我有一句话对你说，你休要恼我，我也知道你不恼，我也不怕你恼。咱与他伯分了罢？”惠养民不肯，说：“到底分不成。……若一分家，把我一向的声名都坏了。”滑氏又骂道：“声名？声名中屁用！将来孩子们叫爷叫奶奶要饭吃，你那声名还把后辈子孙累住哩。……我总不依你不分！”一面说，一面哭闹起来，嚷道：“凭你怎的，我是一定要把这二十多两学课，给孩子留个后手。”惠养民“欲以婉言劝慰，

① 马克思：《致路德维希·库格曼（1868 年 12 月 12 日）》，《马克思恩格斯全集》第 32 卷，人民出版社，1972 年版，第 571 页。

争乃滑氏……一毫儿道理也不明白；欲待以威相加，可惜自己拿不出风厉腔儿来。况且一向宠遇惯了，滑氏也就不怕，动不动就要把哭倒长城的喉咙，振刷起来”。滑氏对丈夫不仅没有“恭敬顺从”，简直就是蛮横无理。作者李绿园忍不住在作品中感叹道：“可怜惠养民听的不是莺鸣，乃是狮吼。这个每日讲理学的先生，竟把那手足之情，有些儿裂了。”

男女有内外的界限，女子对家务以外的事一概不得过问。就是家中与外面往来交易之事，女子也无权干涉。①《歧路灯》中的滑氏则不然，竟越俎擅权，当起家来，惠养民的“束脩”，她瞒着丈夫向东家索取并藏匿起来。第四十回，滑氏对王氏说：“剩下的学课，爽快交与我。你可知道，他们男人家极肯花钱，咱们女人家，到底有些细密，凑到一搭儿里，好还人家账，省的到他们兄弟们手里，零星去了。”王氏相信了她的话，“跌进腊月，王氏探得惠养民回乡去了，差人送来束金十二两，将礼匣递与滑氏。滑氏珍秘收藏。惠养民回来，欲其少分些须送到乡里。……争乃滑氏拿定铁打的主意，硬咬住牙，一文不吐。”惠养民“几番细语商量，滑氏倒反厉声争执。惠养民怕张扬起来坏了理学名头，惹城内朋友传言嗤笑，只得上在‘吾未如之何也’账簿了”。作为教书育人的惠养民先生，每日都要讲伦理道德和正心理学话头，但是，由于“惧内”使其家庭“威仪废缺”、“义理堕阙”，② 作者李绿园在此于无意间对封建礼教伦理道德予以莫大的讽刺。

---

① 《礼记·内则》说：“男不言内，女不言外；内言不出，外言不入。”

② 班昭《女诫》说：“夫不御妇，则威仪废缺；妇不事夫，则义理堕阙。”参见徐少锦、陈延斌：《中国家训史》，第183页。

在封建伦理道德要求妇女“事夫”、“事公婆”，此外还须“和叔妹”、“睦娣姒”等。《歧路灯》对于“和叔妹”的妇德甚为强调，在这个方面，盛希侨的妻子与滑氏有相同的地方，都是难“和叔妹”、不“睦娣姒”。盛妻的不贤在小说中也有多次描写。在第六十八回，盛希侨对谭绍闻说：“总是我的老婆，极不省人事，极不晓理”，“我那个老婆不贤良，兄弟们也难以跟他一院里住，这是实话”。在第七十回盛希侨说：“老婆虽是个旧家之女，却是一个天生的搅家不贤。”“俺家这宗事，总是贱内不贤，舍弟性躁，平白弄得我在中间算不得人数。”在封建礼教之中“多言”为休妻的一个条件，普遍认为女子多言会扰乱家族秩序，使家庭不和睦，“口多言，为其离亲也”。《歧路灯》对此也有描写和议论，小说第三十六回：

> 我想人生当年幼时节，父子兄弟是一团天伦之乐，一经娶妻在室，朝夕唧哝。遂致父子亦分彼此，兄弟竟成仇雠，所以说处家第一，以不听妇言为先。……若是向丈夫说，“爹娘固是该伺养的，也要与咱的儿女留个后手，兄弟们没有百年不散的筵席，嫂嫂婶婶气儿难受，我是整日抱屈的”，这便是离间骨肉的勾绞星。

《歧路灯》中所描写的“勾绞星”滑氏，[①] 怂恿丈夫惠养民与兄长分家，最终害得丈夫患上“羞病”。第四十一回说，滑氏“天天吵嚷要分。惠养民……不能再为挣扎，就……糊糊涂涂也说个分字”，但是，在自诩为“圣人”的惠养民心里总是存有深深的负罪之感，一是觉得对不起兄长，二是见不得朋友，

---

① 在中原地区民众生活中，常常把“多言”、“离亲”的妇女称为“勾绞星”。

难以做人，“自此以后便得了羞病，神志痴呆，不敢见人”。

概言之，虽然封建传统伦理道德思想观念占据着主导地位，但是，不同阶层的妇女所具有的伦理道德观念也不尽相同。《歧路灯》反映了不同阶层的妇女对伦理道德观所持有的不同看法，并由这些妇女把它们大胆地表现于行动和语言之中。

第二节 《歧路灯》中的妇女生活习俗（上）

封建妇女的“第二性”地位决定了她们必然是以父亲、丈夫、儿子等亲属的地位为转移，因此，不同阶级、不同阶层或不同身份、职业的妇女的社会地位，往往判若云泥，她们的贵贱悬殊几乎不可以道里计。在此，我们结合相关记载，首先是依据阶级、阶层的归属，把《歧路灯》中的妇女划归为三类，然后对每类妇女的生活及习俗进行剖析；下一节是依据妇女身份、职业及地位的区别，把小说中的妇女划分为四类，也对各类妇女的生活及习俗进行阐述。由于本节和下节的划分标准没有采用同一视角，有可能出现交叉的现象，笔者采取灵活、变通的处理方法，争取尽量减少前后重复，又得以突出其重点特征。

一、官绅人家之妇女

此处所说的“官绅”包括官僚与绅衿两个阶层。“官僚”是指地方各级衙门的官员以至朝廷部院大臣；“绅衿”是指考取有功名但未入仕或致仕的知识阶层人士。在本书中，我们所说的《歧路灯》中官绅人家妇女主要是指后者。历代社会中的官僚和绅衿一般都有田地和房产，收入稳定，所以官绅家庭中的妇女生活比较优裕，没有衣食之忧和冻馁之虞。官绅家庭通常有奴仆，女主人不但无须亲身参加家务劳动，而且多数有丫头婢女侍候，更不用说参加社会性劳动。

先说谭宅主妇王氏，王氏原是王秀才的女儿，后为谭孝移的续弦妻室。她居家根本不用操心料理家务，谭孝移在世时她过着衣食无忧的生活。谭家四世书香相继，俱名列胶庠，谭孝移是一个选拔贡生，由县学保举贤良方正，并终获皇帝赐正六品职衔，其原配是周孝廉的女儿，亡故后才续娶王氏。谭宅因祖上曾经为官，家资丰厚：在乡里有田地，每年都有大量的田租；在城里有市房，租赁谭宅房产的商家就有当铺、绸缎铺、海味铺、煤炭厂、隆泰号、吉昌号等，可以说谭宅在当时的祥符城内也算是主户人家。谭宅雇有专门管理帐目的先生阎相公；还有管家世仆王中、小厮德喜、双庆、蔡湘，厨役邓祥、爨妇老樊，王中媳妇赵大儿也算是谭宅奴仆。在小说中谭孝移病逝之前，王氏作为谭宅当然的女主人，生活悠闲自在，正如王氏在第七十四回中对娘家侄儿王隆吉所说："像你姑夫（谭孝移）在日，我何尝管这米面柴薪的事。"但是，后来谭宅家业因谭绍闻堕入赌海而渐趋衰落时，王氏想管理好家务也管不得了。

谭宅的少奶奶孔慧娘出身于绅衿家庭，乃父孔耘轩是个副贡。作为《歧路灯》作者着力描写的淑女典范，孔慧娘尚未出嫁之时，在娘家自然也是有丫头、爨妇侍候。小说在第四回中交待得十分清楚，谭孝移与娄潜斋访问孔家时看到，"那一个丫头，一个爨妇，见有客人来，嘻嘻哈哈的跑了"。嫁入谭宅后的孔慧娘，还有冰梅作伴，赵大儿、爨妇老樊等仆人服侍。

《歧路灯》中可以算得上官僚阶层妇女的是河南巡抚谭绍

衣的妻子，就是小说中的“抚台夫人”。谭绍衣是进士出身，从知县、知府、道员、左布政使，一路做到巡抚，官高位重，有肥田厚产，家中婢女、养娘、爨妇自然不少。在小说第九十二回，谭篑初进到谭道台内宅，“打院里一过，这养娘爨妇门边站的，墙阴立的，无不注目”。谭绍衣虽为官多年，但家风仍淳朴良正，实乃可贵。我们看看《歧路灯》第一百零八回中抚台夫人在谭篑初与薛全淑的婚礼中的表现，小说这样写道：“岂知抚台太太乃是阀阅旧族，科第世家，深明大义，不肯分毫有错。”“称王氏为婶太太，自称侄媳，说：‘那有咱家待客，咱家坐首座之理。’”作为抚台夫人，其立身行事，所作所为合乎礼仪规范，处处不失其礼，并不是没有根由的凭空想象。这一是其“阀阅旧族，科第世家”的身份与所受教育的结果；二是如小说第九十五回所写到的是谭绍衣的家规家训所致。对此前面已经有所涉及，故此处不再赘述。

小说中的“姑太太”及薛全淑也属于官绅之家的妇女。“姑太太”是谭绍衣的妹妹，嫁给进士出身的薛知县，薛知县死后留下一儿一女。这个“姑太太”与女儿薛全淑在小说后半部才出现。小说第一百零八回写薛全淑出嫁，薛家母女移住到公馆中，随行的丫头养娘便有十多个。“吉期前五日，差首领官选个大宅院作公馆，送姑太太及全淑姑娘移住在内。丫头养娘十数人跟随。”“薛氏母子坐上三乘大轿，丫头养娘又坐了二人小轿七乘，垂髫小厮、白髯家人步行可到，径至公馆住下，单等吉日届期。”显然，“姑太太”与女儿是不参加劳动的官绅阶层的妇女。

《歧路灯》中所描写的官绅家庭一般家规比较森严，妇女除了赴亲友的筵席外，几乎没有其他社交活动。在家里，官绅妇女不必从事生产劳动及家务劳动，除了相夫教子督促奴仆做好家务外，多有闲暇。作风较严谨的家庭，妇女没有什么娱乐活动，倒是有机会读书学画。第四十六回，“且说孔慧娘天生聪明，秉性柔和。自幼常闻父亲家训，妇女‘德、言、容、功’的话说，固是深知，即是丈夫事业，读书致身的道理，也是齐晓的。”作为知县之女的薛全淑更是知书识礼，能诗善画。小说第一百零八回，薛全淑与谭篑初两人论诗谈画，其乐融融。“楼上设两张桌儿，一张篑初书桌，翻经绎史；一张全淑画桌，笔精墨良，每日临《洛神赋》，摹管道升竹子。”“篑初白日在碧草轩目不窥园，黄昏到自己楼上课画谈帖，偶然阄韵联句，不觉天倪自鼓。”

也有些官绅家庭的家风不十分严谨，妇女也有比较多的参加娱乐活动的机会，其中看堂戏是较为普遍的一种娱乐形式。小说第七十九回，在王氏庆寿时，就请了许多女客到家里来看堂戏。“原来所请的堂眷，有另帖再请的，有拿贺礼物件自来的，一个也不少。并东邻芹姐归宁，也请来看戏。”“这女客也有几位住下的。乃是周家小舅奶，被王氏苦留住不放。……男客五位，女客七位，准备看起夜戏。”

此外，我们在《歧路灯》中还可以看到的另一类“搅家不贤”的官绅妇女形象。小说中的盛希侨的夫人，爷爷辈进士出身，在福建为官，哥哥是进士，算是大家闺秀，但是小说中对她持贬斥态度。在第七十一回中，写到盛希侨家里唱堂戏：

> 那个苏班老生拿着戏本儿来求点戏，盛希侨说：“不用点，就唱《杀狗劝夫》。”戏子领命而回。只听得一声号头响，锣鼓喧阗。……
>
> 那戏唱到杀狗时，盛希侨问宝剑道：“大奶奶在后边

看戏不曾?”宝剑道堂帘边问了一声，帘内丫头应道：“大奶奶在这吃茶哩。”

在上述引文中，盛希侨因妻子“不睦娣姒”而专门安排戏班唱《杀狗劝夫》进行教化，后来小说中的盛妻做人处事也真的有一定程度上的变化，这又当别论。

二、商贾人家之妇女

时至清初，随着城市商业经济的不断发展和繁荣，商贾人数成规模地增长，经过努力拼搏，有很多人积累了大量的财富，逐渐上升为社会中的一个重要群体阶层。因此，商贾人家的妇女也有其引人注目的地方。《歧路灯》小说中的祥符城，在明清时期之前，从政治、经济和文化等各方面逐渐衰退，与江南诸城市难相匹敌，但毕竟在中原地区还有其经济、文化等方面的地位，《歧路灯》虽然没有写到也不可能写到如《儒林外史》中江南那样多的大商巨贾，但是，还是塑造了不少靠辛苦努力，在商海摸爬滚打而发财致富的商人。例如，商人王春宇父子，从一个小字号做到一个春盛大字号，“生意发财，……买了两所市房，五顷多地，菜园一个”。后来还做到汉口等地的药材大庄，“生意已发了大财，开了方，竟讲到几十万上”。也因此，《歧路灯》自然涉及商贾人家妇女的生活。

商人具有经济上的实力，走南闯北，见多识广，在思想上又相对比较开放，因此，商贾阶层的妇女思想、生活等有较多的自由，社交活动相对多一些，可以参加较多的娱乐活动。《歧路灯》第八回写王春宇的妻子曹氏虽然为商人妇，见识并不高明，但相对王氏等官绅人家的妇女而言，接触社会生活面就宽泛许多。曹氏同银钱铺的老板娘云氏、私塾先生侯冠玉家师娘董氏，三人结拜成干姐妹。“原来这侯先生的女人，住的与曹氏后门不远。热天一处儿说话，早与开银钱铺的储对楼新娶的老婆云氏，在本街南头地藏庵尼姑法圆香堂观音像前，三人拜成干姊妹。”后来其子王隆吉为父母庆双寿，大行铺张，热热闹闹进行了三天，也是曹氏的主张。相对而言，作为商人妇的曹氏更敢于坚持自己的主张。

在日常生活中，商贾之家的妇女除了可以像官绅妇女一样能够欣赏家庭堂戏之外，还可以到公众场合观看戏曲演出，如庙戏等，看戏是她们消遣娱乐的主要方式。在观看戏曲的场合有时还会发生一些故事。小说第四十九回写山陕庙演戏时看戏的妇女之众，“不说男人看戏的多，只甬路边女人，也敌住瘟神庙一院子人了”。谭绍闻与巫翠姐的婚姻虽然由王春宇做媒，但谭绍闻最终的认可还是来自看戏时对巫翠姐外观的感性认识。在看戏的众多女人中，有“一个女子生的异常标致”，在“甬路东边，第二棵柏树下”坐着。王隆吉向谭绍闻介绍说：“那是巫家翠姑娘”，“那柏树下就是他久占下了。只这庙唱戏，勿论白日夜间，总来看的。那两边站的，都是他家丫头养娘。是俺曲米街新发的一个大财主，近日一发方便的了不成”。在此，小说中的巫翠姐第一次亮相登场，这个巫家“翠姑娘”就是巫翠姐，父亲巫凤山“是生意上发一分家”的财主。家资丰厚的巫家姑娘无须做家务劳动，多有闲暇，可以无论白天黑夜，在丫头养娘陪侍下，在陕庙中看戏。巫翠姐在娘家时的生活是相当悠闲舒适而自在，小说中有多处对巫翠姐看戏的描写，第七十四回，巫翠姐向冰梅炫耀巫家的势力，说巫家找回丢失的骡子就请的是“绣春班”这个一直侍候衙门的戏班唱堂戏“与马王爷还愿”，“真正城内关外，许多客商，住衙门哩，都来贺礼，足足坐了八十席，谁说不体面哩”。发了大财的商人王春宇，其妻曹氏更喜欢摆阔，在她和丈夫生日之时，煽动儿子王隆吉为父母“庆双寿”，小说第一百回，曹氏对儿子王隆吉说：“受了半辈子淡泊，如今发了成万银子的财，十三日你爹爹生日，有客做生，过了两天我生日，吃尸气肉，喝洗唇子酒。俺娘家几门子人，都来当客封礼，我受不哩这残茶剩水，不如一遭儿做生日，唱上一台戏，摆上一二十席菜，也不说是爹是娘。”王家“庆双寿”，“三日已完，一切邻居街坊，无不夸王春宇大爷果然舍的钱，酒是好酒，席是好席；王隆吉相公孝心感动天地，一天晴似一天，无风无雨，整整的热闹了三天三夜”，“这些人直夸了十来天，方才淡淡的歇了”，作为祥符城内生意做到“开了方，竟讲到几十万上”的大商贾王春宇，儿子王隆吉“双亲庆双寿”应该是正常的事情，但确也算体面风光，也算是炫耀富有的一种方式。但更为重要的是，通过庆寿活动使商人妇曹氏的虚荣心理得到了极大的满足。

在《歧路灯》中，商贾妇女居家的另一种消遣娱乐活动还有打牌。所以商贾之家女儿出嫁之时在陪嫁妆奁就有专门供打牌用的“牌桌”。在小说第四十四回中，商人巫凤山“他家屋里女人，都会抹牌，如今老爷断的严紧，无人敢卖这牌，他家还有些旧牌，坏了一张儿，这闺女就用纸壳子照样描了一张”，巫家的太太姑娘们闲来无事便抹牌为乐，丫头们则忙着侍候，“丫头们忙着哩，单管铺毡点灯，侍奉太太姑娘们抹牌，好抽头哩”。巫翠姐嫁到谭宅后，正是谭绍闻堕入赌娼场迷海之时，夫妻两个倒真正成了“天作之合”，“夫妇两个时常斗骨牌，抢快，打天九，掷色子，抹混江湖玩耍”，把新房变成一个香闺赌场。作为牌场粉脂英雄的巫翠姐，对冰梅、赵大儿等不懂牌路十分懊恼。第五十三回中，“巫翠姐只嫌冰梅、赵大儿一毫不通，配不成香闺赌娼场。也曾将牌上配搭，色子的点数，教导了几番，争乃一时难以省悟。翠姐每发恨道：‘真正都这样的蠢笨，眼见极易学的竟全弄不上来。’”

商贾妇女置身在富裕的生活之中，一般没有家务劳动，衣食无忧，除娱乐生活如看戏、抹牌等之外，追求时尚，打扮修饰也是其日常生活中的一项重要内容。我们从小说中巫翠姐身上便不难看出商贾人家大小姐的做派。小说第五十四回写谭绍闻在赌娼场买了一对金镯子，回到家，拿出一只金镯子哄骗母亲说：“我赢的，你老人家收拾着。这一只金镯子，就值一百两哩。”“巫翠姐在东楼下听说‘金镯子’三个字，早上堂楼来，看见金光闪闪的东西，便说道：‘算成我的罢，你与娘再赢去。’”王氏大方地把那只金镯子给了巫翠姐。谭绍闻笑道：“我还赢了一对银镯子，明日取来给你何如?”巫翠姐说：“我只要金的，明日不拘取来什么好东西，我并不要。”口里说“不要”，等谭绍闻拿出另一只金镯子来时，巫翠姐又把它收了，凑成一对，说：“我收拾着，明日兴官相公娶个花媳妇，叫他带着。”“到了次日，……巫翠姐撺掇取那银镯”。不仅如此，巫翠姐无论是在娘家为姑娘之时，还是在出嫁为人妇之日，总是比较注重穿戴打扮的。她不仅喜爱手镯，也爱头饰等装饰物品。在小说中通过巫翠姐的自我描述不难看出这些来。如第五十五回，她对谭绍闻说：“我当闺女时，也不知在花婆手里，买了几十串钱东西，也不觉怎的，我到明日叫花婆子孟玉楼，与我捎两件钗钏儿，看怎的!”第六十三回，巫家女仆到谭宅请巫翠姐回娘家时对她说：“俺奶奶叫我来接姑娘。前日孟玉楼与你丢下四朵多大翠百鸟朝凤花儿，一对珊瑚配绿玉鲤鱼卧莲花儿。奶奶说，等姑娘看中了，要他；看不中时，再遭还叫他拿的去。”巫翠姐便对婆婆王氏说：“我前日对老孟说，叫他比着南院苏大姐珊瑚花捎一对，不知他捎来的如何，我心里却想去看看。”

值得说明的是，商贾妇女之所以能够过着闲适奢华的生活，能够穿金戴银，与别人攀比豪华，主要在于有经济条件做后盾，有可供挥霍之资本。巫翠姐娘家有很好的经济基础，自己也有一定的积蓄。如小说中所说，她不仅“娘家小饶”，“又仗着己有私积”。第八十二回，“翠姐未出闺之时，本有百数十金积蓄。迨出嫁后，母亲巴氏代为营运，放债收息，目今已有二百余两。”第八十七回，巫翠姐因与谭绍闻发生冲突而回娘家居住一段时间后，因谭绍闻父子考场双捷，“巫氏也就有归宁已久，重返夫家之情”，“首饰铺子里算帐，把长的一百两银子加成本钱，剩下三十多两银子，都治成礼”。这个巫翠姐身上不仅仅有着商人之后天生的因子，更具商人思维之精透。三十多两银子治成礼，正如她所言“那边日子近来不行，娘的贺礼，就是雪里送炭，省得我异日‘马前覆水’”，用自己的银两替娘家治礼，为夫家救急，同时更为自己婚姻前程作出谋划。巫翠姐此可谓“一箭三雕”。由此可见，《歧路灯》中，作为衣食无忧、生活安逸、悠闲享乐的商贾妇女，也有她们生活幸福的一面。

三、劳动阶层之妇女

受中国传统观念的影响，男女具有不同的社会分工，即所谓的男主外，女主内，一般而言，妇女是不直接参与社会生产性劳动的，因此，妇女在生产劳动中所扮演的重要角色常常被低估乃至忽略。但是，对劳动阶层的妇女而言，她们不仅是家务劳动的主要承担者、为男性提供后勤保障，而且有时还要和男性一样直接参加生产劳动，以维持家庭生计。只是与劳动阶层的男子有所不同，她们的劳作更集中于针工女红、纺纱织布等。

于第四十一回出场的“韩节妇”，就是千千万万个社会下层劳动妇女中的一个缩影。韩氏年轻守寡不再改嫁，与瞎眼婆婆钱氏一起过活，“每日织布纺棉，以供菽水淡素”，“这韩氏昼操井臼，夜勤纺绩，隔一日定买些腥荤儿与婆婆解淡素”。她经常把自已辛辛苦苦织出来的布匹出售，“卖布三匹，只得一千七百大钱”，这样的清苦日子她与婆婆相依为命过了七年。在婆婆钱氏因病去世后，韩氏倾其所有积蓄，求隔壁的老翁代为操持办理，买来一口比较像样的棺材殡葬婆婆。小说中韩氏的所有积蓄就是埋在家中地下的一罐子钱，隔壁老翁“把钱数了一数，共是七串有零”，韩氏说：“这是我几年卖布零碎积的钱，原就防备婆婆去世了，急切没钱买办棺木，遮不住身子。因此我婆婆在世日，就受了多少淡泊”，埋葬了婆婆后，韩氏也自缢身亡。根据有关学者的计算表明，一个妇女从事棉纺织业的日收入大约相当于一个农夫的80%。[①] 因此，韩氏纺纱织布奉养公婆是真实可信的。乾隆朝时就有人说过，“（纺织）一

① 参见李伯重的两篇文章：《从夫妇“并作”到“男耕女织”——明清江南农家妇女劳动问题探讨之一》，《中国经济史研究》，1996年第3期；《男耕女织与半边天角色的形成——明清江南农家妇女劳动问题探讨之二》，《中国经济史研究》，1996年第4期。杜芳琴、王政：《中国历史中的妇女与性别》，天津人民出版社，2004年版，第391页。

人之经营，尽足以供一人之用度而有余”①。

除了像韩氏那样依靠纺纱织布维持生计之外，书中也反映了劳动妇女依靠做针工女红补贴生活的情况。如前文所述，针工女红是古代妇女从小所接受的一种技能性教育，但相对而言，官绅之家的妇女主要是把做女工作为一种消遣活动，并不依靠它养家糊口，这是与劳动阶层妇女截然不同的。小说第四回写王氏对其夫谭孝移就提到，“俺（娘家）后门上有个薛家女人，针线一等，单管着替这乡宦财主人家做鞋脚，枕头面儿，镜奁儿，顺袋儿。那一日我在后门上，这薛家媳妇子拿着几对小靴儿做哩。”可见，薛家女人就是依靠“替乡宦财主人家”做活来贴补家用的。王中的女儿全姑才十来岁就会替鞋铺子扎鞋，全姑曾说：“这是鞋铺子哩，我爹揽上来，我妈擘画我叫扎小针脚。做成了，拿回鞋铺里，匠人才上厚底。扎一对工价，够称半斤盐吃。”（第八十三回）从“扎一对工价，够称半斤盐吃”，可看到全姑的劳动也在一定程度上分担了家庭的负担。贫寒人家的女儿从小就参加各种劳动来减轻家庭负担或弥补家庭收入之不足者何止万千。

《歧路灯》中所描绘的劳动妇女还常常做一些力所能及的辅助性生产劳动。王中被谭绍闻赶出去，在城南菜园子依靠种菜维持一家三口的生活。王全姑除了帮助母亲做一些家务劳动之外，还常常帮助父亲在菜园里劳动，浇水锄地，做一些力所能及的事情。第八十五回：（王全姑）“放下改畦锄，到井池边洗了手，自向屋内帮母亲去。”王中还对谭绍闻说：“叫他娘们略闲些就去送菜去。当下天又热，这菜一天没水，就改个样

① 尹会一：《敬陈家桑四务疏》，《清经世文编》卷三五。

儿。”王中与妻女辛勤的耕耘还是能够得到比较丰富的收获，并且也供给了谭宅的日常生活之需。小说第九十七回，王中给谭宅送来“一筐子是皂角嫩芽，葫芦条，干豆角，倭瓜片，黄瓜干，干眉豆角，筐子下俱是金针。一筐子是山药，百合，藕”。除了新鲜蔬菜，赵大儿还把一些瓜菜用醋腌了，让王中送到谭家。第七十六回写王中把两罐咸菜交给王氏，说：“这菜园的茄子，俺家用醋酸了一罐子。这是一罐子酱黄瓜。送与奶奶下饭。”王中经常供给走向衰落的谭宅的时蔬新菜中，毫无疑问地包含着其妻子女儿辛勤的劳动汗水。

在小说中，我们还能看到另一类劳动妇女，她们或者在官宦人家为仆妇，或者给商贾财主等有钱人家干杂役，这也是劳动妇女谋生的一种方式。第四回，王氏对其丈夫谭孝移说：“如今大乡宦，大财主，谁家没有管做针指、洗衣裳的几家子女人。”小说中有钱有势的人家还常常雇有“爨妇”在厨房劳动。富贵人家讲究一日三餐饮食起居，在各种家务劳动中，煮饭做菜也是比较重要的一项工作，因此，“爨妇”成为当时劳动妇女谋生的职业。如退休官员柏永龄家里雇用有一个“焦家女人”专管饭菜。第九回写到：“女婢到后边，又叫了一个爨妇，托出一盘小热碟儿上来”，“又一会儿，爨妇将热碟放完，柏公举箸奉让。此下山珍海错全备”。第十回又写柏公吩咐女婢：“你叫厨下焦家女人来。”书中谭宅也雇有专管做饭烧菜的爨妇，全家人都叫她老樊。小说中多处写到这个爨妇，如第九十九回，“这后边厨房，老樊烧锅煮面，王氏吩咐面卤汁，急切不能凑手”，“这老樊赶紧办成早饭，合家吃完”。书中的另一个世家子弟管贻安，虽然住在距离祥符城不远的乡下，但祖上曾经为官，家资丰饶，家里也雇有爨妇。第六十四回，管贻安对谭绍闻说："我家有一家子小爨妇，名叫雷妮，汉子叫狗当儿，我雇觅他原是以做饭为名。"这个雷妮遭遇非常悲惨，因为有些姿色，被管贻安这个纨绔子弟霸占，无论是肉体还是身心都遭受到无情的摧残，也可见劳动妇女社会地位在封建时代是相当卑下的。

综上所述，劳动阶层的妇女，由于家庭条件所限，大都要从事各种繁琐而辛苦的劳动，她们通过自己的劳动赚取微薄的收入，以支持家庭，与官绅人家妇女的不劳而获形成了鲜明比照。

第三节 《歧路灯》中的妇女生活习俗（下）

一、为人姬妾之妇女

（一）妾之来源

恩格斯指出："一夫一妻制的产生是由于大量财富集中于一人之手，并且是男子之手，而且这种财富必须传给这一男子的子女，而不是传给其他任何人的子女。为此，就需要妻子方面的一夫一妻制，所以这种妻子方面的一夫一妻制根本没有妨碍丈夫的公开的或秘密的多偶制。"① 在古代中国，一夫多妻制不但为习俗所允许，而且为法律所保护。在一夫多妻的家庭中，除了正妻之外，其他的配偶皆称为"妾"。妾的来源主要有三条途径：一是买女为妾，二是纳奴为妾，三是纳妓为妾。

① 恩格斯：《家庭、私有制和国家的起源》，《马克思恩格斯选集》第四卷，人民出版社，1972年版，第71页。

首先看买女为妾的情况。第十三回，薛媒婆说："我前年与西街孙奶奶说了一个丫头，使的好几年，前日卖人做小，孙奶奶得了一百银子。"可见这个做妾的女子先是被卖做丫头，后来又被再次转手卖给他人做小。第五十三回，告休居家驿丞邓三变，"五六十岁，还在任内娶了两个瘦马院的人"，"如今这两个小太太不过二十四五岁"。"瘦马院"是明清时期一种专门贩卖青年妇女的组织，平时诱骗或收买穷人家女孩子，教她们丝竹弹唱，收拾打扮，然后卖给他人做姬妾，名为"养瘦马"。其中扬州"瘦马"最为出名，明代谢肇淛《五杂俎》和张岱《陶庵梦忆》对此均有记载。第一百零七回，谭绍衣还提到："经曰'买妾不知其姓则卜之'，卜必在问之后。"① 可见，按照《礼记·曲礼》记载，如果遇到买妾不知女子姓氏时，还要进行占卜，以避开同姓，这是"男女同姓，其生不蕃"的血亲禁忌的反映。

再看纳奴为妾的情况。明清时期，男子在家中居于中心地位，对家中的丫环、婢女具有支配权，再加上日常生活中接触较多，把她们纳为姬妾的现象也非常普遍。大清律例规定，良贱之间不能随意逾越，奴婢不能与良人通婚，但是，却又允许主人纳婢为妾或把婢赠与他人为妾。在《歧路灯》中，谭篑初与奴仆王中之女王全姑同一天出生，青梅竹马，长大后的王全姑"娴素贞静，象一束青菜把儿"，谭绍闻很想成全他们，可是"又怕人说良贱为婚姻，有干律例"。他征求数位世交前辈

① 《礼记·曲礼》："娶妻不取同姓。故买妾不知其姓则卜之。"《左传·昭公元年》："内官不及同姓，其生不殖。……故志曰：买妾不知其姓则卜之。"内官指嫔婢。

和朋友盛希瑗的意见。盛希瑗说："王中女儿只可作贤侄副室"；苏霖臣说："此亦权而不失其正者。经云：'子有二妾，父母爱一人焉。'则父在而子有妾，此其一证。但未嫡而遽纳妾，微觉太早些。"孔耘轩说："出于令堂之命，且令堂高年，须此女伏侍，只应遵而行之。"两代三位儒者都同意纳婢为妾，王全姑自然就做了谭篑初的"副室"。此外，小说中谭绍闻的妾冰梅，为张类村生下儿子的杏花儿原来都是家中的婢女。

最后看纳妓为妾的情况。第十三回，乜守礼把妓女二娃接到家里居住，时间长达两年，最终把母亲活活气死，"这乜守礼把她娘埋了，卖了一顷地，花了一百二十两银，硬把这二娃娶下做了小。"纳妓为妾虽为正统之士所不齿，但在现实生活中仍屡次发生，还在文学作品中形成了一个"进士加妓女"的创作母题。

那么为什么古代社会会出现纳妾成风的现象呢？一是为了延续家庭香火。封建宗法制度规定只有男子才能够继承家庭财产，为了达到家族世代永续、兴旺发达的目的，在正妻没有生子的情况下，纳妾就增强得子的可能性。按照"七出"规定，无子可以休妻，假若妻子没有生养儿子，又不想被逐出家门，就只能忍受丈夫纳妾。在长期的封建礼教观念熏习之下，那些没有生养出儿子的妇女从心理上感觉到愧对夫家，只得支持丈夫纳妾。小说中就写到秀才张类村的结发妻子梁氏先后两次劝说他纳妾，目的就是为了生得子嗣，承继家庭香火。

二是为了追求生活享乐。上文提到的乜守礼娶妓女为妾，目的就是宣泄情欲。但有时往往是物极必反，乐极生悲，上文提到的邓三变"翻精掏气的出格"，年近花甲还娶了两房小妾，结果是纵欲过度，得了个中风不语之病，成了九分昏聩的人，可谓是“反误了卿卿性命”。从中也可看出作者的态度，对张类村为延续子嗣纳妾是持支持态度，对乜守礼、邓三变之流纳妾是持嘲讽态度，但无论如何，都反映出作者依然是从男子中心视角来观照这一问题的。

（二）妾之地位

正如有人指出的那样：“妾对丈夫在性关系上充当妻子角色，在身份上通常与奴婢归于一等。”[1] 这种似妻非妻、似婢非婢的身份，也决定了妾在家庭中的尴尬地位。首先在纳妾时，不能像迎娶正妻那样举行隆重的仪式，如前面婚姻礼俗一节中所提到的“六礼”也被大大削减。第一百零六回，谭绍闻准备为儿子纳妾，孔耘轩就告诫说：“不可亲迎庙见，使嫡庶之礼不分。”下文接着写谭篑初纳全姑为妾时，只有樊妇坐花轿做迎姑嫂，佃妇做送女客。篑初衣冠整齐，却不敢行亲迎奠雁之礼，以“明其为纳妾，非若娶妇六礼必备”。这与谭篑初“明媒正娶”薛全淑的大操大办是远远不可同日而语的。

其次，即使是生下儿女，妾也不能拥有母亲的合法名分。妾所生子为庶子，不能僭居于嫡子而继承宗嗣。妾所生的儿子在名义上归正妻所有，妾不过是代妻生子。小说中冰梅所生的儿子兴官先后称孔慧娘、巫翠姐为“娘”，而生母冰梅只不过是兴官的“姨妈”。小说第六十七回，张类村的正妻梁氏说：“我那儿子，是这院的一个正经主儿，正心发落他那里去了。”梁氏口口声声的“我那儿子”实际上是小妾杏花所生，但杏花却没有取得抚养儿子的正式资格，甚至没有作为母亲的话语权

① 郭松义：《伦理与生活——清代的婚姻关系》，商务印书馆，2000 年版，第 336 页。

力，其所生儿子虽是“正经主儿”，但她的身份依然无法改变。可见，妾即使生养儿子之后在家庭中仍然处于尴尬的地位，更可悲的是有时连自己亲生孩子也瞧不起她们，《红楼梦》中探春因其为赵姨娘所生而耿耿于怀，并从感情上和心理上拒斥自己的生母，其主要原因就是因为赵姨娘处在妾的地位。

最后，妾在家庭中要遭受双重的压制，一是以丈夫为代表的男权主流文化的压制，二是以正妻为代表的嫡庶传统文化的压制。也就是说，妾不仅是丈夫的奴才，实际上也是正妻的奴才。处在双重重压下的姬妾，其地位的尴尬可想而知。第六十七回，冰梅“伏侍奶奶安歇已毕。点上灯来，陪着小心，到绍闻跟前加意款曲”。冰梅对绍闻说：“我是大叔二房，……这就是我的福。只是大叔一向事体，多半是没主意，我一向也想劝劝大叔，只因身分微贱，言语浅薄，不敢在大叔面前胡说。不过只是伺候大叔欢喜，便是我的事。”从冰梅称丈夫为“大叔”以及低声下气的口吻，可见其“身分微贱”所言不虚。至于妾要受正妻的管辖以及由此发生的妻妾之间的微妙关系，下面将做详细论述。

以上所述，只是就通常意义而言，妾的卑贱地位并不是固定不变的，有时也会因子而贵得到明显的改善。冰梅生养的儿子谭篑初进士及第，成为翰林院庶吉士。抚台谭绍衣又问谭绍闻谭篑初生母的出身，可以想见她在谭宅的地位会日渐有所提高的。小说中的“粗麻”丑丫头杏花替张类村生养儿子后也成了“三房”，身份也有所不同。张类村的正妻梁氏吩咐家人说：“他姓甄。他干了大事。此后都叫他甄大姐，不许再叫杏花。”因为杏花生养的儿子是张家唯一的男孩，是小家主，“母因子贵”，杏花的实际地位变得比“二太太”杜氏还要高。在小说

第六十七回，梁氏就对侄子张正心说："这楼这厅，都是他的，却不叫他住，早早的就叫他做人家房户。……就不该把旁枝叶儿移到别处么？恰恰的把一个正身儿送的远远的。"我们再进行深层次的分析，其实尊贵起来的杏花仍旧是丫头、是妾，张家上下所尊重的是她生养儿子之恩，并没有尊重她作为女性的独立人格和家庭地位。张正心的话就为此下了最好的注脚。他对其伯父张类村说："万一疏忽遭了毒手，他一个妾室值什么；岂不是天杀了咱伯侄？"男权文化永远是把宗族利益放在首位，与之相比，妾的地位永远是低下的、卑微的。

（三）妻妾之关系

男女两性婚姻具有排他性，妻妾制度使得女性必须接受同性介入她们的婚姻之中的现实。但是，这种介入却与人类的心理相悖谬，女性在婚姻生活中的怨恨自然就产生。这种由男女的不平等带来的女性怨恨矛头一般没有指向丈夫，对准同性所开展斗争的情况却是最为常见的。妻与妾的矛盾斗争自从这个制度产生之后应该说是从来也没有停止过。作为妻子可以凭借自己的正统地位迫害妾；妾则以自己的年龄、自身条件等优势博取男人的宠爱，打击妻子的身心，用情与妻抗衡。如果男人有"三妻四妾"，家庭矛盾就会更加复杂，妻妾冲突会愈演愈烈，妻与妾、妾与妾之间，有时会达到你死我活的地步。《金瓶梅》把妻妾斗争演绎得淋漓尽致，与此相类的是，在《歧路灯》第十三回，乜守礼纳二娃为妾，引起正妻的极端怨恨："他屋里女人，本是海来深仇，又公然娶到家中，每日惹气。这女人短见，一条绳儿吊死了。"第九十一回，巫翠姐对谭绍闻说："大妇折割小妻，也是最毒的，丈夫做不得主，你没见《苦打小桃》么？"实事上，居家生活之中妻妾争斗实非得已，因为她们总是要找寻到自己的合适位置，然而，妻的位置是唯一的，丈夫的宠幸也不可能像阳光一样普照众妾。

妻妾矛盾还在于，妾随时都可能对妻的既得利益构成威胁甚至造成严重的冲击。这又有两种情况，如果妻子生养有儿子，那么，妾所构成的威胁则相对较小一些。因为宗法财产继承权不会丧失，生养有嫡子使妻的地位相对稳固。另外一种情况就是妻子没有为丈夫生养儿子，妾的潜在威胁就比较大，在这种情况下，生养儿子的妾往往成为妻和其他妾仇恨的对象，为了保障个人利益，可能会使出浑身解数，妒火中烧，甚至使出凶残的手段对生有儿子的妾加以沉重打击。《歧路灯》对此的描述也比较详细、具体。第六十七回，张类村的副室杜氏得知丫头杏花怀上孩子"便气的发昏"，借故殴打杏花，"单单打的杏花肚子"，遭到梁氏阻止之后，杜氏更是"忿恨之极，便办下舍死拼命心肠"。在杏花生下儿子之后，杜氏"直如添上敌国一般，心中竟安排下'汉贼不两立'的主意，……每日想结交卦姑子，师婆子，用镇物，下毒蛊。争乃张类村是三姑六婆不许入门的人家，无缘可施。"趁张类村不在家时，杜氏假说"不见了一匹红绸子，要向杏花儿根究。……竟是暗藏小刀子，到南院来。"其目标直指"小相公"。

正因为妻妾矛盾的存在，影响或破坏家庭秩序和家族的利益，挑战了封建礼法制度，对男性中心权威构成威胁，这是男性家庭家族权威者所最不愿意看到的现实。儒家文化积极倡导妇女"不妒"教育，同时严惩"妒妇"。[①] 高悬于古代妇女头上的"七剑"之一，就有专门为惩治"妒妇"而设的律条。第

① 《大戴礼记·本命》："妇有七出，……妒，为其乱家也。"

六十七回，“这杜氏是不许衔头卖夜壶的性情”，“妇人妒则必悍，悍则必凶”，“因一个人生妒，真正夫妇、伯侄、妻妾一家人，吵成了‘今有同室之人斗者’，竟是‘披发缨冠’而不能救了”。李绿园还在此回末写诗“乾健坤宁大造行，太和元气自浑成。小星何故纷家政？二十一日酉时生”。严厉斥责杜氏因“吃醋”而乱家政的行径。

《歧路灯》的作者竭力宣扬“无忌之德”，表达着妻妾和平相处，家庭气氛一团祥和的儒家文化的理想境界。① 如果正妻不妒不擅宠，众妾守分知命，以卑事尊，妻妾双方都谦让柔顺，共同效敬丈夫，这才是儒家所倡导的最为理想的妻妾关系。《歧路灯》就不遗余力地宣扬这种思想。第六十七回赞美张类村之妻梁氏“贤而有德”，因为她劝丈夫纳妾，对丈夫宠幸妾室，不和自己同房，梁氏也“毫不介意”；非但如此，她对妾室的孩子，“育同己出”，两人“睡成了贴皮肉的母子”，孩子“视生母还不如嫡母亲”。在小说第七十四回称赞巫翠姐说：“原来巫氏好处，一向待冰梅全无妒态，亦知抚兴官为子。”

不仅如此，《歧路灯》中还着力描写了一对模范妻妾孔慧娘与冰梅。在第二十八回，孔慧娘刚嫁到谭家，当她知道谭绍闻婚前已经纳妾生子，深明大义的孔慧娘非但没有半点嫉妒之心，还“把冰梅另样看起来”，根本没有把冰梅当做婢女或争宠对象，而是“冰梅到楼下，慧娘就叫坐了”，对冰梅生养的

---

① 在儒家文化中，把《诗经》的《关雎》说成是“美后妃之德”；《樛木》美后妃“能逮下而无嫉妒之心”；《螽斯》是“美后妃不嫉妒，则子孙众多”；《小星》是美“夫人无嫉妒之行，惠及贱妾”使“进御于君”，而众妾“知其命有贵贱，能尽其心”。

儿子兴官也视如己出，“见无人时，便与兴官儿栗枣玩耍”，“抱在怀里，由不的见亲”。在第三十五回，孔慧娘还对冰梅进行“妇德”教育：“鸡已初唱。慧娘又把今日这番情节，全为收转王中；怎的这事上，可以全公爹当日付托王中之苦心；怎的可以得王中扶曳少主实力，委委曲曲一一与冰梅说。又说了许多持家要节俭，御下要忠厚的话”，“那冰梅听了，把瞌睡都忘在海外，慧娘也乐于娓娓不倦”。以致到小说第七十五回，冰梅还没有忘记孔慧娘，她对谭绍闻说：“孔大婶待我好。”孔慧娘处处爱护冰梅，冰梅也非常敬爱孔慧娘，妻妾二人都不嫉妒、不专宠，同心协力匡扶丈夫改恶向善。这是小说作者所追求的夫唱妇随、妻贤妾顺的理想境地，也是儒家伦理文化理想的精神世界。所以，第三十五回，作者还为读者描绘了一幅“极乐图”：

此夕绍闻妻妾床前小酌，虽是小儿女闺阁私情，却正是伦常上琴瑟好合的正话。绍闻心中触动至情，看那慧娘，长条身材，瓜子面皮，真是秋水为神玉为骨。看那冰梅时，身材丰满，面如满月一般，端的芙蓉如面柳如眉。绍闻难道平日不曾看见么？只因今晚妻妾欢聚，倍觉融洽，所以绍闻留心比较并观。况且三口合来，刚刚满六十个年头，兼且一个德性娴静，一个德性平和。真正娇艳尚为世所易有，贤淑则为世所难逢。心中自言道：“我镇日守此国色天香，夫唱妇随，妻容妾顺，便是极乐国了。”

对孔慧娘与冰梅这一对模范妻妾，李绿园在回末忍不住写诗赞道：“竹影斜侵月照棂，喃喃细语人倾听。召南风化依然在，深闺绣帏一小星。”

李绿园在《歧路灯》中塑造孔慧娘与冰梅这对模范妻妾之后，意犹未尽，他还把薛全淑与王全姑两位女子先后嫁于谭簣初为妻妾，二女共侍一夫后的情形也为他所津津乐道：

> 薛全淑、王全姑二人，在西楼下温存款曲，王全姑见薛全淑有欲问而赧于口光景，薛全淑见王全姑有欲言而怯于胆情态。王全姑想了一想，将楼门上了拴，竟到全淑面前，跪下细声说："小妮子蒙老太太成全，已经伺候了少爷一年。"全淑疾忙搀起，也细声说："缘法本在前生，今日天随人愿，既然如此，咱两个就是亲姊热妹，坐下说话。"王全姑那里肯坐，薛全淑立起身来说："你不坐，咱就同站着。"用手一按，二人并肩坐下，手挽手儿，说细声话。恰好照在大镜屏中，一个倩服艳妆，一个家常梳拢，斜插两朵珠翠，四位佳人，面面相觑。这个亲爱的柔情，千古没这管妙笔形状出来。……两人并坐，爱之中带三分敬意，庄之内又添一段狎情，玉笋握葱指，亲的只是没啥说。

可以想见，在人类社会的现实生活和日常琐屑之中，能够相亲相爱、和谐无间的妻妾并不多见，但是，相安无事、和平共处在一个屋檐下的妻妾应该为数不少。为人妻为人妾的妇女并非都有"无妒之德"，更重要的是在男性中心社会中，她们无力反抗，不得不隐忍自己的嫉妒之心，与其他女性共生共荣，以求在男权制的羽翼下寻求自身的平安或"幸福"。

二、身为奴婢之妇女

（一）奴婢之来源

时至清代社会，虽然已经进入封建社会后期，但买卖和蓄养奴婢风气仍然极其盛行。[①]《歧路灯》写到的奴婢的来源主要有两个渠道：一是贫民卖身或鬻儿卖女为奴婢；二是家生的奴婢，即所谓的“世仆”。

首先看买卖奴婢的情况。第十三回冰梅由于父母俱亡，无依无靠，她舅舅托薛媒婆把她卖掉。薛媒婆对王氏说：“这个好孩子，迟二三年扎起头来，便值百几十两。你老人家若肯卖与人家做小时，我还来说媒，管许一百二十两。如今主户人家，单管做这宗生意；费上几两银子，买个丫头，除使的不耐烦，还卖一宗大价钱。”由此可见，有些所谓的主户人家蓄养丫头也可以赚取钱财。我们再看看奴婢的价格，奴婢的价格具有较大差异，少则白银三两、五两，多至三几十两甚至更高。十岁上下者，大致身价为四至五两银子；年龄大些并掌握了一定技艺者身价就高些，可以卖三十两银子。小说第十三回，薛媒婆把冰梅留给王氏，没有说明价钱，临走时，只“伸了三个指头”。赵大儿认为那是代表三两银子，王氏认为不可能那样便宜，她说：“那三个指头，只怕是三十两银子。若是三两，小户人家早已定下做媳妇。”最后，由王中出面与薛媒婆谈好价钱，以“银价二十两”成交，冰梅就成了谭宅的婢女。可见婢女的卖价存在有很大的差距。

再看家生奴婢的情况。到清代还存在有家生奴婢，即奴婢的子女，这种世代为奴仆的情况，又称家生子。如书中的王中即是谭宅的家生子，他的女儿一生下来就是谭家的奴婢。还有德喜等二人也是谭宅的家生奴。在小说第八十回中还通过讼师

---

① 关于奴婢买卖的详细情况可参见褚赣生：《奴婢史》，上海文艺出版社，1995年版。

冯健之口，述说了一个奴仆之后张采琪与原来家主后人宋三相公为身份认定问题引发的一场官司，由于“县老爷明鉴观事，却又忠厚存心，看来宋宅不必要张家做仆人，张家一做仆人，子孙难以抬头”，最终以张采琪赔偿宋三相公“三百金”“算作赎身之价”而了结此案。无论由哪一条途径，一旦沦为奴婢，终身要为主人效力，即成为主人的私有财产，地位低下，命运悲惨。

（二）奴婢之地位

《清史稿》曰：“四民为良，奴仆及倡优为贱。”“四民”指的是民、军、商、灶，为平民阶层，属于良人；良人之下就是贱民，包括奴婢及娼优等。清代社会奴婢处在贱民地位，无论是在社会上还是在家庭中常常处于受压迫与凌辱、受虐待和歧视的境地。依据清代有关宗法等规定，处理主仆纠纷时，主人对“违犯教令”的奴婢进行管教而至死的不论罪；对犯有一般过失的奴婢殴打致死者杖一百；杀死无罪的奴婢杖六十，徒一年；而奴婢殴打主人，不管是否成伤，均处以斩刑。法律的偏袒，使许许多多的主人有恃无恐，肆意打骂、凌辱甚至杀死奴婢。第六十七回，处于妾的地位的杜氏殴打婢女杏花儿，“单单打的杏花儿肚子”，还“暗藏小刀子，到南院来”，意在杀害杏花儿母子。在此，在家庭中处于妾的地位的妇女尚且可以随意侮辱甚至殴打奴婢，家主虐待、凌辱奴婢或者买卖奴婢的情况是可想而知的。①

---

① 钱泳《履园丛话》有主人残酷虐待奴婢的记载：“浙东有缙绅寓吴门，御下最残忍，性好淫，家中婢妪无不污狎者。然稍有不遂，则褫其下衣使露双股，仰天而卧一棰数十，有号呼者，则再太笞如数。或以绣针刺其背，或以剪刀剪其舌，或以木枷枷其颈。其有强悍者，则以一大块石凿穿，将铁链锁其足于石上，又使之扫地，一步一携，千态万状。”

地位低下的奴婢遭受虐待与凌辱之外，随时都有被他们的主人卖掉或送人的可能。因为奴婢是主人的私有财产，没有人身自由，也根本无法掌握自己的命运，一切只能等待着主人的安排。主人可以将她们自纳为妾，或将她们当成礼品赠送给人，或作为商品出卖。主人也可以放免她们为良。《歧路灯》中，谭绍闻纳王氏的丫头冰梅为妾；张类村纳丫头杏花儿做“三太太”；谭篑初纳王全姑为副室。由《歧路灯》的描写可知，在当时纳婢为妾的现象十分普遍。除了被主人纳为妾之外，婢女还常常由主人做主配给男奴为妻。如小说第三十三回，张绳祖对谭绍闻提到张家的奴仆白兴吾，“这是舍下一个家生子，名唤白存子，与了他一个丫头。他每日弄鬼弄神露出马脚赶出来”。这是因为奴婢身分比凡人低一等。婢女由主人安排嫁给男奴为妻的情况，在《红楼梦》等古代小说中也多有反映。

由奴婢身处贱民地位，所以要承担着繁重劳动，由于《歧路灯》反映的是城市生活，因此，小说中可见到的奴婢更多是家务劳动。这些家务劳动包括：为主人铺床叠被、端茶送水、洗衣扫地、缝纫补缀等等。小说第六回说：“孝移在楼下坐，吩咐赵大儿，热一杯酒儿吃。”“赵大儿斟一盅先递与家主，次递与王氏。”第七回，谭孝移在京城拜访柏公时，“柏公唤茶，只见一个垂髫婢女，一盘捧着两盏碗茶，在闪屏边露着半面”。第九回说：“女婢手托一盘油果、树果，荤素碟儿，站在屏柱影边……又提一注子暖酒，仍立在旧处。”“只见一个十三四岁垂髫女使，掩口笑着，过来斟酒，递与柏公。”第十回说：“女婢玉兰托盘捧出玫瑰澄沙馅儿元宵三碗，分座递了茶匙。”第三十三回谭绍闻在盛宅喝酒后，“到家，连人也不认的，酩酊大醉。扶进东楼，呕吐满屋，臭秽莫堪。……冰梅盖灰覆土扫除干净，还泡了一壶滚茶伺候”。还有的奴婢主要从事厨灶劳动，例如，谭宅的爨妇老樊、京城柏公宅第的“焦家女人”等，由以上情况可知，《歧路灯》小说中，婢女的工作主要是侍奉主人的起居饮食，这也是绝大多数婢女所从事的劳动。奴婢也属于劳动阶层的妇女，关于她们的劳动为了避免与前面的重复，故在此不再赘述。

三、特殊职业之妇女：三姑六婆

《歧路灯》对“三姑六婆”多有描写，“三姑六婆”一词人们虽然耳熟能详，在日常生活语言中也常常用到它，但追究其来源知者不多。元陶宗仪《辍耕录》卷十说：“尼姑、道姑、卦姑”谓之“三姑”；“牙婆、媒婆、虔婆、药婆、师婆、稳婆”谓之“六婆”。[①] 女子皈依佛门落发出家是谓尼姑（也有少数带发修行者）；入道出家，或归依道教不落发的女子就叫“道姑”；精通占卜之术，会打卦算命的俗家女人叫做“卦姑”；专门以从事介绍人口买卖为职业的妇女就是牙婆；以做媒为业，从中得到“跑腿费”等好处的妇女就是媒婆；师婆就是走街串巷装神弄鬼的女巫；虔婆是鸨母，专门从事娼妓业的妇女；出入于富家贵门，专门针对妇女治病卖药的妇女叫药婆；稳婆就是接生婆。值得注意的是，有些时候一个妇女可以同时从事以上数个职业，扮演着不同的身份，从事上述特殊职业的妇女在古代被称为“三姑六婆”。

---

① 陶宗仪：《辍耕录·三姑六婆》卷十，见《四库全书·癸辛杂识（外八种）》，上海古籍出版社，1991年版，第523页。

1. 尼姑与道姑

尼姑与道姑是指居住在所属的庵观之中，依靠信众的香火或化缘为生的特殊女性群体。有的庵观信众较多，香火旺盛，她们的生活相对好一些，但有的则收入微薄，日子艰难。《歧路灯》小说中所描绘的尼姑等生活比较清苦。尼姑与道姑收入主要是依靠信众的施舍和自己的募化。通常来说，她们化缘可分为两种，一是直接向施主募化生活之需，保证其日常开支费用；二是募化修缮庵观庙院或者重塑神像等所需经费。小说第十六回，盛希侨等人在地藏庵行结拜之礼时，他问尼姑范法圆道："庵里日子清淡么?"范法圆回答说："行常断了顿儿。"盛希侨就说："不打紧。明日我送十两灯油钱，一石米来。"在第四十三回，范法圆"到客堂拿募引，却是一个小簿儿，上面黄皮红签，内边不过是'张门李氏施银一钱''王门宋氏施钱五十文'而已，并无募引稿儿"。这里的"黄皮红签小簿儿"主要是用来登记信众捐赠的款项或物品。一般说来，在维修或新建寺庙等的化缘过程中，常常要提前准备好"化缘簿"，① 以便登记信众所捐银两或财物。无论是尼姑还是道姑，其生活费用、庵观庙宇维修费用都是通过募化而来的。正如范法圆所言："羊毛虽碎，众毛攒毡。"

值得注意的是，在《歧路灯》中地藏庵的小尼姑慧照"每日只在楼上做针线"，老尼姑法圆说"庵中日子穷，全指望着他缝些顺带儿，钥匙袋儿，卖几个钱，籴几升米吃哩"（第十六回）。老尼姑有时还把手工艺制品或是节日用品拿到富裕人

① 化缘簿样式通常是：上面有募疏头，或称募引，写明化缘的缘由，下面分栏写上施主的姓名及布施的财物名称等。

家，指望着换回一些银两，补贴生活。老尼姑法圆对王氏说："我一年两次到宅上，五月端阳送艾虎，腊月送花门儿。老山主见了才是喜欢哩，不等做下，就拿出一百钱。"（第八回）后来尼姑慧照还到盛希侨家住过几天，为盛希侨家里做针线工艺活，得到盛希侨的施舍。（第十六回）尼姑通过手工艺劳动补贴生活也深有意趣。与上面相类的是，在中原地区民间，自古以来"庙绣"十分盛行①，信众中的妇女们用巧夺天工的双手，做出香囊、荷包等刺绣、拔花工艺物品，不但赠送亲人，丰富生活，而且常常虔诚地奉献给她们所敬仰的神灵，美化那圣洁、肃穆、安详、和合的佛堂庙宇。也因此，在这些寺庵庙院中，常常出售这类手工艺制品，也成为僧尼的一种正当的经济收入渠道。需要交待的是，在《歧路灯》中没有写及"道姑"。

2. 媒婆与牙婆

在三姑六婆之中，媒婆是人们广为熟悉的一婆。她们专门为人家介绍婚娶对象，媒婆在人类婚姻生活扮演着相当重要角色。《歧路灯》中的薛窝窝，既做官媒，也做私媒。第十三回，她向王氏作自我介绍："我是县衙门前一个官媒婆，人家都叫我薛窝窝。你老人家也该听的说"，"闲时与人家说宗媒儿，讨几个喜钱，好过这穷日子哩"。由此可见，说媒提亲并不是媒婆所进行的义务劳动，"讨几个喜钱，好过这穷日子"才是真正要达到的目的。媒婆的正当收入是男女双方成婚后的赏钱，奔走撮合时的"脚钱"。

还有一些媒婆为了得到赏钱，昧着良心胡拉乱扯，乱点

① 郭松针：《河南民俗中的"庙绣"》，《中原佛教文化》，第 64 页。

“鸳鸯谱”，造成了世上许许多多婚姻的悲剧，坑害了不少青年男女。更有黑心媒婆帮人骗婚，事成之后就会得到巨额赏金。第十三回通过薛媒婆之口讲述了祥符城东关乜守礼“花了一百二十两银”娶了一个妓女做妾，“娶到家中，每日惹气”，大老婆受不了，“一条绳儿吊死了”，发生命案，酿成悲剧。这是“宋媒婆说的媒。……”做媒婆全靠一张嘴，其伶牙俐齿能够把死人说活。古往今来，不知道她们造成了多少怨偶。尤有甚者，她们成为帮凶，帮助色鬼引诱良家妇女，更是罪不可赦。《水浒传》中武松为兄复仇，一定要杀掉替西门庆出谋划策的王婆也就可想而知了。

牙婆也叫“人牙子”，是专门从事说合人口买卖并从中谋取利益的妇女，也就是所谓的“官媒”。一直到清代，牙婆还可以替人买丫头、买小妾，并被看做是合法行为。《红楼梦》里贾府的丫头犯下大错时，常常叫“人牙子”带走卖掉。牙婆与媒婆具有比较接近的地方，都是依靠嘴巴挣钱吃饭，牙婆一般都是伶牙俐齿，足以把死马说成活的，有“颠倒黑白”之能力，故俗语说：“媒婆口，无梁斗。”因此，牙婆常常兼做媒婆的生意，而媒婆自然也常常兼做牙婆的买卖。不难想见，这样的互相兼职能提高工作效率，就可取得更好的经济效益。《歧路灯》中的薛窝窝就是媒婆兼牙婆，薛媒婆察言观色，能言善辩，很会算计揣摸对方心理，并具高超的表演才能。

下面我们看一看小说第十三回中，薛媒婆在卖“冰梅”时是如何开展工作的。首先讲述女孩的不幸身世以博取王氏等人的同情，“这闺女他大，好赌博，输的一贫如洗，便下了路。他娘叫二娃，是个好人材，不得已，做了那事”，“他如今没过的，把这个闺女央我替他卖了。二娃心疼他这个闺女，要与人家做媳妇儿。谭奶奶你想，寻得起媳妇人家，嫌他这个声名不好听；倒有不嫌他的，出不起这宗银子。我说不如寻一个正经人家——就像奶奶这样主子，卖了去，他大又得银子，这孩子也得一个好下落，也是俺做媒婆的一点阴功。奶奶你说是不是?”这番话说的入情入理，为孩子寻了一个“好下落”，了却孩子她母亲的“心愿”，自己还积了“一点阴功”。让人听来，似乎这个媒婆还真的菩萨心肠，以慈悲为怀。其实，荒唐至极，一派胡言。这女孩“原是极有根柢的人家，只为父母俱亡，无所依靠，与舅氏乔寓至此”。

接下来，薛媒婆又转换角度进一步游说，强调王氏目前处境与实际需要，好像王氏没有丫头就无法过日子一样。“如今老太爷归天，你老人家也孤零的慌，不说支手垫脚，早晚做个伴儿”，“一发是该买的。你老人家没个姑娘，夜头早晚，也得有个人说句话儿”。这其间，薛媒婆还不忘说一些奉承的话，给王氏灌迷魂汤，使其飘飘然而忘乎所以，而于不自觉中进入境界。“不是我还不来，我是听地藏庵师傅说，说不尽你老人家贤慧，满城人都是知道的。所以我今日才引上门来。奶奶是一灵百透的，还用我细说么”，“你老人家没啥说了。银山银海的人家，那碎银边子，还使不清哩”。

然后，薛媒婆又加以利益的诱惑，“况且价儿不多，他大如今正急着，是很相应的。你老人家没听得俗语说，‘八十妈妈休误上门生意’。这是送上门的，你老人家休错这主意，过这村，就没这店了”，“你老人家糊涂了。这个好孩子，迟二三年扎起头来，便值百几十两。你老人家若肯卖与人家做小时，我还来说媒，管许一百二十两。……奶奶休错了主意。若是错过了，我一辈子背地里埋怨奶奶糊涂”。

至此，在薛媒婆一番花言巧语、曲意逢迎引诱下，王氏渐渐心动，“一阵话，把王氏说的动了”，最后，薛媒婆使出“金蝉脱壳”之计，把小姑娘留下来，不要人，只要钱啦。小说写道：

> 薛婆道：“天晌午不曾？”赵大儿道：“差不多了。”薛婆道：“不好了，老爷将近坐午堂，我还要押官司上堂哩。我走罢，奶奶自己打算打算。”立起身来要走，王氏也不留他，说道：“这闺女哩？”薛婆道：“我午错时就来。”这闺女也要跟回去，薛婆笑道：“傻孩子，你在这楼下坐一会儿，也是你前世里修下福，回去做什么？”闺女便停住，赵大儿看狗，送至后门。赵大儿悄悄问道：“这孩子得多少银子呢？”薛婆伸了三个指头，笑说道：“好好撺掇，你就不使他一使儿。到明日我拣好软罩花，捎一对儿送嫂子。”说着笑的走了。

在薛媒婆的精心策划、自导自演之下，买卖终于达成。“是夕，薛窝窝到了。王中叫到客房里，同阎楷讲明价值。这立契交银，俱不用细说。这银价二十两，媒婆瞒哄暗扣，说合明讨，他们妙用，也不用说破罢。”牙婆的收入就是在卖价中抽取佣金，此外再伺机讨取赏钱。后来冰梅生子，“洗三”吃面时，薛窝窝也赶去凑热闹，并说“这是我说的，我也去吃面去，讨个喜封儿”。

3. 药婆与卦姑子

“药婆”是打着替人治病消灾的名义，走街串巷，到“大宅门儿”穿房入户，兜售草药和成药的妇女。常常替有钱人家的太太、小姐们寻找些她们所需药物，漫天要价，骗取钱财。

我们在《歧路灯》第四十七回可以看到，有一个卦姑子兼职药婆，并强行要为孔慧娘施药治病：

只见赵大儿进来，慌慌张张说道："有一个女人，背个包袱，说是会治病。听说婶子有病，情愿调治，不要谢礼，现在厨房等着哩。"慧娘听说，忙道："只怕是卦姑子罢。堂楼门锁着不曾?"赵大儿说："锁着哩。"慧娘道："你快出去跟定他，寸步莫离。冰姐，你把这楼门上了，把兴官放在床上，交与我，你上楼把花门开了，伸出头往下看着，小心东西。"冰梅刚刚顶上东楼门，卦姑子早已敲着门屈戌儿，叫起门来。慧娘直如不曾听见一般，叫了一会儿，将窗纸湿破，一个眼朝纸孔儿看慧娘，说道："好一位小娘子，生的菩萨一般，如何病恹恹的?我在街东头治苏家女人病，如今好了。听说小奶奶身上不好，我来看看。不图咱什么东西，不过是我婆婆在神前许下口愿，治好一百个妇人病，就把口愿满了。如今治好七七四十九个，添上小娘子，就是五十个整数，还了一半子。往西再到河南府、南阳府治病去。小娘子开门罢。"这孔慧娘直是一个不答。卦姑子又说道："抱的好一个小相公儿，我今日治一个就活了两个。若是不治，只怕这小相公想娘，也是难指望的。"慧娘依旧不答。卦姑子又道："我这药不用火煎，也不是丸药，只是一撮红面儿，一口水就吞下去，才是灵验哩。不忌生冷，也不忌腥荤。遇着我，是小娘子前世缘法。"慧娘仍自不答。这兴官想吃乳，慧娘无法可哄，哭将起来。卦姑子道："不吃我的药，只怕有的哭哩。"冰梅听的哭声，下的楼来，将近内房门，慧娘摆摆手，又叫上楼。这卦姑子一发恼了，大拍窗棂而去。

> 又到厨房，叫赵大儿烧茶吃。赵大儿方欲应允，提了一把广锡壶儿下茶叶，卦姑子道："我有茶叶。"接锡壶在手，扬长出门而去。赵大儿出门追赶，其行如飞。赵大儿只得放开，舍了锡壶，紧闭后门。

这个卦姑子品位极低，兼职药婆借治病为名盗走谭宅的一把锡壶。试想一下，如果孔慧娘开门让她治病，真的不知道她又会耍出什么花样来哄人钱财。难怪赵大儿有"奶奶在家，必上卦姑子当"之说。

在《歧路灯》第九十九回，爨妇老樊讲述一个媒婆兼药婆用"沾贼毛"法治好小儿撮口脐风的故事：

> （我）在衙门伺候，那位太爷年将五十，还没有少爷哩。房下有两个小太太，上下不过二十三四天，俱生的是相公，那太爷就喜的了不成。不料这七天头上，那个小相公是对月风，这个新小相公是七日风，一齐都害了撮口脐风。把太爷急的七魂升天，八魂入地。医官郎中，有名的大夫，进衙门来怕落没趣，都躲开了。太爷急的再没别法子。这又不是等时候的病症。万无奈何，把四个元宝摆在衙门当街里，写着治好一个拿元宝两个，治好一双拿元宝两双。这也不过是急的再没别法了。却本城就有一个年老的媒婆儿，说他能治。叫进衙门，就用这沾贼毛法儿治好了。……太爷赏媒婆四个元宝，媒婆不要，说道："小媒婆少儿缺女，既治好了两个小少爷，情愿跟着两个小少爷度日月，不少吃哩穿哩罢了。若说四个元宝，太爷只用照这沾风毛治撮口脐风方儿，刻成木板，刷上一千张、一万张送人，太爷阴功，小媒婆跟着也积个来生如人就罢。"

上述引文中这个兼职药婆看起来还有些神通，比“医官郎中”、“有名的大夫”还要高明。但她也是极其聪明的，治好衙门太爷的两个小少爷并没有拿走“四个元宝”，而是“情愿跟着两个小少爷度日月”，因为她心里明白这样“不少吃哩穿哩”，这个媒婆如此这般可以达到终有所养的目的。

4. 师婆与稳婆

师婆也就是巫婆或女巫，她们装神弄鬼、画符念咒，坑蒙拐骗民众，以所谓的“巫术”为民众提供服务，目的在于捞取钱财，以资生活之需，在古代也成为妇女的一种职业。第十一回，曹氏向王氏介绍一个师婆：“咱曲米街火神巷内，有一个赵大娘，顶着神，才是灵验有手段。明日你可去神堂里问问。”王氏因为丈夫谭孝移病重，出不了门，就托曹氏把赵大娘请到家中为丈夫治病：

> 这赵大娘，才三十四五年纪，……把厅槅子关了，挂了轴子。果然轴子上，上下神祇有几十个。王氏拈香磕下头去。只见赵大娘打呵欠，伸懒腰。须臾，眼儿合着，手儿捏着，浑身乱颤起来。口中哼哼，说出的话，无理无解，却又有腔有韵。似唱非唱似歌非歌的道：“香烟缈缈上九天，又请我东顶老母落凡间。拨开云头往下看，又只见迷世众生跪面前。”……王氏跪下。……赵巫婆又哼起来：“昨日我从南天门上过，遇见太白李金星，拿出缘簿叫我看，谭乡绅簿上早有名。他生来不是凡间子，他是天上左金童。只因打碎了玉石盏，一袍袖打落了天宫。”

赵大娘跳了好长一段时间，声音时高时低、时大时小，“少时，……回了神，烧过送神纸马，无非神许打救，王氏许地藏庵神前龙幔宝幡的话。还说，今夜黄昏，要办面人、

> 桃条、凉浆水饭，斩送的事。”“少顷，只见一班妇女，从闪屏后出来，……都进厨房坐下。”“吃罢午饭，连坐斗利市，都有人取的拿去，一行走了。”

师婆取得“利市”一走了之，谭孝移的病却没有好，病情“有增无减了，渐至沉重”。几日之后便撒手人寰。师婆的巫术不能救人，却能害人。第六十七回，丫头杏花儿为张类村生下一个儿子，张类村的副室杜氏担心自己失宠，便想办法要害死小相公，“每日想结交卦姑子、师婆子，用镇物，下毒蛊。”

稳婆俗称“产婆”或“接生婆”。旧时没有妇产科医生，妇女生产全都由这些稍具医药常识，只依靠经验的产婆接生。此外，官府衙门也常常需要她们做一些检验工作，男女“授受不亲”，在牵涉有女人的官司中，常要稳婆出场，检验女犯或检查女尸。民间接生的稳婆有专职的，也有兼职的。《歧路灯》中写到一个姓宋的专职稳婆，外号叫“一丈青”，她的家门前有职业标记，“门上有牌儿，画着骑马洗孩子”。关于稳婆的其他情况在人生礼俗一章中已有所涉及，此处不再重复。另外，“六婆”中的虔婆在书中没有提及，故不做分析。

综上所述，三姑六婆作为特殊类型的妇女，她们与普通人家妇女不同在于可以利用自己特殊的职业身分，串街走巷，出入各色人家。她们交游广，见识多，心计也巧，是闺中妇女接触社会的重要媒介，实际上也是妇女日常生活中不可缺少的人物。妇女结婚须有媒婆，生产依靠稳婆，生病需要药婆，买丫头要有牙婆，因此，三姑六婆往往受到妇女的欢迎。但是，三姑六婆在穿堂入室时，也有可能为男女私情穿针引线，败坏社会风俗，加上她们所处的社会地位卑微，所以那些士绅人家往往视其为洪水猛兽，更遭到士子文人强烈排斥。明代陶宗仪

《辍耕录》说：三姑六婆“盖与三刑六害同也。人家有一于此，而不致奸盗者几希矣。若能谨而远之，如避蛇蝎，庶乎净宅之法。”[①]清代朱柏庐《治家格言》说：“三姑六婆，实淫盗之媒。”[②] 小说中的张类村亦不许三姑六婆入门，这在某种程度上也代表着作者对“三姑六婆”竭力拒斥的态度。

① 陶宗仪：《辍耕录》卷十《三姑六婆》，见《四库全书笔记小说丛书》，《癸辛杂识（外八种）》，上海古籍出版社，1991年版，第523页。

② 转引自徐梓编著：《家训·父祖的叮咛》，中央民族大学出版社，1996年版，第277页。

第四章 《歧路灯》与中原地区博戏风尚

宋应星在《野议·风俗议》中云："风俗，亦可以移易人心。是人心风俗，交相环转者也。"① 每一时代的风俗习尚都会对社会生活、个人心理产生不可忽视的影响，那些不良风俗更是对青少年的成长起着巨大的负面效应。《歧路灯》描绘了以谭绍闻为代表的垮掉的一代的堕落史，在他们堕落的过程中，赌博、供戏等不良习俗显然是起着催化剂的作用。李绿园对中原地域的博戏风尚进行了详细的描摹，为其开列一份罪恶的清单，正如席勒在《强盗》第一版序言中所言："正因为罪恶的对照，美德才愈加明显。所以，谁要是抱着摧毁罪恶的目的……那么，就必须把罪恶的一切丑态在光天化日之下暴露出来，并且把罪恶的巨大形象展示在人类的眼前。"② 李绿园也是出于"善者可以发人之善心，恶者可以惩创人之逸志"的创作目的，才把种种不良习俗的丑态在光天化日之下暴露出来，并且把这些罪恶的影响形象地展示在人类的眼前。

---

① 宋应星：《野议·风俗议》，参见王定璋：《中国民间游戏赌博习俗》，四川人民出版社，2003年版，第1页。

② 《席勒全集》第二卷，人民文学出版社，2006年版。

第一节 《歧路灯》与赌博（上）

赌博作为社会民俗中的一个组成部分，乃是由畸形、病态的社会风尚所催生出的一个恶性肿瘤，虽经历朝历代官府机构对之进行查禁整饬，有为之士对之痛加斥责，但赌博仍然以其有望获利的诱惑力、捞取钱财的迅捷化以及胜负难以判断的冒险性，强烈地刺激着参赌人员的每一根神经，而使他们趋之若鹜，乐此不疲，以至令人发出“禁赌之难难于上青天”的慨叹。李绿园身为知识分子阶层的精英分子，恰逢康乾盛世之际，对赌博这种恶习尤为深恶痛绝。在《歧路灯》中，他通过场景的描绘给读者形象地展示出赌博方式的林林总总、赌博人物的形形色色以及赌博危害的方方面面。应当说，对赌博这个社会毒瘤进行了淋漓尽致的剖析，并不遗余力地揭穿赌场骗局的种种伎俩，以引起社会疗救的注意，也使那些误入赌途的浮浪子弟能够幡然醒悟。在某种意义上说，《歧路灯》堪称一部绝好的禁赌教科书，从中亦可看出作者强烈的忧患意识和良苦用心。

一、赌场与赌术

（一）赌博场所无处不有

《歧路灯》对赌博的描写总体说来是比较全面的，例如小说中对赌场的种类、分布设置、组织形式、潜规则等都有不同程度的揭露。第二十六回，就直接暴露出赌场的内在结构是一种病态的、致人堕落的组合：“从来开场窝赌之家，必养娼妓，必养打手，必养帮闲。娼妓是赌饵，帮闲是赌钱，打手是赌卫。”可见，当时中原地区的赌场主要是由赌场主、打手、帮闲、娼妓构成的。第四十二回，通过赌徒张绳祖之口道出了赌场亘古不变的游戏规则：“这赌博场中，富了寻人弄，穷了就弄人”，深具令人警醒的意味。从《歧路灯》中的描写可以看到，中原地区的赌博对场地并不十分讲究，可供赌博的地方也非常多，赌场可谓无孔不入，分布在社会角角落落，约略言之，小说中的赌场大体可分为家庭赌场、旅馆或饭店赌场。

1. 家庭赌场

(1) 谭宅赌场。位于祥符城内萧墙街谭宅原书房“碧草轩”院内。规模比较大，客厅可同时开设三场赌局，两梢间套房住普通妓女，西偏院住上好的妓女，东西六间厢房供嫖客玩乐。门外市房四间，两间开熟食铺，两间营销绍兴、金华酒兼果品。伺候场子的妓女有红玉、素馨儿等。专职“下厨房火头”的叫秦小鹰、张家二粘竿儿。谭家赌场是小说中所写到的当时祥符城内最大的赌娼场。它是帮闲篾片兼赌棍夏逢若精心策划的产物，第六十四回：

夏逢若前后左右指着说道：“你这客厅中，坐下三场子赌，够也不够？两梢间套房住两家娼妓，好也不好？还闲着东西六间厢房，开下几床铺儿，睡多少人呢？西偏院住了上好的婊子，二门外四间房子，一旁做厨房，一旁叫伺候的人睡，得法不得法？门外市房四间门面，两间开熟食铺子，卖鸡、鱼、肠、肚、腐干、面筋，黄昏下酒东西；两间卖绍兴、金华酒儿，还带着卖油酥果品、茶叶、海味等件。这城里乡间赌友来了，要吃哩，便有鲜鱼、嫩鸡；要喝哩，便有绍兴、金华；要赌哩，色盆、叶子；要宿哩，红玉、素馨；嫖、赌、吃、喝，凭他便罢。吃了给肉钱，喝了给酒钱，赌了给头钱，嫖了给房钱。若是你这房主四般都许随意，要怎的便怎的，一个胡沙儿，半分银皮儿，不用拿出来。这是你的祖上与你修盖下这宗享福房子，我前日照客时，已是一一看明，打算清白，是一个好赌场。强如张老秤那边房子少，左右把几个人往他家祠堂里乱塞，所以招不住好主顾。我昨夜又与你打算下厨房火头，一个叫张家二粘竿儿，一个叫秦小鹰儿。这两个他大，都开过好熟食铺儿，如今没本赁房子，每日只粘几个雀儿，鹁鸽儿，煮成咸的，在街头卖。秦小鹰不过卖五香豆儿，瓜子儿。都在城隍庙后住，央我给他寻投向。这两个很会小殷勤儿，不像白鸽嘴他们，油嘴滑舌的恁样胆大。”

以上是夏逢若的“策划”，从他的分析中，不难看出他对赌博之徒的心理熟谙精通，也不难看出他出众的“策划”才能和“经营”头脑。对谭宅能成为“一个好赌场”，他早已是筹谋已久、成竹在胸，“一一看明白，打算清白”；他还献计献策，规划出集“嫖、赌、吃、喝、住”于一体的流水线经营机制，形成以赌博为龙头，以招娼、饮食为配套的一条龙服务格局，好让赌客们赌得舒心、开心、放心，帮闲篾片夏逢若的“筹划”果然是十分“得法”。谭绍闻就是在他的具体指导下，把上述“构想”一一落到实处。谭家赌场也凭借着大规模的设施、全方位的服务，击败了所有的竞争对手，在祥符城内坐上头把交椅，得到了可观的经济效益，其社会影响也不同凡响，吸引着一大批赌徒蜂拥而来，趋之若鹜。只是后来专管“厨房火头”的张家二粘竿儿、秦小鹰因为酒醉而互相打骂冲撞知县老爷边公的“大驾”，导致谭家赌场官府查办，这场闹剧才最终宣告结束。

(2) 张家祠赌娼场。位于祥符城内南马道张家祠堂。赌场主是张绳祖，国子监生，其父为官两任，按照他自己的说法，“仅先祖两任宦囊也够过十几辈子”。因为张绳祖参与赌博把祖上的家业输得罄尽，无以为生，无奈在供奉祖宗的祠堂内开设赌娼场，招引娼妓，豢养打手，依靠“抽头”聊为生计。赌场有专职打手绰号叫“假李逵”，敢打敢要。有帮闲夏逢若等混迹于场内。有妓女红玉、西妮等伺候场子。

(3) 刘守斋赌场。位于祥符城内槐树胡同。刘守斋从祖、父殁后，自嫌身家寒微，脸面低小，专以讨些煮茗酿酒方子，烹鱼炒鸡的法儿，请客备席，网罗朋友，在家里开设赌场，每日轰赌闹娼。一来是自己所好，二来是出于奉承巴结他人的目的，主要是图自己门庭热闹。在刘守斋的赌娼场中的赌徒有鲍旭、管贻安、娄星辉等，妓女有“醉西施”等。

(4) 夏家赌场。位于祥符城内萧墙街南边打铜巷，原是一个旧宦“钱指挥”的一处旧宅。小说第五十回，谭绍闻在巴庚的酒馆赌场闹出命案，夏逢若趁机在官司中大捞一把。有些积蓄后，夏逢若花费一百两银子，把“钱指挥”旧宅典当过来，有房屋二十四五间，又有一个书房院，在这里夏逢若窝娼放赌。有两个妓女珍珠串儿、兰蕊伺候场子。混迹于内的帮闲有貂鼠皮、白鸽嘴、细皮鲢等。

(5) 盛宅赌场。盛希侨经常在家中设赌，主要是知己朋友、官场人物或家里人自己赌博娱乐。这也是盛宅的赌博场与上述“招蜂引蝶”的赌娼场有根本的区别所在。第二十七回，“盛希侨豪纵清赌债”，盛希侨为谭绍闻清偿欠下张绳祖的赌债，在家里设赌局，与张绳祖等人大赌一场。由于盛希侨祖父两代为官，与官府衙门多有来往，因此，衙门师爷、兵营将爷也常到盛宅赌博。

2. 旅馆、饭店赌场

(1) 醉仙馆赌场。位于祥符城内椿树街口，由巴庚经营。巴庚是谭绍闻的岳母巴氏的娘家侄子。他开设醉仙馆，“借卖酒为名，专一窝娼，图这宗肥房租；开赌，图这宗肥头钱”。浪荡子弟、青年学生常常在这里闹赌。布商之后“小窦儿”窦又桂就是在此闹赌丧命。柴守箴、阎慎两个青年学生也是在这里因赌博受到杖刑而自毁前程。

(2) 张家集旅店赌场。位于山东济宁张家集镇的一个旅店，主人是一个姓韩的破落秀才。在第七十二回专门有介绍，韩秀才虽然名列胶痒，但是平生却喜爱嫖赌，以至于弄到“三光”的境地。作为文人的韩秀才手不能提重物，肩难以挑重担，万般无奈之下，专借开场诱赌，招致流娼，“图房课以为生计”。在他的旅馆赌场中，专门雇觅有一个刁猾“当槽”(店小二)，牵线拉扯生意，在其店面之后，与韩秀才联手的就有“七八家子”土娼。

《歧路灯》还简略提到其他赌娼场，如家住祥符城内北街的戴秃子开设的赌场；祥符城内的苏邪子、王小川、邓二麻子开设的赌场；以及朱仙镇的刘泼帽、赵皮匠两个家庭赌场，等等。这些赌场在小说中均是一笔带过，详细情况不明。

还需要说明的是，在某些士绅人家、商贾人家等家庭内部还设有“香闺赌场”，一般仅限于家庭成员参与，而且以女性为主，通常赌注很小，实际上就是家庭内部的娱乐游戏，和上述营利性的赌博场有根本性的区别。如巫翠姐就曾在娘家开设过“香闺赌场”。

（二）赌博方式花样百出

《歧路灯》中涉及的赌博方式种类复杂多样，而且各种赌博方式还互有交叉，玩法也简繁不一，加之小说较少对此作具体的描述，经过爬梳整理，现择要作概略式介绍。

1. 掷骰子

“掷骰子”，在《歧路灯》中叫做“掷色子”。骰子多用骨、象牙或玉石制成，正方体形状，其六个面上分别镂刻着着幺二三四五六的圆点，其中幺、四是红色，其余皆为黑色，掷之于色盆或盒子中，视其转正，以所见色为胜负，所以也叫“掷色子”，这也是骰子的基本玩法。它也可以与其他玩法相结合。第二十五回，“只见四五个客，还有两个女人，都在那里掷色子。”

“掷色子”离不开色子、色盆、比子。“色子”就是上面提到的“骰子”，第二十回，夏逢若道：“可惜我一付好色子，叫那姓程的拿去，如剁了我的手一般。”“色盆”是用来掷色子的工具，类似盆子。第五十一回，巴庚说：“小窦儿才吞上钩儿，偏偏他大这老杂毛来了，把色盆打烂，一付好色子也打哩不知滚到那里去了。”没有色盆的时候，也可以用形状相类的东西替代。夏逢若与盛希侨等人准备赌博的时候，因没有色盆，情急之下，就叫盛宅的仆人宝剑在院内寻了一个浇花的瓷碗，用以充当色盆。“比子”，也叫“马子”、“筹码”、“赌筹”，供记帐之用。第二十回，（盛希侨对谭绍闻）说道：“你家未必有赌筹，快取四五吊钱，做马子。”第三十四回，“守斋开了书柜门，早取出比子，色盆，宝盆子，水浒牌，妓女铺上茜毡，各占方位。”第四十三回，谭绍闻在张家祠赌场参与赌博，张绳祖竟拿他亡父做官时衙门里的“堂签”做“比子”用，颇具讽刺意味。

需要说明的是，骰子在赌博中起着十分重要的作用，很多种类赌博中都用到它，“马吊牌”、“骨牌”、“天九牌”、“牌九”等，都离不开骰子。

2. 打马吊

在《歧路灯》中涉及不多，第三十四回，谭绍闻、张绳祖等人到刘守斋开设的赌娼场，(张绳祖) 说:“闲话少提。鲍兄此番进城，弟已知其来意。守斋呢，就拿出色盆来。不然者或是混江湖，骨牌湖，打马吊，压宝，大家玩玩，各投所好。休要错过光阴。”接下来，赌场主人刘守斋“开了书柜门，早取出比子，色盆，宝盆子，水浒牌，妓女铺上茜毡，各占方位。”引文中的“马吊”、“水浒牌”其实是同一类赌博方式。马吊，为明末清初流行的一种纸牌，以四十页为一副，一页一个花样上绘人形或花形，分十万贯、万贯、索子、文钱四门。这种牌的图案及搭配，略似后日的麻将牌。水浒牌即马吊牌，这种牌牌面图案中雕印有《水浒传》中宋江诸人的绘像。

“马吊牌”，也叫“麻雀牌”、“马将牌”。相传始于明朝天启年间，“麻雀”是“马吊”一音的转音，今苏杭一带，古称吴越地方的人称鸟类为“刁”(去声读)，因此，“麻雀”之为“马吊”，这在语言学上已有明证。① 据有些学者考证，现代的麻将牌就是“马吊牌”等演变而成。②

3. 斗骨牌之种种

① 杜亚泉于1932年著《博史》，对“麻雀”的源流研究甚详。参见孙慧敏编著:《话说赌博》，上海文化出版社，1989年版，第13页。

② 关于马吊牌的比较具体玩法可参见郭双林、肖梅花著:《中华赌博史》，中国社会科学出版社，1995年版，第165～168页。

小说第十五回，(盛)希侨道："铺子里打骨牌不打?"隆吉道："闲时也常弄弄。"希侨便叫："'拿过骨牌来，再去楼上取两千钱来，我与王大爷打骨牌玩。'只见一个家僮，拿过骨牌盒儿一个，铺上绒毡，一个从后边拿出两吊钱，又陪上两个小厮儿站着配场。搭了一回快，搭了一回天九，隆吉赢了一千四五百钱。摆了碟酒，收拾起骨牌，不要了。"第五十回，谭绍闻"夫妇两个时常斗骨牌，抢快，打天九，掷色子，抹混江湖玩耍"。

骨牌也叫做"牙牌"。用兽骨或象牙制成，为旧时流行最广的一种赌具。骨牌自宋代产生以来，经元明两代的发展，到清代已经演变出各种方法，并且各种玩法繁简不一。上述两节引文中的"搭快"、"搭天九"、"抹混江湖"都是打骨牌的不同方式。骨牌的玩法，除《歧路灯》中涉及的玩法类别外，还有推牌九、打四虎、混同天牌，等等。

在此，仅将《歧路灯》中提到的"骨牌"几种玩法作简单介绍。

先说"斗骨牌"。"斗骨牌"是清代流行的掷骰戏的主要种类之一。它借用"牌九"规则的赌法。方法是用二至六枚骰子，但不能用三枚。如用六枚，须将其中四枚掷成一色，其余的两枚便凑成一张骨牌花色，如两枚六是一张"天牌"，两枚幺是一张"地牌"等等。赌徒便以骨牌的贵贱来比较大小。用五枚骰子的方法与此相同，只须将其中任何三枚掷成一色，然后比较其余两枚所凑成的骨牌花色即可。

次说"打天九"。"天九牌"和骰子有血缘关系，是中国赌具系统中独立发展的一支，"天九"是骰子变化出来的。现在通行的骰子为正方形，共有六面，即么二三四五六，试将两颗骰子互相配合，即成“天九牌”的形制。如两颗都是六点，便是天牌，两颗都是么，便是地牌。两颗骰子的花色组合，便得出21种结果，这就是“天九牌”有21种牌式的来由。在“天九牌”中，有11种牌式是成对的，另外14种牌式只有单张，故而“天九牌”共有32张。成双的牌古时称为华队，现在叫文子，以区别于单张的牌。单张的牌古名夷牌，现在叫武子、杂子，总之是非正统之牌。文子为贵，因为天、地、人、和几种大牌都属于文子之列，居首的当然是天牌。在武子当中，最大的牌是红九，是由骰子的四点和五点组成的。文武两队相配合，文队尊天而武队尊九，所以这种牌很自然地被命名为“天九牌”

再说“抢快”。抢快也叫“抢结”，一般每局四人，用牌一具，三十二张。每人八张牌，以大击小。牌中分文、武两门，两门各不相统。擅长玩此牌者，可以以小制大。是打出还是留下，关键在于谨慎审断。最重要的是最后一击，能制胜的话，全局就可胜，称之为“抢快”或“抢结”。

4. 压骰宝

压骰宝的主要工具就是骰子或铜钱，再配上宝盒或宝盆。骰宝通常用3粒骰子，放在一只盘子上，盘子上盖着一只碗。骰宝台上，有一张画有各种形式图案的布，供赌博者下注之用。赌博时，由摇宝的人把封盖在碗里的骰子摇晃几下，待投注人下注以后，才把碗揭开，看盘子上的3粒骰子开出什么样式以定输赢。骰宝的输赢，最主要的办法是依据“大”和“小”二门。规定由四点至十点为“小”，十一点至十七点为“大”，如果押对了，一赔一。但是，如遇开3粒同样的骰子，叫做“全骰”，这时无论大、小门，全都被吃掉。

除大小两门之外，另有点数，这是指3粒骰子共成若干点而言。3 粒骰子，最多是十八点，即 3 粒骰子同是六点，合成十八点；最少的是三点，即 3 粒同是么。押点数共有 16 种可能的结果，押中的机率要比大小门小得多，所以赔率自然要比大小门高。

押点数之外，还有以“天九牌”投注。上面已经说过，因为“天九牌”是由骰子变化而成的，3 颗骰子可配成各种“天九牌”的形式，在骰宝中，“天九牌”也就可以作为一种投注的形式。

还有一种玩法就是《歧路灯》提及的“压宝”，通常是把一个制钱闭在盒中，分前后左右四方，以压得“宝”字所在的一方为赢，因称“压宝”。后来用一种木制四方形的宝心代替了制钱，木制的宝心，一边涂上红色图案，一边涂上黑色图案，以压得红者为赢，黑者为输，因又称“压黑红”。①

二、赌博中的骗术伎俩

俗话说“不骗不成赌”、“十赌九骗”，赌博中的骗术几乎存在于所有赌博方式之中。作者在第三十四回直接出面说：“若再讲他们色子场中，如何取巧弄诡之处，真正一言难罄，抑且挂一漏万。”在此，笔者对赌博中的骗术伎俩也仅作“挂一漏万”式简单描述。

《歧路灯》中所涉及的赌博骗术，大体上可归纳为两类：第一类就是赌徒用团伙形式，通过预设计谋，诱惑单个赌徒上钩，达到骗取钱财的目的。第二类是在赌具上做手脚，利用熟练操纵赌具，通过赌具作弊作伪来达到赢得钱财的目的。事实上，赌场中的骗术经常是混合型的，也就是说，在很多场合

① 参见［清］李绿园著，栾星校注：《歧路灯》，第 317 页，注释 2。

下，赌徒们常常把上述两类骗术结合起来使用。

先说赌博中的团伙作弊行骗伎俩，这也是书中赌徒们经常采用的骗术之一，下面选择几例作简单分析。第二十四回，谭绍闻被帮闲篾片夏逢若引诱至张家祠堂赌场，夏逢若与张绳祖两人串通一气，分了谭绍闻的“肥”。在赌博前，夏逢若表面上与谭绍闻合赌，他对谭绍闻说：“今夜掷色子，算上咱两个的。托贤弟洪福，明早起来分肥罢。”赌博至“二更”后，夏逢若“……装解手，把张绳祖叫出来，定了暗计，说：‘苦了萧墙街（即谭绍闻）罢’”。夏逢若口头上说的是要与谭绍闻“分肥”，实际上却与赌场主张绳祖分了谭绍闻的“肥”。一个晚上赌博下来，初入赌场的谭绍闻输掉八十三串钱。夏逢若唯恐谭绍闻不认这笔赌债，他对谭绍闻说：“贤弟你才成人儿，才学世路上闯，休要叫朋友们把咱看低了，就一五一十清白了他。”张绳祖（故意）道：“这也不打什么要紧，就是迟三五天，也是松事。不过完了他就罢。”张绳祖与夏逢若一唱一和，年幼无知、毫无处世经验的谭绍闻被蒙在鼓里，还真以为夏逢若拿他当“盟弟”对待。

第三十四回所描写的另一场合伙作弊骗赌更为精彩，上当的赌徒输得更为惨烈。张绳祖向王紫泥提议，两人合伙算计从乡下来城内寻赌的纨绔子弟管贻安，身为秀才的王紫泥因为县学岁考在即，不愿意参与进去，张绳祖说：“你来罢，疥疮药怎能少了这一味臭硫磺。”“古董混账场中，……光棍不可只一个，有了两个光棍，暗中此照彼应，万不失了马脚儿。你只管放心，管情明日咱二人有二百两分头。”在张绳祖看来，“那姓管的一派骄气，正是一块不腥气、不塞牙的‘东坡肉’。今日若不下手，到明日转了主户，万一落到苏邪子、王小川、邓二麻子他们手里，他们就肥吞了，还笑我们上门猪头不曾尝一片耳朵脆骨哩。”张绳祖对王紫泥说：“……纵然丢了你这个前程，也不可错过这宗。我对你说，……你只管放心，管情明日咱二人有二百两分头。”“两个赌场光棍”，暗中联手，相为照应，这场赌博一个夜晚下来，管贻安输了四百二十两银子。张绳祖与王紫泥两人达到了“二百两分头”的目的。

类似的情况在第四十三回的赌博场中重演过一次，稍有不同的是，上面提及的管贻安是自己寻赌，被赌棍合伙坑骗输掉数百两银子，而谭绍闻是由夏逢若、张绳祖等人合谋用酒色等引诱，在赌博中输掉近五百两银子。大体情况是：谭绍闻被老尼姑范法圆诱骗至地藏庵，在与尼姑慧照“狎亵”之后被张绳祖等人挟持到张家祠赌场，在赌博与酒色的诱惑面前，已有所悔过的谭绍闻最终自动放弃抵抗，再次参与赌博。这其间，张绳祖、王紫泥等人，“这一起儿出门外假装解手，又都扣了圈套”。小说写道：“果然一场好赌也。半更天，绍闻输了八根十两筹儿。到三更后，输了二百四十两，把二十四根十两的筹儿移在别人跟前。”此时的谭绍闻，“心中想兑却欠账，不肯歇手，及到天明，共输了四根大签，九根小签，三根一两的签，共四百九十三两”。最终结果是，谭绍闻写了一张“谭绍闻借到贾李魁纹银五百两，白兴吾作保”的借据，“假李逵还叫写个花押”而收场。此时的谭绍闻“写完时向众人作别，踉踉跄跄而去，……”，为逃避赌场打手“假李逵”的追索，谭绍闻虽远遁他乡亦不能幸免。

次说在赌具上作弊的赌博骗术，这在小说中虽然没有明确涉及，但是从字里行间也可看出有些赌徒也是使用了赌具作弊方式。第五十八回，谭绍闻由于贪心使然，在虎镇邦拿兵饷做

"照眼花"的"本钱"诱惑下，又走进赌场。虎镇邦在赌博中施展"绝技"，让人眼花缭乱：

> 这虎镇邦初掷之时，装痴做憨，佯输诈败，不多一时，谭绍闻赢了一百多两。出外解手撒尿，貂鼠皮跟着出来，说道："大叔，何如？这虎不久是个整输家子，你放心只管赢罢。"谭绍闻笑了一笑。虎镇邦看谭绍闻成了骄兵，大有欺敌之心，贪杀之意，趁谭绍闻外出，向夏逢若道："使的么？"夏鼎道："使的了！"虎不久加上手段，弄出武艺，手熟眼快，不但满场的人看不出破绽，但凡各色武艺到熟的时候，连自己也莫知其然而然。半个时辰，谭绍闻把赢的输尽，又输了三百多两。此时谭绍闻心头上一个急字，众人口头添上一个捞字。又一个时辰，谭绍闻输了八百两，小豆腐输了一百二十两。

这场赌博中，虎镇邦"加上手段，弄出武艺，手熟眼快"，可见，这里的赌具是被做了手脚的，再加上其他赌徒的协同作案，谭绍闻一直被蒙在鼓里，以至惨败而归。

虎镇邦是使用色子作弊的行家里手，书中曾交待"这虎镇邦就是那色子的元帅，那色子就成了虎镇邦的小卒了。放下色盆，要掷四，那绯的便仰面朝天；要掷六，那卢的便即回脸向上；要五个一色的，滚定时果然五位；要六个一般的，滚定时就是三双"，可见，他已把"那武艺儿一发到精妙极处"。但很难设想，如果他不在赌具上作弊，仅凭手法熟练、技艺出众，也不可能在赌场上做到赢输随意，"满场的人都看不出破绽"，更不可能达到随心所欲、收放自如的境界。

总之，赌博中离不开骗术，骗术中离不开帮闲篾片，正如张绳祖所说的赌场中是“疥疮药少不了臭硫磺”，“光棍不可只一个，有了两个光棍，暗中此照彼应，万不失了马脚儿”。但是，赌博中的骗术目的只有一个，那就是谋取他人的钱财。因此为了达到目的，什么手段都可以使用，中原地区有句俗话叫做“赌场无父子”，赌场之中没有什么人伦道德可言，只有对钱财的赤裸裸的攫取。嗜赌如命，荡尽祖上“两任宦囊”的赌徒兼赌场主张绳祖曾经说：“这赌博场中，富了寻人弄，穷了就弄人”。这是他败尽家产之后，由赌博中得出的经验教训，但更多的是道出赌博离不开骗术的实情。李绿园在此使用了一个“弄”字十分恰当，纨绔子弟、富家儿郎参与赌博，受人愚弄，上当受骗；但是，赌博倾其家产之后，无以为生，再以赌博骗人。所以，李绿园在第二十六回中说：“……膏粱子弟一入其彀，定然弄的个水尽鹅飞。然后照着这个衣钵，也去摆布别人。”从而陷入了一个无穷无尽的恶性循环，这也是难以彻底根除赌博这也恶瘤的一大原因。

三、赌博中的酒与色

在古代社会风俗中，赌博、饮酒与娼妓往往是相伴而生，如影随形，在《歧路灯》中我们可以看到，赌博与饮酒、娼妓也是互为依存，以色诱赌，凭酒助性，成为赌场文化的一大景观。因此，谈赌博就不能不提及其中的酒与色。

先说赌博与饮酒。这首先体现在一般赌场都提供酒食服务。赌场主刘守斋“专以讨些煮茗酿酒方子，烹鱼炒鸡的法儿，请客备席”，以此达到网罗赌友的目的，使其赌场具有更大竞争力。夏逢若的赌场则要从酒馆购买酒菜以备赌博“挑灯夜战”之需，夏逢若曾对赌场帮闲说：“闲话少说，你两个取酒去。黄昏里也还要吃酒，省的再喊酒馆门，他们爱开哩不爱开哩。”（第五十七回）夏逢若在劝诱谭绍闻开设赌场时，也提到“嫖、赌、吃、喝”四位一体，随赌友喜好而自由选择，以至于后来盛希侨到谭宅时，讥笑绍闻把书房“碧草轩”“竟是弄成个酒饭馆款式”。因为有如此便利的服务，所以在《歧路灯》描绘的赌场世界里，赌徒们经常是以酒为友，狂饮滥赌，无所不为。

从谭绍闻等世家子弟堕落的描写中，可看出赌博与饮酒的携手是起着举足轻重作用的。从第十六回开始，谭绍闻在盛希侨家里初次“试赌盆”；第十七回，谭绍闻也是在盛宅开始玩博戏《西湖图》饮酒，以至烂醉如泥。第二十四回，谭绍闻在夏逢若的引诱下到张家祠赌娼场，饮酒并参与赌博，一次输掉“八十三串钱”。到了第四十三回，谭绍闻被裹挟再次来到张家祠堂的时候，张绳祖用“酒”做开路先锋，酒量本来不大的谭绍闻，喝了原封的“燥烈异常”的“汾酒”，没有多长时间，“早过了半酣岗子”。小说这样写道：

> 酒已八分，突然起来道，“我也赌何如?”张绳祖故意说，“贤弟有了酒，怕输钱。”妓女红玉也急劝莫赌。谭绍闻醉言道：“我不服这话。”……谭绍闻说着，已到赌桌上，伸手便抓色子，掷道：“快！快！快！”众人见谭绍闻醉了，都起身收拾钱，欲散场儿。谭绍闻急了道：“五家儿何妨？嫌弃我没钱么？输上三五百两，还给的起。”拍着胸膛道：“咱是汉子。”……

谭绍闻平时面慈心软，此时，酒精的刺激和赌徒、妓女的激将法，使他性情冲动，失去理智，自认为是豪气干云的“汉子”，还说什么“我的性子，说读就读，说赌就赌”，结果在这一场醉后赌博中输掉四百九十三两银子。作者在此大发议论道：“大凡人到醉时，一生说不出来的话，偏要说出来；一生做不出来的事，偏要做出来。所以贪酒好色、吃酒赌博的字样，人都做一搭儿念出。故戒之酒，不下于赌娼。”此处，作者认为酒、赌、娼三者的危害同样严重，只要沾上其中一个“字样”，个人的前程都要毁掉。

俗话说：“吃一堑，长一智。”谭绍闻品尝酒后赌博的苦头以后，还真吸取了教训。第五十七回，过于“面软”的谭绍闻，受不了夏逢若等人的千方百计的引诱、纠缠，碍于情面而再次来到夏家赌场。夏逢若拉他再趟赌博的浑水，被谭绍闻婉言拒绝，“众人见谭绍闻赌情不酽，心想酒上加力”，因此，貂鼠皮等几个帮闲极力劝其饮酒，“谭绍闻经过酒后输钱，看透众人圈套紧了。推言解手，出的门来，偷偷回家而去”。

再说赌赌博与娼妓。小说中详细描写的赌博在十次以上，涉及各类赌场大大小小在也在十个以上。在这些赌场以及赌博描写中大都可以看到娼妓的身影。

第一，赌场之内大都有娼妓混迹其中，《歧路灯》中所写到的第一场赌博在第十六回，地点在盛希侨家里，参与赌博的人物有盛希侨、王隆吉、谭绍闻，尼姑慧照，尼姑慧照被盛希侨接住在家中，与盛希侨关系狎昵。在第十七回，这几个人物玩博戏《西湖图》喝酒时，盛希侨让人把妓女晴霞接到家中。第二十四回，回目就是“谭氏轩戏箱优器，张家祠妓女博徒”，张绳祖的赌场中专门养有一个妓女叫红玉，小说中有这样描述，“绳祖附耳吩咐了小厮。少顷只见一个如花似玉的妓女，款款的上祠堂来”。这个妓女在小说第四十三回中仍然活跃在张家祠赌场之中。第三十四回，张绳祖等人到刘守斋家的赌场时，“三间小房儿，只听内边有呢喃笑语之声。进去一看，原来正是那个鲍相公同着一个妓女在那里打骨牌”。这个妓女叫西妮，绰号叫“醉西施”。第五十回，介绍巴庚时这样写道：“原来巴庚，是个开酒馆的。借卖酒为名，专一窝娼，图这宗肥房租；开赌，图这宗肥头钱。”这说明巴庚开的赌场中也有妓女。第五十三回，夏逢若典当“钱指挥”家旧宅“窝娼放赌”，“访问名妓，有一个珍珠串儿，又有一个兰蕊”。这两个妓女原来是混迹于朱仙镇刘泼帽、赵皮匠分别开设的两个赌场之中。第六十四回，谭绍闻在夏逢若的鼓动下，在“碧草轩”开设赌场，妓女有“红玉、素馨”。第五十六回还写到妓女珍珠串儿从朱仙镇贲浩波开设的赌场回到夏逢若的赌场中。第七十二回，济宁府张家集旅店，店主是一个破落秀才，“开场诱赌，招致流娼，图房课以为生计”。由以上列举的赌场及有关情况看，无论什么类型的赌场中都有妓女活动的踪迹，与其他小说写娼妓多是活跃在青楼楚馆相比，《歧路灯》中的娼妓显然是别具特色，她们多是寄生在赌场之内，以此为生。

表4-1:《歧路灯》中赌场中的娼妓活动情况表

序号	姓名或绰号	出入场所	相关情况说明	章回	备注
1	晴霞	盛宅赌场	住城内水巷胡同，需要赌徒嫖客专门安排接送的娼妓	17	小说中唯一不住赌场的妓女
2	红玉	张家祠赌场、谭宅赌场	常住赌场，卖淫侍赌，引诱谭绍闻赌博并多次与之发生淫乱行为	24、26、43、64	

（续表）

序号	姓名或绰号	出入场所	相关情况说明	章回	备注
3	珍珠串，珍大姐	夏家赌场、朱仙镇刘泼帽、赵皮匠赌场	常住赌场，卖淫侍赌，与谭绍闻、管贻安等淫乱	53、54、56、57、58	第57回陪谭绍闻喝酒得贿仪一两，小说第64回患性病
4	素馨	夏逢若赌场、谭宅赌场	常住赌场，卖淫侍赌，与谭绍闻、管贻安、鲍旭等淫乱	54、55、64	
5	西妮，也叫醉西施	刘守斋赌场、张家祠赌场	常住赌场，专门侍赌，与娄星辉、鲍旭等淫乱	34	在张家祠赌场，谭绍闻等人赌博后，得赏钱五六两银子，采头二三两银子
6	兰蕊	夏家赌场、朱仙镇刘泼帽、赵皮匠赌场	常住赌场，卖淫侍赌，与谭绍闻、管贻安、贲浩波等淫乱	53、54	
7	瑶仙儿	夏家赌场	常住赌场，卖淫侍赌，与管贻安等淫乱	54	
8	慧照	地藏庵、盛宅	在地藏庵与谭绍闻淫乱、在盛宅与盛希侨	16、17	地藏庵尼姑，其行为实同
9	雷妮	谭宅赌场	与丈夫逃荒至祥符，管贻安以觅雇爨妇为名，招至家中，后被管贻安逼迫为娼	64	后经官府解回原籍

第二，由于赌场是以娼妓来“招蜂引蝶”，混迹其间的赌徒往往与之发生关系也是水到渠成。盛希侨在家庭多次设赌，与妓女晴霞等都有不正当的关系。谭绍闻在盛宅也与妓女晴霞“暗通关节”：“绍闻与晴霞并坐时，已自暗通关节，恰好这个令又如此联属，二人果然依令而行。绍闻此时竟有了‘此间乐，不思蜀’的意思了。”第二十四回，谭绍闻在张家祠赌场与妓女红玉鬼混。在第二十六回还是在张家祠赌场又一次赌博时，再次与红玉鬼混，并引发另外一个赌徒兼嫖客的不满：“红玉懒意不想去，其实新有主顾不敢去了。”第三十四回，妓女西妮在张家祠赌场侍赌，赌徒娄星辉与西妮“别自订桑中之约”。小说中赌徒大都与妓女有染，他们在赌场内打情骂俏，生活糜烂，赌徒们迷恋着情色，如苍蝇嗜血一样，使得赌场更成为淫秽不堪的场所。

第三，厕身赌场的妓女在赌博中发挥着一定的作用。在前文中曾提到：“从来开场窝赌之家，必养娼妓”，混迹于赌场中的妓女起到了“赌饵”的作用，她们在赌场的活动使得赌徒如追腥逐臭的苍蝇一般哄闹在赌场之中。谭绍闻陷入赌博的泥淖不能自拔，也是与其恋娼狎尼分不开的。第二十六回，张绳祖与夏逢若朋谋再度赌骗谭绍闻的钱财时，夏逢若“因想起招致绍闻法子，向红玉（妓女）夺了一条汗巾子，来诓绍闻重寻武陵①，是勾引他再来赌的意思”。因为自从在盛希侨家赌博、饮酒之后，谭绍闻“竟把平日眼中不曾见过的，见了；平日不

① 晋陶潜有《桃花源记》一文，言武陵渔人误入桃花源，遇秦代的避难者，不知有汉有晋，独乐世外。后人遂把乐境比做“世外桃源”。《歧路灯》中所谓的“重寻武陵”，意思为重寻旧乐。

曾弄过的，弄了；平日心中不曾想到的，也会想了”。自此以后，谭绍闻在赌博与嫖娼的泥淖中愈陷愈深，几乎难以自拔。书中活动在赌场的妓女除了具有“赌饵”的作用之外，她们还常常帮助赌徒照料“牌局”、帮忙看“掷色子”的情况，为赌徒嫖客唱曲娱乐等。

《歧路灯》所描写的赌博中的酒与色常常是同时并存。俗话说：“娼妓百家转，赌博十里香”（第七十四回），由《歧路灯》中的赌徒诸色人物，尤其是谭绍闻在酒后的所作所为，就不难明白尽管风马牛不相及的赌博与酒色其实颇具“同源性”和“关联性”。人们沉溺于赌博、酒色之中，常常不仅仅是误事、破财，更为严重的会使人意志消沉，精神堕落，最终导致家破人亡、妻离子散的惨剧。赌博之所以会和酒色能走到一起，其实说到底，都是与金钱、欲望紧密相连的，都是在利益驱动下所产生的行为结果。

第二节 《歧路灯》与赌博（下）

一、赌博群体的广泛性

在《歧路灯》作者给我们提供的人物形象世界中，赌徒之多遍及社会各个阶层，没有哪一部古典小说能够描绘如此众多的赌徒群体形象。旧宦后裔、士门子孙、商家后代、村农子弟等不同家族的各色子弟都在堕落，简直构成了一幅封建末世封建子弟纷纷堕落的历史画卷。正如龚炜《巢林笔记》所云：“赌博之风莫甚于今日，闾巷小人无论已；衣冠之族，以破产失业，甚至于丧身者，指不胜屈”。[①]《歧路灯》展现在读者面前的赌博群体深具广泛性，笔者查对文本，尽量避免重复交叉，对参与赌博人物进行归类，并撮要进行分析解读（参见表4—2:《〈歧路灯〉参与赌博人物简表》）。

（一）士绅及世家子弟

先看士绅类赌徒：

1. 侯冠玉，字中有，秀才出身，“也考过一两次二等。论起八股，甚熟于‘起、承、转、合’之律；说起《五经》，极能举《诗》《书》《易》《礼》《春秋》之名。”曾因赌债催逼，难以支付，迫不得已，领着董氏，逃走省城，投奔亲戚。后来在王春宇的撮合下成为谭绍闻的第二任师尊。刚上任的侯冠玉还能尽到职责，时间稍长，本性便又暴露无遗。“侯冠玉渐渐街上走动，初在各铺子前柜边说闲话儿；渐渐的庙院看戏，指谈某旦脚年轻，某旦脚风流；后来酒铺内也有酒债，赌博场中也有赌欠；不与东家说媒，便为西家卜地。”（第八回）第十三回，写春节过后，侯冠玉给谭绍闻上课时“年节赌博疲困，也在碧草轩中醉翁椅上，整睡了两三天；歇息精神。”同回中，王中看到这种情况，心中着急，后来依然是在赌场中找到了侯冠玉。

2. 王紫泥，府学秀才，长期混迹于张绳祖等开设的赌娼场中，与张绳祖等联手勾结，赌骗不谙世事的良家子弟。他在前文中已经屡次出现，此处不再详述，只是交待一下他的结局：“只因王紫泥老了，告了衣衿，家无度用，把儿子挂出招牌来，上边写着‘官代书王学箕’，门上垂个帘儿，房内设三

① 龚炜：《巢林笔记》卷四“赌风”。

四个座儿，单等着乡里婚姻田产人，写衙门遵依甘结纸，或是告的，或是诉的，或是保人的，或是自递限状的，全凭这一管软枪头子，一条代书某某戳记印板儿，流些墨水，籴米买菜。”（第九十回）一个府学秀才就这样因嗜赌而“家用无度”，依靠儿子为人代写讼书过日子。

3. 张绳祖，国子监生，绰号“没星秤”，其父为官两任，按照他自己的说法：“仅先祖两任宦囊也够过十几辈子。”张绳祖参与赌博把祖上的家业输得罄尽，无以为生，无奈在供奉祖宗的祠堂内开设赌娼场，招引娼妓，豢养打手，依靠“抽头”聊为生计。第四十三回，在张家祠赌娼场内，“张绳祖遂叫假李逵在书柜里取了一筒签儿，俱是桐油髹过的。解开一看，上面红纸写的有十两、二十两的，几钱的、几分的都有，俱把‘临汾县正堂’贴住半截。张绳祖道：‘这是我的赌筹，休要笑不是象牙。’”张绳祖把乃父开堂审案的“雷签”作赌筹真的荒唐之极！祖宗的宦囊被他赌光后，祖宗的功名、遗墨等也被他辱没了。在开设赌娼场时，张绳祖父祖辈留下的“印板”（刻印书板），也让那些赌徒、土娼们，劈开烧火温酒而化为灰烬。父辈寄希望他能够“绳厥祖武”，但他最终却走上依靠讹邻骗舍维持生计，十分令人生嫌的地步。

4. 韩秀才，家居济宁张家集，后来的身份是旅馆老板。在小说第七十二回专门有他的介绍，“原来此店，是个韩秀才开的。这秀才虽名列胶痒，却平生嫖赌，弄到‘三光者’地位，此时专借开场诱赌，招致流娼，图房课以为生计。……因雇个刁猾当槽，开设店口。店后土娼，有七八家子。”同回，从济宁府“打抽丰”回家路过此地的谭绍闻几乎上当，险遭不测。“……今日当槽见绍闻是个青年书生，行李重大，遂以宿娼相诱。”在护送绍闻的衙役的喝斥下，“当槽”的才最终作罢。在韩秀才的旅店中，不知道有多少初涉人世的良家子弟上当受骗。

5. 刘守斋，原名刘用约，国子监生，家住城内槐树胡同，祖上是开封府衙书办，其父开粮食坊子，“衙门里、斗行里一齐发财”（第三十四回），发家之后置买几处市房，乡里也买有八九顷好地，“挂帐竖匾，登时兴腾起来”，是一个哄娼闹赌之徒。

再看世家子弟类赌徒：

1. 谭绍闻，出身士绅富家，祖上做过官，父亲也举过孝廉，但他不遵父训，滥交匪类，以致吃喝嫖赌无所不为，险使家产损尽。三次因赌博引出官司，但或因众“父执”举力担保，县官怜悯，或因行贿说情终得没有“刑法”上身。在族兄谭绍衣的提携下，在父执多次教育下，他良心发现，痛改前非，“用心读书，亲近正人”，改过从善归入正道。中乡试副榜，重振家业，而且为国立功，出仕为官，既成了孝子也成了忠臣。因论文涉及谭绍闻的叙述比较多，此处不作赘述。

2. 盛希侨，绰号叫做“公孙衍”。① 祖上做过云南布政使，父亲也曾为广西向武州州判，但他守着四五十万家私，随意挥霍浪费。玩牌、玩戏、宿娼，可谓“跑马走狗，吃喝嫖赌”无所不为，闹到兄弟反目的境地。作者在第九十六回说：“原来盛希侨是个本底不坏的人”，最后给他安排一个改过自新的结局。改过之后他对弟弟盛希瑗说：“像我这大儿子不成人，几乎把家

① 公孙衍，战国时魏人。这个绰号是双关语。“衍”谐“厌”音，“公孙”公子王孙，意思是为大家所厌恶的宦门子孙。

业董了一半子，休说咱娘不爱见我，我就自己先不爱见我。”（第一百零二回）最后，盛希侨“大非旧日所为，赌也戒了，戏也撵了，兄弟两个析居又合爨，他弟弟读书，他自照管家务”。

3. 夏逢若，绰号“兔儿丝”，父亲做过江南微员，官囊充足，但夏逢若嗜饮善啖，纵酒宿娼，欺诈讹骗，作恶多端，不上三五年便消尽家产，只得做帮闲开赌场以骗酒食图银钱。夏逢若在张绳祖的赌娼场多次赌博并充当帮闲篾片，后来他在窦又桂赌博命案中为谭绍闻不“出官”，奔走在退休驿丞邓三变与谭绍闻之间，赚取近千两银子，寻得一处旧家宅院开赌娼场，把这笔不义之财挥霍一空。与谭绍闻、虎镇邦合谋在谭宅开设赌娼场。后又混入谭道台府衙做了买办，但终因赌性难改，造贩赌具而遭流放之罪。

4. 管贻安，绰号“管不住”、“管九宅”，浮华浪荡公子。出身富厚之家，是个旧宦后裔，进士后代，但他骄横不法，嗜赌如命，经常出入于张绳祖、刘守斋、夏逢若、谭绍闻等所开设的赌娼场中，时常与匪类赵大胡子、孙五秃子、阎四黑子等一起斗鹌鹑，赌博嫖娼，骄奢淫逸，霸占良家妇女，最后犯了“因奸致命”之律而被推上了断头台。

6. 小帮闲“细皮鲢”，当初“也是一家主户儿，城东连家村，有楼房有厅，有两三顷地”，后因嫖赌，家产荡尽，沦为帮闲篾片，最终穷困潦倒，落了个客死他乡的结局。

（二）商贾贩卒子弟

1. 窦又桂，布商窦丛之子。“北直南宫县人，在河南省城贩棉花，开白布店”。窦又桂经常在椿树街口巴庚开设的酒馆“醉仙馆”赌博。在同谭绍闻、巴庚、钱可仰等人赌博时遭到父亲殴打，得空逃回布店后，其父“窦丛提着棍赶回店中，又是一顿好打。街坊邻舍讲情，窦丛执意不允。对门布店裴集祉，同乡交好，拉的散气而去，方才住手。临走还说，晚上剥了衣服吊打，不要这种不肖儿子”。窦又桂一来害怕乃父怒气难消，晚上再次挨打；二来想到自己经商要抛头露面，因赌博遭到父亲殴打在众人面前丢尽颜面，未免羞愧难当；三来想到欠下大笔赌账，“难杜将来讨索”。“躺在房中，左右盘算。忽然起了一个蠢念，将大带系在梁上，把头伸进去，把手垂下来，竟赴枉死城中去了。”面对此情此景，作者感叹道：“忠臣节妇多这般，殉节直将一死捐；赌棍下稍亦如此，可怜香臭不相干。”

2. 巴庚，谭绍闻的丈母娘巴氏的娘家侄子，家住椿树街口，曾开过“醉仙馆”的酒馆，以此为赌场。在书中第五十回，谭绍闻续娶巫翠姐的第一年春节过后，“忽一日，双庆儿拿了一副请帖，送到东楼。上面写的巫岐名子，乃是巫凤山差人，请新婿夫妇，同过上元佳节的华柬。到了十四日，巫凤山早着人抬了两顶轿子来接。夫妇二人盛服倩妆，王氏看着好不喜欢。”按照中原地区的旧俗，谭巫新婚小夫妻要到丈人家“赏灯”，“到了巫家门前，只见有五六个人，鲜衣新帽迎接”，其中就有“一个乃巫凤山的内侄，叫做巴庚”，就是这个巴庚，作为“陪客”的，后来把谭请到了“醉仙馆”，恰遇两个少年学生柴守箴、阎慎，一个布店小相公窦又桂。“都是背着父兄来寻赌。三人素日同过场儿，今日趁元宵佳节，藉街上看戏为名，撞在巴庚酒馆里，赌将起来。”世族人家出身的谭绍闻“新走小家亲戚，没可说话的人，半日闷闷。猛的撞见赌场，未免见猎心喜，早已溜下场去，说：‘借一吊钱，我也赌赌。’巴庚开了柜斗，取出一千大钱，放在绍闻面前，就掷将起来。”后来巴庚与谭绍闻、钱可仰、窦又桂连日赌博，窦又桂因赌博而命丧黄泉，引出来“诱赌逼命”官司，巴庚、钱可仰都被“拿去下了监”。

3. 钱可仰，系巫翠姐的父亲巫凤山的外甥，“开了一个过客店，安寓仕商；又是过载行，包写各省车辆”，与巴庚、谭绍闻在“醉仙馆”中赌博，牵连在窦又桂的命案之中，在赌场遭到布商窦丛的棍棒击打；在县衙大堂上再遭“打嘴”之刑，“打了十个耳刮子，钱可仰就不敢再说了”，最后被董县主判以“赌博加罪，枷满责放”处置。

4. 小刘儿，其父“老豆腐”“卖豆腐发迹有十年”，同时，经营粮食生意。第五十八回，老豆腐“在朱仙镇装四船黄豆，下正阳关去”。小豆腐嗜好赌博，在夏逢若等的引诱下，“小豆腐儿拿着一个小布褡裢儿，一头装钱，一头装银子，撑伞着屐而来”，一个晚上输掉一百二十两银子。后来在谭绍闻开设的赌娼场中赌博时，被官府抓获，在县衙大堂之上被施以杖刑。

5. 王豆腐儿子，王豆腐是一个新发财主。在夏家赌场“却少一个人不够场儿，夏逢若道：‘我这北邻王豆腐儿子，听说极好赌，是个新发财主，我隔墙喊过’”。（第五十三回）

（三）吏役兵丁

1. 虎镇邦，原标营左哨头目，绰号“虎不久”，书中第五十八回有其情况介绍。他原系一个村家子弟，祖上留下来有“两顷田产，一处小宅院，菜园五亩，车厂一个”。他学的有一身半好的拳棒，依仗着自己精通赌博，索讨强硬，每日在车厂中开场赌博。但是，“日消月磨，把一份祖业，渐渐的弄到金尽裘敝地位”，最终结果是“爹娘无以为送终之具，妻子无以为资生之策。不得已吃了标营下左哨一分马粮”。虽然如此，虎镇邦并没有改掉自己赌博的恶习，而是“每日少有闲暇，还弄赌儿”。虎镇邦因与谭绍闻开设赌场遭到兵营雷老爷的严厉处罚，第六十五回，“只见标营兵书，领定虎镇邦跪下禀道：‘老爷昨晚送的赌犯兵丁虎镇邦，书办的本官按法究治，打了四十扛子，革退目丁，开拨了钱粮。差书办领来回明。如今虎镇邦已成平民，不与营伍有干，任凭老爷尽法处置。’”

2. 钱书办，名钱鹏，号钱万里。祥符县衙门上号吏。在小说第五回中他自报门户，“你问弟姓钱，名叫钱鹏，草号儿钱万里，各衙门打听，我从来是个实在办事的人”。第二十四回，在张绳祖的赌娼场里，钱万里与夏逢若、谭绍闻、淡如菊等通宵赌博，第二天早晨，“钱万里在一条春凳上，拳曲的狗儿一般，呼呼的打鼾”。这一帮赌徒在醒来之后，接着继续赌博，“赌到五更，把淡如菊、钱万里打发走开”。这个钱书办在张家祠堂差不多赌了两天两夜。

3. 淡如菊，祥符县衙门上号吏，其他情况不详，也是张家赌娼场的常客。在第二十四回，与钱万里、夏逢若、谭绍闻等同场赌博。第二十四回有这样一段文字：

> 逢若道：“淡先生哩?”钱万里道：“我昨日上号，有考城竺老爷禀见。淡如菊在他衙门里管过号件。我对他说，他说今日要与竺老爷送下程，还要说他们作幕的话。”逢若道：“他赢了咱的钱，倒会行人情。”张绳祖道：“你昨日赢的也不少。”

由上述人物的对话不难看出，淡如菊也是张家祠堂赌场的座上宾。他也参与同谭绍闻等人的两天两夜的赌博活动，淡如菊是“慌慌张张来了”，进门就说“你们怎么还不弄哩？是等着我么”？并说“家儿已经够了，咱来罢”，迫不及待的情势可见一斑。第二天早晨，“寻那两个时，淡如菊在破驮轿里边睡着，夏逢若在一架围屏夹板上仰天大吼”，“初出茅庐”的谭绍闻“忍不住笑道：‘赌博人，竟是这个样子’”。

（四）帮闲篾片与赌场打手

帮闲篾片身份和扮演的角色相对比较复杂，他们混迹于赌场既帮闲又参与赌博，也是赌场中地位低下的人，时常遭到赌徒的打骂，人格上受到凌辱。第二十六回这样写道开场窝赌之家：“必养打手，必养帮闲”，“帮闲是赌钱，打手是赌卫”，由此可知，开赌场离不开帮闲与打手。

贾李逵，绰号叫做“假李逵”。“原来假李逵本姓李，叫做李魁，后来输的精光，随了一个姓贾的做儿子，人便顺口叫他做贾李魁，绰号假李逵。”（第三十三回）“假李逵”因为赌博败家，最终追随张绳祖成为赌娼场的打手。在小说中替其主子张绳祖到谭宅讨赌债的就是“假李逵”：“那运钱的黑汉，正是张绳祖的鹰犬，专管着讨赌博账，敢打敢要，绰号儿叫做‘假李逵’。”（第二十五回）当时，谭绍闻骗其母亲王氏是同着夏逢若借钱给张绳祖，王氏不相信并拦着门口予以干预，那“假李逵冷笑了一声，只管抱着钱，口中唱着数目，说二十五串，三十串，往外硬闯。”后来再次到谭宅讨赌债并殴打王中的也是“假李逵”：“只见假李逵一手扯住谭绍闻袖子嚷道：‘咱去衙门里堂上讲理！’……忽见王中发放，知是谭宅家人，打了也没甚事，伸手撮住衣领，劈脸便是一耳刮子，打得王中牙缝流出血来。”（第四十五回）最终替主子出面把谭绍闻告上官府的也是这个“假李逵”：“次日假李逵拿着状子，恰遇董守廉上衙，马前递上。”（第四十五回）

夏逢若是小说中头号帮闲篾片，在第三十六、三十七回，夏逢若为了十两银子不惜坑害自己的结拜兄弟谭绍闻：

夏鼎道："不难，不难，我高低叫他上钩就是，只是迟早不定。现今日已过午，吃了饭我再慢图。"张绳祖道："无功之人，那有饭吃。依我说，大家开了交罢。"夏鼎道："难说连老泥也不给一顿饭吃么?"王紫泥道："他摆下席，我也不扰他。咱们每日在一搭儿，若无事就吃，也不是个常法。果然有了赌时，三天五天，杀鸡买鱼割肉打酒，那就全不论了。咱一同去罢。"（第三十七回）

由此描述中，也可以看出作为帮闲的夏逢若可谓厚颜无耻，由于种种原因"帮闲"没有取得成功，在受到冷遇后仍然为了"一顿饭"而不惜低三下四继续纠缠，让读者也为之脸红。小说中对其描写较多，在前面已有所论及，故在此不多分析。

刁卓，绰号"貂鼠皮"，其他情况不详。第六十一回，"这貂鼠皮后来改邪归正，佣工做活，竟积了几两银子，聚了一个老婆，生男育女，成了人家，皆边公三十板之力也。"

小帮闲细皮鲢、貂鼠皮、白鸽嘴等，是一群混迹于夏逢若开设的赌娼场中的帮闲篾片，"专管着背钱褡裢，拿赌具，接娼送妓，点灯铺毡，只图个酒食改淡嘴，趁些钱钞养穷家"。（第五十四回）

（六）其他赌徒

其他家庭出身情况不甚详明的赌徒有：

1. 鲍旭，是东县的一个赌家，家庭出身情况不详。在小说第二十二回一出场，"说带了二百多两银子进城来寻赌"。出入于刘守斋、张绳祖、夏逢若、谭绍闻等开设赌娼场，赌博、嫖娼都有这个"鲍相公"的份儿。

2. 孙宅二相公，家庭及出身情况不详，第五十六回，白鸽嘴道："听说周桥头孙宅二相公，是个好赌家。"夏逢若道："骑着骆驼耍门扇，那是大马金刀哩，每日上外州外县，一场输赢讲一二千两。咱这小砂锅，也煮不下那九斤重的鳖。"由夏逢若和白鸽嘴所说的可以知道这个"孙二相公"肯定是一个"好赌家"无疑。

3. 田承宗，具体情况不详。住在"观音堂前"，第五十六回，细皮鲢道："观音堂门前田家过继的儿田承宗，他伯没儿，得了这份肥产业，每日腰中装几十两，背着鼓寻捶，……"

4. 邹有成的儿子，偷赌偷嫖，具体情况不甚详细。第五十六回，貂鼠皮道："南马道有个新发财主，叫邹有成，新买了几顷地，山货街有几分生意。听说他儿子偷赌偷嫖。"通过夏逢若与小帮闲貂鼠皮、白鸽嘴等人的对话，可知邹有成之子经常在张绳祖的赌场中参与赌博。

无业游民类赌徒：

《歧路灯》中还描写了一帮无业游民赌徒，即所谓的"游棍"。几个有名的，叫做赵大胡子、王二胖子、杨三瞎子、阎四黑子、孙五秃子，身份各异，具体情况不详。第五十四回写道："有主户门第流落成的，也有从偷摸出身得钱大赌的。每日打听谁家乡绅后裔、财主儿子下了路的，有多少家业，父兄或能管教或不能管教，专一背着竹罩，罩这一班子弟鱼；持着粘杆，粘这一班子弟鸟。"

1. 赵大胡子叫赵天洪，系祥符县人，以偷盗为生。赵天洪在陕西临潼县做下大案，同伙被官府抓捕，把他供了出来。临潼县"差来干捕，将批文投入署内，署中登了内号簿，用了印花，秘差祥符健役协拿。访真在夏逢若家赌博，登时拿获。

过了堂，入了监内”。赵天洪把窃得的赃物一对金镯子在赌场中低价转手给谭绍闻，被抓捕后自然供出了谭绍闻，况且谭也参与了赌博，最后也被关押进衙门的捕班之中。

2. 王二胖子等其他“游棍”。只是于第五十四回在夏逢若开设的赌娼场中出现，而作者没有进行过多的描述。在第六十三回，谭绍闻殡埋乃亡父在“吊簿”上有“王二胖子、杨三瞎子、阎四黑子、孙五秃子”“共礼钱四百文，送竹马八人”，说明虽然他们为“游棍”、赌徒，也还是与谭绍闻攀扯上一些交情。

由上述分析不难看出，作者通过小说对当时社会中赌博参与群体广泛性进行了较为真实的描绘。正如钱泳《履园丛话》卷二十一“恶俗”所云：“上自公卿大夫，下至编氓徒隶，以及绣房闺阁之人，莫不好赌者。”①

首先，值得称道的是，李绿园用他那如椽之笔，仅在一回之中就给读者展现出来赌徒们的众生相：“且说谭绍闻在夏逢若家混闹，又添上管贻安、鲍旭、贲浩波一班儿殷实浮华的恶少，这夏家赌娼场儿，真正就成了局阵，早轰动了城内、城外、外州、外县的一起儿游棍。这游棍有几个有名的，叫做赵大胡子，王二胖子，杨三瞎子，阎四黑子，孙五秃子，有主户门第流落成的，也有从偷摸出身得钱大赌的。每日打听谁家乡绅后裔、财主儿子下了路的，有多少家业，父兄或能管教或不能管教，专一背着竹罩，罩这一班子弟鱼；持着粘杆，粘这一班子弟鸟。又有一起嫖赌场的小帮闲，叫做细皮鲢，小貂鼠，白鸽嘴，专管着背钱褡裢，拿赌具，接娼送妓，点灯铺毡，只图个酒食改淡嘴，趁些钱钞养穷家。此时夏逢若开了赌场，竟

① 钱泳：《履园丛话》卷二十一。

能把一起膏粱弄在一处，声名洋溢。这两样人心里都似蛱蝶之恋花，蜣螂之集秽，不招而自来，欲麾而不去的。”（第五十四回）作者一口气写出来十三个赌博场中的人物，这个群体从世家子弟、宦门之后到无业游棍、帮闲篾片，各色人等都有，几乎遍及社会各个角落。

其次，小说还表现了赌博参与群体成分的复杂情况。第六十九回，满相公道：“前六月间请城内师爷、将爷，在厅上斗牌，有一个兵丁在将爷背后站着指点。……”这是通过盛希侨的门客满相公之口说出祥符城内“师爷、将爷”同盛希侨斗牌——这说明官吏和军队的将领参与赌博。衙门师爷淡如菊、书办钱万里，公暇参与赌博，而且赌博成瘾。堕落秀才侯冠玉、王紫泥经常参与赌博，王紫泥还是张绳祖的赌场搭档，嗜赌若狂。国子监生张绳祖、刘守斋，本是好赌之徒，又开场放赌。标营兵丁虎镇邦善赌，赌艺精绝，被称为“色子的元帅”。宦门子弟、赌尽家业而成为无业游民的夏逢若，赌博成为他养家糊口的手段之一。商贾子弟窦又桂、以豆腐生意发家的小刘儿等，也都嗜赌如命。《歧路灯》描绘的赌博世界里有一个庞大的赌博群体队伍，其成分之复杂，真可谓“群英荟萃”！

值得提及的是，《歧路灯》中还写到佛门弟子、娼妓参与赌博，这就使得赌博群体更为壮大、参与人员成份更为复杂。同时，也使得博戏日益走向龌龊和堕落，使赌徒的赌博活动及其行为更趋下流。地藏庵的尼姑慧照在盛希侨家掷色子，竟能“把五六串钱，都赢的七零八落。”（第十六回）第二十四回回目就是“谭氏轩戏箱优器，张家祠妓女赌博”，这一回写到妓女“红玉”在张家祠堂赌场帮助谭绍闻照看赌牌的情景：“那妓女名唤红玉，奉了绍闻一杯茶。也坐在逢若背后，与绍闻同看。……”接着写到在吃过午饭之后，大家两次邀请绍闻入伙，红玉说道：“我再替谭爷看着些。”“谭绍闻午前早已看那搭配变化，有些滋味。又有红玉帮看，……到日落时，偏偏的绍闻赢够五六千。”第三十四回，刘守斋的赌场也有妓女参与赌博，“三间小房儿，只听内边有呢喃笑语之声。进去一看，原来正是那个鲍相公同着一个妓女在那里打骨牌”。

此外，还须说明的是，《歧路灯》中随着赌博风气炽盛，还产生了一个极具寄生性赌徒群体，这个特殊群体的存在，使参与赌博的群体更具广泛性。小说中的张绳祖、王紫泥、虎镇邦、夏逢若之流。与一般的参赌者不同的是，他们类似所谓的“职业赌徒”，往往依托赌场，诱人赌博，以此作为谋生的主要手段。因此，这一群体是社会肌体上的毒瘤，是赌博风气的“传染源”和发散地，更是致人堕落和走向犯罪的渊薮。

表4-2:《歧路灯》参与赌博人物简表

序号	姓名	绰号	基本情况、参与赌地点等		章回
1	谭绍闻	憨头狼	祖上做过灵宝县令，父亲也举过孝廉，钦授正六品	盛宅、张家祠堂、巴庚酒馆、夏逢若家赌场，竟在自己家里开设赌娼场。	17、24、26、34、43、50、54、58、64
2	盛希侨	傻公子，绰号叫公孙衍。宦门子弟	祖上做过云南布政使，父亲也曾为广东武州判	多次在家里赌博；其家人也经常赌博；为清还谭绍闻的赌债，与张绳祖赌博。	17、27
3	张绳祖	没星秤	旧家，祖上为官二任	仅先祖两任宦囊也够过十几辈子，但他却沦为赌家，只能靠开赌场为生。	24、26、27、33、34、37、43

（续表）

序号	姓名	绰号	基本情况、参与赌地点等		章回
4	夏逢若	兔儿丝	父亲做过江南微员	宦囊充足，但夏逢若嗜饮善啖，纵酒宿娼，不上三五年便消尽家产，只得做帮闲开赌场以骗酒食图银钱。	16、24、26、54、57、58、64
5	管贻安	管九宅、管不住	出身富厚之家，是个旧宦后裔	骄横不法，狎妓狂赌，最后犯了因奸致命之律而被绞。	34、43、53、54、64
6	虎镇邦	虎不久	富户，革退兵丁	原是村农子弟，祖上遗有两顷田地，一处小宅院、菜园五亩、车厂一个，但因赌弄得爹娘无以送终，妻子无以资生，自己也只得去做兵丁，最后又因赌被革。	58、59、64
7	细皮鲢	具体姓名不详，细皮鲢	城东连家村，主户人家	是一家主户儿，城东连家村，有楼有厅，有两三顷地。输得精光。	58、59、64
8	窦又桂	小窦儿	布商窦丛之子	因赌自缢。	50、51
9	王紫泥	老泥	秀才出身	多次参与赌博，并教唆儿子闹赌。	33、34、43
10	侯冠玉	无	秀才出身	赌债催逼难支，不得已带着妻子董氏逃走省城，投奔他的亲戚。	9、12、14
11	刘守斋	无绰号，原名叫刘用约，	开封府衙书办之后，衙门里、斗行里一齐发财，买了几处市房，乡里也买了八九顷好地	专以讨些煮茗酿酒方子，烹鱼炒鸡的法儿，请客备席，网罗朋友，每日轰赌闹娼。一来是自己所好，却有八分奉承人的意思，无非图自己门庭热闹。	33、34

（续表）

序号	姓名	绰号	基本情况、参与赌地点等		章回
11	韩秀才	无	秀才出身，旅店老板	平生嫖赌，弄到“三光者”地位，此时专借开场诱赌，招致流娼，图房课以为生计。	72
12	巴庚	无	开酒馆的老板	借卖酒为名，专一窝娼，图这宗肥房租；开赌，图这宗肥头钱。	50、51
13	钱可仰	无	钱可仰开一个过客店	安寓仕商，又是过载行，包写各省车辆。	50、51
14	戴秃儿	戴秃儿	家住北街	开设赌场，（盛希侨）道：“那日北街戴秃儿家，新来一个人物头儿，约我瞧去。还有一场子好赌。”	18
15	刁卓	貂鼠皮	帮闲	嫖赌场的小帮闲，专管着背钱褡裢，拿赌具，接娼送妓，点灯铺毡，只图个酒食改淡嘴，趁些钱钞养穷家。	58、59、64
16	白鸽嘴	姓名不详	帮闲	嫖赌场的小帮闲，专管着背钱褡裢，拿赌具，接娼送妓，点灯铺毡，只图个酒食改淡嘴，趁些钱钞养穷家。	58、59、64
17	鲍旭	无	家住东县，家境富裕	带了二百多两银子进城来寻赌。	34、43、53、54
18	滑玉	无	惠养民妻弟	赌博败家，最终因赌卖妻鬻女。	40、41
19	高鹏飞	高皮匠	以老婆的姿色骗人钱财，参与赌博	在南阳府行骗一次得银子一百两；在谭宅行骗得银子一百五十两。	29

（续表）

序号	姓名	绰号	基本情况、参与赌地点等		章回
20	柴宁箴	无	青年学生	因赌博案自毁前程。	50、51
21	阎慎	无	青年学生	因赌博案自毁前程。	50、51
22	贲浩波	无	朱仙镇人，富家子弟	多次参与赌博、嫖娼。	53、54、56
23	王豆腐之子	姓名不详	家住打铜巷，豆腐坊主之后	其父为新发财主，此子极好赌。	53
24	邹有成之子	姓名不详	本城南马道，新发财主之子	偷赌偷嫖，经常混迹于张绳祖赌场。家里有"新买了几顷地，山货街有几分生意"。	56
25	孙二相公	姓名不详	城内周桥头	周桥头孙宅二相公，是个好赌家。每日上外州外县，一场输赢讲一二千两。	56
26	田承宗	无	城内观音堂前门田家	田家过继的儿田承宗，有份肥产业，每日腰中装几十两，背着鼓寻捶。	56
27	小刘儿	小豆腐	家住打铜巷，豆腐坊主之后	多次参与赌博，并因赌遭到杖刑。	58、64
28	赵天洪	赵大胡子	有主户门第流落成的，也有从偷摸出身得钱大赌的	每日打听谁家乡绅后裔、财主儿子下了路的，有多少家业，父兄或能管教或不能管教，专一背着竹罩，罩这一班子弟鱼；持着粘杆，粘这一班子弟鸟。	53、54
29	王二胖子	姓名不详			
30	杨三瞎子	姓名不详			

（续表）

序号	姓名	绰号	基本情况、参与赌地点等		章回
31	阎四黑子	姓名不详			
32	孙五秃子	姓名不详			
33	苏邪子	姓名不详	开赌场为生	（张绳祖）说："……今日若不下手，到明日转了主户，万一落到苏邪子、王小川、邓二麻子他们手里，……"	34
34	王小川	姓名不详			
35	邓二麻子	姓名不详			
36	娄星辉	星相公	家住仓巷里	同管贻安一起参与赌博、嫖娼。	34
37	金尔音	无	汾州府客商	趁其父回家偷赌。	43
38	双裙儿	姓名不详	混迹于张绳祖赌场	在赌场中"打比子"，属于帮闲之流。	43
39	张瞻前	无	张绳祖从堂侄	在赌场"架秤子"，帮闲之流。	43
40	王学箕	无	王紫泥之子，19岁	随其父参与赌博	43
41	刘泼帽	姓名不详	家住朱仙镇	开设赌娼场。	53
42	赵皮匠	姓名不详	家住朱仙镇	开设赌娼场。	53
43	钱万里	衙门书办	家住相国寺后街，五道将军庙前	参与赌博。	24
44	淡如菊	同上	情况不详	参与赌博。	24

二、赌博风气的普遍性

《歧路灯》在比较广泛的视野下，真实地描写了清代社会赌博风气的普遍性，深刻地暴露了这种社会病态的方方面面，在小说中从京城、山东济宁到河南的祥符，在阔大的地域范围内，赌博可谓无处不有，无时不在。

由于作品故事发生地以及主要人物活动的场景在祥符，因此，小说对京城的赌博风气仅仅用一个小小的插曲予以揭示。第七回，谭孝移被保举贤良方正在京城居留期间，游丰台时遇雨在悯忠寺附近一个“柳书办”家避雨，看到书房内“放着掷色子饶瓷盆”，“又见砖缝里有一块二三钱的银子”，跟随侍奉谭孝移的“长班”在临走之时，没有忘记“还进书房，把那赌博丢下砖缝银子拾了，方才与二仆踏泥相随”。虽然作者对京城赌博情况没有作展开描述，但是，通过《清仁宗实录》等有关史料记载，不难想见京城赌博风气之盛行程度。①

我们看一看《歧路灯》中对山东的赌博情况描写。第七十二回，写到山东济宁一个乡镇上，一个姓韩的秀才，虽身上还有着功名但却嗜赌嗜嫖，最终荡尽家产，最后开设旅馆，专门诱赌闹娼。在他的旅店中有一个叫“曹卖鬼”的“店小二”，专门为闹赌嫖娼牵线搭桥。通过小说的描写我们可以看到，就是像济宁府张家集，一个偏僻的集镇也竟是赌博风行。在山东地区赌博风气盛行的情况，在山东人王士祯《分甘余话·马吊牌》有记载：“近马吊渐及北方，又加以混江、游湖种种诸戏，

① 八旗子弟“大半沾染习俗”，“华服饮酒，赌博听戏”，“所为之事，竟同市井无赖”。参见《清仁宗实录》卷 277，第 3340 页；卷 153，第 2204 页。

吾里缙绅子弟，多废学竟为之。”① 明末清初思想家顾炎武在《日知录》也提到山东赌博情况。② 由王士祯、顾炎武两位思想家的披露可见在清中叶时山东地区的赌博风气盛行的境况。

从《歧路灯》中的描写可以看到，在中原地区的从省城祥符到乡镇，赌博风气非常普遍。赌场遍布城乡，大小规模均有，开场设赌者，各色人等，不一而足。在祥符城内开场放赌的有世家子弟，有新发财主，有酒店旅馆老板；还有出身和职业不详的赌场主。在中原名镇——朱仙镇、在祥符城西乡下等地都有开场放赌的赌徒博棍。③

以上情况也可以从当时的官方文献中得到印证。田文镜于雍正五年（1727 年）把自己治理河南时的有关文告汇编成为《抚豫宣化录》并于当年付梓行世。④《抚豫宣化录》真实地记载了田文镜抚豫的情况，颇具史料价值。其中便披露出中原地区赌风盛行的情况。为了禁赌、禁娼，田文镜于雍正二年（1724 年）九月发布《严禁赌博以杜命盗之源事》；雍正三年（1725 年）十月，发布《再行严禁窝贼、窝娼、窝赌，以靖地方，以肃功令事》等等，把禁赌禁娼当做净化地方社会风气的一项重要内容，屡颁禁令，再三申诫。雍正二年九月的文告指出：“乃访得豫省恶习，每于热闹场集置放宝案，铺设赌席，

---

① 王士祯著，张世林校点：《分甘余话》，中华书局，1989 年版，第 21～22 页。

② “万历之末，太平无事，士大夫无所用心，间有相从赌博者。至天启中，始行马吊之戏，而今朝士，若江南、山东几于无人不为此，有如韦昭论云‘穷日尽明，继以脂烛，人事旷而不修，宾旅阙而不接’者。吁，可异也。”参见顾炎武著，栾保群、吕立宗校点：《日知录集释》卷二十八，花山文艺出版社，1990 年版。

③ 详情可参见本书表 4－2：《〈歧路灯〉参与赌博人物简表》。

④ 田文镜（1662～1732），雍正朝时前后专兼理河南政务多年的清府官员。

不论他乡别县，无赖恶少，群聚角逐。巡查捕役，乡约地方逐处抽取规例，规例到手，不但不查拿解究，抑且徇隐出结。地方官耳目有限，岂能周知？因而赌风日甚肆无忌惮。”雍正三年十月的文告指出：“今访得窝贼窝娼窝赌辈竞出于绅衿，而武劣为尤甚。以赌博为消闲之具，日夜不休；以娼妓为行乐之场，更相推荐。”① 清中叶中原地区赌风盛行的事实，在这些文告的字里行间得到了清晰的展现。

根据李绿园所生活的时代有关方志及其他资料也可以看出，在中原地区遍及城乡的赌博，像瘟疫一样蔓延在当时社会的各个阶层，日渐成为一种社会风尚。它不仅仅流行于成人之中，而且于潜移默化之中影响着广大青少年。在儿童中流行“投核桃、掷钱之戏”，虽然它更近于游戏性质，但这种投桃掷钱之戏也还是下有赌注，作为一种社会风气的表现，说明当时的祥符赌博的毒瘤在社会中已经普遍流行，并且是日益公开化、合法化的。②《祥符县志》记载一个曾经陷入赌海后又成为回头浪子的人物，原来也是一个少年赌徒。“朱祥，家故贫寒，早丧父，自幼不闻教训，惟母尚健，年十四五岁时，好入博场，一日，其母拄杖来，见与众人赌博，举杖即打。祥卧以受杖，母老无力，责至半晌，喘呼不定，祥心动，念母衰老至此，大泣，誓不入博场。自此竭力养亲，痛改前非。”③ 这个

① 参见张民服点校：《抚豫宣化录》，中州古籍出版社，1995 年版，第 232 页。

② 明末清初人无名氏所撰写的《如梦录·节令礼仪记》记载：“自初一日后，赴相国寺、萧墙街，听谈古，说因果，游乐，儿童又有投核桃、掷钱之戏。”参见孔宪易校注：《如梦录》《节令礼仪纪第十》，中原古籍出版社，1984 年版。《如梦录》前有清祥符人常茂莱（1788～1873）写的序，由此可知此书为明末清初人所作。

③ 见《祥符县志》卷十七“人物·义行”

改邪归正、弃恶从善的赌徒朱祥，仅因改正错误而有幸入县志。那些沉溺于赌海而不能自拔、终生未改悔者应该是大多数。可见当时赌博风气的滥觞程度。在这个赌博而最终改悔的浪子朱祥身上，我们不难发现谭绍闻的影像，县志所记载与《歧路灯》小说所描绘的始终只能是当时社会中千千万万个赌徒的代表与缩影！

另外一个事实也足以说明赌博之风气在中原地区的普遍程度。在《大清律例》对赌博有关条目的完善过程中，河南曾经数度因赌博或造卖赌具而成为制定律例的参照标准。乾隆十九年（1754 年），河南发生李尚文为人代造赌具案，对其处罚为“仅得工钱，并非伙造分利，依为从例减等满（疑为“免”字）徒”，成为此等案例的处罚标准。[①] 另一例是发生在乾隆二十五年的贩卖赌具案，买到手还未来得及出卖者“与买而已贩者有间，照贩卖为首例一等拟徒”。[②] 小说中的大帮闲夏逢若何尝不是如此，本来已经成为道台衙门的“买办”，虽然社会地位相对低下一点，但毕竟还是有一个正当的职业，但是，由于贪婪的赌徒的心理使然，他也走上了造卖赌具而被“遣发极边四千里”遭流放的不归之路！

值得说明的是，《歧路灯》对城外的乡村赌博情况没有过多的笔墨涉及，但也写到管九宅、鲍旭等富室子弟从乡下、东县等地到祥符城内寻赌的情况，并且还在第四十回用较长的篇幅，详细地描写了祥符城南三十里的滑家村滑玉为赌博而典妻卖女的恶行，不难想象赌博风气遍及乡野。

---

① 参见郭双林、肖梅花著：《中华赌博史》，第 232 页。

② 同上，第 233 页。

三、赌博危害的严重性

《歧路灯》用较大的篇幅、较多的笔墨刻画了各类参与赌博的人物形象，暴露了种种赌博的丑恶现象，对赌博的严重危害也作了真实、深刻的揭示。下面结合《歧路灯》文本重点阐明赌博危害的严重性。

（一）危害人性

《歧路灯》真实地展示了赌博对于赌徒性格的异化及其人性的腐蚀。小说第四十二回，夏逢若向谭绍闻“告乏得银惠”，得以偿还由张绳祖担保的债务的“余欠”部分。但是，几乎与此同时，夏逢若为了张绳祖十两银子“脚步钱”的诱惑，竟心生歹计，暗中操纵，把自己的结拜兄弟、改志读书的谭绍闻再一次推向了赌博的深渊。此前，夏逢若还感恩于谭绍闻二两银子使他摆脱困境；此后夏逢若便眼红张绳祖的十两雪花银子。在整个事情的发展过程中，小说把赌徒夏逢若道德之沦丧、惟利是图的极端病态人格，暴露无遗。同时，我们也不难看出，夏逢若、张绳祖二人为牟他人之利所做的赤裸裸的金钱交易，也正是赌博场中相为利用、狼狈成奸、金钱至上的病态人际关系真实的反映。

小说第四十二回，作者采用赌徒“现身说法”的方式把误入赌海者的心理世界形象地揭示出来：

> 张绳祖（对夏逢若）道：“你还不晓赌博人的性情么？大凡一个人，除是自幼有好父兄拘束得紧，不敢窥看赌场，或是自己天性不好赌，这便万事都休了。若说是学会赌博，这便是把疥疮、癣疮送在心窝里长着，闲时便自会

> 痒起来。再遇见我们光棍湿气一潮，他自会搔挠不下。倘是输的急了，弄出没趣来，弄出饥荒来，或发誓赌咒，或摆席请人，说自己断了赌，也有几个月不看赌博的。这就如疥疮挠的流出了血，害疼起来，所以再不敢去挠。及至略好了些，这心窝里发出自然之痒，又要仍蹈前辙。况且伶俐不过光棍，百生法儿与他加上些风湿，便不知不觉麻姑爪已到背上，挠将起来。这谭绍闻已是会赌，况且是赌过不止一次了，你只管勾引上他来，我自有法儿叫他痒。他若是能不赌时，我再加你十两。改了口就是个忘八。这是我拿定的事，聊试试看，能错一星不能。”

通过这段文字描述，我们可以看出，一个人一旦学会赌博就如同“把疥疮、癣疮送在心窝里长着”，迷上赌博一如吸食“鸦片”一样上瘾，再遇到帮闲篾片哄骗引诱，就是戒赌之后也常常会旧病复发。因为赌博使人丧失人性，正如张绳祖道出的赌场的游戏规则那样，“富了寻人弄，穷了就弄人”，最终只落得穷家败业，丧失尊严、没有人性，在赌海中“迷失”自我。龚炜《巢林笔记》云：“愚谓聋虫尚可以通以志气，人为物灵，冥顽一至此耶？且盗贼，饥寒迫之也，引更何所迫欤？数年前，陇西有仆马尊者，身受赌害，抽刀断一指自誓，于时观者失色，尽谓其能痛改矣；乃左创未愈，而右执叶子如初。”①龚炜用血的事实对赌徒的这种心理进行剖析，可谓曲尽赌徒戒赌的反复性。

① 龚炜：《巢林笔谈》卷四“赌风”，转引自郭双林、肖梅花著：《中华赌博史》，第243页。

不仅如此，从小说中的描写可以看到，开场设赌或长期混迹于游乐赌场的人，因赌博而迷失本性，因玩物丧志而染上极度颓废的人生哲学。我们看一看小说第二十一回，“夏逢若酒后腾邪说”就不难得知：

> 逢若又说道：“人生一世，不过快乐了便罢。柳陌花巷快乐一辈子也是死，执固板样拘束一辈子也是死。若说做圣贤道学的事，将来乡贤祠屋角里，未必能有个牌位。若说做忠孝传后的事，将来《纲鉴》纸缝里，未必有个姓名。就是有个牌位，有个姓名，毕竟何益于我？所以古人有勘透的话，说是‘人生行乐耳’，又说是‘世上浮名好是闲’。总不如趁自己有个家业，手头有几个闲钱，三朋四友，胡混一辈子，也就罢了。所以我也颇有聪明，并无家业，只靠寻一个畅快。若是每日拘拘束束，自寻苦吃，难说阎罗老子，怜我今生正经，放回托生，补我的缺陷不成？”

夏逢若自称“胡混一辈子，也就罢了”，“只靠寻一个畅快”，他认为人生一世就要及时行乐，得过且过。而张绳祖后来的生活目标竟是：“圈套上几个膏粱子弟，好过光阴。粗糙茶饭我是不能吃的，烂缕衣服我是不能穿的，你说不干这事该怎的？”（第四十二回）另外一个赌棍虎镇邦奉行的也是：“我当初为赌博把一个家业丢了，少不得就在这城内几家憨头狼身上起办。”（第六十四回）更为恶劣的是，小帮闲貂鼠皮等人认为谭绍闻的老师智周万“把谭福儿（绍闻）能以教的不再赌博”，就是破了他们的生意，就是杀了他们的（衣食）父母，就等于存心与他们结冤仇，因此，不惜用阴险恶毒手段使得智周万悄然离开谭宅。（第五十六回）可以想见，赌博使得张绳祖、夏逢若、虎镇邦、貂鼠皮等一群赌徒帮闲篾片心理严重变形扭曲、人格极度畸形化。他们何以如此呢？马克思认为，"人们总是自觉地或不自觉地，归根到底总是从他们阶级地位所依据的实际关系中——从他们进行生产和交换的经济关系中，吸取自己的道德观念。"[①] 因此，《歧路灯》中所塑造的张绳祖、夏逢若、虎镇邦等赌徒性格的异化、道德的沦丧、人生哲学的颓废，根源在于赌博，在于赌博行为的惟利是图，在于赌博对社会财富的纯消耗性，这使他们逐步走上了不可救药的歧途。

（二）危害家庭

李绿园在《歧路灯》中写大的赌博场面不下十多次，写到的赌棍、赌徒不下数十人，因此，有论者认为，"我国古代小说没有一部像《歧路灯》一样，出现了这么多赌徒，详细写了当时各种赌博的方式，特别是塑造了一个具有鲜明的个性的赌棍夏鼎的形象。"[②] 还有人认为，《歧路灯》写赌博"其细致、深刻可以说是独步古今"。[③] 然而，更为可贵的是，李绿园通过小说《歧路灯》深刻揭示了赌博对家庭造成的危害。

小说主人公谭绍闻就是受匪人的引诱，沾染、陷溺于赌博之中，赌博令其堕落，令其败家甚至几乎丧命。且看赌博给谭宅带来的祸害：谭宅虽非豪门大族，但在祥符也是有名的缙绅富户，每年收入银子"也该有一千九百两余头"。这般丰厚的家业，却主要因为谭绍闻参与赌博，染上各般恶习，以

---

① 《马克思恩格斯选集》三卷，人民出版社，1972年版，第133页。

② 张国光，《我国古代的〈教育诗〉与社会风俗画》，见《〈歧路灯〉论丛》(一)，第162页。

③ 王鸿芦，《〈歧路灯〉五谈》，见《〈歧路灯〉论丛》(一)，第97～98页。

至于日销月减，“果然弄的家败人亡”。谭绍闻虽未因赌丧身，却数次因赌辱身，数度因赌博被滞留衙门，一度堕落为败家之子；因这不争气的夫君，贤慧善良的孔慧娘忧郁成疾，悲惨地死去。

更有甚者因赌博而丧命。第五十一回，布商窦丛之子窦又桂因赌博被乃父严斥，在羞愧与自责之中，又担心欠下赌债“难杜将来讨索”，于左思右想之中走上绝路，自缢身亡。商人窦丛痛失爱子之后，锥心彻骨，想起自己离家千里“携子作商”，儿子被人诱赌，竟至丧命，“将来何以告妻室，见儿媳？这骨肉之情，凄然有感”。这是赌博使得商人之家骨肉离散、家败人亡。

在《歧路灯》中因赌博败家者多有人在，李绿园展现在读者面前的简直就是一部赌博败家谱。赌徒滑玉“在家每日赌，连一个庄头儿也赌的卖了”，带着老婆孩子背井离乡，但还不思改悔，最后“一发把媳妇卖了”，女儿也不知道流落何处。二娃的丈夫，好赌博，输的一贫如洗，“便下了路”，刚开始让二娃由别人包养，两年后干脆把二娃卖给别人为妾，还将女儿卖给别人为奴（第十三回由薛媒婆转述出来）。张绳祖，自幼学会赌博，把父辈两任丰厚的宦囊赌光，家业败尽。虎镇邦因赌博，把一份祖业弄到“金尽裘弊”地步，最后“爹娘无以为送终之具，妻子无以为资生之策”。夏逢若嗜赌，把乃父“宦囊”赌尽，还因开赌场受辱而自食其恶果，后来又牵连进赌博命案之中，因在其家中“起出牌版，只得按律究拟，私造赌具，遣发极边四千里，就完了夏鼎一生公案”。（第一百回）赌徒“细皮鲢”因赌博把祖上留下的“楼厅”、土地赌得罄净，混迹赌场成为一个帮闲篾片。赌场打手贾李魁原名“李魁”，由于赌博把家产输光，最后跟一个姓贾的人家当儿子，流落赌场充当打手。因赌博而危害家庭的情况，在小说中俯拾皆是，在本书前面“赌博群体的广泛性”中已有论及，故在此不多赘述。

李绿园对于赌博的诸多危害有着非常清醒的认识，他在《家训谆言》中论及并告诫子弟戒赌之处就有五条之多。他苦口婆心地告诫其子弟：“勿学赌博”、“远离赌博”：“……勿学赌博。予观近今之人家之败，大率由于赌博。与其自悔自恨于既知之后，曷若闭目摇手于未学之前？予既啮耳以告，尔辈宜刻骨铭心，以志不忘。”① “……人学赌博，必惶恐羞赧，盖人之性，本不与赌博相宜也。趁此时戒之，不过片言入耳。早已断却根子，何至百悔攒心，尚不能自克耶。”② 正像作家在小说中塑造的正统文人士子谭孝移那样，赌博等社会不良习尚成为他们的心头之患。以“品卓行方”被保举贤良方正的谭孝移，在第三回中说：“我在这大街里住，眼见的，耳听的，亲阅历有许多火焰生光人家，霎时便弄的灯消火灭，所以我心里只是一个怕字。”这“大街里”正是赌风大盛的地方，所以，谭孝移的“只是一个怕字”，包含着对于赌博败家的忧虑乃至恐慌。然而，谭孝移做梦也不会想到，在他死后其子会因赌博几乎败家亡身。就是李绿园也没有料到，李氏家族中也会出现因赌博而败尽家产，生活无以为继的子孙。③

栾星先生在《李绿园家世订补》中说：“李绿园在《歧路

① 栾星编著，《〈歧路灯〉研究资料》，第142页。
② 栾星编著，《〈歧路灯〉研究资料》，第144页。
③ 栾星：《李绿园家世订补》，见《〈歧路灯〉论丛》（二），第302～303页。

灯》及《家训》中，一再向世家子弟耳提面命：戒酒戒赌。关于赌，《歧路灯》写得尤多。李绿园后人李春林谈，他的三门（李范一支）却是因赌输个罄尽而败家的。李绿园的孙子、中原有名的诗人李于潢，亦因闹赌未至中年而家业凋零，后又暴死于酒，这或许是李绿园所始料不及的，然又是意料中的事。因他说过：'那一家子孙敢言与天地不朽？'又说过'他若常享丰厚，那些谨守正道，甘淡薄，受辛苦的子孙，该常常挑担荷锄，嚼糠吃菜乎？天道无亲，必不然矣。'这并非李氏一族的悲剧，正如《歧路灯》中描写的，是封建末世大多数世家子弟的悲剧。《歧路灯》是一面镜子，照出的正是封建末世的大千世界，特别是那些有'骄奢淫佚之资'的宦门子弟的尴尬相。"①

值得一提的是，《歧路灯》第五十六回，谭绍闻的老师智周万为谭绍闻作"戒赌箴铭"，这样写道：

> "千场纵赌家犹富"，此语莫为诗人误。强则为盗弱为丐，末梢只有两条路。试看聚赌怕人知，此时已学偷儿步。输钞借贷语偏甜，乞儿面孔早全副。一到山穷水尽时，五伦四维那能顾。纵然作态强支撑，妻寒子饥莫为护。回思挥金如粪日，随意飞撒不知数。此日囊空羞涩矣，半文开元陡生慕。千态万状做出来，饿殍今日属纨绔。苦语良言告少年，莫嫌此话太刻露：子赌父显怒，父赌子暗怖。此中有甚难解故，五鼓扪心个个悟。

这个"戒赌文"把赌博人的最终下场表现得淋漓尽致。参与赌

① 栾星：《李绿园家世订补》，见《〈歧路灯〉论丛》（二），第302～303页。

博的人，纵然有家产万贯，一旦堕入赌海，挥金如土不以为意，家产输光的时候，囊中羞涩，半文铜钱也觉宝贵。生计无着之时，东挪西借，死乞白赖，颜面丢尽，不然或为强盗或为乞丐，使社会不得以安宁。结果是父子或兄弟反目、夫妻成仇，丧尽人伦，妻儿饥寒也无力为顾。赌博对家庭、对人性、对社会的危害之大令人触目惊心！

难能可贵的是，李绿园在《歧路灯》中对于赌博这一社会毒瘤的危害性并非作自然主义的消极暴露。作为一位富有社会责任感的作家，他在小说中提出了自己的治赌策略，即官府禁赌、民间防赌、个人的内省与自觉抵制。三者之中，作者又特别强调了后者，这还是有一定见地的。不过，赌博既已作为一种社会毒瘤寄生于社会肌体之上，而“社会病是社会制度、政府政策与社会生产力发展不相适应的产物”①，所以，在已处封建社会晚期的康乾时期，李绿园的治赌策略虽可治标，但未必能治本。

（三）危害社会

赌博这一社会毒瘤在腐蚀人性的同时给社会造成了莫大的危害，长期以来为人们所深恶痛绝，遭到历朝历代政府所禁止。清朝政府也不例外，视赌博为罪恶之渊薮，把它与乱民、盗贼、娼妓一起列为闾阎四大恶，认为“劫人之财，戕人之命，伤人之肢肤，破人之家，败人之德，为善良之害者”，莫大于此四恶。② 而赌博之恶，尤过于其他，“民间恶习，无过于博戏”。由于赌博“荒废本业，荡费家资”，“最坏人之品

① 冯尔康：《清人生活漫步》，中国社会出版社，1999年版，第93页。
② 见《钦定大清会典事例》卷九百三十九，卷八百二十七。

行”，“输极无聊，掳卖人口，谋财劫杀”，“斗殴由此而生，争讼由此而起，盗贼由此而多，匪类由此而聚”。① 其为害于人心、社会风俗者，不可悉数。

《歧路灯》对由赌博引起扰乱社会秩序、败坏社会风化的丑恶现象也有所揭露。第六十回，一群赌徒在夏逢若的赌场成夜狂赌，“到了二更天，正赌得热闹，只听得后边哭喊叫骂起来。原是貂鼠皮见夏逢若门户上不留心，便生了个‘李代桃僵’之心。谁知道，后边参透了‘指鹿为马’的隐情，妇人叫骂起来”。这是由于赌博而引发的有伤风化的事件，赌徒貂鼠皮胆大妄为，图谋不轨，“趁火打劫”，半夜进入夏逢若妻子的住所，致使夏家赌场半夜间吵闹不休。被人报官后，衙门头役、管街保正来往夏家赌场搜取证据、捉拿人犯，引得满街的人们个个知晓，议论纷纷。虽然此案由清明的知县边公“为民存耻”矫以“赌博案”收场，把貂皮鼠“三十大板打的皮开肉绽”，但毫无疑问地在社会上造成了不良影响，李绿园在小说安排这样一个情节，对赌博危害社会，造成世风败坏、道德沦丧等具有一定的揭露意义。

赌博之徒赢得钱财则喜不自禁，视赌博为正业，乐此不疲，频出频入于赌场，增加社会财富不应有的消耗；输掉钱财者则欲罢不能，更作穷事之罗掘，孤注一掷，以至倾家荡产，甚或卖妻而乱人伦，鬻子而失人性，无奈而流落为盗贼，边赌边盗，赌盗合一，给社会造成无穷的危害。第五十四回，在夏逢若的赌场中就有一群边盗边赌，赌盗合一的赌徒，小说写道：“这游棍有几个有名的，叫做赵大胡子，王二胖子，杨三

① 见《钦定大清会典事例》卷九百三十九，卷八百二十七。

瞎子，阎四黑子，孙五秃子，有主户门第流落成的，也有从偷摸出身得钱大赌的。”其中的“赵大胡子”，就是“赌盗合一”式人物。他与一群盗匪在陕西临潼做下大案，分得一百五十两银子和一对金镯，然后在赌场挥霍一空。谭绍闻与赵大胡子同场赌博时，不知道金镯为赃物，以低价买回家去，结果因此而身陷囹圄，几乎是自毁前程。李绿园在这一回最后评论说："谭绍闻以少年子弟，流落赌场，自取轻薄，岂不可羞？况且藉买物而掩其输钱，若非一个忠仆，几位父执，极力相拯，一到临潼，与强盗质对，纵然不至于死，那临狱镣铐，自是不能免的。可不畏哉！”

由上述可知，赌博严重地危害社会，影响社会稳定，因此，清楚地认识到赌博之害的清朝政府，在全国范围内“屡申禁饬”，把查禁赌博、整顿风化列为地方政务之一。然而，终清一朝赌博恶俗只能是禁而不止，没有得到根除，亦可见赌博风气之顽固难化。

第三节　《歧路灯》中的其他不良时俗

如上所述，李绿园在《歧路灯》中对赌博的形形色色进行了穷形尽相的描绘和酣畅淋漓的批判，除此之外，他也把批判的矛头指向在中原地区十分流行的其他不良习俗，如对放马走狗、斗鹌鹑、养戏玩戏等痛加针砭，其中亦寄托着作者警世、醒世之深意，淑世、救世之用心。本节通过对《歧路灯》相关资料的梳理、比对，来阐述这些不良时俗的社会、文化意义。

一、放马走狗

盛希侨是《歧路灯》中仅次于谭绍闻的二号主人公，在他身上同样体现出小说“浪子回头金不换”的创作主旨，作者对他的塑造也倾注了全力。但是他一直到第十五回方才登场，真可谓是“千呼万唤始出来”，更妙的是他的亮相亦是“犹抱琵琶半遮面”，作者并不像通常那样直接点出其姓名与身份，而是由他人眼中描绘出一副放马走狗的贵公子派头：

有一日，隆吉正在柜台里面坐，只见一个公子，年纪不上二十岁，人物丰满明净，骑着一匹骏马，鞍鞯新鲜。跟着三四个人，俱骑着马；两三个步走的，驾着两只鹰，牵着两只细狗。满街尘土，一轰出东门去。到了春盛号铺门，公子勒住马，问道：“铺里有好鞭子没有?”王隆吉道：“红毛通藤的有几条，未必中意。”公子道：“拿来我看。”隆吉叫小伙计递与马上，公子道：“虽不好，也还罢了。要多少钱?”隆吉道：“情愿奉送。若讲钱时，误了贵干，我也就不卖。”公子道：“我原忙，回来奉价罢。”把旧鞭子丢在地下，跟人拾了。自己拿新鞭子，把马臀上加了一下，主仆七八个，一轰儿去了。

到了未牌时分，一轰儿又进了城。人是满面蒙尘，马是遍体生津，鹰坦着翅，狗吐着舌头，跟的人棍上挑着几个兔子。到了铺门，公子跳下马来，众仆从一齐下来，接住马。公子叫从人奉马鞭之价。隆吉早已跳出柜台，连声道：“不必！不必！我看公子渴了，先到铺后柜房吃杯茶。”公子道：“是渴的要紧，也罢，只是打搅些。”

在此，我们不难看出，盛希侨的“少年公子性儿”，轻裘骏马，鞍鲜辔新，驱马走狗，正如作者后来在小说第九十六回对他所下的批语中所说的：“（当年的盛希侨）少年公子性儿，呼卢叫雉，偎红倚翠，不过是膏粱气质，纨袴腔调，也就吃亏祖有厚贻，缺少教调。”出身世宦家庭的盛希侨的一副贵公子做派就是来自于祖宗的“厚贻”，同时也正是缺少了祖宗的“教调”而致的必然结果。

《歧路灯》对盛希侨的浮华生活的描绘远不止此。在小说的第十五回、十六回、十七回作者几乎是历数盛希侨试马、卖马、以马换狗等等劣迹，使这个世宦家庭子弟的面貌更加清晰而不同一般。还是在小说第十五回，王隆吉回访盛希侨之时，“恰好到了娘娘庙大街，这盛公子正在门楼下站着，与马贩子讲买马的话，看家人在街上试马。……盛公子吩咐家人道：‘马说妥了，去问号里取银子。就说有客说话，顾不得，叫他上笔账就是。’”第十六回中，盛希侨让管家帐房先生满相公到乡下买狗，再次来到盛宅的王隆吉问盛希侨：“‘满相公那里去了？’希侨道：‘我叫他往南乡买狗去。说这南乡苏宅玩的一条狗，如今要卖哩。我与他八两银子，他不卖，他要换一匹马。我叫满相公看看这狗，果然跑的好了，就与他一匹马。……’”后来，满相公买狗的事情在小说第十七回有了交待：“希侨道：‘狗何如？’满相公道：‘不成。狗大粗腿，还不胜咱家那条黑狗。不要他。’”中国历史上自古以来，不乏“五花马，千金裘，呼儿将出换美酒”的所谓文人风姿，也不乏以美人换宝马的所谓风流佳话，但像盛公子这样以马换狗却不多见。为了得到一只可以追兔逐雉的良狗，盛希侨可以不惜重金购买或者拿马匹去交换，真正显示出一掷千金的富户豪门气度，这显然也埋下他后来败家的种子。

在《歧路灯》的众多人物之中，不但是盛希侨过着这种衣马轻裘、放鹰走狗的奢靡生活，而且像夏逢若这样的帮闲篾片也熟谙、精通此等门径。在第二十一回，夏逢若到谭宅有事，谭绍闻留他在家里吃饭，小说写道："逢若更不推辞，酒酣之后，说的无非是绸缎花样，骡马口齿，谁的鹌鹑能咬几定，谁的细狗能以护鹰，谁的戏里打里火、打外火，谁的赌是能掐五、能坐六，那一个土娼甚是通规矩，那一个光棍走遍江湖，说的津津有味。……"在夏逢若之流的日常生活和言行举止之中，除了吃喝玩乐、哄赌闹娼、斗鸡走狗之外，没有什么正经事体。也可见得，《歧路灯》所描写的盛希侨这类不务正业、无所事事、跑马走狗之辈在当时社会上并不是个别现象，而是具有一定的代表性。

李绿园对此显然持有十分明确的反对态度，他在《家训谆言》中说道："近来浮浪子弟，添出几种怪异，如养鹰、供戏、斗鹌鹑、聚呼卢等是。我生之初，不过见无赖之徒为之，今则俊丽后生，洁净书房，有此直为恒事"。① 针对当时社会上一些人讲究衣冠鲜丽、崇尚虚华，他还说："勿尚体面，以耗积蓄。体面者品高，行端，学赡，文美，人自敬之，才谓之体面。若衣冠之鲜丽，裘马之轻肥，仆从之俊干，此不过市井小儿之所谓体面耳，非真体面也。徒务乎此，识者已掩口而笑，况耗家赀而为之，则下愚之所为矣。"② 不仅如此，就连"配

① 栾星编著：《〈歧路灯〉研究资料》，第147页。

② 栾星编著：《〈歧路灯〉研究资料》，第143页。

硝花于元宵，放纸鸯于仲春，亦不许焉。即门前晒捕鱼之网，檐下挂画眉之雏，亦予之所深厌者也”①。正为因如此，李绿园在小说第十三回中安排了一个情节，通过一个仆人为小主人前途的忧虑表达着自己对此不良时俗的拒斥的心声。在小说第十三回，“碧草轩上，几本书儿，斜乱放着”，谭绍闻读书也不上心了，开始想书本以外的事儿了，以至于拿钱买画眉鸟儿玩。仆人王中看出这不是好兆头，甚为忧虑，“我恐将来弄鹌鹑，养斗鸡，买鹰，弄犬，再弄出一般儿闲事来，把书儿耽搁了，大爷的门风家教便要坏的”。忧虑之余，王中曾经劝谭绍闻，“往后休要再买这宗无用的东西。俗话说的好，‘要得穷，弄毛虫’。”话说得比较重了一些，把谭绍闻弄了一个大红脸。但是，那画眉鸟笼挂在“碧草轩”外便开始冲淡着谭宅的书香气，已经为谭绍闻后来的堕落埋下了伏笔。盛希侨、夏逢若等浮浪子弟与谭绍闻结拜为兄弟，王中的忧虑和老主人谭孝移的担心一步一步成为可怕的现实。《歧路灯》中的一号主人公谭绍闻后来的堕入宿娼滥赌的泥潭，就是与“放马走狗”的浮浪子弟的勾引和熏染有着直接的关系。

二、斗鹌鹑

在《歧路灯》中涉及的当时社会上流行的不良时俗还有斗鹌鹑。鹌鹑，俗名“罗鹑”，简称“鹑”，又名“早秋”。② 据徐珂《清稗类钞·赌博类》说：“斗鹌鹑之戏，始于唐，西凉

① 栾星编著：《〈歧路灯〉研究资料》，第148页。

② 本为野生鸟类，性喜近人，雄者好斗，繁殖于我国东北部和俄罗斯西伯利亚南部。鹌鹑经过越冬南迁，逐渐散布于我国东部广大地区。

厩者进鹑于玄宗，能随鼓节奏争斗，宫中人咸养之。”① 人们开始驯养鹌鹑并使之争斗仅为游乐之戏，时至明清两朝，从公子王孙到市井小民好养好斗，斗鹌鹑游戏较此前各朝代更为流行。清代人程銮有《斗鹌鹑》诗：“更爱入冬鹑悬市，满城把弄无空拳”，写出了清康熙年间京城斗养鹌鹑的盛况。在清代时期，斗鹌鹑游戏的性质已经发生了根本变化，斗鹌鹑大多用于赌博。《歧路灯》里所描写的斗鹌鹑作为当时流行的一种游戏与此并非完全相同，下面看一看李绿园是怎样通过小说中斗鹌鹑这面镜子来烛照不良时俗之一斑。

（一）斗鹌鹑人物形色扫描

在此，我们对《歧路灯》中把玩鹌鹑的人物身份等进行简单扫描，看一看他们都是哪一类人等。小说第三十三回：

王紫泥道：“那是城西乡管冲甫的小儿子，兄弟排行第九，外号儿叫做‘管不住’。进城来赌博，带了一个鹌鹑，不知怎的遇见他三个，就到我这里趁圈子咬咬。偏偏的咬输了，一怒而去。”那孙四妞接口道：“我在街上做生意，管九宅见了我问：‘谁有好鹌鹑要咬哩？’我说惟有瑞云班他两个有，是城里两个出名的好鹌鹑。九宅哩就催我叫去，我叫的他两个到了，要趁王六爷这里咬咬，咬完了还要赌哩。谁知道他的就咬输了，惹的大恼走开了，很不好意思的。”……

话犹未完，瑞云班两个戏子来了，又带了两个旦脚

① 徐珂：《清稗类钞》，商务印书馆，1983 年版。

> 儿，共有五六袋鹌鹑。进的门来，王紫泥道：“你们要送谭相公鹌鹑，都拿来了?”戏子道：“尽谭相公拣，拣中了就连袋儿拿去。”……

上述引文中出现的人物共有九个，把玩鹌鹑的有：城西乡下的管贻安（绰号管九宅、管不住），纨绔子弟，嗜赌如命；街上理发店的孙四妞，即小说中所谓的“梳头的”，职业和身份低贱；瑞云班两个戏子，又带两个旦角，其身份属“下九流”类；后来戏子送给谭绍闻一只鹌鹑，谭绍闻也算一个，此时也是浮浪子弟。与斗鹌鹑相关的人物，即提供场地或观看的有：王紫泥，劣等秀才，赌徒一个，斗鹌鹑的场地由王紫泥提供，即王紫泥所说的“就到我这里趁圈子咬咬”；张绳祖，赌徒兼赌场主，在斗鹌鹑游戏中，开始与谭绍闻等观看斗鹌鹑，后来又作为中间人，劝说戏子把鹌鹑送给谭绍闻一只。

除此之外，小说中的一个“半不大儿财主”① 马九方，经常出城捕捉鹌鹑，不难想象也是一个斗鸡走狗之徒。

以上这些人物有着共同的特点，那就是游手好闲、不务正业，大多为赌徒或浮浪纨绔子弟，经常游荡在赌场、戏园等是非之地，或拈花惹草，或飞鹰走犬，或哄娼骗赌。小说通过对把玩鹌鹑之徒的描写，目的还是为谭绍闻陷入迷途铺设场景，但也对当时社会此等不良时俗进行较深刻的揭露，具有一定的进步意义。

（二）斗弄与把玩鹌鹑

---

① 中原地区土语，意思为小财主。

蒲松龄《聊斋志异·王成》曾写道："适见斗鹑者，一赌辄数千。每市一鹑，恒百钱不止。"① 这里写的是一掷千金的豪赌，《歧路灯》与之有所不同，只是把斗鹌鹑作为一种不良时俗展现在读者面前，但是两者都反映了当时社会上斗鹌鹑风气之盛行。而且两位作者都对斗鹌鹑的精彩场景进行了绘声绘影的描摹，李绿园的笔力也并不逊色于蒲松龄。斗鹌鹑的描写在小说第三十三回：

只说无人在家，却听得厅内有人道："好嘴！好嘴！"张绳祖便推门道："青天白日，关住门做啥事哩?"内边王紫泥道："从西过道走闪屏后进来罢，怕影飞了鹌鹑。"二人方知厅里斗鹌鹑。

……只见四五个人，在亮窗下围着一张桌子看斗鹌鹑。桌上一领细毛茜毡，一个漆糅的大圈，内中两个鹌鹑正咬的热闹。……那一个少年满身时样绸缎衣服，却不认的。因鹌鹑正斗，主客不便寒温。斗了一会，孙四妞道："你两个不如摘开罢。"那戏子道："九宅哩，摘了罢?"那少年道："要打个死仗!"又咬了两定，只见一个渐渐敌挡不住，一翅儿飞到圈外。那戏子连忙将自己的拢在手内。只见那少年满面飞红，把飞出来的鹌鹑绰在手内，向地下一摔，摔的脑浆迸流，成了一个羽毛饼儿。提起一个空缎袋儿，忙开厅门就走。王紫泥赶上一把扯住，说道："再坐坐吃杯茶去。"那少年头也不扭，把臂一摇而去，一声儿也不回答。

---

① 蒲松龄著，张友鹤辑校：《聊斋志异》三会本，上海古籍出版社，1986年版，第107页。

上述这场斗鹌鹑之戏，其用意更在于表现管贻安这个纨绔子弟的飞扬跋扈，他的鹌鹑在争斗之中落败，他竟把“飞出来的鹌鹑绰在手内，向地下一摔，摔的脑浆迸流，成了一个羽毛饼儿”，头也不扭，大摇大摆，旁若无人的就走了，一方面可见其惨无人性，连一个小小的鸟儿也不放过；另一方面，可看到这个纨绔子弟连最起码的为人处世的礼貌也没有，真可谓“不通人性”。李绿园在小说中对上述这场斗鹌鹑游戏描写结束之际，还颇有兴致地写下《荷叶杯》一词，把斗鹌鹑败阵的情形进行了形象化的表述：“撒手圈中对仗，胆壮，弹指阵频催，两雄何事更徘徊。来么来！来么来！忽的阵前渐却，毛落，敌勍愿休休，低头何敢再回头。羞莫羞！羞莫羞！”

上述这场斗鹌鹑闹剧的由来，在同回中由王紫泥等人叙述出来。王紫泥说（管贻安）：“进城来赌博，带了一个鹌鹑，不知怎的遇见他三个，就到我这里趁圈子咬咬。偏偏的咬输了，一怒而去。”从事理发业的孙四妞说出事情的来龙去脉：“我在街上做生意，管九宅见了我问：‘谁有好鹌鹑要咬哩？’我说惟有瑞云班他两个有，是城里两个出名的好鹌鹑。九宅哩就催我叫去，我叫的他两个到了，要趁王六爷这里咬咬，咬完了还要赌哩。谁知道他的就咬输了。”

实际上，这场闹剧的始作俑者就是管贻安，失败的人也是他，最后把气氛搞得非常尴尬的还是他。管贻安不仅仅在斗鹌鹑上遭到失败，更重要的是他失败在不自知，不知道进退。懂鹌鹑的戏子道出了个中玄机：

> 那戏子也道：“我起先看见他那鹌鹑是支不住了，他只管叫咬。你没见他那鹌鹑早已脚软，他一定要见个输赢高低，反弄的不好看。”孙四妞道：“他仗着他的鹌鹑是六

两银子买的。”戏子笑道：“不在乎钱，是要有本事哩。那鹌鹑明腿短些，更不见出奇了。”（第三十三回）

由戏子的表白可知，上述两个鹌鹑在争斗时，管贻安的鹌鹑“支不住”并且“早已脚软”，鉴定鹌鹑的优劣，购买时的价钱并非决定性的因素，而关键是“有本事”才行，管贻安的“那个鹌鹑明腿短此，更不见出奇”。而戏子的鹌鹑则是“双插花”，是“一等一”的，“戏子取将出来，果然精神发旺，气象雄劲”。戏子还说：“这是个值七八两的东西，见过五六场子，没有对手。”看起来，管贻安的鹌鹑遭到惨败是早就注定的。

翻检相关材料可知，斗鹌鹑的人们常常用锦袋装着鹌鹑找人斗玩，或两人互斗，或多人参赛。斗时有局，围成一个小小的圆形斗圈，每斗一次叫“一圈”。开局后，圈中的鹌鹑先是振翮盘旋，寻找战机，忽然间就争啄起来，鹌鹑咬斗时十分激烈。一般情况下，斗鹌鹑往往经过二三圈下来便胜负高下，劣者自认为难以抵挡，便会飞跃出圈外。若劣方主人不肯认输，复将鹌鹑置于圈内，再令啄斗，弱者就有可能被对手啄咬得“碎颈穴胸惊血溅”。这在《歧路灯》的有关描写中也可以看到。

其实，斗鹌鹑更主要的是在于饲养鹌鹑，即所谓的把玩鹌鹑，这也是取得争斗胜利的因素之一。在第三十三回中，戏子对谭绍闻说：“不是这个拿法，……我回去取个次些的送相公，把手演熟，好把这个。”其中的“拿法”、“演熟”、“把”等都是拿取鹌鹑的专业术语。清人程石邻专门撰写《鹌鹑谱》，在书中对鹌鹑的相法、选法、养法、调法、笼法、杂法等作了专门论述。[1] 对于游手好闲之辈来说，把玩鹌鹑的乐趣更在观斗

① 该谱见《昭代丛书别集》道光本卷26。

之上，因此，常斗鹌鹑的人没有不谙熟鹌鹑经的。一般情况下，时至仲秋，“鹑市”异常热闹，从事鹌鹑买卖生意的人把从各处捕来的或者经过自己驯养的鹌鹑纷纷悬于笼中，供人挑选。到了霜降、立冬之间，经过调弄的鹌鹑已变得老辣。不仅仅是把玩鹌鹑比较复杂，就是放置鹌鹑的工具也十分讲究。① 小说中管贻安的鹌鹑是装于缎料制作的袋子中，戏子的鹌鹑也是装在黑缎袋子内，《清嘉录》的记载是“彩绘作袋”、“严寒，则或有用皮套，把于袖中”等，看起来饲养、把玩鹌鹑也比较耗费精力和时间。

把玩鹌鹑除了耗费精力和时间之外，还浪费钱财，不说斗鹌鹑赌博，就是购买鹌鹑的价格也是不菲的。在小说第十六回中，盛希侨准备花八两银子买一条狗，第三十三回中，管贻安的鹌鹑是六两银子买的；戏子的鹌鹑值七八两银子；戏子的鹌鹑后来给谭绍闻时，张绳祖说给他五两银子。这些浮浪子弟斗鸡走狗不惜耗费大量钱财。我们比对一下《歧路灯》中一个丫头的价钱，第十三回，谭宅王氏是花费二十两银子就从薛媒婆手中买到冰梅。再看看教师的年工资情况。第四十回，惠养民在谭宅设馆辛辛苦苦一年的束金不过只有十二两银子。与上面相比，这些浮浪子弟，斗鸡走狗之辈真的是挥金如土。他们购买鹌鹑即如此耗资费钱，斗鹌鹑赌博其情景更是不难想象的。清人潘荣陛在《帝京岁时纪胜》说：“膏粱子弟好斗鹌鹑，千

① 据顾禄《清嘉录》记载：“霜降后，斗鹌鹑角胜，标头一如斗蟋蟀之制，以十枝花为一盆，负则纳钱一贯二百，若胜则主家什一而取。每斗一次，谓之一圈。斗必昏夜，至是畜养之徒，彩绘作袋。严寒，则或有用皮套，把于袖中，以为消遣。”参见顾禄：《清嘉录》卷9，上海文艺出版社影印。

金角胜。”[①] 也难怪谭宅忠仆王中对幼年的谭绍闻买一只画眉鸟儿也深具忧虑，他担心的不是花费钱财的问题，而是惟恐谭绍闻一旦沾染这种习气，将来会落得个“斗鹌鹑、飞鹰走狗”的下场。果不其然，成年之后的谭绍闻就把“鹌鹑袋儿挂在腰里”（第三十三回），王中的担忧不幸变成了现实。作者描写斗鹌鹑仍然没有脱离自己小说创作的主旨，就是要进一步突出谭绍闻浪了回头过程中所经历的声色犬马生活场景。

还值得说一说的是，在当时时俗之中，鹌鹑并非全用于把玩斗弄，它还具有实用价值。通过小说有关章回的描写，还可以看到游手好闲之徒，背网提笼，到城外“打鹌鹑”，多用于食用，佐之以酒，达到“只图个酒食改淡嘴”的目的。第六十四回写到夏逢若、马九方等人一起到城外捕捉鹌鹑，并“把鹌鹑炒的吃了”。

总之，清朝时期，斗鹌鹑之风可以说是弥漫全国上下，因而使得《大清律例》将斗鹌鹑圈作为禁止对象之一，并规定了严格的处罚条例。[②] 作为一部大量涉及赌博问题的小说，《歧路灯》中描写斗鹌鹑游戏。但没有涉及斗鹌鹑赌博，总让人觉得意犹未足。但是，斗鹌鹑进行赌博在中原地区民众之中是广为流行的时俗。据在中原地区生活多年的笔者亲见，在当今僻远的乡村依然能够看到“斗鹌鹑”游戏及其赌博的踪影。

三、养戏与玩戏

《歧路灯》所描写的地域集中在河南祥符城，这里虽然比

---

① 潘荣陛：《帝京岁时纪胜》。

② 参见姚润：《大清律例刑案汇览集成》卷34。

不上江南经济富庶，市场繁荣，但在河南境内也算得上是一个工商业发达、文化娱乐丰富的城市。从《歧路灯》的描写可以看出，当时的戏曲演出活动十分频繁，不少戏曲剧种的戏班皆聚集于此。该书有近三十个章回都涉及了戏曲描写，虽不如后来的《品花宝鉴》专写京师梨园那样集中，但至少也和此前的《金瓶梅》、与之同时的《红楼梦》在伯仲之间。据笔者约略统计，小说中提到的昆曲戏班仅祥符城内就有十多个，如瑞云班、霓裳班、绣春老班、绣春小班、绣云班、福庆班、玉绣班、庆和班、萃锦班和茅拔茹的戏班、盛宅昆班等，还有以演唱地方戏为主的职业戏班锣鼓社、一个民间戏班叫梆锣卷等。提到的剧种除了传统的昆曲之外，还有新兴的地方剧种，如陇西梆子腔，山东过来弦子戏，黄河北的卷戏，山西泽州锣戏，本地上腔大笛嗡、小唢呐、朗头腔、梆锣卷等①。这些资料形象地显示出乾隆时期“花部”与“雅部”在竞争中彼消此长的发展态势，花部已具有向雅部叫板的能力；也显示出职业戏班和家族戏班并存的情形，但家庭戏班已经走向没落，职业戏班开始兴盛起来。这些都给我们留下了十分宝贵的戏曲史资料。

（一）家庭戏班与职业戏班

从戏班的组成情况和演出形式来说，《歧路灯》中提到的

① 梆锣卷，河南地方戏种名，为现今流行于华北数省区的河南梆子（豫剧）的前身。是陇西梆子腔（即西秦腔）于清初流于河南后，与河南土生的剧种锣戏、卷戏汇流（先由同台演出，继而融汇），而产生的一种新剧种。惟锣戏、卷戏，此时并未被消灭，它们仍各有自己的剧团，继续流衍。直至清晚期，河南梆子逐渐大盛，卷戏与锣戏才渐次绝迹。《歧路灯》所记述的梆锣卷，为研究河南梆子（豫剧）早期历史的重要史料。

戏班可分为家庭戏班和职业戏班两种形式。先说家庭戏班，所谓的家庭戏班是由士大夫或官商等私人出资置办的家乐，主要供私人家庭自身的娱乐需要。盛宅原戏班、盛宅后买戏班，还有小说中所写到的王府二班子、江西相府班子等均属于家庭戏班。我们看一看盛希侨前后两次供养的家庭戏班的情况是怎样的。《歧路灯》第四十四、四十五回等多处写到盛希侨第一次养戏班前前后后的情况，盛希侨真可谓一掷千金。第四十四回，满相公"原是奉了家主盛希侨之命，下苏州置办戏衣，顺便请来了两个昆班老教师"。盛希侨不仅从苏州置办戏衣、专门请来"两个昆班老教师"，他还招收新人学习"生旦脚儿"，并且他所招募的一个学旦角的戏子身价不菲。在小说第四十七回写道："谭绍闻在盛宅清晨起来，正与昆班教师及新学戏的生旦脚儿在东书房调平仄，正土音，分别清平浊平清上浊上的声韵。"第五十回，盛希侨道："……只因赵寡妇儿子小铁马儿，当日招募在班里，先与了四两身价。如今派成正旦脚儿。这孩子极聪明，念脚本会的快，上腔也格外顺和，把两个老师傅喜的没法儿说。我也另眼看他。前日说他娘有病，想他哩，我叫他师傅给他两天假。过了四五天，再不见回去。着人叫他几次，他娘硬说不叫去学戏了。我气的慌，一发今日亲来叫他。他娘越发有一张好嘴，说他也是有门有户人家，学戏丢脸。又说只守着铁马一个儿子，流落了，终身无依靠。那张嘴真比苏秦还会说，扯不断的话头。我急的慌，说唱一年五十两身钱，方才依了。"盛希侨第二次所养的戏班是花费五百两银子从山东一个大乡绅那里买来的一个家庭戏班。第七十七回：

宝剑道："那也是山东大乡绅养的窝子班。因戏主病故，那老太太拿定主意，说戏班子在家住着不好，一定不

> 论贵贱要卖。……只费五百银子，当下交与一百两，剩下明年全完，批了合同文约，连箱全买了。……人人说这五百两，还不够当日十分之三哩。”

《歧路灯》中盛希侨供养戏班，经常在家里唱戏，要么请朋友们到家里看戏，如第四十八回，盛希侨专门安排仆人宝剑儿到谭宅请谭绍闻看戏，宝剑儿说：“请的还有陪客，今日要演新串的戏。”要么送戏庆贺朋友的家庭一些重大事项。在小说第六十二回谭绍闻殡葬乃父谭孝移时，盛希侨就“助丧送梨园”。在第七十八回谭绍闻母亲庆寿时他又送戏祝贺。盛宅戏班无论是组织形式还是演出形式均可以代表着典型的家庭戏班的普遍情致，也体现出来了家庭戏班所具有的一般特性。

但是，就《歧路灯》文本中的一些具体描写也可以看出，当时的家庭戏班的演出与过去相比已经发生一定的变异，也就是说这些戏班除了满足供养者家庭自身的娱乐生活需要而外，也可以在领班或掌班带领下参加营利性的演出活动。小说第十回，商人宋云岫在天津的生意发了财，“伙计们杀猪宰羊，俱是王府二班子戏，唱了三天”；他又请居留京城的娄潜斋、谭孝移等人到同乐楼看戏，（宋云岫说）“我今日来请看戏，江西相府班子，条子上写《全本西游记》。我亲自进同乐楼拣的官座占定”。以上所谓的“王府二班子”、“江西相府班子”应该是挂靠“王府”或“相府”的家庭戏班，但是，上面所说的演出却毫无疑问是营利性质。

下面再说职业戏班，《歧路灯》中所描写的戏曲演出活动大多以职业戏班为主。职业戏班与家庭戏班组织形式与演出形式、目的等均有所不同。上文提到的活跃在祥符城内的昆曲戏班除了盛宅戏班外，其他都是职业戏班。职业戏班有供养戏班的戏主，以演出活动为手段，以营利性质为目的，追逐的自然是经济效益。①

这些所谓的职业戏班，在其背后一般都具有一定社会地位或经济条件的人或者团体为之提供经济支持以及存在环境保障，这就是《歧路灯》中所谓的"戏主"。投资或笼养戏班的"戏主"要有一定的社会地位或经济条件，能够为戏班提供靠山的保障作用。就《歧路灯》的有关描述而言，能够担当戏主者有以下两类情况，一是有官府衙门或得势吏役；二是地方上的地痞无赖，如地头蛇之类的光棍篾片。由于艺人们的社会地位低下，必须寻求一把保护伞才可以生存下去。官府衙门中得势吏役自不必说，那些"官宦人家"、"地方恶霸"、"地痞无赖"，无论从经济方面或者势力方面都能够满足以上的要求，基本可以保障戏班的正常生存和发展。小说在第二十一回写到的戏主是"按察司皂头"、"粮食坊经济"，"那是绣春老班子，原是按察司皂头张春山供的。如今嫌他们老了，又招了一把儿伶俐聪明的孩子，请人教他，还没有串成的，叫绣春小班。这老班人马投奔了粮食坊子一个经济吴成名，打外火供着"。由此可见，这两个戏主，一个为衙门皂头自然有些势力，一个是商人有经济上的保障。

此外，先后笼养过昆曲戏班、卷戏戏班的戏主茅拔茹，在第二十二回（茅拔茹）说："我想省城是个热闹繁华地方，衙

① 明代中原的戏曲班社大多为私家所有，清代却出现了许多职业民间班社，艺人靠走江湖吃饭。煤窑和商行有戏班。如河南密县（今新密市）超化煤窑太乙班兴旺于乾隆末年，许昌山西油行的大油梆戏班兴旺于同治年间。县衙、府衙也建有戏班。戏曲爱好者还建立了以自娱为目的的"玩友班"。

门里少不了正经班子，所以连人带箱运在省城”，后来因其家叔病故急于返乡时，经帮闲篾片夏逢若说合，把戏班留给年轻无识的谭绍闻，谭宅顿成戏园，谭绍闻俨然成了“戏主”（在实际上是由夏逢若“招驾”）。在《歧路灯》中，没有详细介绍茅拔茹的身世，但是，此人绝非等闲之辈。在第三十回，（茅拔茹）说：“咱每日弄戏，有个薄脸儿，三班六房谁不为咱?”后来茅拔茹讹诈谭绍闻，并公然让其手下戏子行凶打人，并诉讼公堂之上。从他的行为表现看来，无疑是一个勾结官府的无赖篾片之徒。

职业戏班除了必须有戏主之外，其演出活动也是以营利为目的。通过《歧路灯》的描写可知，当时戏曲演出活动相当频繁。除了戏园里要经常唱戏之外，官僚绅衿迎送上级、互相祝贺要唱戏；婚丧嫁娶、庆寿祝诞也要唱戏；修庙建寺要唱戏；还愿践诺也要唱戏；结交朋友等也要送戏、唱戏或请客看戏。就是在乡村可以唱戏的名堂也很多，举凡岁时节庆、庙会没有不唱戏的。这些职业戏班演出的场所，除城市戏院之外，有在戏楼高台上唱的；也有在农村土台子上唱的；更有在场院中、客厅里唱堂戏的；也有在庙堂里唱的；也有在茶社饭馆里唱的。演出的规模形式可大可小，灵活多样，五花八门。凡此种种情况，说明了当时祥符城乡的戏曲演出之盛，也说明职业戏班具有相当大的生存和发展空间。

值得注意的是，在《歧路灯》小说描写的时代，官府豢养戏班也成为时尚。第九十五回中，河南抚台说：“近日访得不肖州县，竟有豢养戏班以图自娱者。”还说到一个知县因养戏玩旦而丢掉乌纱帽，可见，当时也有官员私养戏班的风气，以致有民谣讥曰："芝麻官，养戏班。"[①]，官府所养戏班主要是用来"以图自娱"。

最后，根据《歧路灯》的描写情况来看，当时社会上共同存在着的家庭戏班与职业戏班之间移位情况也比较明显。其表现大体可分为两个方面：一是演出活动移位。一些家庭戏班除了为供养的家庭娱乐生活服务之外，也可以走向市场参与社会公开演出，获取一定的经济效益。如上面已经涉及的"王府二班子"、"江西相府班子"的演出情况。二是戏班的隶属关系移位。也就是说原来属于家庭戏班可以因为某种原因最后成为职业戏班，或职业戏班由某一世家大贾购买而成为家庭戏班。

（二）戏班、戏子的生存困境

在《歧路灯》所描写的那个时代中，无论是戏班还是演员，其生存环境都是比较恶劣的，那些有钱有势的士绅阶层、大商富贾乃至得势衙吏、恶棍赌徒等对戏班的生存发展和演员人身安全等，在不同方面构成了情况各异的威胁。加之，衙门官吏、大商富贾养戏班、玩戏旦更是成为一时之风尚。这些不同的种种情况在小说都有所反映。

首先，传统思想观念常常是根深蒂固的，作为一群受侮辱与被损害的弱势群体，由于生存环境、活动平台之恶劣，他们根本无法掌握自己的命运。对于戏曲优伶来说，戏班子就是他们的家，但是，就《歧路灯》小说涉及不多的这方面的情节来看，当时中原地区的戏班的生存发展环境有来自多方面的困

① 康熙十八年（1679年）御史罗人琮《敬陈末议疏》也说："今之都抚司道等官，盖造房屋，置买田园，私蓄优人，壮丁不下数百，所在皆有，不可胜责。"参见胡忌，刘致中：《昆剧发展史》，中国戏剧出版社，1989年版，第188～224页。

扰，一方面戏班要奉承官府衙门，稍有不慎，就会惹来横祸。第二十四回，掌班道："俺倒不想回去。只是弄戏的规矩，全要奉承衙门。如今州、县老爷，也留心戏儿，奉承上司大人，又图自己取乐。如何敢不回去？要不回，就有关文来了。"在小说第九十五回写到"萃锦班"在一次"伺候官席"尚未演出之前就惨遭厄运，全班人马被强行押出官府。河南巡抚等官员宴请巡视河南学院岁、科考试的钦差学台之时，某河道官为了讨好钦差，便推荐萃锦班来演唱全本《西厢记》，谁知钦差是一个所谓的"理学名儒，板执大臣"，他对剧中人物大加品评，并说"院本虽是幻设，何至如此污蔑张狂！应堕拔舌，我辈岂可注目？"评价过后，意味犹足的钦差大人，下令解散这个戏班，致使"已扮成的脚色，那脱衣裳、洗脂粉，怎能顾得许多。那不曾妆扮的，架子上卸纱帽，摘胡子，取鬼脸，扯虎皮，衣服那顾得叠，锣鼓那顾得套，俱胡乱塞在箱筒里面。抬的抬，背的背。巡绰官犹觉戏主怠慢，只顾黑丧着脸督促，好一个煞风景也"。

另一方面，戏班也常常遭到地方势力的伤害。豪门富宅的士绅少爷，不乏如狼似虎之徒，还有地方恶霸，打人、骂人，砸箱，是平常的事情。《歧路灯》中对此反映最典型的场景在第十九回：

> 且说次日盛宅大门未闪，瑞云班早已送到戏箱。等到日出半竿时，才开了大门，戏子连箱都运进去。戏子拿了一个手本，求家人传与少爷磕头。家人道："还早多着哩。伺候少爷的小厮，这时候未必伸懒腰哩。你们只管在对厅上，扎你们的头盔架子，摆您的箱筒。等宅里头拿出饭来，你们都要快吃，旦脚生脚却先要打扮停当。少爷出来说声唱，就要唱。若是迟了，少爷性子不好，你们都伏侍

不下。前日霓裳班唱的迟了，惹下少爷，只要拿石头砸烂他的箱。掌班的沈三春慌的磕头捣碓一般，才饶了。”……掌班道：“知道。只小心就是。”

由以上举例，可知戏班经营生存之难，虽然官府迎来送往离不开他们，豪门富宅需要他们，但不知道什么时候厄运就会降临在他们的头上，戏班于官府和势力权贵的喜怒之间讨生活，真的是如履薄冰、战战兢兢。

第二，从事戏曲演艺活动，自古就被视为贱业，优伶自古就被视为下贱之人，宦门子弟、富家子弟学戏被人所不齿，就是养戏班也被视为不务正业而时常遭到非议。早期南戏《宦门子弟错立身》中的宦门子弟完颜寿马就因为爱好唱戏，投身王金榜的家班而引发乃父与之断绝关系。虽历朝代之更迭，尤其江南一带情形非昔日堪比，有钱有闲游惰之人“乐为徘优，二三十年间，富贵家出金帛，制服饰器具，列笙歌鼓吹，招至十余人为队，搬演传奇；好事者竞为淫丽之词，转相唱和；一郡城之内，衣食于此者，不知几千人。”① 我们也可从《歧路灯》以及与之同时期问世的《儒林外史》、《红楼梦》等小说中所描写的到江南采买昆曲教习和优伶，不难看到当时江南一带，年轻人学戏早已蔚然成风。与江南相比，中原地区的人们的观念仍然比较封建保守，戏曲伶人们的从艺之路非常艰辛，除了要顶着社会舆论的压力，还要摆脱家庭家族势力的桎梏，甚至要付出生命的代价。第三十回描写了茅拔茹戏班中的旦角九娃的悲惨遭遇，他原是一个学生，“被人勾引到戏班学戏”，其叔父

① 张瀚：《松窗梦语》卷七。

不依，他于是躲开叔父随茅拔茹到祥符城唱戏，九娃后来成为戏班的顶梁柱，深得戏主欢心，自然也成了戏主的摇钱树。但可悲的是，戏班回到家乡后，九娃被戏主和叔父拉来抢去，叔父抢他回家后，把他“拴在树上，尽死打了一顿，锁在一座屋子里，……浑身上下都是血口子，天又热，肚里又没饭，跑了一夜……过了几天，一发死了”。在小说第五十回写到另一个学唱旦角的演员“小铁马儿”，原是一个有门有户人家的子弟，自小爱好唱戏，盛希侨招募他到戏班学唱旦角。小铁马儿是一个有发展前景的演员，戏班教师喜欢他，盛希侨器重他。他母亲认为学戏丢脸，就将他骗回家不让再去戏班学戏，结果盛希侨付出一年五十两银子的高价小铁马儿才得以重新唱戏。

由上述两个事例，不难看到古代戏曲伶人受社会舆论的歧视，同时也不为家人所理解，很少有人能够自我掌握自己的命运，选择自己喜欢的生活道路。另外，尽管在当时社会各个阶层、不同行业豢养戏班已经成为风尚时俗，戏主的社会地位与身份角色更是鱼龙相杂，但是，源于对视戏曲演出为贱业等缘由，正统文人士子对豢养戏班还是持拒斥或者讥讪的态度，普通民众也视之为不务正业。李绿园对谭绍闻在碧草轩养戏班予以极大的讽刺，他在第二十三回结束时写道：“不说谭绍闻坏了乃翁门风，只可惜一个碧草轩，也有幸有不幸之分：‘药栏花砌尽芳荪，俗客何曾敢望门；西子只从蒙秽后①，教人懒说苎萝村。’”谭绍闻接手茅拔茹的戏班也遭到其母亲王氏的反

① 西子即西施，春秋时越国美女，为苎萝山卖柴人的女儿。《孟子·离娄》有“西子蒙不洁，则人皆掩鼻而过之”的话，这里用西子蒙秽这个比喻，来形容碧草轩。

对，《歧路灯》第二十三回，王氏说："越发成不的！你这几年也不读书，一发连书房成了戏房了。""我越想越气，难说一个好好人家，那里来了一班戏子胡闹。我一发成了戏娃子的奶奶！"还有第七十七回写到盛希侨从山东一个大乡绅养那里所买的"窝子班"只"因戏主病故，那老太太拿定主意，说戏班子在家住着不好，一定不论贵贱要卖"。

由上面列举的实事可知，无论是从事演艺业，还是豢养戏班都为当时人们所不看好的门路，虽然小说表现出当时戏曲演出活动十分频繁，但是，当时社会上戏曲优伶没有任何地位，甚至生命安全也得不到保障，他们是一个被侮辱、被损害的社会群体。

第三，明清时期的小说中，如《金瓶梅》、《红楼梦》等都有对戏曲优伶受侮辱、受伤害等的描绘，《歧路灯》对这些方面的反映也是让人触目惊心的。戏主就像妓女院的老鸨儿一样，通过收买或拐骗等途径，把贫穷人家的孩子弄进戏班学戏。这些戏主一方面依靠年轻的演员演戏赚钱，另一方面依靠年轻的演员，取媚于官绅大贾、财主豪门，以图给他们带来更多的利益。《歧路灯》第二十二回，就写到戏主茅拔茹带着年轻的旦脚九娃去陪谭绍闻等公子少爷们吃酒，那种低三下四自甘屈辱的情况，作者李绿园者也觉得"牙酸肉麻"，不愿多写。

演员在戏院演戏过程中，也常常遭受到欺负与凌辱。在戏院演出的戏班，有一套在戏院演出时伺候达官显贵、老爷公子们的规矩，《歧路灯》第十八回写道：

> 只见戏台上下来一个老生，方巾大袍，上前跪了半跪，展开戏本，低声道："求爷们赏一本，小的好扮。"……希侨接过戏本，一面看，一面问道："你们旦脚有多

大年纪呢?”老生道:“年轻,有十五六岁了。”希侨道:“好不好?”老生道:“他小名叫玉花儿……”希侨道:“我不点你的戏,你就拣玉花儿好戏唱罢。”……老生上了戏台,锣鼓响动,说了关目,却早西门庆上场。希侨道:“我说这个狗攮的没规矩,不来讨座了。”隆吉道:“戏园子的戏,担待他们些就是。”

唱戏也是要按规矩来的,开戏前要跪在公子老爷面前叫点戏。点了戏之后,演出之前,演员还得要再一次到这些“爷们”面前请一次安,这次演出前忘了请安,就被“傻公子”盛希侨开口叫骂为“狗攮的没规矩”,几乎惹下大祸。

在讲究门第等级的封建社会之中,戏曲艺人的地位自来都是十分低下的。乾隆时期的戏曲生活中,虽然由于工商业经济获得较大的发展,民主主义思想开始萌芽,大量的地方戏剧如雨后春笋般兴起,剧团数量增多,参加戏曲演出的艺人数量也众多,从事戏剧艺术职业的自主性比过去可能要多一些,但是,他们的社会地位仍然是极其低贱的,其景况自然是比较悲惨的。在封建统治者的眼中,戏曲艺人不过是玩偶罢了。正因为如此,演员在年轻艺高时,被利用被收买,为官绅大贾们服务,成为玩弄的对象。一旦他们色减艺衰时,就像敝履一样遭到抛弃。绝大多数演员最后的下场都是十分凄凉。

小说还写到了其他一些戏曲伶人的悲惨生活与不幸命运,如小说第二十一回写到绣春老班子里的演员,老了之后无人供养,“投奔了粮食坊子一个经纪吴成名,打外火供着。只好打发乡里小村庄十月初十日牛王社罢,挣饭吃也没好饭。”其中旦脚黑妮,年轻时“也唱过响戏”,年过三十就“不值钱了”。又如第四十二回,戏主茅拔茹,在被遣回家乡后,境况也很不好，“狼狈不堪，身上衣服，也不像当日光彩，穿的一件大褐衫，图跟戏子吃些红脸饭”。这些都反映了戏曲伶人的艰辛生活以及悲惨的下场。还有小说中唱旦角的九娃因为唱戏而失去了年轻的生命，因前边已有论及在此不再赘述。

但是，小说不仅描写戏曲伶人物质生活的艰难，而且还描写了他们精神人格所受的屈辱。大多数富贵、官宦之人看戏、养戏并非为了欣赏艺术，而只是为了淫乐，把伶人当做玩弄的工具。如小说第九十五回写到某河道官员“素性好闹戏旦，是个不避割袖之嫌的。每逢寿诞，属员尽来称觞，河道之寿诞，原是以‘旦’为寿的”。又如在小说第九十五回，据某抚台讲，官僚中豢养戏班以图自娱者甚多，“宴会宾客，已非官守所宜，且俾夜作昼，非是肆隆筵以娱嘉宾，实则挂堂帘以悦内眷。张灯悬彩，浆酒藿肉，竟有昏昏达旦者”。其中有一个知县，因“与戏旦苏七饮酒俱入醉乡，将银锞丢入酒杯共饮，苏七磕头，该县搀扶，醉不能站立，倒在一处，举城传以为笑劣”。最终只落得一个被弹劾丢了乌纱帽的下场。除了官员玩弄优伶之外，宦门公子、世家子弟也玩优抚伶，游乐其中。小说第二十一回中，谭绍闻在林腾云为母亲庆寿宴上看戏，“那个唱贴旦的，果然如花似玉。绍闻看到眼里，不觉失口向夏逢若道：‘真正一个好旦脚儿’”。戏主马上让这个旦角奉酒，“只见九娃儿向茶酒桌前，讨了一杯暖酒，放在黑漆描金盘儿里，还是原妆的头面，色衣罗裙，袅袅娜娜走向戏主席前。戏主把嘴一挑，早已粉腕玉笋，露出银镯子，双手奉酒与谭绍闻。娇声说道：‘明日去磕头罢。’绍闻羞的满面通红。站起来，不觉双手接住。却又无言可答”。后来，唱旦的九娃儿成了谭绍闻的“干儿子”，谭绍闻“每日在碧草轩戏谑调笑，九娃儿居然断袖之宠”。小说第七十七回，盛希侨就是因为山东窝子班“两个旦脚又年轻，又生得好看，去了包头，还像女娃一般。声嗓又中听，一儿相似……”，连人带箱全部买回来，也难怪满相公说盛希侨“公子性儿，闹戏旦子如冉蛇吞象一般，恨不的吃到肚里。何苦搅乱春风，叫他各人自去闹去……”。

总而言之，生活在封建社会中的艺人的境遇是十分悲惨的。演员是一个被人看不起的职业，他们是当时社会上被污辱与被损害的人，被列入了“下九流”，当了演员死后连埋入“祖坟”的资格也没有。虽然戏曲日渐发展成为一门群众性最强，感染力最大，最受广大群众欢迎的艺术，但是，艺人们在历史上所受的待遇反而是最不公正的。

虽然如此，但是热衷于描写戏曲，用戏曲描写为塑造人物形象服务、为作品主题服务的李绿园，在其作品中对戏曲优伶乃至戏曲本身感情与态度是冷漠甚至是贬低的。他客观冷静地描写了九娃等人的悲剧，却较少有同情的文字，尤其是在第九十五回描写戏班被押出的狼狈情形时，字里行间更流露出了冷眼旁观者式的幸灾乐祸。作者笔下的戏曲伶人要么可怜，要么可恶，没有一人被写成正面形象，而且大多数的戏曲演出活动过程中也都伴有匪人丑事出现；演戏场所不是群星灿烂，艺术荟萃之地，而是藏污纳垢，胡作非为之所。这是为什么？从小说中的描写来看，戏曲伶人自身思想的不觉悟和道德素质、业务水平的低下固然是一个重要的原因，但作者对戏子固有的偏见及其刻意经营作品主题的偏执，使得他在小说中不可能描写有亮色的优伶形象。所以他笔下的戏子们都是戏主的摇钱树，他们之所以唱戏，不是因生活所迫，就是贪图享乐。在他们身上，我们看到的不是对自我人格的自尊自重而是自轻自贱，不是对自我权利的自觉维护而是对他人利益的巧取豪夺，不是对强权富贵者的蔑视与反抗而是对其他卑贱贫寒者的轻视与凌辱。

如果把《歧路灯》与其同时期的《儒林外史》、《红楼梦》等作品相比较，作者对戏曲优伶的观念高下是有区分的，在《儒林外史》中作者塑造了鲍文卿这样一个具有正直磊落、爱憎分明的崇高品德的优伶形象；《红楼梦》作者更是塑造了刚强而大度的柳湘莲、有情有义的芳官等优伶形象。与此相反的是，在《歧路灯》中李绿园对戏曲演出等也是讥讪多于赞扬。显而易见，李绿园的思想观念极其正统、板直，对戏曲优伶存在着偏见，其固守传统思想的观念是根深蒂固的。①

需要指出的是，《歧路灯》中无论是盛希侨戏班、茅拔茹戏班，还是皂头张春山的戏班，都是从江南采买教习或演员，最起码也是引进教师，原因是多方面的，除了江南是昆曲的发源地，想从那里买到技艺娴熟的教习、优伶之外，主要还有两个方面原因：一是昆曲唱腔与中原地方语言之间存在着一定差异，如小说第四十七回，“谭绍闻在盛宅清晨起来，正与昆班教师及新学戏的生旦脚儿在东书房调平仄，正土音，分别清平浊平清上浊上的声韵”。所谓“正土音”，就是在本地招收的学戏优伶唱腔语言方面存在的问题，这种语言方面的障碍需要花费较多的时间和精力。二是思想观念方面的差异，中原地区人们固守传统观念，如小铁马的娘、九娃之叔那样不愿意让儿女学戏者不在少数。这两方面的原因阻碍着昆曲在中原地区的发展，恐怕这也是在雅部花部之争中，昆曲在中原地区落败的一个客观因素。

---

① 李绿园在《家训谆言》中说：“勿赶会。乡村寺庙中，演戏一棚，便有许多酒肆博场，无赖不根之徒，嬉嬉然附腥逐臭而往。……”

第五章 《歧路灯》与中原地区语言习俗

语言既是人类认识客观事物、发展思维、创造文明的工具，又是人类传播、积累和交流文化的载体。对语言和民俗的关系亦可作如是观。正像瑞士语言学家索绪尔所说的那样："一个民族的风俗习惯常会在它的语言中有所反映，另一方面，在很大程度上，构成民族的也正是语言。"① 从其论述可知，语言既是世代相沿的社会民俗文化的产物，同时也是民俗文化的重要载体。换言之，在人类文化的发展过程中，民俗要借助于语言（口头的和书面的）而生，语言缺少民俗的支撑亦会大为失色，在某种意义上说，两者是互为依存，相伴并生的。小说作为语言的艺术，它在反映社会时代生活时，也必然会蕴含着丰厚的社会民俗文化，有时甚至是语言和民俗合并为一。因此，小说也往往能为语言与民俗文化的结合提供最好的例证，《歧路灯》作为一部民俗文化色彩浓厚、地域特色鲜明、语言艺术成就突出的小说，更为我们研究语言民俗文化提供了宝贵的资料。本章首先是结合作品所反映的特定时代、地域的民众

---

① ［瑞士］费尔迪·索绪尔，高名凯译：《普通语言学教程》，商务印书馆，1985年版，第43页。

语言的实际情况，对亲属称谓、拟亲属称谓等语言的礼貌色彩与情感表达等作专门探讨；其次是从小说文本中重点选取中原地区的方言土语，简要分析其民俗特色，并从文化维度上对此进行阐释；最后是在前两节的基础上，从语言民俗的视角，对《歧路灯》语言艺术成就进行理论的归结。

第一节 《歧路灯》称呼语言的情感表达和礼俗文化意义

从《歧路灯》的语言研究来看，已经有不少学者对之进行有益的探索，并取得不少成果，尽管如此，尚有通过社会语言学、民俗文化学等角度对其进行全面审视、探索的空间。在此，笔者主要通过考察《歧路灯》人物会话中如何指称对方、他人或自己，进而揭示通过所选用的称呼语来反映或表现人与人之间的关系、态度和情感的一般规律。因此，凡是在会话中用以指称对方、他人或自己的词语，都在本书的考察之列，称之为称呼语。称呼语就是限于“表示彼此关系的名词，而且是‘当面招呼的’”[①]，其概念外延甚至小于“称谓”。在此我们所说的“称呼语”，包括但不限于用称谓名词来指称的，包括但不限于表示彼此关系的名称，包括但不限于当面招呼的称谓。

称呼语包括称语和呼语。称语是用于指称的称呼语，呼语是用于招呼、呼唤的称呼语。呼语仅用于当面招呼对方，称语不仅有当面指称对方的对称，还有自称和他称。呼语和称语除了功能不同（呼语用于招呼对方，称语用于指称某人），在使

① 参见《现代汉语词典》（修订本），商务印书馆，1998 年版。

用范围和构成特点方面也不尽相同。称语比呼语的范围宽，只用于自称的（尤其是表谦称的）称语不能做呼语，用于对称或他称的称语也是不能做呼语的。称语的结构比较复杂，呼语的结构一般比较简单。人称代词你、你们，他、他们、人家等，只能做称语（对称或他称），不能做呼语。

首先须要说明的是，笔者从两个方面解析《歧路灯》的称谓语的构成情况：一是称谓系统与非称谓系统的称呼语，二是复合式呼语。有关情况可见本书表5—1：《〈歧路灯〉称谓系统与非称谓系统的称呼语一览表》。

称呼语可分为称谓系统与非称谓系统两大类。称谓系统的称呼语是约定俗成的有纵向或横向的关系的称谓语。一般称谓词典收录的就是这一类称呼语。凡是用不从属于一定称谓系统的词语来指称的，我们称之为非称谓系统的称呼语。称谓系统的称呼语是人与人之间一定关系系统中的称谓，在某关系系统中彼此联系、相互区别，如父与子、兄与弟。非称谓系统的称呼语没有这样的系统关系，如孔慧娘与孔姑娘。

其次，需要指出的是，在《歧路灯》称呼语言的礼貌色彩和情感表达的形式中，情感色彩的正极是礼貌性称呼，这是主要的，是使用中尤其需要讲究的，研究透视礼貌语言不能不研究称呼语。称呼语虽是用以指称他人或自己，或者呼唤他人，但对什么人用什么称呼语却是极有讲究的，否则会有失礼貌，不利于情感表达。情感因素的负极是礼貌性称呼的反面，即反礼貌的称呼。情感因素的正极和负极相反相成，有不同的层级，构成称呼语的情感链。

据此把《歧路灯》中的称呼语的情感因素划分为以下几类：其中尊称、敬称、昵称、谦称是礼貌性称呼，属于礼貌语言，可视为礼貌称呼的正极；傲称、蔑称、詈称与礼貌语言相悖，可视为礼貌称呼的负极；谐称处于中间态势，或近昵称，或近蔑称。

一、称呼语言的情感因素类别

依据称呼语的情感因素类型，比对《歧路灯》文本称呼语资料，现分别进行列举，并结合例句对有关表达形式作简要分析说明。

（一）尊称与敬称

首先说尊称。尊称是对位尊者的称呼，一般是用能表明或显示其尊长地位或尊贵身份的称谓及称谓短语指称。主要有三类：一是表明是自己长辈；二是表明或显示较高地位的官职；三是表明或显示比较尊贵的职务或身份。

1．表明长辈或长者的称呼

祖父、爷爷、父亲、爹爹、祖母、奶奶、母亲、娘（母亲）、生母、姨妈（豫语庶子对生母的称呼）、姑姑、姑娘（姑母）、舅舅、娘舅、妗子（舅妈）、舅爷、外父（岳父）、外母（岳母）（亲属称谓名词或短语）。

舅老爷、姑老爷、婶太太、姑太太（亲属称谓名词＋表敬社会称谓名词）。

老夫人、老叔、老伯、老叔们、老哥、老嫂（表敬形容词＋亲属称谓名词）。

二位老伯（表敬数量词＋表敬形容词＋亲属称谓名词）。

二位老爷、二位学师、二位老师（表敬数量词＋表尊社会称谓名词）。

老太爷、老爷、大老爷、老伯、官太太（表尊社会称谓名词)。

此类称呼可分为常规性尊称和变异性尊称两类。

一是常规性尊称。常规性尊称是用通常表示称呼者与被称呼者之间的亲属关系的称呼来指称长辈长者，如谭绍闻称呼王氏“娘”或“母亲”。有些称呼语带有表敬名词、形容词、量词，如“老人家”、“老伯”、“老叔”等，会增强尊敬情感的表达。有些称呼有同义形式，如称呼父亲，《歧路灯》中有：爹爹、我爹爹、我父亲，其风格有雅俗之别，或尊敬程度存在有一定差异。

二是变异性尊称。变异性尊称不是用表示人物间实际亲属关系的称谓来称呼的。有几种情况：

降称。称呼者降低身份尊称对方。第二十回，(程)嵩淑道：“盛世兄，你认的这二位么?”无论是年纪或是辈份、地位，秀才程嵩淑都是尊长，但此处却降低身份以平辈的口吻称呼世交之子谭绍闻的盟兄盛希侨为“盛世兄”。

作为亲属关系但不用亲属称谓系统的称谓指称。如称呼自己的父亲、母亲为老爷、大爷、太太。这种情况一般面对他者时常用，如谭绍闻对王中说谭孝移时称“你大爷”。

越位称。尊称用于不该尊称相应地位的人身上，以表达特殊情感。如：第五十三回，“谭绍闻出的楼门，向东楼来，口中说道：‘王中，你是主子，我是你的家人何如?’”谭绍闻在气愤时称仆人王中为“主子”，自己是“家人”。

2. 表明官职的称谓

皇室类：皇上、皇太后。

爵类：《歧路灯》里无此类称呼。

非爵类：青天老爷、老爷、官老爷、大老爷、县老爷、公祖父母官、程县尊、边公、谭道台、榆次公、黄岩公。

《歧路灯》中基本不涉及或涉及前两类称谓极少，因此不作分析。非爵类称谓用法较多一些，但以上对非爵类官职所做的也仅作不分类举例。

3. 表明职务的称谓

神鬼道释类称谓：山主、施主、龙王爷、神仙、药王爷、小菩萨、菩萨、老菩萨、师父、业师、关帝、关二爷。

其他类称谓：管家、郎中、医官、大夫等。

4. 表明身份的称谓

“公类”：灵宝公、榆次公、李文靖公、柏公、濮阳公、戚公、尤公（兵部司马）、藩台公。

“老”类：类老或张类老（张类村）、孝老（谭孝移）、潜老或娄潜老（娄潜斋）、程嵩老（程嵩淑）、耘老（孔耘轩）、霖老或苏霖老等。

“爷”类：程爷、孔爷、谭爷、大爷、老爷、老大爷等。

“公子”类：盛公子、谭公子、夏公子、三公子、薛公子、小公子。

“太太”类：老太太、太太、二个小太太、三太太、小太太、王老太太、姑太太、婶太太、嫂太太、姊太太、官太太、抚台太太。

“奶奶”类：奶奶、大奶奶、谭奶奶、孙奶奶、师奶奶、巫奶奶、王妗奶、夏奶奶、周家小舅奶。

“小姐”类：“小姐”的称谓在《歧路灯》中极少见，仅用到一次。第九十一回，“老樊看见，接在手里道：‘哎哟！我明日央这小姐与我做一对。’”爨妇老樊称王中的女儿为“小姐”，这个“小姐”还是仆人的女儿。《歧路灯》中的“小姐”被其他称谓替代，如：孔宅姑娘、巫家姑娘、大家姑娘、全淑姑娘、顺姑娘、温姑娘、周孝廉女儿、巫家女儿。究其原因，一方面在于“小姐”本是人名用词，指姐妹排行在末位的女孩。由此引申为女性贱者之称，赵翼《陔馀丛考·小姐》云：“今南方缙绅家女多称小姐，在宋时则闺阁女称小娘子，而小姐乃贱者之称耳。”① 可见，在宋代称宫婢和妓女为小姐，但至清代“小姐”已多指士绅宦门家中的青少年女子。《红楼梦》中的迎春、探春就被称做“二小姐”和“三小姐”。另一方面，《歧路灯》所反映的是中原地区中下层社会风情、家庭生活，较之于《红楼梦》所反映的社会上层生活存在着较大差异，“小姐”的称呼可能更适合于豪门贵富人家。

“夫人”类：孔夫人、梁夫人、榆次夫人、孔缵经夫人、陈老夫人、嫂夫人。

“主人”类：主人、少主人、小主人、旧主人、店主人。与“主人”称谓相通的，还有：老家主、家主、小家主。

“先生”类：老先生、娄先生（老师）、侯先生（老师）、惠先生（老师）、智先生（老师）、周先生（县学教谕）、陈先生（县学副教读）、胡先生（阴阳先生）、董先生（医生）、姚先生（医生）。

其次说敬称。《礼记·礼运》：“夫礼者，卑己而尊人。”就是说人们在社会交往过程中，在“礼”上的最集中表现就是压抑自我，尊敬别人“卑己”是谦虚，“尊人”是恭敬，这是待人处世最根本的道德。敬称是对人表示礼貌或客气的称呼。敬

① 参见周一农：《词汇的文化蕴涵》，上海三联书店，2005年版，第84～85页。

称与尊称有相通之处，用表示尊敬长者的称谓来称呼位尊或年长者，一般的说也含有恭敬之意，但有不同的是，敬称更多的是表示礼貌与客气，而尊称更在于体现位尊者或年长者的身份。因此，敬称有时可能是尊而不敬。例如，第十四回，“娄潜斋说：‘今科拟题，有‘夫孝者，善继人之志’一节的话。’”“因问绍闻道：‘老侄，我且问你，‘继志述事’这四个字，怎么讲?’”“张类村道：‘谭大兄在日，毫无失德，世兄终为全器。此时不过童心未退。能知聆教，将来改过自新，只在一念。诸兄勿过为苛责。’”在这两段话里，娄潜斋称谭绍闻“老侄”、张类村称其谓“世兄”，这看似是敬称，但只是为表示礼貌、客气而已。因此，敬称不一定是对位尊者，对上、对下、平等关系的都可以用的，《歧路灯》里面类似的用法很常见。

1. 见于下对上的敬称

用“老”表敬的称谓：“老”可出现在称呼语之首、之中、或之尾。“老”出现在称呼语之首的，如老人家、老寿星、老伯等。“老”出现在称呼语之中的，如他老人家、李老太太、四老爷、大老爷、周老爷等，“老”一般用在姓或名之后，或居同位称呼的后项之首。“老”出现在称呼语之尾的，如你老、他老、潜老、孝老、嵩老、类老，“老”与人称代词或人名中的字相连来用，表示敬称。

不用“老”表敬的，如大人、世翁、谭相公、姑爷、姑娘(姑妈)、师娘等，用亲属称谓的泛化用于表敬。

2. 见于平等关系的敬称

例如：兄、贵昆仲、贵东家、君、尊翁、尊夫人、嫂夫人等。

在《歧路灯》中，也有用“令”字表敬的情况：

第一，用于称呼受话方的亲属。称呼对方亲属，无论长幼又可分两类。一是无前加成分的：令尊、令堂、令翁、令亲大人、令郎、令舅、令甥、令弟等；二是有前加成分：你令伯母、那位令郎等。第二，用于称呼第三方的亲属，如他令夫人、他令尊等。

3．见于上对下的敬称

例如：姑爷、老侄、世兄、盛世兄、盛相公、谭相公、阎相公、满相公等。

此外，量词"位"常见于表敬。有前加和前后加两种情况。前加成分有名词（如加姓氏）、数词、形容词、代词，如二位、众位、列位。后加成分有的是普通名词，如这位亲戚；有的是表尊称谓名词，如两位朋友、诸位朋友、二位老伯。"位"与表尊称呼语连用，能加强恭敬之意。

（二）蔑称与詈称

首先说蔑称。蔑称指轻蔑的称呼，用于对称和他称。从词类看，主要是名词表达轻蔑，但量词"那"和代词"你那"也常见于复合式蔑称，帮助表达轻蔑的意味。

1．"那"

《歧路灯》语料显示，复合式称呼语用"那"作代词指称某一或一群人的，都是轻蔑或詈骂，无论自称还是对称、他称。有关复合式蔑称主要有以下两种结构：

一是那＋称呼语，如那两个女人、那马子（指神婆）、那一号人、那姜氏、那德喜、那唱净的、那戏子、（姓鲍的）那孩子、（谭家）那孩子。

二是你们/我们＋那/这＋称呼语，如你爷那死进士、他们那起人、我们这起人、你们这起人。

2. “你那”

“你那”开头的称呼语往往见于蔑称，有对称、也有他称。有关的短语如：你那好兄弟、你那假李逵、你那样儿、你那嘴、你那腔、你那良心、你那前窝子儿、你那圣人、你那爹娘、你那侯先生等。

“你那”开头的称呼语有些很清楚地表示轻蔑，如“你那前窝子儿”。有些称呼本身没有特别轻蔑的意味，但上下文把“你那”的贬义衬托得非常明显，例如：

滑氏道：“你罢么！你那圣人，在人家跟前圣人罢，休在我跟前圣人；你那不圣人处，再没有我知道的清。”（第三十九回）

3. “那些”

统检《歧路灯》语料，复合式称呼语用“那些”指称一群人的，都是表示轻蔑或詈骂。那些＋称呼语名词或词组，如：那些比匪的、那些游手博徒、那些老先生们、他们那些风水家、那些旦角、那些家人、那些家人小厮、那些人、那些子弟、那些物件、那些假道学的、那些中流女人、那些下流人、那些皂快壮班、那些狐犬小辈、那些搅家不贤的人、那些客户、那些不三不四的人、那些百姓、那些赌博的、那些土娼们、那些远门子舅、那些微员末弁。

4. “这些”

“这些＋称谓名词”，复合式指称一群人。如：这些骑马的官员、这些京官、这些弄权蛊国的人、这些人、这些贼、这些奶奶、这些衙役、这些属员。

在《歧路灯》中表示蔑称的另外两种情况是：一类是用物类名词或名词短语称呼人；另一类是用表示贬义的名词或名词

短语称呼人。

用物类名词或名词短语称呼人的，如：老糊涂、舍弟那个东西（盛希侨对乃弟）、那些物件（指妓女）、这东西、你这小东西、你这傻东西、这东西姓赵、有许多事做的全不是东西、夏家第四的这个东西（盛希侨说夏逢若）、这个东西不是个人、你这尖头细尾的东西（茅拔茹骂夏逢若）、这样东西、你是个什么东西（王中说夏逢若语）、好不识抬举的东西、这个东西领了命（指妓女的丈夫乌龟）、你这个刁头东西（知县审赌博案时说貂鼠皮）、这个埋活人看送殡的东西（王中骂夏逢若语）、你两个还不扯开这个东西（指顶撞谭绍闻的奴仆德喜儿）、我把您这些东西一起送到官（谭绍闻骂奴仆们）、你这个东西（县官骂欺主的奴才）、我岂肯饶这些东西（谭绍闻骂奴仆）、抬起来打这东西（蔑称与女儿闹矛盾的女婿）、那张绳祖是个什么东西。

用带有贬义的名词或名词短语、句子称呼人的：

单词式的，如：蠢才、老婆子、小厮、小厮们、眼孙（豫语指不体面）、乌龟（妓女的丈夫）。

同位式短语，如：那些家人小厮、做饭的老婆子、你这傻东西。

偏正式短语，如：书呆子、傻公子、勾绞星、泼妇、傻东西、薄福丫头、黄毛丫头、那丫头、憨头狼、刁头东西、糊涂虫、死眼子（豫语不会办事的人）。

还有一种“的”字结构，如：不长进的、姓谭的、姓鲍的、那姓管的、管九宅的、第二的（豫语称兄弟中排行第二的）。就这类用法的功能而言，蔑称通常表示轻蔑和鄙视。但也有变异的情况，主要见于昵称或谐称，如“第二的”指弟弟。

其次说詈称。詈称指骂人的称呼，用于呼语、对称或他称。用于自称时便是卑称，但一般少用。詈称也有单词和复合式的。

单词式的，如乌龟、王八、畜生、婊子。

复合式的有偏正式、联合式、同位式，如王八肏的、贼王八肏的、王八羔子、王八崽子、这狗攮的、这个畜生、这个小羔子。

按照常见的情况可分为：

杂种类：狗杂种、那个狗杂种、万代杂种羔子、老杂毛。

东西类：你这个东西（县官骂欺主的奴才）、我岂肯饶这些东西（谭绍闻骂奴仆）、有许多事做的全不是东西（骂夏逢若语）、夏家第四的这个东西（盛希侨骂夏逢若）、这个东西不是个人、你这尖头细尾的东西（茅拔茹骂夏逢若）、你是个什么东西（王中骂夏逢若语）、好不识抬举的东西、你这个刁头东西（知县审赌博案时说貂鼠皮）、这个埋活人看送殡的东西（王中骂夏逢若语）、你两个还不扯开这个东西（指顶撞谭绍闻的奴仆德喜儿）、我把您这些东西一起送到官（谭绍闻骂奴仆们）、那张绳祖是个什么东西。

王八类：贼王八、王八蛋、王八蛋子、王八羔子、王八崽子、狗王八的、好贼王八肏、真正王八的、好贼王八蛋子、王八大蛋。

乌龟类：你这乌龟窝子、你那乌龟脸。

羔子类：小羔子、小猴羔子、王八羔子、小短命羔儿、万代杂种羔子。

狗类：狗肏的、狗娘养的、好贼狗肏的、这狗肏的、狗攮的、狗杂种、贼狗攮的、好狗攮的、狗弟子孩儿、狗杀才、狗屎朋友、狗王八的、粗皮狗攮的、狗窝子、老狗、狗的令郎、狗屁之谈、猪狗心肠、拿狗脸见人、狗腿朋友、狗脸朋友。

鼠类：一窝老鼠、老鼠胆、犬心鼠行的。

鬼怪类：勾命鬼、替死鬼、讨饭吃鬼、糊涂混帐鬼、打路鬼、下作鬼、穷命鬼、急脚鬼、时衰鬼。

咒死类：叫你死哩、小价该死、赢不死那天杀的、死幺、该死的朋友、该死的杀才、该死的、天杀的。

奴才类：不知耻的奴才、好胆大的奴才、好个中杀不中救的奴才。

憨子类：憨砖（豫语傻瓜）、憨瓜、憨子、小憨瓜、活憨子、憨头狼、憨头公子。

贼类：贼短命的、贼王八、贼狗攮的、好贼狗攮的、好贼王八、好杀人贼、没良心的撇白贼、杀人的贼、没下场的强贼、好贼子、好贼王八蛋子。

娼妇类：你这淫妇养的、婊子。

其他类：你是个下贱优人、泼贱舌头、贱嘴、放屁拉骚、冤孽种、老脚货（豫语本指年老的兔子，比喻年老且狡猾的人）、老杂毛、败家子、勾绞星、没星秤（豫语指人不能把握自己）、缠瘴、兔儿丝（豫语专门纠缠人、引人做干事的）、无赖光棍、畜生性命、古董混帐人、狐犬小辈、俗物蠢货、促寿、短命、促寿儿。

“的”字结构：狗娘养的、狗攮的、狗王八的、真正王八的、贼狗攮的、贼短命的、好狗攮的、该死的、天杀的、赢不死那天杀的、没良心的、淫妇养的、不算人养的。需要指出的是，此类有个别与前面的重复。

（三）谦称与傲称

首先说谦称。谦称是表示谦虚的称呼语，用于称呼自己或称呼与自己有关的人，尤其是亲戚或朋友。谦称与敬称是一对相对的概念，可以分为自称表谦和他称表谦两类。

1. 自称表谦，指称呼自己时表谦，分以下几类情况。

一是有“我们”代“我”表谦，例如：

《歧路灯》第五回，“二人到县衙，寻着礼房经承。背地里与了人情，那书办说：‘这是咱县的一件很好事，我们也是有光的，只是学里文书未到。文书到时，发了房，我们即速传稿，加上禀帖，催出看语，连夜写细，不过一天就到府太爷那边。’”

这是王中与阎楷二人为家主谭孝移保举贤良方正之事到县衙送“人情”，老于世故的“书办”知道可以从中捞取不少“好处”，因此，话也说得冠冕堂皇，把自己也“有光”说成“我们也是有光的”。

第十八回，“希侨道：‘……我们见的班子多了，竟不知你这班子。你不认的我们么？’”

盛希侨与盟弟谭绍闻、王隆吉一起看戏，唱戏的老生求他点戏，此处所用的两个“我们”虚指“盛、谭、王”三人，实际上仅指的盛希侨自己。因为谭王二人“初出茅庐”，没有见过这样的场面。作为世家子弟，盛希侨于谦虚之中略带些许傲慢。

二是用姓名自称表谦，例如：

《歧路灯》第五回，“钱书办道：‘昨日在司里，你们一说萧墙街谭宅，那是前二十年，与先父相与的，所以我怕二位走错了门路。今日邀在家里，也不怕你们笑话，只是说不出包办的话。你二位既是托我，我以实说，这大院里写本房还得五两。我不是要落阁的。你问弟姓钱，名叫钱鹏，草号儿钱万里，各衙门打听，我从来是个实在办事的人。'"

钱书办为了捞取好处，把自己的"姓名字号"全盘托出来，一方面表谦，另一方面急于把谭孝移保举贤良方正这笔"生意"谈妥。

第四十四回，"谭绍闻望上一揖，那老教读手拿着书册儿还了半喏。谭绍闻脸上红了一红，说道：'晚生姓谭，名子叫谭绍闻，河南开封府人。'"

谭绍闻因赌债缠身，到亳州投靠娘舅未遇，在返回家乡途中被人骗去盘缠行李，路过一破寺院时，向在这里教几个学生读书的"老教读"求救时介绍自己，"晚生姓谭，名子叫谭绍闻"，态度谦恭有加。

三是用地位低下的称谓自称表谦，如兄弟、小弟、侄儿、愚、愚兄、愚侄、愚弟、愚弟兄、愚兄弟、愚婿、小的、下官、学生、晚辈、晚生、贫道等。有亲属称谓，也有社会称谓，绝大多数是名词，也有少数形容词。

四是前面加成分"小"表谦，如小侄、小弟、小人、小的们等。

五是复合式称呼语表谦，如"我们这些老头儿"（程嵩淑自称）、"我们这样主户"（盛希侨自称）、"我这一号儿人"（谭绍闻自称）、"我这个朋友"（谈皂役对谭绍闻自称）、"我这不贤慧的糊涂虫"（滑氏自称）、"我这个人"（盛希侨自称）、"我这个不肖"（谭绍闻自称）、"我这老年人"（王氏自称）、"我这小户人家"（王春宇自称）。

2. 他称表谦，指称呼自己的亲友时表谦，有如下几类：

一是他称名词表谦，如弟妇、侄妇、侄媳、贱内、拙荆、贱荆、贱婢。

二是前面加“家”或“舍”等名词表谦，如家父、家母、舍亲、舍侄、家舅母等。

三是前面加“小、敝、愚”等形容词表谦，如小儿、小女、小婿、小犬、敝友、敝世兄、敝盟弟、敝东、敝伙计、敝掌柜、敝邻居、敝乡亲等。

以上有些谦称表谦的程度特别强烈，已经超出表谦的范围，而至于表卑微或卑贱，如“奴才”、“小人”、“小的”可算作是“卑称”。

其次说傲称。傲称指表傲慢的称呼，用于自称，与谦称、卑称相对。见于《歧路灯》中的傲称非常少，可分为有代词和没有代词两类。没有代词的一般前项是姓名或姓氏，后项为通常意义的尊称，表示妄自尊大。如盛大爷、谭大爷。

有代词的，如：如小说第三十回：这一句骂的茅拔茹恼了，站起来道：“姓夏的少要放屁拉骚，我茅拔茹也不是好惹的!”

傲称除用于表示傲慢，有时也表示气愤，如上述引例中茅拔茹之语。

（四）昵称与谐称

首先说昵称。昵称是表示亲昵、喜爱的称呼，也叫爱称。如果说尊称和敬称表示的是有一定距离感，昵称则显示的是“亲而近之”，交流双方于称呼中拉近了距离。《歧路灯》中的昵称主要有以下几种：

1. 人称代词显现昵称

例如：咱、咱们、人家、咱们家、你、我、他、你我、咱家、咱姊妹们、咱爹、咱爹爹、咱姐等。人称代词往往用于关系亲近。如果关系不够亲密而单独使用人称代词，会招致被称呼者的反感以致愤怒。

2. 称谓名词显现昵称

例如：哥、哥儿、姐儿等，昵称对称者应该为年轻或年幼者。

3. 称谓名词儿化显现昵称

例如：端福儿、兴官儿、隆吉儿、宝剑儿、德喜儿、赵大儿等，这种儿化有单名也有双名。

4. 前面加成分显现昵称

一是加“小”显现：

小哥儿、小儿、小侄、小女、小相公、小客、小娄相公、小福儿、巫家小姑娘、小隆吉儿。

二是加“好”显现：

好＋名词：好人、好奶奶、好大爷、好祖宗、好秀才、好子弟、好姑娘、好闺女、好大嫂、好门生、好天爷。有时加量词“个”，好个灵透的孩子、好一个贤慧少主母、好一个小相公、好一位小娘子、好可怜的女人。可分三类：第一类，好＋一般称谓名词，如“好奶奶”、“姐姐”；第二类，好＋昵称或谐称，“好亲姐姐”，“好宝贝儿子”；第三类，好＋显昵形容词＋一般称谓名词，好聪明的儿子、好大的主子、好乖孩子。

值得注意的是，“好”有时不显昵，而见于谐称，如好个没有脸的丫头；或见于讽，好小子、好个美人；或见于詈称，好淫妇、好个狗攮的。

三是“我（的）、我们（的）、咱、咱们（的）”显昵：

我或我们＋称谓名词：我爹、我妈、我父亲、我母亲、我大爷、我奶奶、我爷爷、我舅、我妗子、我叔、我侄等；我们叔侄、我们大相公、我们太爷、我们大老爷、我们兄弟、我们老爷。

我或我们的＋称谓名词：我的儿、我的儿子、我的侄儿、我的孩子、我的同年、我的门人、我的老师、我的学生、我的老婆、我的干妹子、我的亲娘舅、我的端福儿、我的老爷、我的老天爷、我的老人家。“我或者我们的”要比“我或者我们”表达的情感更强烈，更亲昵。这里的代词有实指，也有虚指。如王氏对人称“我的端福儿”，王中说谭孝移“我大爷”就是实指；但更多的还是用于虚指，重在亲昵情感的表达。表示亲昵的称谓名词，如“我的心肝儿”、“我的乖孩子”、“我的老菩萨”等更是如此。

值得注意的是，“我的”开头的称呼语有称语（他称）和呼语之分。呼语中“我的”虚指成分尤其突出，实际上已从指称转向了亲昵情感表达。例如：我的老菩萨、我的老天爷、我的乖孩子。

第七回，谭孝移道：“我的亲友，你如何一时便知？”谭孝移初到京城，新收的跟班张升说给谭孝移在京城中的亲友投递柬帖，谭孝移惊诧于跟班的话，此处的“我的亲友”是虚指。

第十二回，“孝移不觉又是满脸流泪，叫端福道：‘我的儿呀，你今年十三岁了，你爹爹这病，多是八分不能好的。’”谭孝移京城归来病危时，把儿子谭绍闻叫到跟前有一番嘱托，此处用的“我的儿啊”是实指。

第九十九回，“老樊也跑的来，哈哈大笑道：‘王哥喜了，那是我的干儿，休要认到别人家。’”王中得晚子，谭宅爨妇老樊说“那是我的干儿”，此处的显昵称呼用法特殊，虚实结合，对受话者王中而言为实指，对说话者自己来说就是虚指，老樊说“我的干儿”与实际意义距离甚远。

咱或咱的＋称谓名词：咱爹、咱娘、咱哥、咱嫂、咱姐、咱姊妹们、咱大爷、咱两口子、咱一家子、咱孩子、咱三叔、咱俗家人、咱兄弟们、咱大家、咱绍闻、咱两仪（惠养民的儿子名）、咱生意人、咱主户人家、咱的祖宗、咱的父母、咱的儿女、咱的一个外甥女。

咱们＋称谓名词：咱们邻居、咱们女人家、咱们兄弟们。对受话方显昵。

需要指出的是，《歧路灯》中显昵称呼中无一例“我们的＋称谓”用法，这一方面与作者写作习惯不无关系，另一方面与中原人语言表达中情感内敛有关。“咱＋称谓名词或普通名词”的用法比较多，“咱＋称谓名词”一般表示与受话方同位，且两个以上，如“咱两三个”、“咱四个”等；“咱＋普通名词”用法更普遍，如“咱祥符”、“咱省城”、“咱河南”、“咱城里”、“咱丹徒一族”、“咱南院一家”、“咱布政司街”、“咱南边菜园子”等，这类用法主要表现出交谈双方情感距离的拉近。

5. 用“我那＋称呼名词”显昵类

例如：我那儿子、我那姓孔的儿、我那个老婆、我那皇天、我那干妹子。

6. 用“我那＋形容词＋称谓名词”显昵类

例如：我那受屈的娘、我那不曾见面的爷爷、我那孝顺的儿、我那好孝顺的媳妇儿、我那孝顺媳妇、我们小兄弟们、我们几个老头儿。

其次说谐称。谐称指开玩笑的称呼。虽然谐称对象只能是人，但所用字眼不限于人，例如：傻公子、舍弟那个东西、夏家第四的这个东西；也有用物的，例如：没星秤、菟儿丝、憨头狼、管不住、细皮鲢、貂皮鼠、白鸽嘴等；还有用鬼神：菩萨、老菩萨、糊涂混帐鬼、穷命鬼、卖过鬼等。

谐称主要有几种：

1. 用名词表谐的

例如：傻公子（指盛希侨）、貂鼠皮（帮闲刁卓）、兔儿丝、憨头狼等。

2. 前加成分表谐的

例如：假李逵、傻公子。

3. 后加成分表谐的

第七十四回，张绳祖道："你还不晓的我的近况，夏逢老呀，比不哩当日咱在一处混闹的时候了。"同是赌徒一族，但是，张绳祖在学府有功名，年长于夏逢若，却称呼夏逢若"夏逢老"，深具表谐情感。

4. 复合称呼语表谐

你这个王八羔子、你这个奴才、你这个刁头东西，这是同位式称呼语的后项表谐。

好个王中、好个张书办、这个朱头儿、这个师父、这个学生、这个张升，这是偏正式同位语的后项表谐。

第二十七回，盛希侨笑道："菜籽大事儿，也要放在心上。像我们这样主户，休说一百四十串，就是一千四百串，也是松事。贤弟你放心，我明日备个酒，请几个赌家玩玩，你抽一场子头钱，管情够了还使不清。要正经朋友做啥哩？我替你办办。只是没星秤这个杀才，连我的朋友都弄起来。夏家第四的这个东西，也不算一个人。"

"没星秤这个杀才"，"夏家第四的这个东西"两个都是复合称呼语表谐的例证。

二、称呼语言情感表达的变异

前文已经提及，我们把《歧路灯》里称呼语的情感因素大致归为八类，属于礼貌称呼的正极的有：尊称、敬称、昵称、谦称；属于礼貌称呼的负极，即与礼貌语言相悖的有：傲称、蔑称、詈称；属于中间态势的有：谐称，有时它或近于昵称。

在上面对各类称呼语的情感表达形式或特点分别作了举例说明，这样的说明是分析性的，实际上同一种称呼形式会因为情景不同，表达的情感可能就会有所不同，这就是称呼语的动态性变异的一面。因此，称谓本身不好划分，只能划分称谓使用的具体情形。例如，第二十七回，盛希侨说，“夏家第四的这个东西，也不算一个人。”夏逢若是盛希侨和谭绍闻的结拜兄弟，他多次引诱谭赌博，因此，作为结拜兄弟的老大，盛希侨说夏这个东西也不算一个人。实际上，此处的“这个东西”是蔑称，具有蔑称情感色彩。但是，第五十三回，王中詈骂到谭宅与王氏坐在楼堂说话的夏逢若：“你是个什么东西儿，就公然坐到这里！”同样，王中的话语中用了“什么东西”，这里的用法就是詈称。还在同回，王中说：“今日这个东西，咱平素吃过他的亏我明白，奶奶再不知道怎的叫他穿堂入舍。”王中又用了“这个东西”来詈骂夏逢若，明显表达的是负面情感。

第五十七回，有这样的叙述：“这个东西领了命，竟大胆进了胡同口，直上碧草轩来。”此处的“这个东西”指的是妓女珍珠串的丈夫“乌龟”，受帮闲篾片的诱使去勾引谭绍闻到夏逢若的赌娼场来的。“这个东西”在此是一般的称谓，没有明显的情感意义。

第八十回，谭绍闻说："你两个还不扯开这个东西？"其语境是，谭绍闻流连赌娼场而致家道渐衰，有几个奴仆想离开谭宅，德喜儿顶撞谭绍闻并与其撕扯，谭绍闻喝令另外两个奴仆拉开德喜儿，在此所用的"这个东西"就是斥骂之词，表现了谭绍闻气急败坏的样子。在同回，知县在审判奴仆"负义背主"的案子中，在大堂上骂负主的奴仆张采琪："你这个东西，竟在本县衙内，胆敢骂起主人来"，用"你这个东西"代词复合称呼，表现了"县老爷"对犯有"负义背主，诬祖造名之罪"的恼怒和愤慨之情。

由上述引证可以看出，称呼语言在不同的语境中常常会因使用者情感的变化而发生变异，这种变异现象大多发生在詈称、蔑称、谐称等情感表达之中。再如在第十六回，盛希侨一声骂道："狗攮的，客还没有茶，你们只记得我熟。"盛希侨宴请结拜兄弟，对奴仆宝剑只顾照料自家主人而斥骂"狗攮的"，明显表达出恼怒心情，自然属于詈称。同回中，盛希侨笑骂仆从宝剑儿："这个小狗攮的，两只眼好眼色，色子乱滚时，他就认的是叉、快。"在此用的是谐称，表达对仆从"宝剑儿"精明伶俐的一种赞赏。同样的词语，并且称呼对象为同一个人，但是因语境不同而出现变异。

三、称呼语言的礼俗文化意义

汉语自古就把"礼"当做社会伦理道德的重要标准。在社会交往中，"礼"集中的表现就是压抑自身而尊敬别人。前者是谦逊，后者是恭敬，这是处世待人最根本的道德。汉语的敬称词语很多，在人际交往称呼对方时，总是要冠以尊词，如

"贵"、"尊"、"令"、"贤"、"高"、"大"、"老"、"台"、"雅"等。①《歧路灯》在人际交往等方面非常注重"礼"，其有关尊敬式称呼用法比较繁多，详细情况可见本书表5—2：《〈歧路灯〉人际交往称呼语列表》。

在人际交往礼仪中，根据不同的辈份、不同的对象，或因亲属关系、或拟亲属关系的不同，称呼语中所涉及的词语也是有相应的用法，其中区别也是比较大的。有一些可以通用，但有的是不能够用错的，否则是会闹出笑话或不愉快的。如"令"与"尊"在称呼对方长辈的时候可以互通，但是，称呼晚辈就只能用"令"。再如，"舍"只能用于对别人称呼自己的晚辈。而对别人称呼自己的长辈一般用"家"起首。"年"与"世"在称呼语中也是有所区别的，"年"一般用同学之间的关系的称呼；而"世"用于祖父辈相交关系的称呼。由此可见，称呼语言的内涵是较为驳杂的，其民俗意蕴也十分丰富而复杂。另外，在《歧路灯》语言描写中，还比较多的用到"雅"，"贵"、"高"等，也充分彰显着中原地域文化的"礼俗"意义。

在此，对《歧路灯》中人际交往过程的称呼语言的运用作简单的分析。

（一）尊称与敬称的运用情况

在《歧路灯》中大量使用的交际称呼语有："先生"类、"公"类、"老"类、"爷"类，有的单用，有的与其他词语混合使用，如老太爷、老爷、老大爷、程爷、孔爷等。

例如：第五十二回，董公道："阀阅子弟，又邓老爷台谕，

① 《颜氏家训·风操》："凡与人言，称彼祖父母、世父母、父母及长姑，皆加尊字、令字，自叔父母以下，则加贤字。"

弟岂有不从之理。”此处现职知县董公称致仕官员邓三变为“邓老爷”，这就是交际场合中的敬称。

值得注意的是，封建伦理道德中的三纲在《歧路灯》中表现是非常明显的。虽然封建社会的政治形式是由家庭而推及于国家，但当家规和国“法”相遇时，往往是前者服从于后者。例如：

> 到了次晨，黄岩公（谭绍闻）、太史公（谭篑初）各坐大轿，跟随家人，径出西门，向灵宝公祖茔来行礼祭奠。（第一百零八回）

> 到家用了早饭，黄岩公道：“该先到抚台大人衙门叩见。”（第一百零八回）

上述引文中，表现的就是封建纲纪对称呼所具有的一定的制约因素，官衔比家庭称谓要高，在一定意义上“君臣”关系要超越“父子”、“夫妻”关系。谭绍衣虽然是谭篑初族伯父，但官职为“抚台”（巡抚），故谭绍闻称之为“抚台大人”，这就是语言的使用中官先于民、官大于民的做法，也是家规服从于国法的情况。但是，此类情况在《歧路灯》中并不多见，与之同时期的《红楼梦》中此种用法就比较多见。王夫人、贾宝玉称贾政为“老爷”等，因为“老爷”是官称，它超越了夫妻、父子关系。

《歧路灯》中的尊称是封建纲常礼教的反映，是深深烙印着浓重的封建伦理观念。这表现在把尊称用于降称的情形更为常见，这是纲常伦理中“礼”的扩大化的结果。例如前面已经提及的程嵩淑称盛希侨为“盛世兄”、张类村称谭绍闻为“世兄”等，就是一种把尊称用于降称中的过分拘泥于“礼”的现象。

在《歧路灯》小说中，对人称其亲属往往要带上表尊、表敬的形容词“尊”、“令”等，以示礼貌。例如：小说第二回，耘轩道：“尊翁先生在家么？”谭孝移与孔耘轩到娄宅访友，与娄潜斋的儿子娄朴说话称其父为“尊翁先生”。第十四回，“你今日已读完《五经》，况且年过十五，也该知道‘继志述事’，休负了令尊以绍闻名子之意。”程嵩淑面对故友谭孝移之子，称其父为“令尊”。此类情况书中俯拾皆是。

（二）亲属称谓的泛化情况

在《歧路灯》中，也常常用亲属称谓来指称非亲属关系的人，这就是亲属关系的泛化，用以表敬或表谦。中国是以家族伦理为核心的宗法制社会，因此，自古以来，中国人常喜欢把家庭观念和关系扩大化，把家族的情谊推之于朋友关系，甚至泛化到非朋友关系之中，即非亲非友也使用亲属关系的称谓。这种对非亲属关系而称兄道弟、呼姊唤妹、叫爷喊奶等，就成为中国传统文化背景下的所特有的言语风景线。

例如，第十三回：（薛媒婆）因向赵大儿说：“好嫂子，你把这女娃引到厨房下坐坐，我与奶奶好说句话。”“……到明日我拣好软翠花，捎一对儿送嫂子。”第三十三回：绍闻抽身而退，说道：“白大嫂，你回来向白大哥说，就说是萧墙街，他就明白。”第九十九回：王象荩道：“樊嫂，取个大托盘来，内中有阎相公二十个喜蛋，两握面条，我送去。”

以上引文中的“好嫂子”、“奶奶”、“嫂子”、“白大嫂”、“白大哥”、“樊嫂”都是亲属称谓泛化的例子。亲属称谓前有带姓氏的，也有亲属称谓单用的，都是出于礼貌，表示敬称。

亲属称谓泛化也可用于自称。例如，第十八回：夏逢若道："小弟姓夏，草号儿叫做夏逢若，素性好友。今见三位爷台在此高兴，小弟要奉一杯儿。若看小弟这个人不够个朋友时节，小弟即此告退。"

以上例子可以看出，称呼别人用的亲属称谓都是用于年长辈高的称谓，而称呼自己用的则是表示年幼的。如夏逢若自称"小弟"，称盛希侨等人"三位爷台"，实际他的年龄要比其他三人大，这里也是汉语称谓"卑己尊人"的一种体现。

（三）谦称在交际中的运用情况

谦称词语的使用同样反映出不同民族文化的差异。中国人自古就有对自己谦虚，对别人褒奖的表达习惯。如把自己谦称作"愚、鄙人、不佞、不才"等，把对方尊称为"君、公、高明、足下、先生"等；而且常常由人及物，谦称自己的就是"寒舍、拙文、犬子"等，褒称别人的就是"尊意、贵体"等。直到今天中国人还习惯于这种自谦的表达。比如明明做了一桌好饭菜，却要对客人说"没有什么好吃的，粗茶淡饭而已"；明明自己水平很高、有能力胜任，偏偏要对别人说"才疏学浅、力所不及、受之有愧"等；碰到别人夸奖自己，总是说"哪里哪里，不敢当，过奖了"之类的话；在接受别人送礼时，嘴上总是要说"带礼物干什么"。中国民俗崇尚谦虚，"满招损，谦受益"就道出这种道德观和价值观。

谦称一般用于社交场合，凡称呼自己或与自己有关的方面。在《歧路灯》常见的有用表示低下地位的称呼语表示谦称情况有：

自称：在下、小的、小人等。

对他人称自己的家：寒舍、贱地、寒庐、舍下等。

对他人称自己的长辈：家父、家母、家师等。

对他人称自己的兄弟姐妹等：家姐、家兄、舍妹、舍表弟、舍内弟、舍二弟等。

对他人称自己的妻子：拙荆、贱荆、贱内、内人、内子等。

对他人称自己的晚辈：舍侄、舍侄女、舍甥等。

其他用法：舍亲、舍邻居等。

例如：第七回：班役道："小的叫张法义，因伺候老爷们上京，都是指日高升，这个张升名子叫着好听些。"

第八十二回："我大爷在世，走一步审一步脚印儿，一丝儿邪事没有，至死像一个守学规的学生。别人不知道，奶奶是知道的，小人是知道的。"

《歧路灯》中表示卑贱的"小人"、"小的"、"小的们"等称呼语以及"家母"、"小儿"、"舍亲"、"敝友"、"愚侄"等，没有用普通的、直接的称呼"我"、"我的"、"我们"什么什么等，而是根据指称对象的年龄、辈份等，选用"舍"、"小"、"家"、"敝"、"愚"等，用形容词加上相应的称谓名词。具体情况参见表5—2：《〈歧路灯〉人际交往称呼语列表》。

由此可见，中国传统文化的"有序"、上下尊卑贵贱的等级关系在社会中超越一切、压倒一切。还应该注意的是，这种上下、尊卑、贵贱的序列大多时候也涵盖着宗法制度，甚至成为一种称呼中的"礼"性主宰，是有着深刻的社会文化背景的。

上述的几个方面，大体来说都是从中国传统文化的礼性和宗法性来描述称呼语的情况。还有民族传统习俗、心理和风尚也会对称呼语的含义和使用产生影响，这主要在詈称、昵称等。

（四）詈称和昵称在交际中的运用情况

一般说来，詈称应该归入糟粕一类并应当在称呼语中予以清除；但是古今詈称与詈骂的言语特征、词汇特征、表达方式等折射着特定地域的民众民俗传统价值、独特的思维方式和社会伦理道德，具有宝贵的民俗文化资料价值。

在传统观念中，人类是文明、高贵而有尊严的，而动物却是野蛮而低贱的。称呼人以动物名称，就是极大的侮辱。正是由于“人贵物贱”，在詈称、詈骂语中，将对方降低为动物甚至是无生命的事物，都可以使骂人者产生一种高居其人之上的感觉，从而取得心理上的满足与平衡。因此，在上面对《歧路灯》中的詈称的翻检中，就有“狗”、“王八”、“乌龟”、“羔子”、“东西”等进入詈称言语之中。随着社会发展，这些本来不具詈称“因子”的动物以及没有生命的事物，被赋予了社会意义，而成为中国传统文化中的贬义意象。

从林林总总的《歧路灯》詈称、詈骂语言中，可以窥见小说语言的地域性文化内涵。中原文化受理学影响浓重，较之其他地区更注重于伦理道德观念，要求人们达到“忠孝仁爱礼义廉耻”的标准，处理好“君臣”、“父子”、“夫妇”、“兄弟”、“朋友”等之间的人伦关系，形成了民众个人的社会、家庭等行为道德准则。当一个人的行为违背伦理道德标准时，就会招致相应的詈骂语加在他的头上。例如：做事没有公德，被骂为“缺德”；行为招人烦，令人反感，会有人骂一句“德行”；不忠不孝的人会被骂为“逆子”，甚至“畜生”。中原大儒程颢所提出的“饿死事小，失节事大”封建伦理，使女子行为一旦有损于所谓名节，就成为人人唾骂的“淫妇”、“娼妇”、“婊子”。因此，这类称呼成为詈称、詈骂中常见的语言现象。

此外值得注意的是，在封建等级社会里，人们的社会地位不平等，这种不平等的社会现实，给人们留下了诸多詈称、詈骂的内容。如世族官宦人家，尊卑、长幼、主仆之分甚严，于是就产生了诸如“败家子”、“狗奴才”、“奴才”之类的詈骂语。人的社会地位、职业等有尊卑之别，就有“娼妇”、“下贱优人”、“贼王八”等詈骂、詈称。

表 5-1：称谓系统与非称谓系统的称呼语一览表

<table>
<tr><td rowspan="12">称谓系统</td><td rowspan="9">亲属</td><td rowspan="3">平辈</td><td>对称</td><td>兄弟、姐姐、妹妹、嫂子、姐夫、姑爷（妹夫）</td></tr>
<tr><td>他称</td><td>哥哥、姐姐、姊妹、妹夫</td></tr>
<tr><td>自称</td><td>哥哥、兄弟、妹子</td></tr>
<tr><td rowspan="3">晚辈对长辈</td><td>对称</td><td>奶奶、父亲、爹、母亲、娘、外父（岳父）、姨妈、婶子</td></tr>
<tr><td>他称</td><td>祖父、爷爷、奶奶、伯、父母、父亲、母亲、娘、妈、姨妈、大叔、外婆、娘舅、舅母、外父（岳父）</td></tr>
<tr><td>自称</td><td>儿子、侄儿、侄媳、孙女儿</td></tr>
<tr><td rowspan="3">长辈对晚辈</td><td>对称</td><td>姑爷、外甥</td></tr>
<tr><td>他称</td><td>儿子、侄儿、女儿（妮子）、姑爷（女婿）、娇客（女婿）、外甥、外甥女、甥婿、外孙</td></tr>
<tr><td>自称</td><td>娘、婆婆、姨妈</td></tr>
<tr><td rowspan="3">非亲属</td><td rowspan="3"></td><td>职位</td><td>皇上、道台、巡抚、知县、</td></tr>
<tr><td>职务</td><td>大师、道士、尼姑</td></tr>
<tr><td>身分</td><td>老爷、公子、先生、相公、学生、丫头、弟子、门生</td></tr>
</table>

（续表）

非称谓系统			姓名	姓氏	
				名字	绍闻、隆吉
				姓名	谭绍闻
				字号	孝移、潜斋、嵩淑、耘轩、类村、念修、鹏九
			指代		你、我们、咱、咱们、人家
	亲属	平辈	名词		贱荆、舍亲
		对长辈			太爷、老爷、大爷、老人家、太太、老伯、世叔、世伯
		对晚辈			老侄、贤侄、犬子、畜生、孽障
	非亲属			亲属称谓泛化	奶奶、兄弟、嫂子、姐姐
		平等		地位或情感	尊兄、君、敝友、小道
		对上			县老爷、老爷、大老爷、先生
		对下			小子、憨瓜
			“的”字结构	亲属	作娘舅的、作姐姐的
				非亲属	谭家的、巫家的、夏家的
				礼貌或情感	狗娘养的、狗肏的、狗攮的、该死的、天杀的、没良心的

表5-2:《歧路灯》人际交往称呼语列表

称呼对方长辈	用“尊”字起首	尊先世、尊翁、尊先生、尊大人、尊翁老人尊堂、尊大爷、尊辈、尊公、尊谦、尊从、尊行辈、尊人
	用“令”字起首	令祖老先生、令祖、令祖父母、令先君、令尊、令尊翁、令堂、令姑老伯母、令叔老大人、令舅、令世叔、令丈母
称呼对方	用“尊”起首	尊姓、尊驾、尊号、尊翰（对方赠书）、尊莹（对方祖坟地）
称呼对方平辈	用“令”起首	令兄、令弟、令姐夫、令亲家、令姊丈、令表弟、令兄令弟
称呼对方晚辈	用“令”起首	令郎、令爱、令婿、令子、令侄、令表侄、令甥、令徒、令伙计
对他人称呼自己长辈	用“家”起首	家父、家伯、家叔、家母
	用“先”起首	（指去世的长辈）先太高祖、先世、先祖、先人、先父、先严、先母、先慈、先岳、先代
对他人称呼自己平辈	用“家”起首	家兄、家姐夫、家姐
	用“舍”起首	舍弟、舍妹、舍二弟、舍表弟、舍内弟、舍弟妇
对他人称呼自己晚辈	用“舍”起首	舍侄、舍侄女、舍表侄、舍甥
称呼对方或自己平辈	用“贤”起首	贤弟、贤妹、贤妇、贤宅、贤引弟、贤妻
称呼对方或自己晚辈	用“贤”起首	贤侄、贤契（贤侄）、贤裔、贤媛、贤婿、贤媳、贤坦、贤内助
称呼世交长辈	用“世”起首	世伯、世叔
称呼世交平辈或晚辈	用“世”起首	世兄、世弟、世小侄

（续表）

称呼父辈同学	用“年”起首	年伯
称呼自己同学或晚辈	用“年”起首	年兄、年尊（长辈高）、同年、年家眷弟、年世侄
称呼他人的妻室		嫂夫人、嫂太太、嫂子、弟妇
对他人称呼自己的妻室或丈夫	夫称妻	内人、拙荆、贱内、贱荆、荆室、贤妻
	妻称夫	拙夫
对老师的称呼		太尊师、贵师、贵老师、师尊
对政府官员的称呼及官员自称	尊称	堂尊（县官）、程县公、堂翁、县老爷、县尊、荆县尊、县公、府尊、太尊
	泛称	知县、县令、县主、董县主
	自称	本县、本府
称呼中“贵”各种用法	称呼对方亲属等	贵先人、贵老师、贵同年、贵昆弟、贵昆仲、贵贤婿、贵学中门人、贵师、贵儒教先贤
	称呼对方仆从	贵管家、贵长随、贵纪纲、贵纪
	称呼属地等	贵省、贵州、贵府、贵治、贵县、贵处、贵处人（指对话人所属地）、贵铺、贵号
	询问对方	贵姓、贵干
	其他	贵茔、贵造（生日）、贵降、贵足（孔学兄贵足初践地，失迎迓，有罪）、贵客
称号中“老”字的用法	老先生、老哥、老兄、老朽、老侄	
称呼中“大姐”的用法	称呼对方的“妾”	大姐、冰姐、杜大姐、甄大姐
	普通百姓、仆人之妻	赵大姐、韩大姐、苏大姐

（续表）

称呼中的其他用法	亲属类	小婿、舅爷、丈人、女婿、女兄
	同学类	学兄、大兄、寅兄
敬词的用法	用"高"称赞及问候他人类	高才、高僧、高祖、高姓、高寿、高年、年高、高龄、高名、高门、高士、高品
	仕途及科考场类	高爵、高位、高升、高发、高迁、高擢、高取、高捷、高中、高魁、高举
	其他类	高明、高攀、高朋、高见、高座、高年老成、高会、高论、高邻盛情、高坐、高酒
对娼妓等的称呼	称呼"名字"	红玉、兰蕊儿、晴霞、珍珠串、素馨、瑶仙、慧照（尼姑）
	称呼"大姐"	珍大姐
	称呼妓女的丈夫	乌龟

第二节 《歧路灯》中的方言土语

一、《歧路灯》与中原方言

杜贵晨先生说："《歧路灯》在运用河南方言俚语方面取得了较大成功。作者在这方面是自觉追求的。"李绿园根据自己创作的实际需要，同时也是为了进一步扩大道德说教的范围及影响，突破了当时一些正统文人的偏见，不避俚俗，用经过加工提炼的河南方言进行写作，间杂以"经史掌故话头"，"又往往以诙谐风趣出之，亦庄亦谐，雅俗共赏"。① 杜先生所言为

① 杜贵晨：《李绿园与〈歧路灯〉》，辽宁教育出版社，1992 年版，第 113 页。

切中肯綮之论。作为土生土长的河南人，李绿园对浸染着中原地区地域文化精神的方言土语十分熟稔。正如著名河南籍作家姚雪垠所说的："它是用带有河南地方色彩的语言写清初的河南社会生活。语言朴素而生动，使我们今天读起来感到亲切，有味。……当我读《歧路灯》时，我常感到这部小说的语言值得我学习的地方很多。"① 因此，可以说《歧路灯》对中原地区的方言的运用是十分成功的。

首先，《歧路灯》中所使用的大量方言词汇，至今仍然活在中原地区民众的语言之中。例如：书中多次所用到的"膺"字，其意思是充当某一类角色，或做某种身份的人。"他在我手里膺了好几年秀才，后来拔贡出去了。"（第四回）"那时你到衙门膺太老爷，……人人称封乎翁乎，岂不美哉?"（第八十六回）这种用法在当今的河南话中仍然很普遍，如说："都是膺爷爷的人了，咱咋能不见老哩!"又如："膺记"，同"萦记"，是指牵挂、挂记。"膺"同"萦"，牵缠、牵挂的意思。"夏逢若心下又膺记小豆腐送的银子"（第五十九回），"但王象荩一向在菜园，心里萦记家事，……眼中有了攀睛之症"（第六十二回）。现在的河南方言里还经常有类似说法，例如，"家里一切都好，不要萦记。""你在外面做好自己的事情，不要萦记家里。"再如，小说第五十四回，王氏道："王中，你各人走了就罢，一朝天子一朝臣，还说那前话做什么。俗话说：'儿大不由爷'，何况你大爷已死。你遭遭说话，都带刺儿，你叫大相公如何容你?"其中"各人"、"前话"、"遭遭儿"、"带刺儿"都是中州的方言。"儿大不由爷"是北方的俗语。还有小

① ［清］李绿园著，栾星校注：《歧路灯》，第4页。

说第四十回，滑氏说："你哥就把你那前窝儿，上下看了两眼，真正看了我一脸火。"惠养民答道："咱哥是个老成人，不会曲流拐弯哩。"这里所用的"前窝儿"、"曲流拐弯"，十分形象生动。

其他如说人没发展前途是"老苗"（第八十七回）、说聊天为"闲打牙"（第九十三回）、说人合不来是"各不着"（第一百零八回）等等，也都是道地的中原地区的方言土语。这类词语还有如"扯捞"、"擘画"、"腌臜"、"兑搭"、"攒忙"、"帮光"、"喝晚汤"、"刚帮硬证"、"应"、"费气"、"护短"、"干大"、"翻精掏气"、"蛮缠"、"不中用"、"没成色"、"各不着"、"搅家不贤"、"下作"、"乱董"、"胡董"等，这些方言词语至今仍然为中原地区的民众较为频繁地使用着。《歧路灯》使用此类方言，增加了作品语言的乡土气息，这些方言不仅仅让人读来感到亲切，而且也成为研究中原方言的珍贵资料。

其次，《歧路灯》中所运用的一些方言词汇与今天的河南方言相比，已有所不同，发生变异，从中能够看到中原地域的语言所历经时代的变迁情况。有些词语在现代的河南方言中已经很难见到或者仅仅在很小的地域范围内使用。较少使用到的，例如："汉仗"、"妙相"、"开拨"、"和处"、"朝南顶"等；在极小地域范围内使用的，例如："信惯"、"楚结"、"撤白话"、"面软"等。有些虽然在今天的河南话里仍然出现，但意义和用法已经发生有不同程度的变化。例如，《歧路灯》中的"认真"，作动词用，有认为、觉得之意。"这侯先生我认真他没有娄先生深远。"（第八回）"侯冠玉见孝移点头，反认真东翁服了讲究。"（第十一回）在今天的河南话里，"认真"是指严肃对待、不马虎的意思。如："王小明学习很认真。"又如

《歧路灯》中的"运用"，指找门路，想办法，有运作的意思。"你休要高声，我今晚给你运用。"（第二十二回）而今天的河南话中"运用"则指根据事物的特性加以利用。如："我们要灵活运用学到的知识。"再如《歧路灯》中的"打量"一词，有打算、准备的意思。量，有考虑，筹划的意思。"这就不敢终席，各人打量明日五更接诏吧。"（第四回）而"打量"在今天河南话中指观察、观看、反复看。如："我对他上下打量了一番。"此外还有"想头"、"清白"、"任意"、"物色"、"方便"、"管许"等等，它们的意思都发生了或多或少的变化。

在《歧路灯》中所使用的词语中，还出现有一些古今同事不同称的情况。同样的事物，用来表达的词语却不同。例如，小说中不说"喝酒"、"喝茶"，而说"吃酒"、"吃茶"；表示倒掉、倒出来的意思时，一般说"倾"而不说"倒"；表示给予的意思时，一般说"与"，不说"给"。这些用法至今在中原地域的某些区域范围内还使用着。

第三，最为典型的是《歧路灯》中所使用的某些方言词语，呈现出明显的过渡性。张生汉先生认为："十八世纪是汉语由近代向现代演进的关键时期，这一时期汉语言的各个方面、特别是语法和词汇方面，具有明显的过渡性特征。具体到个别的词语上，它们在《歧路灯》中往往是近代的与现代的用法并存，原有的意义与新生的意义同在。"① 例如，"打算"，谭孝移"便打算这延师教子的一段事体"（第一回），这里的打算用做盘算、筹划的意思；第四十一回，"打算此后晚夕，轮流来与韩氏作伴。"此处的打算当作计划、准备讲。后面的打

① 张生汉：《〈歧路灯〉词语汇释》，第1页。

算的意思已经与现代汉语中的“打算”几乎没有什么区别。其他的还有，例如，“认真”、“任意”、“果然”、“的确”、“十分”等词语也都有这种发展变化的情况。在《歧路灯》中可以看到为数不少的这一类词语都呈现出明显的过渡性。由此可见，《歧路灯》较好地体现了中原地域方言在18世纪的发展过渡性特征。

《歧路灯》采用了大量的中原地区的方言词语，读者尤其是河南籍的读者读起来亲切自然，回味无穷。这些方言词语，反映着中原地域民众语言的特点及其文化蕴含。在本书《〈歧路灯〉方言土语词汇表》（见附录一）中，对小说中出现的，当今大都还流行于中原地区民众言语之中的方言词语，进行择要性举例和简单的意义诠释，故以上对此仅作较为简略性举例分析与说明。

二、《歧路灯》中的俗谚及歇后语

除了以上所论及的方言土语在《歧路灯》中大量使用之外，李绿园还把许多至今仍然流行在民众生活语言中的俗谚、歇后语纳入作品之中，为小说的场景描写、人物形象的塑造增光添色。古代小说中运用俗谚、歇后语的作品并不少见。《金瓶梅》、《红楼梦》等古典小说就较多地使用俗谚、歇后语等，增强了小说语言的生动性和表现力。《歧路灯》与这些小说一样大量使用俗谚、歇后语，并有其独特的地方。

《歧路灯》中的俗谚使用范围非常广泛，有涉及家庭闺阁婚姻言语习俗的；有关于日常生活中待人处事习俗的；也有生产生活经验等方面的俗用语言；还有关于衙门、商业、宗教鬼神等习俗语言，丰富而又不失精良，形成了一道五彩缤纷的语言风景线。限于文章篇幅在此仅举要阐释。

首先，在反映家庭闺阁婚姻习俗方面，《歧路灯》中使用的俗语是异常丰富的。小说第四十九回，谈论到待字闺中的巫翠姐时，王春宇道："不过高门不来，低门不就，所以耽搁了。你如今心中有啥不愿意，也不妨面言。""高门不来，低门不就"比喻女孩在挑选婆家时，男方条件差的看不上，条件好的又求不到。是中原地区在男女婚嫁中经常使用的俗语。第八十回，冯健道："他们心中一无所系，人大心亦大，自然难以驾驭他。依我说，相公回去自己酌度，他们可留，磕了头留下他，把今日的事，只宜丢开为妙；不愿留的，趁这宗无礼，开发了他，也省的家中养活。俗话说，心去身难留，留下结冤仇。不知我说的是也不是，相公酌度。""人大心亦大"、"心去身难留，留下结冤仇"，意为心已不在这里，勉强挽留反会造成怨恨。① 对于世家豪门来说，对世仆通常是从小把他们养大并使用，但是，如冯讼师所言，这些仆役由于没有家室牵挂，在家主富有之时他没有什么怨言，任其驱使，一旦家主家道中落，就会有各自的想法，就可能造成"心去身难留，留下结冤仇"的局面。这里所用的"心去身难留，留下结冤仇"俗谚，是由婚俗观念中的"女儿大了不可留，留来留去结冤仇"变异而来的。家主与家奴的关系，在某种意义上也像家长与儿女的关系一样，况且"男大当婚，女大当嫁"也是人们一种普遍的认识，世仆因没有家室之累，也就很难与家主同甘共苦。也可

① ［元］张国宾《相国寺公孙合汗衫·二折》："既然孩儿每要去，常言道，心去意难留，留下结怨仇，婆婆，你问孩儿有什么着肉的衣服捋一件下来。"参见武占坤、马国凡主编：《汉语熟语大辞典》，河北教育出版社，1991 年版，第 731 页。

见冯讼师的心、奴仆的心与一般民众的心是相通的，唯有出身富贵之家的谭绍闻不明白这个道理。

再如，第四十九回，夏逢若道："贤弟呀，人生做事，不可留下后悔。俗语说：庄稼不照只一季，娶妻不照就是一世。你前边娶的孔宅姑娘，我是知道的。久后再娶不能胜从前，就是一生的懊恼。你先看这个人何如?"婚姻是人一生中的大事，因而婚姻又有很多讲究的礼俗。"庄稼不照只一季，娶妻不照就是一世"，这是中原民众思想中根深蒂固的习俗观念，娶妻生儿育女，延续家庭后代，反映着人们对择偶重要性的认识。诸如此类的谚语还有，"做坏生意是一次，讨坏老婆是一世"、"梳头不好一次过，嫁夫不好一世错"等也同样是这种习俗观念的表现。总之，在《歧路灯》中涉及婚姻家庭生活方面的熟语非常丰富，如"丑媳妇不见婆婆么"、"媒婆口，无梁斗"、"千里姻缘一线牵"、"先嫁由爹娘，后嫁由自身"、"得意夫妻欣永守，负心朋友怕重逢"，等等。这些都是作者在富有地方色彩语言基础上提炼出来的文学语言，同时也是婚姻家庭等生活习俗对语言的影响和作用的结果。

其次，反映日常生活生产中的经验、体验等方面的俗谚，在《歧路灯》中的运用也非常精练、到位。例如，第八十回，冯健道："不管他是外来鱼，本池鱼，总是一个水浅鱼不住。且休说水浅鱼不住，即是水太清，鱼先不住了。譬如做官的长随，若不是劳金之外，有些别路外快儿，谁还肯跟哩。在主户人家，粜粮米，有他们出仓钱；卖牲口，有他们笼头钱；送节礼，有他们脚步赏封；出远门，有他们盘费余头；那些分打庄稼，收租讨课，以及修盖房屋，都免不了有些扣除、侵渔，这才许打就打、骂就骂的。若不然，他们图啥呢?"这里用了

"水浅鱼不住"、"水太清，鱼先不住"两个熟语，比喻受环境条件的限制，留不住有本领、有能力的人。[①] 这段引文中，深谙世故的冯讼师说尽了"奴仆"众生相，在利益的驱动下，他们任劳任怨，当牛做马而在所不惜，俗话说："人为财死，鸟为食亡"，也不能够把怨气都撒在"奴仆"身上，谭绍闻要状告奴仆欺主也有些过分。第七十四回，王隆吉道："水浅鱼不住，这也无怪其然；老鸦野鹊拣旺处飞，他们自然要展翅哩。……"这里除了再次用到"水浅鱼不住"这个俗谚之外，小说又形象地使用了"老鸦野鹊拣旺处飞"这一俗谚，与前面的"水浅鱼不住"有相近的意思，比喻趋炎附势，讨好有权势有财力的人。在这里只是把鱼变成"老鸦喜鹊"，把"浅水"变成"旺处"。[②] 用法也与上面的相近。

小说第三十二回，谭绍闻说道："斑鸠嫌树斑鸠起，树嫌斑鸠也是斑鸠起。我如今嫌你了，讲不起，你要走哩。跪一千年也不中用。天还早哩，你快去把戏箱屋子打扫打扫，我叫宋禄把马移了。还有皮匠家现成的锅台，把米面菜薪都带的去。若是今晚不走，我如今就起身上丹徒去，好躲着你。""斑鸠嫌树斑鸠起"，说的是斑鸠栖息在树上，如果斑鸠不满意树，它可以飞离，要是树不满意斑鸠，自然也是斑鸠离去。比喻双方共处，如果有了问题必须有一方要离开。在此树为主，鸠为辅为客。在小说里谭绍闻一心要把王中撵出家门，结果只有王中"这个斑鸠"离开才可以化解主仆之间的矛盾。第八十六回，

---

① 《史记·黄石公素书》："地薄者大木不产，水浅者大渔不游。"

② ［清］西周生《醒世姻缘传·四回》："见了便就念骂，说道你如何炎凉，如何势利，'鹁鸽拣着旺处飞'，奚落个不了！"

王中对谭绍闻："乡里人常说两句俗话，'宁当有日筹无日，莫待无时思有时。'人肚内有了这两句话，便不怕了。"引文中的"筹"，为筹划、计划、打算之意。告诫人日子富裕时要省吃俭用，为将来可能出现的困难作打算，以免被动，作为处身社会下层的奴仆王中对生活之艰辛的体验可谓深邃而精当，这也是无数的劳动人民生活经验的总结，真可谓至理名言。

在《歧路灯》中，反映日常生活生产方面的经验的俗谚十分丰富，诸如"水尽鹅飞"、"水平不流，人平不语"、"饿出来的见识，穷出来的聪明"、"一棵树上吊死"、"砍的不如镟的圆"、"腰中有钱腰不软，手中无钱手难松"、"揭债还债，窟窿常在"、"揭债要忍，还债要狠"等，这些或者来自生活生产经验，或者来自人生感悟体验，都是非常鲜活而富有生命力的民众语言，给作品带来了浓郁的时俗世情韵味，散发出醇厚的乡土气息。需要指出的是，《歧路灯》所运用的俗谚涉及社会、政治、经济、人生等很多方面，在此不多赘述，可参见本书附录二《〈歧路灯〉俗谚熟语表》。

下面简单说一说《歧路灯》中歇后语的使用情况。歇后语最大的特点是言简意赅，生动形象，富于概括力和表现力，放在对话中能增强句子的律动感，而且能把说话人的情绪惟妙惟肖地传达出来。小说第五十一回，夏逢若道："咱县新任董公，裤带拴银柜——原是钱上取齐的官。"在这里通过帮闲篾片夏逢若之口，使用一个贴切、形象的歇后语"裤带上拴银柜——钱上取齐"，把一个贪赃枉法、收受贿赂的县官形象表现出来。作者对"董公"运用一种漫画式的夸张手法，增加了读者阅读的欲望，引起进一步探究这个贪官到底是如何收受贿赂的兴趣。还有小说第六十九回，盛希侨摇头道："野地里拾的柴薪，将就些儿罢，休要嫌湿。从前话，一切拉倒。”小说中，革退兵丁虎镇邦对谭绍闻恶言相加，追索谭欠他的八百两银子的赌债。盛希侨巧妙利用旧宦势力威慑虎镇邦，最后仅用二十两银子开发了这个“虎兵丁”，虎镇邦虽然心不甘情不愿，但又怯于盛家势力而敢怒而不敢言。小说在这里用了一个“野地里拾柴——莫嫌湿”的歇后语，意思是赌债难以见官，虎镇邦得到二十两银子也是白拣的或净赚的。因为根据《大清律例》有关赌博条目，经官府判决后的赌博钱财是要全部充公的。在这里也把盛希侨年少气盛、敢于坚持、旧宦世家的公子哥性子表现出来。再如小说第八十三回，程嵩淑道：“老兄们看不见王象荩满面急气，比少主人更觉难堪。今日请我们一起老道长，无非陈曲做酒——老汉当家之意。孝移兄去世，他的家事，我们不能辞其责。若不替他出个主意，也就负好友于地下，并无以对忠仆于当前。”陈曲，曲即酒麯，把麦子或白米蒸过，经过发酵，晒干后用来酿酒，时间长的酒麯叫“陈曲”。中原地区民间一般认为陈曲造酒味道醇美爽口，比喻年纪大的人因经验丰富，当家主事稳妥。小说中的意思是程嵩淑一起“老道长”作为谭孝移的挚友管教谭绍闻是理所应当的。

值得注意的是，在《歧路灯》中除了用到普通的歇后语之外，还使用了不少藏词式歇后语，常常让读者于稍加思索后发出会心的微笑或感叹。小说第五十六回，夏逢若道：“这老脚货是皮罩篱，连半寸长的虾米，也是不放过的。”这里就用了一个藏词式歇后语，前半部分“皮罩篱”显现出来，把“不漏汤水”隐藏起来，但是在作品的叙述中还是稍稍加了一点揭示，即“连半寸长的虾米，也是不放过的”。“罩篱”本为日常生活工具，在中原地区采用竹子、细铁丝等制成，主要用于淘洗米、麦、豆等粮食时捞取之用；也用于制作油炸、水煮等食品时捞取放在锅中的食品。“皮罩篱”在中原言语中是一个歇后语的前半部分，这个歇后语的意思是用“皮罩篱”捞取水中物品，就是连带着把“汤水”也给捞出来而不会漏掉。它有褒义和贬义两种用法，贬义用法偏多一些。在日常生活中，民众口语中可用于形容某一个人做事细密、周全；但更多用以形容人十分吝啬，挖苦讽刺某一个人讨别人便宜，无论大小琐屑，有光就沾，一丝一毫也不放过。藏歇式歇后语用法还见于第七十二回，当槽的说：“你要真真奈何我，我就躲上几天，向家中看看俺那‘秋胡戏’①。”在这里使用了藏词式歇后语“秋胡戏妻”，以“秋胡戏”代指妻子。第六十四回，小说写道：“到了霜降之节，可怜管贻安，一个旧宦后裔，只因不依本分，竟同一起强盗等案，押赴市曹绞桩之上，一个淫魂，上四川酆都城内去了。正是：圣训三戒首在色，怎借执爨强逼迫；弄出世上‘万方有’，落个‘直而无礼则’②。”这段引文中的“万方有”是“万方有罪”歇去了“罪”，“直而无礼则”是“直而无礼则绞”歇去了“绞”。意谓管贻安弄出罪情来，落了个被绞死的结局，也是一句含有嘲弄意味的游戏笔墨。在小说第六十

① 《列女传》：“鲁秋胡纳妻五日而宦于陈，五年乃归。未至家，见路旁有美妇人采桑，悦之，下车谓曰：‘力田不如逢丰年，力桑不如见国卿；今吾有金，愿以与夫人。’妇曰：‘采桑力作，以供衣食，奉二亲，不愿人之金。’秋胡归至家，奉金遗母，使人呼其妇。妇至，乃向采桑者也。妇汙其行，去而东走，自投于河而死。”后日戏曲中的《秋胡戏妻》，即据此加以铺演。这里“胡秋戏”，隐指妻。

② “万方有”为“万方有罪”的截后语，隐射一个罪字。语出《尚书·汤诰》。“直而无礼则”，为“直而无礼则绞”的截后语，语出《论语·泰伯》。绞的原意，谓急切，意谓人如太爽直而不能用礼来节制，就要流于急切。这里把绞用为绞刑的绞。绞为旧日死刑之一种，次于斩。

八回写道："乾健坤宁大造行，太和元气自浑成。小星何故纷家政？二十一日酉时生。""二十一日酉时生"也是用的一个隐语，隐射一个"醋"字。在这里运用非常含蓄的语言对张类村的二太太杜氏扰乱家政朝廷讽刺。"小星"就是小妾的代称，这里指的是杜氏。在这段文字中隐语的运用起到正常的、规范的语言所起不到的作用。

《歧路灯》俗谚大多运用在市井人物的身上，非常符合人物声口，通俗而生动，这是作者塑造人物形象描绘场景采用的重要艺术手段，也是作者写实主义的一种体现。由此可见，李绿园非常善于学习群众语言，善于捕捉生活中的细节纳入自己的作品之中。《歧路灯》的许许多多方言土语、俗谚、歇后语等，至今仍然活在中原地区民众的口语之中，捧读《歧路灯》文本不仅使河南人感到亲切自然，就是其他区域文化背景下的人们也会感到耳目一新。正因为李绿园纯熟地把这些方言俗谚运用到《歧路灯》中，才使这部作品散发出更加独特的颇具乡土气息的无穷魅力。

第三节　《歧路灯》的语言民俗特色

《歧路灯》是一部严格的写实主义作品中，作者本着贴近生活、严肃态度等原则，通过对康、乾时代中原地域的社会生活真实的描绘，为我们着力展现一幅当时社会中下层世俗众生生活的丰富画卷，与此同时，在表达和描写之间，也充分地表现出小说语言的地域性、通俗性和个性化的特征。

一、以方音绘世相：语言的地域化

著名学者董作宾称“李绿园为吾豫惟一之方言文学家”①，《歧路灯》中所描绘的是18世纪中原地区民众的生活，而作者李绿园也正是生活在这个地域内的那个时代的文人之中的精英。张生汉先生谈到《歧路灯》时说：“其可贵之处主要体现在两个方面：一是它的突出的时代特征，一是其鲜明的区域特征。”② 在此，就小说语言的地域化特点进行适当阐释。

对于李绿园来说，中原地区的地域文化是他在家乡的土地上生活成长过程中的精神母乳。在他创作的时候，地域文化已经化为他的血肉，渗透于他的创作之中。因此，他往往自觉地站在地域文化的立场上书写与言说，自然地其小说语言也就主动地浸染着地域文化而显示出它的鲜明个性。李绿园于30岁时考取乾隆丙辰恩科乡试举人，40岁时动笔写作《歧路灯》，耗时十年大约完成前八十回，50岁出仕，算来他在中原地区的地域文化的怀抱中度过自己的童年、青少年和壮年时代的前半时期，因此，构成地域文化的中原地区的风土人情、民间风俗、戏曲故事传说、历史掌故、文物遗迹、生活习性、地理风貌、方言土语等等他都耳熟能详，深深地储藏在其情感记忆之中，融入其深层的文化心理结构，并且指导着他的文化视界的形成，成为他观察世界，认识世界与理解世界的一个起点。毋庸置疑，这就为《歧路灯》的小说语言提供了一个坚强有力的

---

① 董作宾：《李绿园传略》，见栾星编著：《〈歧路灯〉研究资料》，第127页。

② 张生汉：《〈歧路灯〉词语汇释》，第1页。

阿基米德"支点"。换言之，地域文化在创作中深刻地影响着《歧路灯》小说语言的基本流向，这种地域文化的印痕深深地嵌入了《歧路灯》作品之中。李绿园在30岁中举后，从开封至京城虽不止一次"叠上公车"，但终未博得"进士及第"，他在开封居留的时间也应该比较长一些。从《歧路灯》小说所反映的鲜明的地域文化特色就可以清楚地看出来，小说的故事就发生在开封，书中人物活动，百分之八十以开封城区为背景。所写街市、里弄、官署、城阙、寺观、庵堂、祠庙、古迹、胜景，其坐落方位、走向，准确无误。描绘世态风习，上至官仪、衙规，下至市廛、里弄、酒肆、博场，各色人物的服饰、举止、口吻、心情，也都是同时代一个省城气象的真实写照。① 小说的情节构思，也往往可从李绿园一生足程中找到根据。这种严格的写实要求、态度、精神和手法，有其值得肯定之处，它使《歧路灯》成为一幅真实程度相当高的社会风俗画，成为我们认识封建社会末世形形色色丑恶现象的一面镜子。小说的认识价值、美学价值、语言学价值和教育意义，也由此得到了充分的体现。

《歧路灯》浸透着中原地区地域文化精神，正如每个民族都有她的民族精神一样，每一种地域文化都有它的文化精神。这种文化精神在《歧路灯》小说就表现在"忠孝"观念一以贯之。从小说语言方面来看，这种文化精神对整个《歧路灯》作品来说规定着小说叙述焦点的定位与运动、小说话语与叙事视角的选择、言语风格的确定以及语言结构的形成等等。这种文化精神在小说的叙事过程中所起的作用可以说是关键性的，李

① 参见栾星编著：《〈歧路灯〉研究资料》，第14～15页。

绿园深受这种地域文化的浸染并在这种文化精神的制导下展开小说叙事。李绿园所塑造的正人谭绍衣、程嵩淑、娄潜斋等，在他们的言语当中，那些表示仁义、谦让、威严、正直、孝道、刚毅等精神的词语不时从他们的嘴里吐出，并在他们的身体力行的行为中熠熠生辉。因此，他们的语言在《歧路灯》小说文本可以说代表着中原地区理学精神、宗法制度等不可动摇的若干秩序。或许是因为作家在这种文化中陷得太深，作家或许没有意识到这种文化的局限，作家对于谭绍衣等所谓“正人”的描写基本上采用的是赞美的语言，取仰视视角，不知不觉中将代表这种文化的化身神化了。同时，在对其他人物的叙述与描写中，小说的叙述语言也运用饱含着体现着这种文化的价值取向的词语予以褒扬或贬斥。从语言结构上看，《歧路灯》的语言特别讲究的是结构的完整与稳重，行文合乎语法规范，层次分明，逻辑严密，叙述节奏比较舒缓而沉稳，显示出小说语言的厚实与从容，并且具有明显的地域化的特质。

从整体的语言风格来看，《歧路灯》语言运用达到极圆熟的境界，严整规范清通自然，将方言土语纳入雅正的文学语言的轨范，而又不失其特有的韵味与魅力，具有较高的典范性，但又不失语言的地域性文化韵味。也正是由于地域文化的浸润，《歧路灯》小说语言显示出浓烈的方音色彩。首先是方言土语进入小说语言，不仅极大地丰富了小说语言的语言资源，而且为小说语言增色许多，增强了小说语言的艺术表现力。打开《歧路灯》文本，人们可以深切地感受到中原地区的方言土语带着泥土的芳香扑面而来，直逼人们的眼睛。在小说中，方言土语可以说是俯拾即是。概言之，在《歧路灯》作品中所涉及的有：具有中原地区特色和文化民俗积淀的独特事物的命名形式的专有名词、中原地区方言中富有表现力的动词形容词、中原地区方言中的古词语等，足以成为李绿园小说语言中的一大景观。有论者认为《歧路灯》的语言文白相杂，实际上，诸如流行于民众口头语言中的“各不着”、“刚帮硬证”、“扎眼”、“猫挤狗尿”、“掂斤拨两”、“牙寒齿冷”以及一些富于地方文化韵味的俗语等，不要说在李绿园生活的时代，就是现在的中原地区的民众还是那样说的。方言土语凝聚着一定地域的人们的文化精神与智慧，是那里的人们对自然、宇宙、社会和人生的一种独特的解读，反映了他们的人生态度和各种欲望。《歧路灯》小说描写的就是中原地区这个文化区域里的人，方言土语为李绿园提供了挖掘自己所表现的人物的精神深层世界的一个合适的途径，在方言土语中小说家找到了这些乡党们精神存在的家园。

然而，应该承认的是，方言土语由于只在一定的地域圈子里流行，对于绝大多数的外地读者来说比较难懂，在一定程度上直接影响到小说的被阅读与接受，有些时候成为小说传播的一个障碍。这也是作家在当时创作小说时在语言的处理上的难题。《歧路灯》小说传播的过程中实事也证明了这个不易弥补的现实。此处不作赘述。

二、以俗语道俗情：语言的通俗化

《歧路灯》语言的地域化特点在上面已作论述，下面重点说一说《歧路灯》语言的通俗化特色。李修敏说：“李绿园意求通俗演为说部，开近世平民文学之先声。”① 因为《歧路灯》所写的就是18世纪中原地区中下层民众的日常生活，李绿园

① 《中州文献汇编·总序》，见栾星编著：《〈歧路灯〉研究资料》，第104页。

善于运用质朴的民间俗语描写自己作品中的那些人物（尤其是下层人物、发生蜕变的人物），描写那片土地上发生的是是非非。

《歧路灯》的语言具有通俗流畅而又时杂诙谐风趣的特色。小说的这一特色也与创作主体李绿园的交游有密切关系。有一位与李绿园交往密切而颇有风趣的板话诗人叫李元章，是新安县马行沟李绿园的族人。李元章写诗说话“妙语环生，俗不伤雅，而极风趣。”① “邑学官某，天津人，言语惯举‘做怎的’三字。值七旬晋一寿辰，宾客满座，诗篇杂遝。好事者戏以‘做怎的’三字押入寿诗，未能稳惬。众皆难之，曰：‘非李元章不能。’即速之郭姓家，甫告以故，应声曰：‘人生七十古来稀，老师今年七十一。一双儿女都长大，我还怕他做怎的。’合座为之倾倒。”②李绿园与李元章的交游，使其深受李元章语言风格的影响，下面的一个例子也可以说明这一点。“绿园晚居新安北冶教书时，新年总免不了为乡人写对联。他袭旧者少，触景生情新制者多。有人——约是他的一位学生，请他再给狗窝写副小对，他不假思索地写了：‘口中无象牙，腿上有狼筋。’要他解释，他说：‘俗云：“狼筋拉到狗腿上”。做事写文章，都应禁忌。’对方赧颜而去。”③ 李绿园这种交游的影响而形成的语言特色，反映在《歧路灯》创作上，便形成了通俗流畅而时杂诙谐风趣的语言特色。

《歧路灯》中常常用世俗民众通俗的语言把人物形象、人物的

①② 《民国新安县志人物志·李元章传》，见栾星编著：《〈歧路灯〉研究资料》，第 138 页。

③ 栾星：《李绿园家世生平再补》，载《明清小说研究》第 3 辑，中国文联出版公司，1986 年 4 月版。

心理世界展现在读者面前。第三十九回，惠养民的老婆滑氏鼓动丈夫与哥哥分家，“惠圣人”说怕有累声名。遭到滑氏的挖苦：

> “声名中屁用！将来孩子们叫爷叫奶奶要饭吃，你那声名还把后辈子孙累住哩。你想他伯家，就是一元儿一个，却有两三个闺女。咱两仪、三才是两个，现今我身上又大不便宜，至晚不过麦头里。一顷多地，四五亩园子，也没有一百年不散的筵席，一元儿独自一半子，咱家几个才一半子，将来不讨饭还会怎的？你如今抱着三才儿你亲哩，到明日讨饭吃，你就不亲了。你现今比我大十四五岁，就是你不见，我将来是一定见哩。我总不依你不分！”

滑氏接着说：

> “凭你怎的，我是一定要把这二十多两学课，给孩子留个后手，也是我嫁你一场，孩子们投娘奔大一遭儿。要是只顾你那声名，难说我守节不嫁，就没个声名么？像俺庄上东头邓家寡妇守了三十年节，立那牌坊摩着天，多少亲邻去贺。难说我没见么？”

上述引文中的滑氏的语言是道道地地的河南话，作者运用这种语言把滑氏这个世俗世界中的妇女形象描绘出来，并把她自私自利、满身俗气的性格特征和心理世界一览无余地展现在读者面前。滑氏把丈夫惠养民的“名声”贬得一钱不值，非常符合这一粗俗妇女的身份和做派，其中所用到的“麦头里”、“不依你”、“留个后手”、“摩着天”等方言词语虽然充满泥土味，但是读至此，扑面而来的就是那浓郁的中原地区的乡土气息，这些语言能与人真切的感动，就好像事情就发生在自己身边的人的生活之中。

《歧路灯》语言的通俗化还表现在对世俗众生人物的风趣幽默、诙谐甚至戏谑的描写之中。李绿园在小说中塑造了一群帮闲篾片、游棍赌棍，这些人物的语言，常常是俚语方音等杂陈融合，令人忍俊不禁。第五十六回，谭绍闻又一次“改志”，夏逢若等失去了财源，一群帮闲篾片聚首夏家赌场，共商生财之道，夏逢若抱怨道：

“倒了灶！遭了瘟！像是搬家时候，没看个移徙的好日子。自从搬到这里，眼见得是个好营运，几家子小憨瓜，却也还上手。偏偏杨三瞎子把管九打了，那管小九虽说当下和处，其实他何尝受过这没趣？如今也不来。鲍旭回他本县里，一块好羊肉，也不知便宜那一伙子狗。贲浩波或者这两日就上来，只是他赌的不酽。谭绍闻如今又重新上了学，改邪归正，竟不来丢个脚踪。我又运气低，放头钱都会飞，自己赌又会输。这小串儿，不是他避事，还请不来哩。如今家中过活也窄狭，又不肯放的珍珠串走。怎的生法弄几把手来，再生法弄几串钱，抽些头钱，大家好花消费用。您认的人多，难说偌大一个省城，再没了新上任的小憨瓜么？”

夏逢若之抱怨何其多，除了抱怨之外又怪张绳祖“这老脚货是皮罩篱，连半寸长的虾米都不放过的”。在夏看来，白鸽嘴建议勾引的赌家是“骑着骆驼要门扇，那时大马金刀哩，每日上外州外县，一场输赢讲一二千两。咱这小砂锅，也煮不下那九斤重的鳖”，“惟有谭绍闻主户先好，赌的又平常，还赌债又爽快，性情也软弱，吃亏他一心向正，没法儿奈何他”。可惜的是谭绍闻如今改邪归正，又重新上学读书，再也不到夏逢若的赌场“丢个脚踪”，于是众“光棍”共同商量如何引其他良家子弟，如何再生法骗赌或赚取“头钱”，“大家好花消费用”。由上述引文可以看到，夏逢若的语言灵活多变，帮闲篾片精明世故的情态跃然纸上。

除此之外，《歧路灯》中小帮闲细皮鲍的油滑、小貂鼠的精灵刁钻、白鸽嘴的图赖酒食，假李逵、虎镇邦的凶狠霸道等生动的形象，都借助于通俗生动的地方语言得以突出。另外，小说还引用了不少俚言诗，并适当运用人物的“绰号”，也增强了语言的趣味性和戏谑性。第五十回，智周万以俚言诗的形式题写戒赌文，还有小说中穿插的打油诗也都是用通俗的语言写成的，如“欠债速迟总是要，只争还早与还迟”、“个个人儿恶死亡，赌徒往往好悬梁；只因势迫并情窘，寻出人间急救方”等，这就使得《歧路灯》小说本来带有教化意味的语言，通过频频引入打油诗、俚俗趣味的评述，呼应了小说中的社会场景，取得了既通俗易懂也富有趣味的表达效果。

三、一样人便还他一样说话：语言的个性化

《歧路灯》语言除了浓郁的地方色彩和丰裕的乡土气息，还具有性格化的特点。鲁迅先生说过：“《水浒》和《红楼梦》的有些地方，是能够使读者由说话看出人来的。”① 《歧路灯》与《红楼梦》等古代小说一样，能够使读者从书本中听出声音，进而从纸面上看到活动的人物，并体会出他们的思想心理、喜怒哀乐。《歧路灯》在语言艺术上富有成就，尤其是人

① 鲁迅：《花边文学·看书琐记》，《鲁迅全集》第五卷，人民文学出版社，1957 年版，第 429 页。

物个性化的语言达到了“一样人便还他一样说话”高度。

首先，在《歧路灯》作品中，我们可以看到，作者笔下塑造出来的众多人物形象，因各自思想性格、社会地位、职业、文化教养等不同，语言也是各不相同的。作者注意通过个性化的语言去表现人物形象、描写属于特定人物的场景。人物语言是语言的主体，很多情节都是在对话中进行的，不同的人物具有不同的语言习惯和风貌。属于士子文人阶层的人物，小说中程嵩淑、孔耘轩等人言谈中多为文言雅称、正经理学，根据个性的不同也有直率、含蓄的区别。有时这种文言成分还成为一种讽刺因素。例如，惠人也引经据典，标榜道学，无论是公众场合、私人场合都有掉书袋的习惯，显得迂腐可笑。他刻意造成的高深违反生活常情，因而可笑，尤其是当他言语上的道学与生活言行上的伪道学形成对比时，更显足讽刺韵味。小说第三十八回写谭绍闻的岳父孔耘轩请惠养民及几个朋友到家里吃饭。这几个文人见面，满口“之乎者也”，文绉绉一股子掉书袋子的味道：

张类村道：“老哥轻易还进城来游游哩？”惠养民道：“弟素性颇狷，足迹不喜城市。”张类村道：“乡间僻静，比不得城市烦嚣，自然是悠闲的。”惠养民道：“却也有一般苦处，说话没人，未免有些踽踽凉凉。……”苏霖臣道：“老哥近日所用何功？”惠养民道：“正在《诚意章》打搅哩。”程嵩淑忍不住道：“《致知章》自然是闯过人鬼关的。”孔耘轩急接口道：“小婿近日文行如何？自然是大有进益。”惠养民道：“纷华靡丽之心，如何入见道德而悦呢。”孔耘轩道：“全要先生指引。先要教谢绝匪类，好保守家业。那个资性，读不上三二年，功名是可以垂手而得

> 的。”惠养民道：“却也不在功名之得与不得，先要论他学之正与不正。至于匪类相亲，弟在那边，也就不仁者远矣。”

这段话写出腐儒酸丁们见面时的典型情景，令人禁不住笑出声来。同样也算得上文人的赌徒张绳祖、王紫泥等，虽忝列有功名的读书人之中，但他们却沦为下流游棍，其语言混杂着文言和口语，在赌博场喧嚣的环境中尤其显得不伦不类，但是恰好可以与他们自身的无耻行径呼应，尤其显示这类人物的独特性格。与此相反，作者在描写俗妇的语言时，又是另一番声口。第六十七回写张类村的副室杜氏，因嫉妒杏花生子，就恶毒诅咒：

> 杜氏道：“也没见过一个还不曾过三两个月的孩子，公然长命百岁起来。三般痘疹，还不曾见过一遍儿；水泻痢疾，大肚子癖疾，都是有本事送小儿命的症候；水火关，蛇咬关，鸡飞落井关，关口还多着哩，到明日不拘那一道关口挡住了，还叫堂楼上没蛇弄哩。这南院大叔，也就轻的三根线掂着一般，外边就像自己有了亲兄弟，那不过哄你这老头子瞎喜欢哩。他那门儿穷，咱家方便，心里恨不的怎样了，他好过继哩。”

在上述引文中杜氏伶牙俐齿，一口气说出诸多“症候”、“关口”，并以己之心揣度他人之意，恶意中伤张类村的侄子张正心。杜氏巴不得杏花所生的孩子马上被“关口”挡住，好了却她心头之恨。通过引文中杜氏的语言，我们足以看出她泼辣、狠毒、自私的性格特征，同时，不难看出，这种性格体现在人物语言上，还显得她十分没有口德。

其次，在《歧路灯》小说人物语言的个性化特点不仅与人物身份、地位、环境相呼应，而且与多种语体、语言风格相配合。尤其是人物的对话语言，更能够突出不同人物的不同生活环境、不同的个性。王春宇在书中不属于重要角色，但作为商人其语言是也很有特色的。他和王氏一谈到娄潜斋深远时，就说："不是为他中了举，便说深远。只是那光景儿，我就估出来六七分。兄弟隔皮断货最有眼色的。"（第八回）第十三回，薛婆卖婢女和王氏的一番对话是颇为精彩的。薛婆这个媒婆并未被漫画化，她不是单凭一张利口骗人，而是善于察言观色揣摩别人心理，作者是通过对话把她展示给读者的。从一声"看狗来"，走进谭家，一路说过来，自己的身世、婢女的遭际，都在问答中作了交待。薛婆处处主动，她抓住王氏的疑虑，一层深一层点透，终于把王氏说动了。

对话语言的描写也显示出盛希侨这位旧家子弟，"傻公子"的语言个性化特征。第七十九回，盛希侨给谭府王氏庆寿送戏，衙门师爷淡如菊评头论足，引起一场风波：

> "淡如菊道：'十年离家，全然没见一副好箱，一颗好旦角。'绍闻说：'这是山东接来的。'淡如菊道：'这都是敝处打下来的"退头货"。'只这'退头货'三字，盛公子肝花直攮了一大针，心坎内就轰了一声雷。扭头厉声道：'淡师爷淡老先生，眼中看罢，不用口中胡褒贬。象你这个光景，论富，你家里没产业，论贵，你身上没功名。即在贵处看戏，不过隍庙中戏楼角，挤在人空里面，双脚踏地，一面朝天，出来唱挑的，就是尽好；你也不过眼内发酸，喉中咽唾，羡慕羡慕就罢了。你今日且不要到席上口中说长道短！"（第七十九回）

上述引文中，盛希侨痛斥淡如菊，从家庭出身、财富、学业、功名到日常生活、行为等，针针见血，沉重地击打着这个为谋求生计、漂泊异乡的衙门师爷的心理神经，简直让淡如菊无地自容，最后不得不悄悄离席而去。盛希侨与淡如菊的“叫拍”，使得众人都甚吃惊。但是，却真实地显现出盛希侨这个旧宦子弟，亢直豪纵，但又喜怒无常的个性特征。

与此同时，小说作者巧妙地把另一个人物，再次通过对话语言表现出他的个性来。上面引文中盛淡语言“交锋”之后，小说接着写程嵩淑却笑道：“高极！高极！叫他们还唱吧。”接着对“退头货”作了如下解释：“世兄不晓，他就是南方打下来的退头货。他本地方好的，不在家享福，便在外做官。惟其为退头货，所以在山东、河南，东奔西跑。”这番话实为点睛飞龙之笔。表现了程嵩淑的语言风格。他的话以直为快，但在直中又蕴含着幽默，是有学问对人生认识深刻的率直和幽默。另外，在小说第六十二回“程嵩淑博辩止迁葬”，作者更是通过对话描写，把程嵩淑的博雅亢爽、张类村的圆通灵活、孔耘轩的含蓄婉转，都活脱脱地画出来了。这些地方都见出了作者在语言上的功力。①

第三，《歧路灯》诸色人物的语言个性化，在表现市井人物，尤其是市井妇女时，更为鲜明突出。小说中的夏逢若，玲珑剔透，在游戏场上能投人所好帮闲打趣，在正式场合也能凑上几句雅词，有时简洁锋利，有时琐碎却不累赘，突出他能绞缠人的“兔儿丝”特点。盛希侨不喜读书，在声色犬马中极为放纵粗俗，又加上性格爽直，反对客套，其语言粗率放肆，但

① 王基：《〈歧路灯〉断想》，见《〈歧路灯〉论丛》（二），第207～209页。

是在正式场合面对长辈时也能够文雅收敛。谭绍闻本来矜持温和，但在逐渐堕落过程中，流于市井俗气，其语言在不同场合具有不同的风格，常常不自觉地由拘禁含蓄变得油滑、低俗，会逗趣、能撒谎，显现出醉酒时放肆、自省时沉重的不同于众人的一面。小说中的妇女语言的个性化更高出一筹。王氏身为谭绍闻的母亲，糊糊涂涂，娇惯独生儿子，有其自身的许多不足之处。但是，在思想上，她受理学影响不太深；在语言上，她受文言影响不太大。王氏的语言之中，较多地保留了河南语言的地方色彩，更显现出其自身的特点。第三回，她和丈夫谭孝移争论是否让孩子赶会。谭孝移坚持不能去，王氏说是应该去，相持不下。王氏叫谭孝移跟先生娄潜斋商量，并且预言娄先生一定是去的。谭孝移见了娄先生，说明这个意思，娄先生果然同意赶会。谭孝移便向王氏转达了娄先生的意思，王氏说："何如？你再休要把一个孩子，只想锁在箱子里，有一点缝丝儿，还用纸条糊一糊。"且不说在这个过程中，从小说中他们各自的言语，读者可以真切地看到谭孝移的小心古板、娄先生的爽朗达观、王氏的胡搅蛮缠，单是最后王氏说的这几句话，就生动地描绘出了谭孝移的性格和他教育孩子的方法，同时也逼真地表达了王氏在胜利之后，用挖苦丈夫的口气，来抒发自己内心喜悦的情态。这里的"只想锁在箱子里，有一点缝丝儿，还用纸条糊一糊"，是何等之形象，何等之简练，又是何等之幽默风趣！

再如，谭绍闻的续弦妻子巫翠姐，在小说中，巫氏是一个不懂理学、粗俗有余的人，但是同王氏类似，在她的语言中保留了生动活泼的风格，巫氏的生活中的语言戏曲化也体现着这个人物的个性化特点。作为出身商贾人家的女儿，巫翠姐极其爱好看戏，她的人情世故、历史常识等方面的知识、道德准则、人生理想等伦理信念多从戏台上来，其语言的通俗化程度就非常高，其个性化也就越明显。作者在第七十四回中对巫翠姐评价说："原来巫氏好处，一向待冰梅全无妒忌，亦知抚兴官为了。只因生长小户，少见寡闻。且是暴发财主，虽闺阁之中，也要添愚而长傲。一向看戏多了，直把不通的扮演，都做实事观。"虽然作者对这个"一向看戏多了，直把不通的扮演，都做实事观"的巫翠姐的评价不无贬义，但是，巫翠姐也确确实实就是"戏台上的纲鉴史学"，有其与众不同的个性特点和表现。巫翠姐就是通过戏曲接受伦理道德等教育的，戏曲《瓦岗寨》、《芦花记》、《安安送米》、《苦打小桃》等使她懂得结拜兄弟要以义字当先，作为继母不能够"折割前儿"，作为正室要与偏室和睦相处，等等。第一百零八回写"薛全淑洞房花烛"，在举办谭篑初与薛全淑的婚事时，巡抚夫人送亲而至谭宅，王氏要为抚台太太设专席。这抚台太太"乃是阀阅旧族，科第世家，深明大义，不肯分毫有错，说：'那有咱家待客，咱家坐首席之理。'"于是吩咐请弟妇巫氏。第一次巫氏不敢上楼，不敢见这位"贵夫人"，就回了一句乡里话："不得闲，忙着哩"。第二次请时，只得上楼。抚台太太见了，先道太太纳福之喜，巫翠姐答道："纳什么福，每日忙着哩"。这里且不说如何形象地表现了巫氏的窘迫情态，如何形象地表现了抚台太太的"大分儿"和"深明大义"，单是巫翠姐这两句"乡里话"，就把巫翠姐如何紧张、如何率直，刻画得形态逼真，与抚台太太形成了鲜明的对照。这两句"乡里话"就是地地道道的河南话。

类似这种个性化的语言，在《歧路灯》中俯拾皆是。这当然不是生活中原始形态的语言，而是经过作者提炼和艺术加工的，是具有典型化特征的语言。这种性格化人物语言的突出特点，就在于它来自生活，充满生活气息，充满生活血肉；但又没有生活语言的芜杂平浅，而显得纯净凝练，含蕴丰富。品鉴小说人物语言美，就是要发掘其中蕴含丰富的人物性格的内涵与社会生活的内涵。

值得指出的是，《歧路灯》的语言也存在着很多不足之处，有些人物语言或描写语言让人感到矫揉造作，不够自然，尤其是一些对仗偶句，堆砌词藻，与同时代的长篇小说《儒林外史》相比语言没有后者简洁、辛辣，也缺少《红楼梦》语言的旖旎优美、华丽雅致。此外，《歧路灯》中虽然时见精辟之论，但是小说毕竟是文学，是通过故事情节、人物形象来表现主旨的，过多的议论与说教，毫无疑问地造成了对《歧路灯》的伤害，这也是一个无法掩饰、无法否认的事实。

附录一

《歧路灯》方言土语词汇表

序号	词目	意义诠释	举例	例子章回	次数（含相近用法）
1	腌臜	作践、羞辱。使人难看、尴尬。	我也叫他那老贾腌臜的足呛。就是我欠他这二两银子，原是当日承情的事，老贾硬拿出讨赌账的手段，输打赢要的光景践踏人。	第42回	1
2	擘画	教，教诲，开导。	女儿道："不是。这是鞋铺子哩，我爹揽上来，我妈擘画我叫扎小针脚。"	第83回	7
3	白证	也作白正，使真相说破、显露无遗。	滑氏道："你既然把你哥直当成一个哥，你方才为啥不白证住我，说：'我不曾换钱，他婶子说的是瞎话。'"	第40回	2
4	不成看相	看相，是样子，脸面；又作不成样子，不像样子。	但咱家是有常客的人家，万一程爷、张爷、苏爷、孔爷、娄少爷们，有话与少爷说，没个坐的地方也不成看相。	第85回	4
5	不各	不和，各不来。	万一进去再不各起来，再赶出来，一发不好看。	第36回	4

（续表）

序号	词目	意义诠释	举例	例子章回	次数（含相近用法）
6	省的	不用，避免。记得，知道。	省的老人家屈心，再没人知晓。	第100回	36
7	不省的	不明白，不晓得。	更可厌者，他说的不出于孔孟，就出于程朱，其实口里说，心里却不省的。	第39回	10
8	不省事	不明事理，不通人情世故。	我也是进士做官的孙女儿，你赖我不省事我不依。	第108回	7
9	不照	不好，不行，不相宜。	俗语说：庄稼不照只一季，娶妻不照就是一世。	第49回	2
10	扯捞	拉扯，牵拉，牵连，攀扯等。	茅拔茹道："想是小的昨晚带着锁，被公差们扯捞的，把带的顺袋儿掉了。"	第31回	7
11	吃累	受劳累，受辛苦。	夏逢若道："诸事叫贤妹吃累。"	第70回	1
12	吃力	用力，出力，使劲。	盛希侨道："今日这事，若是舍二弟撞下的，我再也不肯与他这样吃力，叫他试试他那副榜体面。"	第69回	1
13	出脚	演员上场演出。现在豫西、豫西南等地还有此用法，并非专指演员出场演出。	逢若接口道："九娃，你下去罢，将次该你出脚了。"	第21回	2

（续表）

序号	词目	意义诠释	举例	例子章回	次数（含相近用法）
14	大	因有权势或钱财而傲慢，骄横。	分明是主子大了，眼中没人。	第22回	6
15	人物头儿	有声望或有地位的首要人物或领头人。	希侨笑道："那日北街戴秃儿家，新来一个人物头儿，约我瞧去。"	第18回	1
16	合板眼	戏曲中的节拍，每小节中最强的拍子叫"板"，其余的叫"眼"。与节拍相合叫"合板眼"。	谭绍闻也正为面肿难出，正合板眼，遂道："娘说的是。"	第51回	5
17	撇白	谓行骗，诈骗。"撇"就是骗。现在豫语中的"撇子客"等也用这个意思。	假李逵见了谭绍闻，开口便骂道："没良心的撇白贼，借人家银子想着撒赖，到来生变牛马填还人。"	第46回	2
18	批排	评判、评论等，现在豫语中仍然有此用法。	夏逢若道："那也不必说。如今俺两个这宗话，正要大哥批排。"	第50回	1
19	排场	排场，场面。	好没星秤这个杀才，明日要约他来，叫他赴赴正经大排场。	第27回	13
		风格，做派等。	以万为方，宋时已有之，今则为官场中不知羞的排场话。	第105回	

（续表）

序号	词目	意义诠释	举例	例子章回	次数（含相近用法）
20	猫挤狗尿	即猫吣狗尿，现在豫语中常说成“猫沏狗尿”。“挤”、“沏”都是吣的音讹。形容肮脏杂乱、龌龊不堪，现在豫语中也有无济于事的意思。	王紫泥掩着眼，急说道：“谭相公要赌就赌，但还须一个安排。他们这场中三五串钱，猫挤狗尿的，恶心死人。”	第 43 回	1
21	门头	犹言门第，主要指家庭的社会地位等级和文化教养程度。	孔宅门头、家教，毕竟都好。	第 49 回	7
		犹言门派，即派系、支派，这种意思，也有说成“门儿”。	咱家族大，如今已有光字辈人了。这里灵宝一支，如今几多门头？	第 95 回	
22	粮饭	指米面之类的成品粮。	王氏道：“你姐夫不在家，凡事我就要作主哩，只是供粮饭的我请，管饭的我不请。”	第 8 回	23

（续表）

序号	词目	意义诠释	举例	例子章回	次数（含相近用法）
23	劳复	病症初愈，又因劳累或伤感而复发。“复”豫语音“发”。	叫王中商量时，那王中昨日才出汗，就听着唱旦的娃子楼下来往的话，夜间又冒风寒，厅房又惶一场，外感内伤，把旧病症劳复，依然头疼恶心，浑身大热，动不得了。	第25回	2
24	老苗	因缺乏营养或水分而发育不良，又老又小、结不出果实的禾苗。这里指年岁已大而没有什么前途。现在豫语中仍多指庄稼苗已经不能正常生长。	如今到了没蛇弄的地步，才寻着书本儿。已经三十多岁的人，在庄稼人家，正是身强力壮。地里力耕时候；在书香人家，就老苗了。中什么用里。	第87回	3
25	揽宽	爱管事，揽事多。	夏逢若道：“他家惟有个家人王中，好揽宽，管主子，别的小厮没有管闲事的，你只顾去。”	第57回	1
26	款	延缓，推迟。现在豫语中还有此用法。	难说你没本事对虎兵丁说，叫他款我几天么？	第59回	1

（续表）

序号	词目	意义诠释	举例	例子章回	次数（含相近用法）
27	经见	经历过，见识过，现在豫语仍用。	这五人说了一阵闲话，晴霞到了。见有客，磕下头去。绍闻是从没经见的，勿论说话，连气儿也出不上来。	第17回	2
28	解心焦	犹言解闷。心焦，心里烦闷。	薛婆道："闲打牙，与你老人家解心焦，连正经要紧话还没说哩，真正是小女人活颠倒了。"	第93回	3
29	晚汤	晚饭，喝晚汤，就是吃晚饭。中原地区旧时一日两顿正餐。一顿在上午9时左右，叫饭时饭；一顿在下午两点左右，叫晌午饭。晚上上灯后加一顿稀饭，即所谓的"汤"。现在豫语中还有谓"晚饭"为"喝汤"。	喝了晚汤，张绳祖说道："再不赌牌了，只是输，要弄色子哩，只是早了新客。"	第24回	3

（续表）

序号	词目	意义诠释	举例	例子章回	次数（含相近用法）
30	饭时	犹言食时。指吃上午饭的那段时间。旧时一日两餐，上午一餐在辰时(7—9点)，下午一餐在申时，所以辰时又叫食时，申时又称餔。河南农村过去把上午饭叫“饭时饭”，下午饭叫“晌午饭”，并习惯于上午9时左右吃上午饭，所以豫语中的“饭时”实际上指上午9点前后这段时间。	娄、孔二人又料理了六品冠带。到了饭时，二人要回去，王中那里肯放。娄潜斋道：“午后便到。看了含殓，还要都住下，明日好料理送讣、开吊的事。”	第12回	5
31	翻嘴学舌	喜欢传播闲言碎语，搬弄口舌。豫语把添油加醋地传播消息、说闲话叫“翻嘴”。也说可成“翻嘴掉舌”。	趁两仪不在家——不是避着他吃东西，他大了，怕翻嘴学舌的，我又落不是。	第39回	2

（续表）

序号	词目	意义诠释	举例	例子章回	次数（含相近用法）
32	分儿	指身分，身价。	咱不欠粮漕，没有官事，一步三摇的进去，说完了话，打个躬儿出来。不走他的仪门，不穿他的暖阁，是咱弟兄们没有恁大的分儿。	第96回	4
33	刚帮硬证	证据确凿，不容辩驳。	见戏箱扭开了锁，他便借端抵赖，无非想兑了欠账，白拉的箱走。——这是我看透的。大叔一到，刚帮硬证，他还说什么？	第30回	2
34	免人意儿	只是表示有这个意思而已。现在豫语中仍有这种说法，如“后来，他拿出几十块钱买掉吃食给大家分享，免免人意儿，话也好说。”	夏逢若道：“班上的，这是我两个送你们一顿粗饭。”老生道：“不敢讨赏。”逢若道：“见笑，免人意儿罢。”	第22回	1
35	腔儿	原指腔调，引申为情态模样，派头。	逢若道：“既不往盛宅去，我同你再寻个散闷去处。”绍闻道：“我不去。”逢若起来，一手扯住袖子道：“走罢，看气的那个腔儿。你赖了？”	第24回	19

（续表）

序号	词目	意义诠释	举例	例子章回	次数（含相近用法）
36	清白	清楚明白。	我这偌大村庄识字人少，只有一个考过的，他如今住了房科。我的字儿一发不深，上的布施簿儿俱不清白。	第44回	
		完毕，了解。	邓三变心里盘算，这二百两银已同谭绍闻称过，即如抽回不交，只要官司清白，也不怕谭绍闻不认。	第53回	
		指清还欠项，结清帐目等。	到楼上，问母亲要银一两，大钱五百，说是笔墨书籍的帐目，人家来讨，须是要清白他。	第57回	
37	热合	即热和，谓亲热，使人感到亲昵。	九娃见光景不甚热合，接过针线，说道："等等送针来。"	第23回	3
		对……热心，感兴趣。	谁想小地方，写不出价钱来。况且人家不大热合这昆班。	第22回	
38	少天没日头	犹言无法无天，也说成"有天没日头"。	王氏道："真正不像一家子人家子，少天没日头的。"	第53回	3

（续表）

序号	词目	意义诠释	举例	例子章回	次数（含相近用法）
39	三尖瓦绊倒人	意为身份低微的人有时也能把有权势者击败。三尖瓦，指有尖棱的小瓦片。	他休要把人太小量了。三尖瓦绊倒人，我若不把他告下，把我姚荣名子颠倒过来！	第58回	2
40	板上钉钉	一定而不可更改，不能变动。现在豫语中仍有这种说法。	议亲之事，这三位老伯，并儿的外父一并说好，那就石板上钉钉，就如我爹订的一般。这是一定主意。	第93回	1
41	势法	情势，情况。	他已是骗过了两番人，得过了二百两，都输干净。我一定把势法看稳当，才敢叫大叔。大叔看颜色行事。	第29回	2
42	书谜子	豫语也叫"书愚子"，犹言书呆子，指只会死啃书本而不通世故的读书人。	你通是书谜子，他们有多大家私，就赖你输了八九百两。	第69回	2
43	退头货（现在豫语叫"打头货"）	因质量差而被退回的货物。	淡如菊道："这都是敝处打下来的'退头货'"。只这"退头货"三字，盛公子肝花上直攮了一大针，心坎内就轰了一声雷。	第79回	6

（续表）

序号	词目	意义诠释	举例	例子章回	次数（含相近用法）
44	武艺儿	泛指技艺、手艺。	情愿来助经，僧道两家赌武艺儿。	第 63 回	6
45	想头	指主意、办法。	儿子乳臭未退，《四书》尚未讲完，那得有了想头。	第 90 回	15
46	行常	时常，经常。	希侨道："庵里日子清淡么?"范姑子道："行常断了顿儿。"	第 16 回	10
47	眼大	即眼孔大，指凭仗权势而不把人放在眼里，目中无人。	一向想与相公吃一盅。说说话儿，只怕相公眼大，看不见穷乡党。近日见相公是个不眼大的，所以敢亲近。	第 33 回	2
48	眼色	犹言眼力，指判断是非、观察鉴别事物的能力。	王氏方想起夫君在世，看见这女娃儿便一眼看真，拿定主意要与孔耘轩结姻，真正眼色高强，心中好不悦服。	第 29 回	5
49	吆喝	本指大声喊叫，喝令，引申为斥责，训斥的意思。	耿葵若是个能干家人，轻者吆喝两句，重者耳刮子就打，一天云彩散了。	第 56 回	35
50	要紧	副词，表示程度高。相当于厉害，很。	日已出了，看见昨日吐坏的床褥枕头，一发心中不安的要紧，少不得又要走。	第 17 回	70

（续表）

序号	词目	意义诠释	举例	例子章回	次数（含相近用法）
51	膺	充当某一角色，做某种身份的人。现在豫语中仍普遍使用。	贤弟呀，你还教你的相公罢，中举，中进士，做了官，那时你到衙门膺太老爷，吃其肉而穿其缎，喝其酒而抹其牌，人人称封乎翁乎，岂不美哉？	第86回	13
52	膺心（与萦心同义）	操心，费心，“膺”当作“萦”，牵缠、牵挂的意思。	你回去，把两院家事都交与你照管，夜间两院之门户，幼年小相公之出入，你俱膺心	第104回	1
53	膺记（与萦记同义）	挂记，牵挂，“膺”作“萦”，牵挂，牵缠的意思。	夏逢若心下又膺记小豆腐送的银子，说道：“也罢么，我就回去，尽着我跟他缠。”	第59回	2
54	萦记	牵挂，挂记。	但王象荩一向在菜园，心里萦记家事，半夜少眠，又生些气闷，眼中有了攀睛之症。	第62回	9
55	萦心	挂记在心，萦，牵挂，牵缠。	绍闻道：“才从家里来的叫王中，是头一个中用的，但他微有家计萦心。”	第104回	6
56	应	事实与预言相符，应验。	是晚睡下，细为打算：将下逐客之令，自己是书香世家，如何做此薄事，坏了一城风气；继留作幕中之宾，又怕应了京中所做之梦。	第11回	7

（续表）

序号	词目	意义诠释	举例	例子章回	次数（含相近用法）
57	越外	另外，格外，在说定的之外。	解开瓶口，取了昨晚赢的一个银锞子，说道："这是越外加的四五样菜儿，孝敬这三位爷台。"	第18回	7
58	扎眼	刺眼，现眼，惹人注目。	二来想着我一个皮匠引着一个年少妇人，虽说是正经夫妻，只是老婆生的乔样，已扎眼；况且皮货箱儿，放着一百五十两银也就碍手，再拿这戏衣，事是必犯的。	第29回	1
59	摘离	分离，分开。使分开、脱离。	这全淑姑娘与全姑两个一见，就亲热如姊妹一般，再摘离不开。	第106回	2
60	找	指偿还所借款项的利息。找，有把不足部分补齐或退还剩余部分。现在豫语中仍广泛使用。	惠观民虽说年内找了滕相公、义昌号利息，毕竟本钱不动分毫。	第40回	19
61	支手垫脚	比喻帮着做事情；从一旁做辅助性工作。	惠观民道："你娘手下无人，你中用了，支手垫脚便宜些。"	第40回	2

（续表）

序号	词目	意义诠释	举例	例子章回	次数（含相近用法）
62	指头儿	指儿女，以手指头喻其宝贵。	先君自太康拜节回来，先母一五一十说了，先君倒护起短来，说指头儿一个孩子，万一拘束出病来该怎的。	第 42 回	4
63	住	做某项比较固定的工作。豫语把较长时间地在某处做工叫“住活”。	夏鼎道：“老太太舍不的。只是我有句话，不是隔门说的，我现在住了道差。”	第 89 回	
64	足呛	犹言够呛，表示十分厉害，够受的。	我也叫他那老贾腌臜的足呛。就是我欠他这二两银子，原是当日承情的事，老贾硬拿出讨赌账的手段，输打赢要的光景践踏人。	第 42 回	1
65	片瓦根椽	一片瓦，一根椽，形容家业败落，穷得到了一贫如洗的地步。	这些光棍，不惟一次哄骗，早已安下第二遭诱赌的根子，将来不到片瓦根椽，光棍们再不歇手。	第 60 回	4
66	皮罩篱	比喻吝啬而又贪婪的人。罩篱，一种有网眼的捞饭用炊具。皮罩篱，取其滴水不漏之意。现在豫语中仍使用。	夏逢若道：“这老脚货是皮罩篱，连半寸长的虾米，也是不放过的。”	第 56 回	1

（续表）

序号	词目	意义诠释	举例	例子章回	次数（含相近用法）
67	根脚	原指建筑物的基础，根基，引申为根底，立足之本。	小儿拜这个师父，不说读书，只学这人样子，便是一生根脚。	第2回	2
68	发话	发出类似命令或允许做某事，也指情绪激烈地高声说话。	老贾趁着往东退走，还发话道："是你画的押不是？"	第45回	10
69	兑搭	凑合，将就。也指不足数，欠少。	大少爷你想，银子整出碎使，那秤头上边，怎能没个兑搭？	第100回	1
70	定省	从惊慌或悲痛的情绪中恢复过来并趋于平静，安定下来。	（谭孝移）忍不住叫了一声道："儿呀！"只叫了一声，腮边珠泪横流，这第二句话，就说不上来了。定省一会，问道："你娘哩？"	第12回	4
71	抵不住	不及，比不上。抵，比得上，与……相当。	大商的席面，就是现任官也抵不住的，异味奇馔，般般都有；北珍南馐，件件齐备。	第30回	2
72	过了岗	事物超过应有的标准等。	两个人就讲脚价，脚户信口说个价钱，谭绍闻信口应答，却早已过了岗了。	第44回	1

（续表）

序号	词目	意义诠释	举例	例子章回	次数（含相近用法）
73	顶缸	代别人受过、受气之意。	是你画的押不是？主子大了想白使银子，叫俺替你顶缸受气。	第46回	4
74	娇客	豫语中特指女婿，娇贵之客，有别于普通客人。	耘轩道："我今只论他乃翁交情，不论娇客不娇客。"	第20回	6
75	飞风	比喻跑得快，像风一样。	虾蟆看见客走，飞风跑到大门，取了闸钣，开了双扉，又紧着脚踏大狗脖项。	第9回	6
76	照花眼	扰乱视线，指诱惑、招徕的幌子。豫语把钓鱼的饵，捕鸟的囮（鸟媒），或魔术师用以转移人们视线的动作与道具，都叫做照花眼。	这虎镇邦带了所领粮饷银子，做个照眼花的本钱。	第58回	2
77	寻无常	无常，迷信传说中的勾魂鬼。豫语把自杀叫寻无常。	忽的想道："我现有若大家业，怎的为这七八百银子，就寻了无常？死后也叫人嗤笑我无才。"	第59回	1
78	胡闹三	光胡闹三光，谓无所谓忌惮有胡闹一气。三光，指日、月、星。现在豫语中仍使用。	若是遇见他们走道的朋友，胡闹三光的，也不管山向、化命。叫看风水，他就有好地；叫选择，他就有吉日。	第61回	1

（续表）

序号	词目	意义诠释	举例	例子章回	次数（含相近用法）
79	卖当	卖当，指那种跑江湖直码头的野医生。受人愚弄叫上当，卖当含有愚弄人的意思。	可怜王象荩，此时正要竭尽心力，发送老主人入土，偏偏的病目作楚。心里发急，点了卖当的眼药，欲求速愈，反弄成双眼肿的没缝，疼痛的只要寻死。	第 63 回	1
80	展转	展转，指活动范围。展转大，意为活动余地大。	谭相公你的展转大些，就借与我几百两，打发这人回高邮。	第 64 回	1
81	断跟	断跟，豫语谓同路、同伴，引申交好、相与。现在豫语中还使用。	盛希侨道："谭爷说了，与你一向断跟的好，见你开了粮，心下不忍。"	第 66 回	4
82	打顺风旗	豫语有一边倒，事无定见，随风倒，顺水推舟等意。这里作一边倒解。	家母舅听了家母、舍弟的话，打顺风旗，我又不能与舍弟掂斤拨两，说那牙寒齿冷的话。	第 68 回	1
83	牙寒齿冷	犹如小气，对事过于争执。是豫地具有民俗风味的词汇。	滑氏道："还有一句话，我本不该牙寒齿冷的说，咱既成了亲戚，我一发说了罢。"	第 40 回	1

（续表）

序号	词目	意义诠释	举例	例子章回	次数（含相近用法）
84	掂斤拨两	豫语中也叫“掂斤磨两”，就是斤斤计较的意思。	家母舅听了家母、舍弟的话，打顺风旗，我又不能与舍弟掂斤拨两，说那牙寒齿冷的话。	第68回	1
85	后院	此处的“后院”，豫语中指厕所。现在仍有此用法。	冰梅笑道：“像是后院去了。”言未已，巫氏进楼来，向盆中净了手。	第74回	1
86	疾忙	迅速、连忙的意思。现在豫语中仍使用。现在豫语中仍常用。	王中疾忙上车，将少主人抱在怀里，叫宋禄放慢些走着。	第17回	5
87	上紧	抓紧、赶紧，指抓紧时间办事情。	一齐出楼来，夏逢若又嘱了上紧为妙。	第53回	4
88	让	斥责、数落的意思。现在豫语中仍然使用。另一个意思，在处理欠款时，欠债方让债主免除零头的意思。第66回中，“让你二百两我说过曾？”	你隆吉哥来，我还要让他哩！这王氏急的没法儿，背地里让道：“你两个单管在东楼下恋着，万一多嘴多舌，露出话来，人家一个年轻娃子，知他性情怎样的？”珍珠串儿听说汉子又赌，从后出来。见了他家男人，让将起来。只见珍珠串出来，让乌龟道：“咱还不走么？”	第18回	6

（续表）

序号	词目	意义诠释	举例	例子章回	次数（含相近用法）
89	上轿缠脚	意为临时做某件事情。	张绳祖笑道："上轿缠脚，只怕缠不小了。"	第33回	1
90	扯淡	胡说乱道，指闲扯；也有没意思、不相干。	王紫泥道："不说是亲戚，岂不是对官长扯淡么?"	第46回	1
91	顶缸受气	顶缸受气，意思代替别人受过。"顶缸"比喻代人承担责任。在豫语中现在仍然流行。	老贾趁着往东退走，还发话道："是你画的押不是？主子大了想白使银子，叫俺替你顶缸受气。"	第46回	1
92	高低	最终、终久等的意思。	夏鼎道："不难，不难，我高低叫他上钩就是，只是迟早不定。"	第37、59回	3
93	一搭儿	一起、一块的意思，豫语中现在仍然使用。	咱们每日在一搭儿，若无事就吃，也不是个常法。	第37回	10
94	小虫蚁	犹言小鸟，豫语中现在仍然有此用法。是豫语中的一个特殊用法。	孙五秃扯住杨三，到南屋，低声说道："第三的，你憨了？好容易罩住的小虫蚁儿，你都放飞了，咱吃啥哩!"	第54回	2

（续表）

序号	词目	意义诠释	举例	例子章回	次数（含相近用法）
95	扃窿	因外力所致的伤口，或因其他原因形成的创伤，在豫语中叫做“扃窿”，现在仍然有此用法。	葛自立道：“他儿子因救火的水桶从房坡上滚下，把头打了一个扃窿，现在血流不止。”	第65回	2
96	解手	豫语中排泄大小便叫做“解手”，现在仍然使用。		第49回	9
97	生发	想方设法勾引、想办法等意思，目前豫语仍然使用。	张绳祖笑道：“老夏呀，你既然有本事把谭绍闻银子生发出来，我也不要你这二两银子。”	第42回	5

附录二

《歧路灯》俗谚熟语表

序号	举例	涉及章回	次数（含近义用法）
1	一文钱急死英雄汉	23、33、81	3
2	一日被蛇咬，十年怕麻绳	73、90	2
3	一日做官，强似万载为民	80	1
4	一丝不线，单木不林	8	1
5	一杨去，百杨出	108	1
6	一客不烦二主	5、27、66、75	4
7	一朝天子一朝臣	19、54	2
8	八仙过海，各显神通	69、104	2
9	人心镜一般	105	1
10	人有脸，树有皮	35、36	2
11	人怕天不怕	87	1
12	人的名，树的影	74	1
13	人嘴快如风	65、94	2
14	儿大不由爷	32、54	2
15	三十六策，走为上策	65	1
16	大成之人越夸越怕，小就之人见夸就炸	90	1
17	上行下自效	99、103	2
18	千里姻缘一线牵	96、107	2
19	勺水无益大海	56	1
20	千行万行，庄稼是头一行	85	1
21	子弟宁可不读书，不可一日近匪人	17、21	2
22	天下无不是的父母	9	1
23	天下老哩，只向小的	102	1

（续表）

序号	举例	涉及章回	次数（含近义用法）
24	天下难处之事，必有善处之人	81	1
25	天上无云不下雨，地下无人事不成	46	1
26	天道远，人道迩	97	1
27	天塌压大家	103	1
28	无药可医后悔病	82	1
29	不孝有三，无后为大	67	1
30	不识字之学问，乃自阅历中来	46	1
31	井水不犯河水	56、84	2
32	水平不流，人平不语	6	1
33	水到渠成，竹过节解	5	1
34	水浅鱼不住	74、80、80	3
35	欠债速迟总是要，只争还早与还迟	66	1
36	仁不统兵，义不聚财	69	1
37	仁者赠人以言，方为之真朋友	105	1
38	牛不喝水强按角	57	1
39	人去心难留，留下结冤仇	80	1
40	心照何必面托	20	1
41	火大蒸得猪头烂，钱多买的公事办	77	1
42	为人臣者报国恩，为人子者振家声	104	1
43	巧媳妇难做没米粥	71、77	2
44	功名是小事，爹娘是大事	108	1
45	本钱易寻，伙计难讨	69	1
46	东山日头多似树叶儿	26、53、59	3
47	打人休打脸，骂人休揭短	67、82	2
48	世人万般皆自取，一毫半点不因人	44	1
49	宁当有日筹无日，莫待无时思有时	84	1
50	母在一子单，母去三子寒	91	1
51	百日床前无孝子	47	1
52	成立之难如登天，覆败之易如燎毛	1	1
53	有缘千里来相会	43	1

（续表）

序号	举例	涉及章回	次数（含近义用法）
54	老牛舔犊，情所难禁	77	1
55	老鸦野鹊拣旺处飞	74、100	2
56	地因人灵，福由心造	99	1
57	光阴似箭	6	1
58	此处没朱砂，雄黄也为贵	77	1
59	自立为贵	86、89	2
60	先嫁由爹娘，后嫁由自身	50	1
61	羊毛虽碎，众毛攒毡	43	1
62	灯将灭而放横焰，树已倒而发强芽	79	1
63	好事不出门，恶事行千里	30、65	2
64	好账不如无	66	1
65	好借好还，再一遭儿不难	58	1
66	远水不解近渴	8、77	2
67	财不露白	72	1
68	身上病好治，心病难医	26、47	2
69	邻居一杆秤，街坊千面镜	80、87	2
70	没有百年不散的筵席	32、36、39、40	4
71	君子交人，当避其短	98	1
72	君子之交，定而后求； 小人之交，一拍即合	18	1
73	君子不夺人之好	98	1
74	君子不重则不威	99	1
75	张天师出了雷——你没的诀捏了	46	1
76	陈曲做酒——老汉当家	32、83	2
77	妻贤夫祸少	36	1
78	备席容易请客难	73	1
79	贫而不可富葬	61	1
80	官上休保人，私下休保债	60	1
81	官府不打送礼人	19、87	2
82	面软的受穷	69	1

（续表）

序号	举例	涉及章回	次数（含近义用法）
83	要得人不知，除非己莫为	29	1
84	要得不断赖，只要原物在	26	1
85	荒年杀礼	94	1
86	砍的不如旋哩圆	11	1
87	拜师如投胎	86	1
88	相识满天下，知心有几人	99	1
89	须知天有眼，枉叫地无皮	105	1
90	养正邪自退	36、57	2
91	疥疮药少不了臭硫磺	64	1
92	饿出来的见识，穷出来的聪明	82	1
93	酒助懦夫怒气，钱添笨汉精神	77	1
94	酒是迷魂汤	43	1
95	酒逢知己千盅少，话不投机半句多	2、4	2
96	谁家牛犊不抵母，谁家儿子不恼娘	26	1
97	能膺贼头窝主，不做人命干系	53	1
98	教子之法，莫教离父； 教女之法，莫教离母	3	1
99	银钱能买鬼推磨	53、65	2
100	得意夫妻欣永守，负心朋友怕重逢	107	1
101	欲知其人，当观其偶	6	1
102	硬过船，软过关	7	1
103	揭债还债，窟窿常在	30	1
104	揭债要忍，还债要狠	30、40	2
105	赌博到头终有打，只争清早与饭时	65	1
106	富厚足以养其愚	83	1
107	富者赠人以财，仁者赠人以言	83	1
108	强龙不压地头蛇	30	1
109	媒婆口，无梁斗	13、93	2
110	腰中有钱腰不软，手中无钱手难松	74	1
111	新来和尚好撞钟	8	1

（续表）

序号	举例	涉及章回	次数（含近义用法）
112	福是自求多的，祸是自己作的	62	2
113	厮打时忘了跌法	46	1
114	墙有缝，壁有耳	93、98	2
115	人心隔肚皮	30	1
116	高门不来，低门不就	49、93	2
117	耳朵不离腮	30	1
118	斑鸠嫌树斑鸠起	32	1
119	庄稼不照只一季，娶妻不照就是一世	49	1
120	破人生意，如杀人父母一般	56	1
121	本小利微，本大利宽	40	1
122	娼妓百家转，赌博十里香	74	1
123	添粮不如减口	76	1
124	人心似水，水涨船高	85	1
125	日月如梭	2、6、38	3
126	丑媳妇不见婆婆	53	1
127	上轿缠脚，只怕缠不小了	33	1
128	不见了羊，还在羊群里寻	24、30	2
129	过河拆桥	53、55	2
130	八十妈妈休误上门生意	13	1

参考和引用书目

1. 李绿园著，栾星校注：《歧路灯》(三卷本)，中州书画社，1980 年版。

2. 栾星编著：《〈歧路灯〉研究资料》，中州书画社，1982 年版。

3. 《〈歧路灯〉论丛》(一)，中州书画社，1982 年版。

4. 栾星编辑：《〈歧路灯〉旧闻钞》，中州书画社，1982 年版。

5. 《〈歧路灯〉论丛》(二)，中州书画社，1984 年版。

6. 杜贵晨：《李绿园与〈歧路灯〉》，辽宁教育出版社，1992 年版。

7. 吴秀玉（台湾）：《李绿园与其〈歧路灯〉研究》，台湾师大书苑有限公司，1996 年版。

8. ［新加坡］吴聪娣：《〈歧路灯〉研究——从〈歧路灯〉看清代社会》，新加坡春艺图书贸易公司，1998 年版。

9. 张生汉：《〈歧路灯〉语词汇释》，河南大学出版社，1999 年版。

10. 李延年：《〈歧路灯〉研究》，中州古籍出版社，2002 年版。

11. 冯友兰：《歧路灯·序》，朴社出版经理部，民国十六年（1927年）版。

12. 张文彬：《简明河南史》，中州古籍出版社，1996年版。

13. 单远慕：《中原文化志》，上海人民出版社，1998年版。

14.《河南省志·民俗志》，河南人民出版社，1995年版。

15.《河南省志·方言志》，河南人民出版社，1995年版。

16.《河南省志·文化志》，河南人民出版社，1994年版。

17.《河南新志》，中州古籍出版社，1990年版。

18.《汝州全志》，道光二十二年刊本。

19.《祥符县志》，乾隆四年刻本。

20. 黄鸿寿：《清史纪事本末》，上海书店出版社，1988年版。

21. 康熙《扬州府志·风俗》卷十，台湾成文出版社，1968年版。

22. 赵尔巽等撰：《清史稿》，中华书局，1976年版。

23.《清实录》，中华书局，1985年版。

24.《清代全史》，辽宁人民出版社，1991年版。

25. 顾夔璋：《清诗铎·丧葬》，中华书局，1960年版。

26. 张友渔主编：《中华律令集成·清代卷》，吉林人民出版社，1991年版。

27. 陈雨门：《汴京汉族婚俗追忆录》，见《开封文史资料》第3辑。

28. 孟元老著，邓之成注：《东京梦华录注》，中华书局，1982年版。

29.《十三经注疏》，中华书局，1980年影印本。

30.《朱子语类》，中华书局，1986年版。

31. 刘廷献：《广阳杂记》，中华书局，1957年版。

32. 《周礼·仪礼·礼记》，岳麓书社，1987 年版。

33. 《唐律疏议》，中华书局，1983 年版。

34. 徐珂：《清稗类钞》，商务印书馆，1983 年版。

35. 《二程集》，中华书局，1986 年版。

36. 《陈确集》，中华书局，1979 年版。

37. 《马克思恩格斯选集》，人民出版社，1974 年版。

38. 梁启超：《中国历史研究法》，上海古籍出版社，1998 年版。

39. 《鲁迅全集》第五卷，人民文学出版社，1957 年版。

40. 程俊英：《诗经注析》，中华书局，1991 年版。

41. 冯友兰：《中国哲学简史》，北京大学出版社，1996 年版

42. 侯外庐、赵纪彬、杜国庠：《中国思想通史》，人民出版社，1957 年版。

43. 陈启云：《中国古代思想文化历史新论》，北京大学出版社，2001 年版。

44. 冯天瑜：《明清文化史散论》，华中理工大学出版社，1997 年版。

45. 余英时：《中国思想传统的现代诠释》，台湾联经出版事业公司，1987 年版。

46. 余英时：《士与中国文化》，上海人民出版社，1987 年版。

47. 叶岗：《走向文史研究前沿》，中国社会科学出版社，2004 年版。

48. 王尔敏：《明清时代庶民文化生活》，岳麓书社，2002 年版。

49. 姜广辉：《理学与中国文化》，上海人民出版社，1987年版。

50. 王日根：《明清民间社会的秩序》，岳麓书社，2003年版。

51. 居阅时主编：《中国象征文化》，上海人民出版社，2001年版。

52. [美] 成中英：《合外内之道——儒家哲学论》，中国社会科学出版社，2001年版。

53. 谢国桢：《明末清初的学风》，上海书店出版社，2004年版。

54. 冯天瑜：《中国文化史断想》，华中理工大学出版社，1998年第2版。

55. 韩经太：《理学文化与文学思潮》，中华书局，1997年版。

56. 王春瑜：《明清史散论》，东方出版中心，1996年版。

57. 赵庆伟：《中国社会时尚流变》，湖北教育出版社，1999年版。

58. 张立文：《朱熹思想研究》，中国社会科学出版社，2001年版。

59. 殷海光：《中国文化的展望》，上海三联书店，2002年版。

60. 鲁迅著，郭豫适导读：《中国小说史略》，上海古籍出版社，1998年版。

61. 郭豫适：《学与思——文学遗产研究论集》，河南大学出版社，1999年版。

62. 郭豫适：《中国古代小说论集》，华东师范大学出版社，1992年版。

63. 陈大康：《明代小说史》，上海文艺出版社，2001年版。

64. 杨义：《中国古典小说史论》，中国社会科学出版社，2004年版。

65. 陈平原：《中国小说叙事模式的转变》，北京大学出版社，2003年版。

66. 陈美林：《小说与道德理想》，江苏古籍出版社，2002年版。

67. 齐裕焜：《中国古代小说演变史》，敦煌文艺出版社，1990年版。

68. 方正耀：《明清人情小说研究》，华东师范大学出版社，1986年版。

69. 方正耀著，郭豫适审订：《中国古典小说理论史》，华东师范大学出版社，2005年版。

70. 张大春：《小说稗类》，广西师范大学出版社，2003年版。

71. 万晴川：《巫文化视野中的中国古代小说》，中国社会科学出版社，2003年版。

72. 王平：《中国古代小说文化研究》，山东教育出版社，1998年版。

73. 李道和：《岁时民俗与古代小说研究》，天津古籍出版社，2004年版。

74. 王献忠：《中国民俗文化与现代文明》，中国书店，1991年版。

75. 黄仕忠：《婚变、道德与文学》，人民文学出版社，2000年版。

75. 宋莉华：《明清时期的小说传播》，中国社会科学出版社，2004 年版。

76. 胡胜：《明清神魔小说研究》，中国社会科学出版社，2004 年版。

77. 冯光廉主编：《中国近百年文学体式流变史》，人民文学出版社，1999 年版。

78. 王齐洲：《绛珠还泪——〈红楼梦〉与民俗文化》，黑龙江人民出版社，2003 年版。

79. 何良昊：《世情儿女——〈金瓶梅〉与民俗文化》，黑龙江人民出版社，2003 年版。

80. 汪玢玲、陶路：《俚韵惊尘——“三言”与民俗文化》，黑龙江人民出版社，2003 年版。

82. 刘良朋、刘方：《市井民风——“二拍”与民俗文化》，黑龙江人民出版社，2003 年版。

83. 王同舟：《地煞天罡——〈水浒传〉与民俗文化》，黑龙江人民出版社，2003 年版。

84. 鲁小俊：《汗清浊酒——〈三国演义〉与民俗文化》，黑龙江人民出版社，2003 年版。

85. 陈文新、阎东平：《佛门俗影——〈西游记〉与民俗文化》，黑龙江人民出版社，2003 年版。

86. 牛贵琥：《〈金瓶梅〉与封建文化》，人民文学出版社，2001 年版。

87. 蔡国梁：《〈金瓶梅〉社会风俗》，百花文艺出版社，2002 年版。

88. 尹恭弘：《〈金瓶梅〉与晚明文化》，华文出版社，1997 年版。

89. 于天池：《明清小说研究》，北京师范大学出版社，1992 年版。

90. 叶朗：《中国小说美学》，北京大学出版社，1982 年版。

91. 吴晟纪、德君主编：《中国古代文学新论》，黑龙江人民出版社，2002 年版。

92. 鲁德才：《古代白话小说形态发展史论》，南开大学出版社，2002 年版。

93. 钟敬文：《钟敬文文集》，安徽教育出版社，2002 年版。

94. 张紫晨：《中国民俗与民俗学》，浙江人民出版社，1985 年版。

95. 乌丙安：《民俗学原理》，辽宁教育出版社，2001 年版。

96. 高丙中：《民间风俗志》，上海人民出版社，1998 年版。

97. 乌丙安：《中国民间信仰》，上海人民出版社，1995 年版。

98. 董晓苹：《说话的文化——民俗传统与现代生活》，中华书局，2002 年版。

99. 高丙中：《民俗文化与民俗生活》，中国社会科学出版社，1994 年版。

100. 郑士有：《中国民俗通志·信仰志》，山东教育出版社，2004 年版。

101. 赵翼：《陔馀丛考》，中华书局，1963 年版。

102. ［日］武田昌雄：《满汉礼俗》，上海文艺出版社，

1989年版。

103. 韩养民等著：《中国风俗文化导论》，陕西人民出版社，2002年版。

104. 赵庆伟：《中国社会时尚》，湖北教育出版社，1999年版。

105. 徐杰舜、周耀明：《汉族风俗文化史纲》，广西人民出版社，2004年版。

106. 郭双林、肖梅花著：《中华赌博史》，中国社会科学出版社，1995年版。

107. 孙慧敏：《话说赌博》，上海文化出版社，1989年版。

108. 冯尔康：《清人生活漫步》，中国社会出版社，1999年版。

109. 王士祯著，张世林校点：《分甘余话》，中华书局，1989年版。

110. 徐少锦、陈延斌：《中国家训史》，陕西人民出版社，2003年版。

111. 王庆淑：《中国传统习俗中的性别歧视》，北京大学出版社，1997年版。

112. 郭松义：《伦理与生活——清代的婚姻关系》，商务印书馆，2000年版。

113. 徐梓编著：《家训·父祖的叮咛》，中央民族大学出版社，1996年版。

114. 褚赣生：《奴婢史》，上海文艺出版社，1995年版。

115. 杜芳琴、王政：《中国历史中的妇女与性别》，天津人民出版社，2004年版。

116. 李乔:《中国行业神崇拜》，中国华侨出版公司，1990年版。

117. 许地山:《扶箕迷住底研究》，上海文艺出版社，1988年版。

118. 王定璋:《中国民间游戏赌博习俗》，四川人民出版社，2003年版。

119. 侯杰、范丽珠:《世俗与神圣——中国民众宗教意识》，天津人民出版社，2001年版。

120. 王绍玺:《小妾史》，上海文艺出版社，1995年版。

121. 汪玢玲:《中国婚姻史》，上海人民出版社，2001年版。

123. 林永匡、袁立泽:《中国风俗通史》(清代卷)，上海文艺出版社，2001年版。

124. 郭松义:《伦理与生活——清代的婚姻关系》，商务印书馆，2000年版。

125. 陈诏:《〈红楼梦〉小考》，上海古籍出版社，1985年版。

126. 郭振华:《中国古代人生礼俗文化》，陕西人民教育出版社，1998年版。

127. 孟宪明、程健主编:《中原民俗丛书·民间礼俗》，海燕出版社，1997年版。

128. 孟宪明、程健主编:《中原民俗丛书·民间百神》，海燕出版社，1997年版。

129. 孟宪明、程健主编:《中原民俗丛书·民间节日》，海燕出版社，1997年版。

130. 孟宪明、程健主编:《中原民俗丛书·民间称谓》，海燕出版社，1997 年版。

131. 孟宪明、程健主编：《中原民俗丛书·民间庙会》，海燕出版社，1997 年版。

132. 孟宪明、程健主编：《中原民俗丛书·民间俗语》，海燕出版社，1997 年版。

133. 孟宪明、程健主编：《中原民俗丛书·民间戏曲》，海燕出版社，1997 年版。

134. 孟宪明、程健主编：《中原民俗丛书·民间神话》，海燕出版社，1997 年版。

135. 魏敏等著：《中州大地的民俗与旅游》，旅游教育出版社，1995 年版。

136.《道藏》，文物出版社、上海书店出版社、天津古籍出版社，1988 年版。

137. 任继愈：《中国道教史》，上海人民出版社，1990 年版。

138. 刘仲宇：《中国道教文化透视》，上海学林出版社，1990 年。

139. 胡孚琛等著：《道教志》，上海人民出版社，1998 年版。

140. 方立天：《中国佛教与传统文化》，上海人民出版社，1988 年版。

141. ［日］镰田茂雄：《中国佛教史》，台湾新文丰出版公司，1982 年版。

142. 魏承思：《佛教文化论稿》，上海人民出版社，1991 年版。

143. 李亦园：《宗教与神话》，广西师范大学出版社，

2004 年版。

144. 高有鹏：《沉重的祭奠——中原古庙会文化分析》，河南大学出版社，2000 年版。

145. 许吉军：《中国丧葬史》，江西高校出版社，1998 年版。

146. 陈秉忠编：《中国全史·丧葬史》，经济日报出版社，1991 年版。

147. 杜芳琴、王政：《中国历史中的妇女与性别》，天津人民出版社，2004 年版。

148. 胡忌、刘致中：《昆剧发展史》，中国戏剧出版社，1989 年版。

149. 岳庆平：《中华文化通志·婚姻志》，上海人民出版社，1999 年版。

150. 沈榜：《旧日京华》，香港南天书业公司，1971 年版。

151. 薛曼尔：《神的由来》，上海文艺出版社，1990 年版。

152. 史孝进、刘仲宇：《道教风俗谈》，上海辞书出版社，2003 年版。

153. 罗常培：《语言与文化》，北京出版社，2004 年版。

154. [瑞士] 费尔迪·索绪尔，高名凯译，《普通语言学教程》，商务印书馆，1985 年版。

155. 《现代汉语词典》，商务印书馆，1987 年版。

156. 武占坤、马国凡主编：《汉语熟语大辞典》，河北教育出版社，1991 年版。

157. 周一农：《词汇的文化蕴涵》，上海三联书店，2005 年版。

158. 王国安、王小曼：《汉语词语的文化透视》，汉语大词典出版社，2003 年版。

159. 谭汝为主编：《民俗文化语汇通论》，天津古籍出版社，2004 年版。

160. 陈毅平：《〈红楼梦〉称呼语研究》，武汉大学出版社，2005 年版。

后 记

呈现给读者的这本书是我三年前完成的博士论文。

2003年，承蒙恩师郭豫适教授不弃，生性愚钝的我能够忝列先生门下。先生治学严谨，学殖淳博，品格高远，教诱有方。学业根底浅薄的我，每每垂听先生教诲时，常常惴惴不安。先生耳提面命，悉心指点，使我有窥见学术门庭之喜。在论文开题之时，先生从选题立意到论文框架，花费很多精力和心血。难以忘记的是，先生字斟句酌、反复推敲，于“敲打”之中更多鼓励，面对选题我有了做下去的信心和勇气。永远铭记的是，在论文写作进展缓慢，当我灰心丧气之时，先生拨云见日，让我看到希望和曙光，而终于继续坚持下来。

在论文开题及写作过程中，齐森华、陈大康、谭帆等先生给予我莫大的帮助。在论文的审阅和答辩过程中，复旦大学章培恒教授、黄霖教授，北京师范大学郭英德教授，上海师范大学孙逊教授、李时人教授，华东师范大学齐森华教授、陈大康教授，江苏省社会科学院王学钧教授等专家不辞辛劳，拨冗指教，对他们付出的一切，我深表衷心的感谢。

感谢我的师弟刘富伟、师妹文娟，三年同窗恩若兄弟姊妹，他们为我的论文写作提供了无私的帮助。感谢我的妻子曾昭阁女士，我在沪求学期间，是她以柔弱的双肩挑起家庭生活的重担，孝顺年迈的双亲，教育调皮的儿子。没有她的竭力支持，我三年的学业难以顺利完成。

在本书出版之际，我向恩师郭豫适先生求序，先生不顾七十六岁高龄欣然赐序并由师母邵循瑛先生亲手誊抄，看着师母一行行娟秀字迹，我的双眼被泪水模糊，无限感激涌上心头，永远真诚地感谢他们长期以来对我的关心和爱护。

感谢齐鲁书社赵蓉涛先生和桑圣彤女士，他们为本书的出版付出了艰辛的劳动。感谢我的书稿中参考文献所提及著作的研究者们，正是因为有他们的研究，才使我有今天这一份收获。

最后需要说明的是，本书完成于三年前，原文的观点、材料、论证、章节等基本面貌大体未变，只是作了细节上的补订，改正了一些错误，肯定存在不少问题与不足，还要请方家教正。

作者

2009 年 7 月 1 日

图书在版编目(CIP)数据

《歧路灯》与中原民俗文化研究/刘畅著.—济南：齐鲁书社,2009.11

ISBN 978－7－5333－2269－4

Ⅰ.歧... Ⅱ.刘... Ⅲ.歧路灯—文学研究 Ⅳ.I 207.419

中国版本图书馆 CIP 数据核字（2009）第 158470 号

《歧路灯》与中原民俗文化研究

刘　畅　著

出版发行　齊魯書社
社　　址　济南经九路胜利大街 39 号
邮　　编　250001
网　　址　www.qlss.com.cn
电子邮箱　qlss@sdpress.com.cn
印　　刷　青岛星球印刷有限公司
开　　本　850×1168　/32
印　　张　12.375
字　　数　285 千
版　　次　2009 年 11 月第 1 版
印　　次　2009 年 11 月第 1 次印刷
标准书号　ISBN 978－7－5333－2269－4
定　　价　32.00 元